中老年时报
创刊30周年系列丛书

赵 兵 主编

津沽乡贤忆往录

◎ 章用秀 著

南开大学 出版社

天津社会科学院 出版社

图书在版编目（CIP）数据

津沽乡贤忆往录 / 章用秀著. -- 天津 : 南开大学
出版社 : 天津社会科学院出版社, 2023.1
（《中老年时报》创刊30周年系列丛书 / 赵兵主编）
ISBN 978-7-310-06342-0

Ⅰ.①津… Ⅱ.①章… Ⅲ.①回忆录—作品集—中国
—当代 Ⅳ.①I251

中国版本图书馆CIP数据核字(2022)第220425号

津沽乡贤忆往录
JINGU XIANGXIAN YIWANGLU

南闱大学出版社
天津社会科学院出版社　出版发行

出版人：陈　敬

地址：天津市南开区卫津路94号　邮政编码：300071
营销部电话：(022) 23508339　营销部传真：(022) 23508542
https://nkup.nankai.edu.cn

北京盛通印刷股份有限公司　全国各地新华书店经销
2023年1月第1版　2023年1月第1次印刷
885毫米×1230毫米　32开本　18.875印张　411千字
定价：78.00元

如遇图书印装质量问题，请与本社营销部联系调换，电话（022）23508339

《中老年时报》创刊 30 周年系列丛书

编委会

我们的节日

——致读者

亲爱的读者,2022 年 7 月 1 日是《中老年时报》三十岁生日。我们在此与您同贺——因为今天,既是时报的生日,也是读者的节日。

三十年,对一个人来说,是步入而立之年的踌躇满志;三十年,对一份报纸而言,是重整旗鼓再出发的接力起点;三十载时光白驹过隙,总有一些感动长留心间。现在,让我们一起慢下脚步回首过往,将一路走来的每个脚印都铭记在心。

这三十年,我们"以儿女情怀,办精品报纸",坚持"三贴近",用脚底板跑新闻,作品"接地气"才会"冒热气"。我们扎根养老机构,关注社区老年食堂,倡导"花甲帮耄耋,低龄帮高龄""早看窗帘晚看灯";我们手把手教老人使用智能手机,帮其跨越数字鸿沟;我们最早关注老旧小区加装电梯,推动天津市相当数量的老楼加装电梯……

这三十年,我们在全国组织首个"夕阳红旅游专列"游遍神州,首倡中老年读书节、文化节,举办首个老年春晚、老年奥运会,创办首个中老年艺术团,组织首个"老年相亲大会",并衍生出"父母为大龄子女相亲会"……

这三十年,我们春节邀请书法家为读者写福字、送春联,元宵节带读者"遛百病",重阳节陪读者"登高";我们开门办报问计读者,每一次改版、创新改大字号,都开展大规模问卷调查。

2018 年,面对媒体传播格局转型的新趋势、新变化、新要求,天津媒体强强携手、走上融合发展的快车道。作为市委直属的海河传媒中心旗下媒体,《中老年时报》也焕发新的生机。我们"创刊 30 周年灯光秀"将于明晚在天津广播电视塔为您点亮祝福!

三十年,国家由富到强,迎来新时代;三十年,编读相得益彰,师亦友;三十年,时报风华正茂,恰少年! 感谢有您伴我们长大! 请让我们陪您到老,直到永远!

中老年时报社
2022 年 7 月 1 日

天津文化及其思想精华(代序)

章用秀

　　一个地区,尤其是那些相对独立且名震一方的大都市,其历史文化渊源和历史文化积淀除了具有中华文化的共性特征之外,无不具有这方水土的个性特征。这就是文化的地域性。地域性的历史文化,是一定地域内人文底蕴的标志。天津作为历史文化名城,建城600多年来所形成的文化特色既得力于天津独特的地理历史因素,也是天津人文精神的结晶。天津文化源远流长,有着丰厚的文化底蕴。海河、海洋孕育和发展了天津文化,构成了开放性、包容性、多元性的显著特征。挖掘丰富的文化资源,继承和发扬优秀的传统文化,不断注入时代的精神,是摆在我们面前的一项重大任务。回顾天津文化的形成和发展,开掘天津文化所蕴涵的思想精华,对于全面提升天津人的整体素质,树立爱国、爱乡的思想有着重要的现实意义。

　　人类创造文化离不开大地。大地,既是人类繁衍生息的摇篮,同时也是人类发展经济的舞台。经济的发展又为文化的繁荣奠定必不可少的物质基础。"津门汇九河之秀,萦纡注海,气之所蓄,必有所钟。"(梅成栋《津门诗钞》序)我们考察天津文化的由来首先不能忽略的就是地缘这一要素。

天津是一座古老而又年轻的城市。这里非同那些建立在农业自然经济基础之上的古老城邑,也不同于那些由于历史上一度作为一方政权中心而形成的政治都会,然而他却占据着"地当九河要津,路通七省舟车"的独特的地理位置。这一在全国绝无仅有的空间地缘优势使其早在金元时期已是海运的起点、河运的枢纽、京都的门户。明永乐年间,天津建卫城,后又建立县、州、府等行政机关,其北方经济中心的地位基本确定。天津文化由此而生长发展起来。

天津城市文化的发展大致经历了四个阶段。

第一个阶段是在元明时期。为天津文化的滥觞期。这一时期,俗文化与官文化并行不悖,河海和军旅色彩浓郁。天津枕河襟海,经济和文化的繁荣起源于漕运。漕运是朝廷的经济命脉,漕运的兴起为天津带来了人流、物流、信息流,构成"五方杂处"的人口特点和"舟楫往来、百行杂作"的繁荣景象;并相应成为官府及驻军的要地,这就进一步造就了交汇、流动的社会环境。一方面,以妈祖文化为主体的俗文化在以漕运为主业的多数民众中活跃起来。元至元二十七年(1290)和泰定三年(1326)先后在大、小直沽修建的妈祖庙,不仅反映了天津民间信仰,也是天津俗文化的代表。此时还出现了以漕运为题材的民谣、与兵家有几分关联的歌舞及其他民间文化形式。如明永乐年间由安徽籍子弟兵带来的"凤阳花鼓"而演化成的"太平花鼓"等。另一方面，以衙署文化为主体的官文化在官场小范围盛行。明正德年间在户部分司衙署内建起的官署园林浣浴亭，作为行政官员政余憩息飞觞酬唱之所，在这里还曾议定修纂了最早的天津地方志书。浣浴亭的创建者、户部分司汪必东还撰写过《天津歌》《观海赋》等脍炙人口的诗词歌赋。明代天津少数文人中也有著书立说者，较有影响的有史书《北地记》(作者汪来)、医书《医镜》《药镜》(据地方志载作者为蒋仪)等，但与此时官文化一样，均未形成气候，构不成天津文化的主流。

第二个阶段是在清王朝建立至嘉道年间，为以儒雅文化为主体的天津封建文化的鼎盛期。这个时期文化的兴盛除延续元明时代所奠定的文化脉络外，主要得益于以盐业为一大支柱的沿海封建经济的发达和盐商的崛起。天津不仅是漕运中心，也是盐的产销重地。清康熙年间，清廷将长芦巡盐御史署从北京移至天津，又将长芦盐使司从沧州迁到天津，更推动了天津盐业的兴盛。外埠商人亦接踵而至，这里很快成了盐商的大本营。天津盐商但凡发迹，除逞富斗阔、捐官买爵外，多热心文化教育，并投以钱财，营造园林，罗致文人学子。如康熙年间遂闲堂张氏业盐"每年得余利一二十万不止"(高凌雯《志余随笔》卷三)，暴富后建问津园，"诸名宿之集，文酒之宴无虚日，彬雅之风翕然丕振"(《续天津县志》卷十三)。许多外地文学家寓居于此，创作了大量的诗文佳构。乾隆年间于斯堂查氏"霸占长芦馆之利"，成津门巨富，为仁、为义、为礼三兄弟工诗而好客，遂将水西庄当作延揽南北学人的馆舍，荟萃了驰誉海内的一流文人。此外，佟鋐的艳雪楼、安岐的沽水草堂、龙震的玉红草堂、李承鸿的寓游园等,也都是盐商为结纳天下文士而修建的私家园林。清前期诸多外籍学者、文人、诗坛领袖,如姜宸英、梅文鼎、方苞、徐兰、杭世骏、汪沆、万光泰等,在盐商的款待下,纷纷来津居住,吟诵作赋,著书立说,在宽松的文化环境中各自阐发自己的见解,推动了天津文化事业的发展。而南北文化的交流又开阔了天津人的视野,丰富了天津地方文化,同时也涌现出一大批极有造诣的文学家、书法家、画家、鉴赏家,刊行了《易翼述信》《莲坡诗话》《画梅题记》等在学术界颇有影响的专著。道光年间天津学者郭师泰曾评价:"若人文之盛,又有张氏遂闲堂、查氏于斯堂。大江南北知名人士聚集于斯者,踵相接。津沽文名,遂甲一郡,是鱼盐武健之乡,而为文物声明之地。"(见《津门古文所见录·序》)如果说天津经济的繁荣是天津封建文化逐步发展成熟的前提,那么盐商的硬件投入和倡导则是最为直接的诱因。盐商靠文化而扩大影响,文化依盐商财势而振兴,这是天津封建时代文化事业一种特有的现象。由于盐商客观上的推进,天津已由早期"万灶沿河而居,日以戈矛弓矢为事"的那种民族文化少有容身之处的状况一跃而进入儒雅文化的鼎盛。这个时期是清代天津文化创作最为活跃的时期,也是天津文化艺术成就极为显著的时期。

第三个阶段是由第一次鸦片战争到清朝末年,为中西文化的碰撞期和新旧文化的交替期。此时,作为"文化沙龙"和南北方文化交流载体的私家园林相继毁圮,封建儒雅文化渐至衰退,而西方文化的渗透又使天津文化产生了新亮点。清末天津植物学家、画家陆莘农以近代新视角研究植物学,亲自搜集和制作标本,著有《生物浅说》《植物名汇》。华石斧对地理、历史、博物、化学都有很深造诣。特别是他的《文字系》一书,启迪学习捷径,提出改革标准,对文字学贡献尤大。这种治学方法和思维模式同清前期的天津学者已有很大不同。此时,以"津味"著称的杨柳青年画、"泥人张"彩塑、"风筝魏"的风筝、砖刻、木雕、剪纸与戏剧、曲艺等也相继活跃起来。这些都是散发着浓郁市井民俗气息且充满新意的文化艺术形式。由于帝国主义的入侵,中国开始沦为半殖民地半封建的社会,天津文学艺术作品中忧国忧民的时代烙印日趋明显。爱国诗人华长卿以纪实性极强的诗作,将批判的矛头直指外国侵略者和腐朽的清王朝,他的作品"非效无病之呻吟,半属有感之讽谕"。此时天津的文艺创作不但题材扩大了,作品的形式和语言风格也更贴近了时代。如杨一昆的《天津论》《皇会论》便是两部颇具滨海城市市民文化特色的力作。

第四个阶段是清末至民国年间,为天津近代先进文化的辉煌期。天津于清咸丰十年(1860)被辟为通商口岸以后,在西方列强进行经济掠夺的同时,西方文化也随之输入。随着洋务运动及北洋实业的兴起、直隶工艺总局的建立,西方的先进文化技术开始在天津大范围传播,天津地域文化呈现中西杂糅、相互借鉴的全方位发展格局。天津人亦不失时机地向西方寻求先进文化及新型教育,一批又一批的津门学子远渡重洋,赴欧美和日本留学、考察,大胆借鉴西方文明成果,天津很快成为传播近代先进文化的摇篮,形成了具有一定规模的知识新颖、思想活跃的新知识群体,培育出像李叔同、严修、赵元任、梅贻琦、焦菊隐、曹禺等一大批大师级人物。由于天津在全国的巨大影响,各地著名政治家、思想家、教育家、文学家、艺术家、医学家、收藏家、实业家、金融家、新闻学家纷纷在这里施展才干,建功立业,使得原来就开放的天津文化更具强势。早在20世纪二三十年代,天津现代都市文化的格局已经完全形成并为世人所公认。天津名人名居之多,为国内外所罕见,从一定意义上说,这也是天津近代地域文化所具先进性的体现。

独特的地理条件、历史渊源和社会背景造就了天津文化开放性、包容性、多元性的特征。而开放、包容、多元又是相互渗透、共生共长的。她的形成正如史学家罗澍伟先生在《海河文化培育了天津人》一文中分析的那样:"生活在海河两岸的天津人绝大多数是外地人,他们本能地把各具特色的文化带到天津;大家栉风沐雨、不辞劳苦聚集在一起,创造新的生活,首先需要的是胸怀博大、相互理解、团结互助,而不是彼此排斥。这就天然地、历史地为天津文化注入了开放、包容和多元的特色。"加上商品经济的发展及清前期盐商以建造文化园林延揽四方名士等文化机缘,更由于深受近代西方文化的濡染,天津人取其所长,天津文化迅速向现代文明演进,其开放、包容、多元的特性愈加显著,最终塑造出一种充满时代精神的文化格局和与时俱进的城市品格。

文化是人创造的,她根植于经济基础,同时又是思想观念的体现。从文化生态学的角度来看,自然环境、人的素质、社会经济和社会结构是左右文化风貌的四要素。天津文化特征鲜明,而在这鲜明的特征中又渗透了人的因素,蕴含着丰富的思想内涵和精神力量。

虚怀若谷、海纳百川的精神。天津文化吸纳并涵盖了南北各方的优秀文化和西方先进文化的精华，一方面得益于开放、交流的社会环境，另一方面也源于天津人的博大胸怀。从天津文化发展历程看，"有容乃大"一向是天津人的本色。无论是来自哪个方面的文化信息，天津人均予以关注，对不同的学术主张大都表现出宽和与容纳，绝少门户之见。就清代文学创作来说，天津虽属燕赵之地，但津人作品常与江浙文化、齐鲁文化相通且具河海特色；有时还显现出三晋文化、运河文化诸长，北方的粗犷，南方的细腻，兼而有之。来自齐鲁大地的赵执信，诗去雕饰，反映现实；而江浙地区的袁枚，诗主性灵，逸致灵巧。两人都曾与津沽结缘。对他们的诗论主张，津人概不排斥，而是取其所长，熔铸于自己的诗歌创作中。天津文学还吸纳并兼容了其他文学流派的理论思想和创作方法。治文辞，或"守桐城轨范"（王守恂《镜波文存》序），注重义理考据，讲究经世致用，"开天津风会之先"的散文家王又朴的作品便深得桐城派笔法之三昧。写文言小说，则吸取《聊斋志异》和《阅微草堂笔记》的体例，常以讥讽的笔触揭露封建社会的丑恶，光绪年间李庆辰的《醉茶志怪》就属于这类小说。论词，初与浙西词派相标榜，宗姜夔、张炎，标举清远娴静的词风，如查为仁的词作便很能体现此种词风；后期又可找到"清末四大家"（郑文焯、王鹏远、朱孝臧、况周颐）的影子，委婉致密，音律和谐，晚清郭则沄等人的词作便大体如此。这些都表明天津文人虚怀若谷的开放态度。

天津文坛的好客大门从来都是敞开的。张霖（？—1713）为人称"诗仙"的山西蒲州籍学者吴雯在家乡构建书斋,为其刊刻《莲洋诗集》;佟鋐(?—1724)慷慨解囊,为困境中的孔尚任刊印《桃花扇》,同番禺屈大均结为生死交;查为仁(1695—1749)与江南词家厉鹗合作完成《绝妙好词笺》而被纪昀收入他主编的《四库全书》;梅成栋(1776—1844)与庆云崔旭同出自四川遂宁人晚年侨居苏州虎丘的著名诗人张船山先生门下,且与崔旭并称"燕南二俊",留下灿烂篇章;梅成栋之子梅宝璐(1816—1891)不仅与南北诗人相酬唱,还与外国诗人结为知音,"朝鲜贡使,越南星使,皆以词翰相投赠,成至契焉"(《七十自嘲》自述)。而浙西词派创始人朱彝尊(1629—1709)在《曝书亭集》中对天津卫稽古寺藏经阁"夕阳在衣,风铃铮然"的记述;袁枚在《随园诗话》中对水西庄"庇人孙北海,置驿郑南阳"的广纳天下文士的赞叹;吴昌硕(1844—1927)八莅津门对天津学人杨光仪以"问字云亭数往还"的诗句所表示的推崇,则说明了天津文化在外地名家心中的位置,也证实了天津文学家、艺术家同外界的密切往来和相互沟通。正因为这样,天津文化才掀开了"百花齐放、百家争鸣"的辉煌一页。

兼容并蓄、借船出海的精神。天津人不但善于吸收东西方文化精华,而且借船出海,为我所用,并由此而创出新的文化思想和学术体系。清光绪年间津人杨承烈在算学研究中深入探索元代数学家朱世杰《四元玉鉴》的成果,找出他人不足,同时吸收西方数学新理念,以兼容并蓄的气魄,著成《开方粹》一书,被后人誉为极富开创性和实用性的填补古代算学之缺的著作。

"为我所用"需要足够的勇气和奋发图强的坚定意志。中国伟大的启蒙思想家、翻译家和学贯中西的大学问家、教育家严复,殚精竭虑地翻译西方人文社会科学的经典名著,以启迪国人奋起救亡图存,并汲取西方思想文化精华,提出鼓民力、开民智、新民德的变革方案。成书于天津的《天演论》大力宣扬"物竞天择,适者生存"的观点,这不但使人们从中了解了西学,更向国人敲响祖国危亡的警钟。鲁迅先生曾说,佩服严陵(即严复)究竟是"做"过赫胥黎《天演论》的,的确与众不同:是一个19世纪末年中国感觉敏锐的人(《热风·随感录二十五》)。毛泽东对历史人物给予充分肯定的并不多,但对严复却给予极高评价,在《论人民民主专政》一文中指出,洪秀全、康有为、严复和孙中山,代表了中国共产党出世以来,向西方寻找真理的一派人物。严复的文化成就贯穿了以西学为武器以富强为目的的变革思想,他在天津"介绍近世思想",紧合时代脉搏,影响大江南北,从一个侧面反映了近代天津巨大的城市影响力。严复文化活动的核心说到底正是那种"借船出海"的精神。

不拘一格、敢为人先的精神。天津文化是充满活力的文化,他彰显的是"不拘一格、敢为人先"的精神和"崇尚成功、包容失败"的理念,有了这种精神和理念,才能勇往直前地走在别人的前头。近代天津之所以能大胆借鉴西方文明成果而创立自身的先进文化,既有海河地利及作为通商口岸的客观原因,也有天津人那种强烈的竞争意识、开放的生活观念等主观因素。一百多年来,天津在中国北方得风气之先,近代先进文化率先在天津登陆,中国的许多"第一",像第一条铁路、第一条电报线、第一所大学、第一列城市有轨电车,等等,都出现在天津。在天津还产生了中国最早的几所现代医院和医学堂、最早的邮票和邮局、最早的自来水公司……活跃在天津的南开大学、北洋大学等名牌大学和一批具有全国影响的中学和专科学校，以及具有海内外广泛影响力的报纸杂志，如《大公报》《益世报》等，均堪称近代天津文化的创举。天津还是中国海洋化工的诞生地，由于大胆借鉴西方文明的成果，世界上最先进的制碱方法，率先在天津研究成功并由天津走向世界。这一切产生于天津，无不是天津人义无反顾的创新观念、创新意识和创新精神而结成的硕果。

求真务实、不事声张的精神。脚踏实地，不尚空谈，是天津人的文化品性。早在清末民初天津学者高凌雯在《志余随笔》中就提到："天津不尚铭幽表墓之文。"天津人在为文治事中那种不事张扬的风气始终如一。以金石考古为例，早在清朝道光年间，天津就有究真求实的金石学力作。生于嘉庆元年（1796）的天津学者樊彬笃嗜金石，曾花费极大精力寻访海内碑刻，广寻未见著录的金石碑刻，汇集成书，著《畿辅碑目》二卷、《待访碑目》二卷。书中搜罗的碑刻多乾嘉名家所未见，具有重要的文献价值和研究价值。大概由于在清代未能刊行的缘故，张之洞编纂《书目答问》时并未将《畿辅碑目》列入其中，而是将会稽人赵之谦自刻本《寰宇访碑录补》列入。但赵刊行的《寰宇访碑录补》，其中十分之九是樊彬的著录。生于嘉庆十年（1805）的津人华长卿博览群书，勤于写作，一生著书 45 种，在清代天津学者中堪称学识最广、著述最多的一位。"凡其时其人所治之学，长卿无不能之。"华对金石考据用力尤深，著有《石鼓文存》《汉碑所见录》等，考订严谨，常推倒某些人的不实之说，后人评价他

"有补遗订误之功,无向壁虚造之弊"。经过几代人坚持不懈地努力,到清末民国年间,天津已然成了北方金石考古研究的中心。

在自然科学领域,中国古代有四大发明。在社会科学领域,中国有四大发现:敦煌写经、汉晋简牍、内阁大库档案,还有就是甲骨文。甲骨文也叫卜辞、契文,是目前已知的中国最早的文字。甲骨文的发现,对中国学术界来说具有划时代的意义。但以往一些人对甲骨的发现经过多有不确之词,其实甲骨最早被世人所知乃是在天津,尤其是与天津考古学家王襄有直接关系。王襄(1876—1965)字纶阁,号簠室。他从20多岁起,即酷好考古研究。殷墟出土的甲骨就是他和孟广慧在天津识别发现的。他将自己收藏的甲骨珍品辑成《贞卜字临本》,出版了天津第一部有关甲骨文研究的著作《簠室殷契类纂》,而后又有《簠室殷契征文》《殷代贞史待征录》等问世。关于甲骨被发现的经过,据王襄、孟广慧的门人李鹤年先生讲:1898年10月,有个叫范寿轩的古董商来到王襄家中,当时孟广慧也在场,范与王、孟说起一种骨头样的东西,孟催促范去收买,尽快拿来。1899年秋,范将他买的那种东西带到天津,暂居城西马家店,王、孟各收买了一些,其余甲骨,范带到北京,卖给了王懿荣。甲骨文就是这样最初被学术界发现、鉴定和收藏的。遗憾的是,多年来,一些人张冠李戴,将这顶桂冠加在别人头上。然而,虚拟的情节代替不了铁的事实,在"不事声张"的平和外衣下天津所蕴涵的能量和爆发力是让人无法回避的。时至今日,人们终于搞清了历史真相——"是天津人最早发现并认识了甲骨"已逐渐成为学界的要继承天津文化的思想精华,弘扬我们先人的优秀文化传统,营造一个先进的社会氛围,精心打造国际化大都市。只要我们站在海纳百川的高度,披心相见,创业敬业,扬起风帆,奋勇直前,我们的前景一定会更加美好,我们的生活一定会更加富足。

(原刊于 2004 年 11 月《天津行政学院学报》)

目 录

石君爪痕

"石君爪痕""爪痕满天下""晚季生计指头作",津门画家李石君的作品上常常钤盖这样的闲章。他是张大千的同学,指头画大师,亦擅篆刻。指画花卉、翎毛、走兽乃至山水,无一不能。作品墨韵沉酣淋漓,自出新意。

李石君(1867—1933),雅州(今四川雅安)人,居于津门。生活在清末民国时期。名明智,石君是他的字,因排行老三,乡邻多呼之三郎、李三,也常以"李三""李三郎"治印入画。

关于李石君的身世,有资料说:李石君少年时随祖父离别故乡雅州,赴河北顺德府生活。由于祖、父辈的朋友常来谈诗、论文、作书、绘画,李石君耳濡目染,引为终身之好。同时又随名医研习医道,从而奠定了诗画和医学的基础。此间又致力于篆刻艺术和指画。光绪十四年(1888)曾将自刻印辑成《虽彝山房印存》(三册)一书,《篆刻年历》将其专条收录。他不断吸收中原文化的养料,一心想求取功名。清光绪二十三年(1897)在他30岁时考取拔贡,随后又参加朝考,逐渐获得了功名。民国八年

（1919）出任安徽凤阳知县，在任期间勤政爱民，颇受地方推重。不久，因不慎失火而负债，为早日清偿债务，不得已作画三百余幅公开展销，还清了债务，画名亦随之而起。其后他便弃官从艺，应湖北聚兴诚银行之邀赴武汉作画，在江城画坛声名鹊起。后来李石君移居天津，迫于生计，挂牌开业行医，但业余仍然坚持绘画、篆刻。

李石君指画山水，
作于 1925 年

李石君的作品大多数都留在了天津。他的指画山水重墨韵，有黑白照片的效果。其指画学清人高其佩，并形成了自己独具特色的风格。1917 年罗元黼著、存古社出版的《蜀画史稿》首见其名。笔者存有一幅李石君的指画作品，名《渔翁得利》，此画即作于 1917 年，原装旧裱，画风浑穆粗犷。画面上，老渔翁肩扛钓竿饶有韵致。款题"江干钓叟得鱼归，丁巳秋八月暮，仿高且园意，石君李明起爪痕"。钤印三方，即"石君爪痕"（白文）、"赘庵"（朱文）、"指挥如意"（白文、压角）。"仿高且园意"即清初以指画名噪一时的高其佩。

李石君的指画艺术不仅在天津有名，实际上，因李画有独特的韵味，早就为国内外书画爱好者所青睐。1927 年美国富商欧文和罗卜尔二人来津，搜求中国名画，在天津见到李石君的画甚为喜爱。以每幅 200

美元购去多轴,并预订若干,更在津城引起反响。我曾到成都参观四川博物院,见博物院的书画馆也珍藏几幅李石君的指画山水,亦可见四川对李石君指画艺术的珍惜和对这位雅州籍画家的推崇。据说1921年前后李石君回家乡雅州探亲访友,为友好亲朋作画,至此,李石君作品在家乡得以少量留存。

李石君的画的确风貌独具,出手不凡,富于创造性,理应受到人们的重视。他以"无笔之笔"的指画,被世人尊为"墨魔"。

"四大写家"另一说

在天津,"四大写家,华(世奎)、孟(广慧)、严(修)、赵(元礼)"的说法出现之前,流传过另一种提法,叫作"四大写家,华、杜、甘、赵",华是华世奎、赵是赵元礼,甘是甘眠羊,杜是杜之堂。如此说来,甘眠羊在天津书坛也有一定的地位。他是清末学颜真卿有成的少数几位书法家之一。

甘眠羊本名为甘厚慈,原名韩,一名迈群,眠羊一作"绵羊"或"瞑羊",为其字号。同治十年(1871)生人,原籍福建,生于江苏,居于天津。甘眠羊或曾做官,因见后来有人为他所著书作序称"甘眠羊司马"。司马系一军职,清时称府同知为司马,但他未上任。"一官抛弃卧烟霞",民国十六年(1927)出版的《新天津指南》,前有杨凤藻所撰《题词》,谓甘眠羊云:"见身不作宰官身,勃勃须眉挹古芬;肄武贤郎参校政,书香桥梓更平分。"又《题词》:"闭门风雨坐青毡,阅世春秋守砚田;除却此身无长物,一枝斑管总丰年。"注云:"君由军功以知县指分直隶,竟未入仕途一步。"

"初学翁方纲,后变其法自成一派。"老画家姜毅然曾这样评价甘眠羊的书法。北马路"当行公所"即为甘眠羊所书。书法家李鹤年曾对我说,他早年即为甘的弟子,19岁那年,经光明汽水厂(山海关汽水厂前身)经理张捷三和甘眠羊引荐,又与其弟延年一起拜孟广慧为师。甘眠羊善于指书,题曰"眠羊爪痕",或文"羊爪"。《甘眠羊重订润例》称:"迩来间接求书,纷至沓来,大有山阴道上应接不暇之势。"

甘眠羊书"道德神仙"

甘氏不仅是位"和华世奎齐名"的天津书法家,更是位热衷于文献资料收集整理的编辑出版家。他在天津河北望海楼后创办绛雪斋书局,自称"绛雪斋主人",专事编书出版发行工作。所编诸书皆属政书类时论,极具史料价值。《新天津指南》亦为甘所编纂。巢章甫先生《海天楼艺话》里说:"甘初编印国民快览,岁出一集。历书而外,搜罗日用文字图表,以充实之,人以为便,销行亦广。"巢章甫先生居津有年,从他的记述可见甘眠羊的学行与勤奋。

甘氏编辑的《北洋公牍类纂》正续编,是一部记录20世纪初清廷"新政"在北洋贯彻执行状况的史料汇编,内容翔实、具体,较为真实地反映了袁世凯主政北洋政府期间实施"新政"的方方面面。2013 年此书由罗澍伟先生点校出版。笔者翻阅此书，四巨册，近两千页，足见其"工程量"之大，我想这很可能是甘眠羊一生中付出心血最大的一件事了。

甘眠羊的书法在今天的艺术品市场多所见之，一副对联的价位大都在八千元至万元上下。2013 年夏，应友人之邀，到乐家老铺沽上药酒工坊参观，见壁上悬一副对联，上联为"银涛雪浪"，下联为"绿竹古松"，书风雄肆，笔意浑然，颇具苍茫慷慨之气，恰出自甘眠羊之手笔。题曰"甲戌正月"，此联当写于1934 年。

唐肯与李叔同

唐肯(1876—1950)字企林,号沧湑,江苏武进人。出身书香门第,为明代文学家唐顺之后裔。工书,擅画,能文,善诗,精鉴别,富收藏,是近代一位知名的文化人、卓有成就的书画家。《中国近现代人物名号大辞典》《中国近现代书画家辞典》等均有他的词条。其名乃慕解放黑奴的林肯为人而取。

唐肯与李叔同早有交往,唐肯于1905年赴日本早稻田大学攻读法律,次年与李叔同、曾孝谷在东京创立春柳社,排演《茶花女》,为我国演话剧之始。后还在《汤姆叔叔的小屋》中演马概。同时在日本发表了《欧洲市政论》《法国巴黎市政组织》等文章。据文献记载,《茶花女》的剧本由曾孝谷翻译,剧中的角色排列是:李叔同饰茶花女默风(玛格丽特),唐肯饰亚猛(阿芒),曾孝谷饰亚猛的父亲,孙宗文饰配唐(玛格丽特的女友普鲁唐司)。

1910年唐肯毕业回国,在天津任南开学堂教习。辛亥革命后,在许多地方任行政职务,做过几任霸县知事。后返居上海,汉奸罗君强拉其任伪职,拒不赴任,登报启事以鬻书画为业。

唐肯比李叔同年长四岁，与李叔同都是书画大家。唐肯书法初学苏东坡，后肆力于颜、魏，尤宗钱南园。画攻山水，宗四王。其人其艺，皆为人所重。笔者曾见到一幅他的山水画，题为"衡门高士"，作于乙酉年（1945），虽未出四王轨范，然意境开畅，颇见功力。

唐、李二人不仅在一起演话剧，且多在一起切磋书画艺术。我见过一幅李叔同赠给唐肯的山水画，为李叔同本人创作。此画为竖长形，长一米有余。其下方为坡石、岗峦、树丛，湍湍的溪流上架一长桥，一老者在桥上行走。其上方，烟雨朦胧中掩映着几间草舍，从高山上奔腾而泻的瀑布如一条白练悬挂于山崖。画的右上方题款一行："企林先生一笑，弟哀，时同留学日本东京。"款下钤"李息"白文印一枚。从署名上看，李哀和李息正是李叔同留学日本期间所用的名字。

抗战时期，李叔同在闽南，"念佛不忘救国"，怒斥日寇，唐肯在苏沪，被迫以书画为业，坚决不当汉奸。他们都曾留学日本，却都不屈从于日本侵略者，爱国思想息息相通。

我收藏一副唐肯书写的行书七

唐肯行书七言联

言联,上联是"何尝蕉叶闻雷长",下联是"更探梅花踏雪深",款题"庆云仁兄大人正,唐肯"。其书讲究结体,其用笔的变化尤其让人玩味。有人说,唐肯的书法是"唐碑派"和"北碑派"结合的产物。

古人写联,喜用珊瑚泥金笺,挂在大堂大厅中很有气派,但这种纸是不吸墨的,很难写出涨墨的效果,而这副联却写得很有墨韵,这是此副联的最大长处。

唐肯能书会画,与其书法相比,其画比其书略胜一筹,常州博物馆藏有他的山水画多幅。唐肯是在避乱、不肯当汉奸后被迫以书画为业的,在此前,他还著有《南行日记》《日本官业之膨胀与其经济的效果》等书。

山水大家刘君礼

当年在天津美术学院执教的，有一位叫刘君礼的著名画家，他是张大千先生的亲传弟子，尤擅长山水画。我在20世纪五六十年代天津出版的《河北美术》上经常看到他的作品。《河北美术》1961年的一期就刊有他创作的山水作品《白洋淀新貌》。

刘君礼（1906—1978），笔名痴一，河北省安新北冯村人，1926年毕业于河北第二师范学校。1931年入北平艺术专科学校国画系学习。1933年毕业后在赵县十五中、定县九中任美术教师，并从事中国画创作，其画得萧愻（谦中）墨法，善积墨山水，画风苍茫浑厚，沉郁雄壮，气势宏大，有自己的风格。

1941年至1943年，刘君礼在兰州甘肃矿业公司任秘书。1934年拜国画大师张大千为师，是张大千的入室弟子，曾随张大千去四川学艺作画。1943年到四川继续跟随张大千学画，大千赏其笃诚可靠，委之兼理卖画事宜及钱物等。1950年至1958年在北京市卫生局第五医院任文书，1956年加入中国美术家协会。1958年到河北艺术师范学院（天津美术学院的前身）任讲师、副教授、国画教研室主任,教授山水课。

刘君礼的山水画师法石涛、龚贤、张大千,常言:"求石涛笔法、龚贤墨法为一。"据称刘亦曾为张大千代笔。他在美术教育上重视中国画基础教学,为教学画了很多图谱式大册页,如山石、树木、舟桥之示范画。为山水画教学留下了宝贵的经验。他的代表作有《松林幽邃图》《新蜀道图》《山海关》。1960年为人民大会堂河北厅创作山水画《白洋淀》《狼牙山》等作品。

2016年11月,为纪念刘君礼先生诞辰110周年,由天津美术学院主办,天津金带福路文化传播中心承办,天津美术网宣展的"尊君礼道——纪念刘君礼先生诞辰110周年暨师生作品联展"在天津美术网艺术馆开幕。展览共展出刘君礼先生及其学生共31位书画名家的150余幅作品,以此纪念刘君礼在美术教育方面所取得的成就。

刘君礼先生的学生、天津市美术家协会山水画专委会主任姬俊尧说:刘君礼先生是著名画家张大千的弟子,他在绘画技法和美术理论方面具有深厚的功底。当时,刘君礼先生在美术学院教授山水画,学生们在他的精心教育下,现已逐步成长为京津冀地区美术界

刘君礼绘白洋淀

的骨干力量,并通过多年的努力、艺术的积累,取得了很大的成就。这一年,是我们毕业的第 51 个年头,此时举办"纪念刘君礼先生诞辰 110 周年师生作品联展",通过各自的美术作品,去缅怀刘君礼先生,怀念与他学习生活的那一段岁月,是对刘君礼先生最好的回报。

"奇人"写唐隶

清末民初,天津有一位善写唐隶的人,他叫刘道原。我存有一副刘道原写的七言联,上联是"凤翥龙翔开世运",下联是"鸢飞鱼跃现天机",落款是"己酉年,刘希宪撰书"。所书即为唐隶,己酉年是1909年。

刘道原,生于清道光二十二年(1842),自幼饱读诗书,精通经史,文笔流畅,长于诗词,工于书法,光绪年间中秀才。但此人却与一般读书人不同,他既不走科举之路,也不想在文辞书法上有更深的造诣,而是设法以"以字讹人",天津的商家富户都怵他,但也对他毫无办法,因之称他是"文混混",又有"奇人""怪人"之名。

民国年间刊行的《沽水旧闻》一书中说,他"举凡商店新张,新官到任,人家喜寿等事,均赠联一副,视格局如何,而索馈遗"。

除了天津各大宅门有喜寿事或大买卖商店新开市之日,刘携庆贺对联到场祝贺外,他还在旧历新年之际为大商户送春联。每逢进入腊月,他都要到估衣街文美斋南纸局购买大红纸,裁成一尺见方大小,书写"福"字,分送各大买卖商店,各大商店均回以厚报。他以这种机会向富商巨贾敛钱,而后用于周济穷人。他常把银圆或整两的银子换成制钱或铜圆,"鬻福济贫",分送给贫穷的人,所以当时也有人戏称他为"花子头儿",说他不畏权势,以慈善为怀,造福民众。

刘道原隶书七言联

一次刘道原见直隶总督兼北洋大臣李鸿章乘坐大轿出门,便抓住这一时机跪在道旁,高声喊道:"道原叩见中堂大人!"李听后为之一惊,让随从将他召到轿前问道:"你是哪里的道员?"刘答:"我不是什么道员,我的名字叫刘道原。"李又问:"来此何为?"刘答:"因生活困难,有求于中堂大人。"李对他的胆识很是欣赏,并有所资助。李鸿章庆贺七旬寿诞,刘道原特意精心撰写了一副长达142字的祝贺寿联。李回赠白银200两,刘把这些钱全部用在救济穷苦百姓身上。

1912年,"壬子兵变",哗变的军队洗劫天津商号,一些穷人也趁着兵荒马乱在街巷中捡得一些财物。掌握天津警察厅大权的杨以德杀了一些贪便宜的老百姓。刘道原冒险找到杨以德,指着杨的鼻子道:"这次天津遭受兵变,是官抢民捡,行抢的主犯都已经腰缠累累地跑走了,你不要再滥杀老百姓了!"杨以德被问得张口结舌,却又无可奈何,只好把他劝走。

刘道原早年丧妻,且无子女,晚景凄凉。他在 80 岁那年有"活人出殡"的举动,在天津轰动一时。戴愚庵曾在《刘道原活人出殡》中记述:"本人乘样轿,招摇过市。翌年,仍不死,及大发善念,每日所得,尽数赠穷人,故刘每行,从之者如归市。"此后不久,刘道原即因年老无疾而终,时为 1921 年。

对于唐隶,今人大多认为唐隶不是取法汉碑,而是用楷法作隶书,唐代擅隶的代表书家多不通《说文》,不能取法篆书以丰富隶书之趣。造成这种现象的直接原因则是时代风气使然。而清隶书为隶书的发展注入了新的元素,清代隶书已超过唐隶书。此时的刘道原依然写唐隶,自然是没什么出路了。看看他写的隶书,虽然庄重有古法,但板滞而缺乏灵气,而清隶的成功恰恰是不在其形而在其神。

其实刘道原的行书倒是很有气度。我看过他写的唐人刘禹锡的《陋室铭》,风骨清爽,秀劲多姿,似从颜鲁公、黄山谷的行书变化而来,确是非同凡响。

马觉非尤擅颠草

我曾收藏一副马阜书写的行草七言对,后来赠送给了北辰区的一位先生。然马氏沉厚苍劲的书风却深深印在我的脑海里。近年马阜书作在艺术品拍卖市场偶有出现,其书法造诣渐为世人关注,以致有人惊呼:"此人真乃津门书法巨擘!"

马阜,天津宜兴埠人,字啸山,后改觉非。生于 1880 年,卒于 1935 年,因排行第五,固有"马五爷"之称。其先祖在明代从山西洪洞县迁居俵口,后定居于宜兴埠,是此地大户。马阜自幼学习各种典籍和书法理论,刻苦临帖。在清末,他就系统学习西方政治思想名著和自然科学知识。从现存资料中可知,此人思想敏锐、性格豪爽、胆大口直,是天津同盟会成员。1912 年,他既是国民党燕支部的党员,也是宜兴埠议事会成员。他是清末积极参与政治改革的人物,为减轻民营企业的税负和地方自治事宜奔走呐喊。他经营过织布厂,是天津最早系统学习西方哲学的人士。他对马克思主义学说做过宣传,特别尊崇唯物辩证法,对恩格斯整理出版马克思的著作颇为赞赏,是天津早期无政府主义和社会主义的信仰者。他与吴稚晖、吴玉章等过往甚密。他还是天津中华武士会的中坚力量。

马阜书法沉厚古拙，神采飞扬，有大家气度。魏碑、行书非常出色。尤擅颠草，人称"神草马"。陆辛农先生《天津书画家小记》在言及马阜时，引朱镇麾言："学觉非。善书，尤长颠草。性豪放，喜交友，不分尔我。"马氏书法彰显的是一种张扬不羁富于创造的气势。

马阜与民初画家阎道生、教育家姜般若素有交往。有人称此三人为"文化三杰"，说"阎道生自认为自己的书法不及马觉非，并受他影响开始习魏碑。马觉非也视阎道生为画坛奇才，对他倍加关心和呵护"。翻开《阎庐往来存礼》，马阜写给阎道生的信就有二十多通。如20世纪20年代的一封信中说："昨去公园美术馆展览会，在明蕺山刘先生狂草大屏，横三尺五六寸，立亦七八尺，笔画类似当日李道人。苘麻捆就，青灰代墨，而草势翻飞，颇使

马阜行书五言联

人气旺。"由此可见马对书法的见解。

马𬴂自称"素行不修""大德不渝,小德出入"。他为人慷慨,不拘小节,极具侠义之风。这种性情与他奇崛豪放的书法是一致的。晚年的阎道生常回忆起与马𬴂的一次游历:路上,两人花尽了盘缠,坐下来休息,肚中饥肠辘辘,路边酒肆响起喧哗声,是一个殷实人家举行婚庆喜宴的盛大场面,马𬴂突然豪情迸发,拉起阎道生,走向了酒肆,上前向喜庆人家连连道喜祝贺,一表人才的马𬴂就像是一位远道而来的贵宾,他身上洋溢出的喜庆和洒脱征服了这家人,被奉为上宾,阎道生和马𬴂痛饮了一顿美酒。

1913 年至 1914 年,马𬴂曾任天津县民立第五小学(现天津市北辰区宜兴埠第一小学)校长。1918 年任天津扶轮中学教员。20 世纪末,马𬴂随中国无政府主义思潮的破灭而消极颓废,转向佛道,走向了自己生命的晚期。他染上毒瘾,不能自拔。这一阶段,马𬴂变卖了家产,潦倒而终。

瑞臻画画"余最喜之"

吴瑞臻(1915—2003),号硕,齐白石入室女弟子,师从齐白石近二十年,为现当代齐门画派中不可或缺的主要成员。

吴瑞臻生于河北省滦州,多年居住在天津。父湘浦先生有文名、书名,法学家杨秀峰就是湘浦老人的学生。吴瑞臻16岁习画,18岁考入北平艺专国画系,抗战爆发前一年毕业,曾在志成中学等校教美术。在"艺专"时,以三幅石榴得李苦禅赏识,称她是"奇女子"。25岁时由李苦禅引荐,被齐白石收为弟子。

吴瑞臻初见白石,呈上的作品是《鹭鸶图》,上有苦禅"白鸟鹤鹤,在山之阿"款题。白石老人一见就用浓重的湖南口音连说:"好哇,好哇!"立刻拿笔写上:"瑞臻女士乃借山馆小门客也,为苦禅之高足。八十老人喜之。"吴瑞臻从此成为跨车胡同齐宅的常客,在花卉、蔬果、虾蟹的构图及用笔、用墨、用水、设色上得白石悉心教导,老人高兴了就作画赠予吴瑞臻。齐白石初赠《虾》题"再传女弟子",后赠《三蟹图》称"女弟子",再后则直称为"女弟"了。款题虽系一时兴会,但白石老人是颇注重分寸

吴瑞臻绘《葫芦》

的,这也从另一面反映出吴瑞臻艺术上从稚拙到成熟的历程。

白石老人还为瑞臻题画道:"瑞臻画画用笔活活,余最喜之。"在另一题跋中老人说她的洒脱画风"无闺阁气",这对初入齐氏门墙的吴瑞臻当是一种颇高的赞许。另一方面,白石课徒教画也从不降低要求,吴瑞臻存的一幅早年作品就有白石老人题:"余作画最迟钝。见其(指吴瑞臻)画似甚快。此种画乃历年太多,非今日学画,明日便可快且佳矣。瑞臻女弟留意。"不久,在吴瑞臻所作《八哥图》上,83 岁的齐白石更指出:"作画忌蠢板,贵放纵,无真有天分者不能为也。又忌过于放纵,过之者则野狐禅也。此瑞臻女弟所画,恐过于放纵,因言及之。"吴瑞臻正是在这位严师的教导下成长起来的。

吴瑞臻住在河北区江都路,老太太在世时我一直想去拜访她,可是因为忙,便耽搁下来,后来听说老太太去世了。从现存吴瑞臻作品来看,她在传承齐派蟹、虾、菊花的画风上确有过人之处。在天津,她也是一位风格独特的老画家了。

陈麐祥：近代界画大师

我和陈麐祥先生未见过面，老画家姜毅然先生在世时常常和我谈起他。陈先生32岁那年在天津永安饭店举办个人画展，一举成名，确立在天津画坛的主导地位。作为民国时"天津六家"之一，他和姜毅然并称"姜陈"。

陈麐祥生于1915年，原名陈玉书，别字麟祥、麐祥、林祥，斋号"知愚庵"，天津市人，湖社成员。生前为中国美术家协会会员、天津美协理事、天津文史馆馆员。早年他曾问艺于陈少梅，和陈少梅、刘子久等亦师亦友，颇多交往。陈先生是新中国成立后天津有代表性的重要画家。

作为近现代著名山水、人物、界画名家，陈麐祥善青绿山水、仕女人物，尤精于界画。界画是中国绘画极具特色的一个门类，系用界笔直尺画线的绘画方法。界画的创作宗旨是工整写实、造型准确。近现代擅长界画者甚少。陈麐祥的界画远宗唐宋，殿台楼阁，雍容典雅，且能以界画表现新的题材，画面清新典雅，细而不俗，敷色鲜艳别致，厚实而明快。我曾见到他画的《中秋

21

月郎》,画中月宫内的殿阁高顶飞檐,错落有致,精工卓绝,云中仙人飘逸,艺术构思颇为奇巧,用笔隽秀、柔韧有余。

有人说,自从18世纪初以来的约300年,中国画坛上仅仅出现过三位有建树的界画家:清代的袁江、袁耀叔侄和1979年去世的江西画家黄秋园。其实他们哪里知道,早在20世纪三四十年代,天津的陈麐祥已是一位界画高手了。

陈麐祥在连环画创作成就上也是可圈可点。天津人民美术出版社出版的连环画《虎符》即为陈麐祥所编绘,所绘人物栩栩如生,活灵活现,具有很强的感染力。在"连趣网论坛",徐燕孙、吴光宇、刘凌沧、陈麐祥、康殷、卜孝怀、刘旦宅、王靖洲、王企玟,被广大连环画收藏爱好者评为"最具古意的九位名家"。据称,陈先生还参与创办《天津画报》等刊物并任编辑。当年组建天津杨柳青画店,他从民间选拔绘画高手、刻版巧匠,组织杨柳青年画的出版队伍,为杨柳青年画的发展做了大量工作。他曾为天津的木刻水印艺术招收年轻的职业美术人才数十人,填补了天津木刻水印的空白。

陈麐祥绘《中秋月郎》

陈麐祥人生坎坷。据其弟子爱新觉罗·启荣说:"陈先生中等身材,清瘦,不苟言笑,是位严肃的职业画家,也是位忠厚的长者。先生爱才,无私育人,堪称一代师表。我是先生生前的最后一个弟子,当时十余岁,奉先生之命参与了一幅画作的着色部分。先生身患肝病,于 1977 年 12 月因肝病复发去世,享年不足六十二岁。"

2013 年,陈麐祥 21 岁所作《百子图》扇面在天津文物拍卖成交价为 61.5 万元。他的一位弟子说,先师之作,我们当下看,毫不夸张地说,确是大家水准。这些作品是先生二十几岁所作,是先生下了很大功夫画的,作品所达到的精美程度,简直有如神助也。

画印双修李文渊

20 世纪七八十年代，我常去老画家刘维良家。一天下午，我到他家见到一位个子不高、面部黝黑的先生。刘先生对我说："这位是李文渊，刚从李明庄来，李先生出自张大千、寿石工两位先生门下，山水画得好。"李是刘的老朋友，刘先生也介绍了我的情况，并说"需要用秀先生帮忙尽管说"。

李先生对我很尊重，不久他便给我画了一幅山水条幅，题为《峦气尽成云》，款题："用秀先生博教，庚申夏至，李文渊。"画上，苍松古木，重峦叠嶂，云林蹊径，幽雅至极，我深为喜爱。

李文渊是天津的一位老画家。他是天津李明庄人，多年在铁路做事。因公务常往来于天津、北京，遂拜张大千为师，研习山水。同时向寿石工学习篆刻。他曾讲他向张大千学画的经过："我十九岁时，在'火车头'机车上工作，负责驾驶孙殿英专车去保定府车站，在方顺桥南从车上摔下来，耳受重伤，好后脑子吃亏，开始学画。先从天津刘光城子久师学画，后入湖社从陈少梅师学。在湖社天津分会认识了巢章甫，由巢章甫认识了张大千先生。大约是 1933 年，张善子同张大千二位老师在天津开画展，在永安饭店，巢章甫叫我一起帮忙，这是初次认识。以后大千，善子二老师不断找我去干些零事，这样好几年。日本投降后，张大千到北京颐和园住时我才正式拜门，由巢章甫做介绍人，和我同学的只有何海霞一人。"关于向寿先生学习篆刻的情况，李文渊说："曾在二十岁后，记不清年月，在北京寿石工老师处，同金禹民同学是一年拜的，跟寿老师学篆刻。同时，寿老师的老友向迪琮，我也称为老师，他给我讲解古文、填词等。"

李先生绘画功底深厚。他的山水画笔墨浑厚，格调高古，无论是青绿还是浅绛均得大千法度。《松山观瀑》为其 1940 年所作，笔墨沉静，气韵古雅。款题："春华仁弟五十晋九大庆，庚辰中秋日，兄雨香属，李文渊画祝。"成扇《峒关蒲云图》作于 1946 年，为青绿山水，极具大千味道。背面为吴待秋行书、刘梦云刻扇骨，三人皆有名于时，亦可见李当年在画坛的地位。

李文渊的篆刻亦很有功力。多年前，笔者在沈阳道古物市场一个地摊

李文渊山水
《松山观瀑》1940 年作

上发现一方李文渊篆刻的寿山石印章，印面一厘米见方，朱文，刻于民国年间，印文是"赵佩如"。我毫不犹豫地将其买下。此印抚秦小玺，结篆凝重，体貌端正，出规入矩，一丝不苟，颇具寿石工蕴藉清婉之风。

赵佩如先生，老天津人大都不陌生。他自幼随戏法艺人赵希贤学艺，后拜相声前辈焦寿海为师，学说相声，在同代相声艺人中拜师最早。因他是入室弟子，得师父之真传，故以功底深厚、活路宽阔，用字准确，细致入微而闻名于相声界。因此，他备受同行们的崇敬。20 世纪 30 年代前期，李寿增为他捧哏，在京津两地的大小场地及电台演出，声名鹊起。1937 年起与常宝堃合作，互为捧逗，以捧为主。这二人的合作是相声史上少有的一对火爆搭档。李伯祥、高英培、常贵田、刘瑛琪、王祥林等都是他的弟子。当年李文渊给赵佩如刻名章，看来李、赵二人也是相知相惜的。

凌叔华起步于天津

几年前,我与天津艺术史学会同仁考察北京的老胡同,在史家胡同见到了凌叔华的旧宅院(现辟为史家胡同博物馆)。由此我也想起凌叔华在天津的那段人生经历——凌叔华青少年时期不仅生活在天津,还在天津直隶第一女子师范学校读书,她与邓颖超同学,许广平是她的学妹。

凌叔华与天津结缘是由于其父凌福彭多年作宰于天津。凌福彭,字润台,广东番禺人。光绪二十七年(1901)任天津府知府,兼天津工艺所督办。1902年任天津普通学堂(后改为官立中学堂)总办。后调任保定府知府、天津道、长芦盐运使等。作为袁世凯的副手,凌福彭亦大力推行新政,对天津近代化进程发挥了重大作用。凌在天津任职期间,一家人先是住在天津德租界,后来又住在河北区"一幢西式风格的两层小楼里,围着一个院子,院子里有一座小小的中式房屋,一半被假山遮住了","两姐妹有时会陪着母亲走过金钢桥,进入老城商业区"。

凌福彭精于书法,且喜绘画,与周肇祥、金城、姚茫父、萧俊贤、王梦白、陈半丁、齐白石、陈寅恪等多所往还。凌叔华六岁那年，在墙上不经意地涂鸦，被前来拜访父亲的山水画家王竹林看到，认为她所绘风景十分逼真，便收她为徒。后又师从被慈禧钦点的女画家缪素筠，再师从女画家郝漱玉，接着跟随学贯中西的辜鸿铭学英文。

凌叔华的文学创作也起步于天津。她在天津直隶第一女子师范学校读书时，文采超众，其作文常在校刊上发表。有一年，天津遭遇水灾，昔日繁华的街市变得一片萧条。她感慨天灾导致百姓家破人亡，妻离子散，便认认真真地写了一篇《拟募捐赈灾水灾启》，句句发自肺腑，过目之人无不感叹。

凌叔华绘《仕女》

1922年，22岁的凌淑华考入燕京大学预科，与即将毕业的冰心同学一年，翌年升入本科外文系，主修英文、法文和日文，并听过周作人的"新文学"课。她常挥笔作画，写文章，让大自然的青春和生命活力留在丹青妙笔之下。

作为作家的凌叔华，其创作整整占据了她的一生。她的作品除了短篇小说集《花之寺》《女人》《小哥儿俩》及散文集《爱山庐梦影》外，还有短篇小说自选集《凌叔华选集》和香港文学研究社出版的《凌叔华选集》等及一些散文。其后的《小哥儿俩》《花之寺》《疯了的诗人》《倪云林》等小说,礼赞童心,吟咏自然风物,神往于古代的高人雅士,融诗、画艺术于小说之中,具备传统写意画的神韵。

1946年,凌叔华随丈夫陈西滢去往欧洲,曾在英、法、美和新加坡等地多次举办画展。20世纪50年代初曾由英国荷盖斯出版社出版她的自传《古歌集》,成了当年英国的畅销书,并译成法、德、俄、瑞典等文字出版。渐入老境的凌叔华,陪伴她的仅是位于伦敦亚当森街14号四层小楼空旷的寓所,阴暗的客厅,客厅中清一色古旧中式陈设、字画、古玩,以及由此寄托的故国旧情的怀想。

1989年年底,人们从抵达北京的飞机上将凌叔华用担架抬下来,转年5月,凌叔华病逝于景山医院。老友冰心也已是90高龄,未参加凌的葬礼,萧乾去了,之后给冰心写了一封长信,说:西滢的骨灰也已运来了,然后一道葬在无锡陈家茔地。凌叔华漂泊半生,总算落叶归根。

徐宗浩"橐笔津门"

徐宗浩(1880—1957),字养吾,号石雪居士。著名书画家兼收藏家,擅山水、人物,兼能兰、竹、松树,曾为中国画学研究会评议,后入湖社画会,1952年11月被聘任为中央文史馆馆员。

徐宗浩祖籍江苏武进,生于北京,但其与天津有着不解之缘。清末民初,他曾住在天津城南赵家楼,客居津门十数年,后移居大连。这个时期正值其诗书画印走向成熟。在天津,他"学诗于邑名诗人王仁安,学文于赵生甫(赵芾)"。他对津门耆宿严修、赵元礼、王仁安等甚为敬重。1921年城南诗社成立,徐宗浩厕身其中,踊跃参加诗社活动,与严修、赵元礼、王仁安、管洛声、李金藻、陈诵洛、冯问田等津门诗家文人多所唱和,也留下不少吟咏津门风光景物的诗文佳作。如:"放棹归来日又斜,凉飕两岸响蒹葭。参差剪草飞轻燕,伸屈衔波走短蛇。断渚蒲荷迷旧路,矮垣梧竹认谁家?风光绝似江南好,近水人人足稻虾。"(《八里台归舟记景》)该诗写的便是90年前津郊八里台一带的美景。

徐宗浩精于绘事。他的老师王仁安、赵苈、严修及王纬斋、言敦源、周学熙、周叔弢、雍剑秋等津门友朋均得到其所赠画作。陆辛农在《天津书画家小记》中特别提到了徐宗浩。他说:"郁(陆辛农)得所赠书画便面,画为墨竹,笔致俊逸,饶书卷气。上题小诗,亦清丽可谓。"称徐宗浩"善书,宗赵吴兴","又精篆刻,有《遂圆印稿》传世"。

20世纪30年代初,周学熙为纪念其父周馥和其母吴氏,拟作画传两套,题为《周悫慎公百龄追庆纪念图咏》和《周母吴太夫人百龄追庆纪念图咏》,摘取事迹绘图并系以韵语。在物色绘图人选时,周学熙首先想到了徐宗浩,随即提出委托徐绘制这两套画传,徐便答应画《周悫慎公百龄追庆纪念图咏》,而《周母吴太夫人百龄追庆纪念图咏》则推荐由陈少梅来画。这两套作品均如期完成。

徐还精心绘制一幅《城南诗社图》,并有诗作。其《题城南诗社图》云:"雅集城南德不孤,啸歌佳尽清娱。群公各有千秋业,我愧龙眠写此图。谁将茧纸记流觞,修竹崇兰转眼荒。一样沧桑寄遥慨,风流端慕水西庄。"注:"范老有《水西卷子》"城南诗社同人见之,多有唱和,成为

徐宗浩作《东坡像》

津门一风流韵事。

徐宗浩著有《石雪斋诗稿》，特请严修题签，由津门诗家、学者、徐之业师王仁安、赵芾作序。1926年春，63岁的王仁安在《石雪斋诗稿》序中对徐的诗画给予高度评价。他说："吾友徐石雪，工诗善画，纯取高情远致，所谓不俗、不怪、不腴、不枯，别有天然秀气，当求之于古人，庶可得其仿佛焉。"赵芾在序中说："养吾天性清旷，能自拔于侪俗，而家学文词书画咸能世其业，顷岁橐笔津门，生事足自给，于当世之务一不以关乎其虑。严尚书范孙亟激赏之，且称其才志与境地，近人殆罕与俪者。其为当世明贤所钦慕如此。"

徐宗浩曾与齐白石、于非闇、汪慎生、胡佩珩、溥雪斋、溥毅斋、关松房共同创作《普天同庆》画轴，赠予毛泽东主席。他临终遗嘱，将他珍藏数十年的大量珍贵书画、图书和自己的作品全部捐献给国家。为此，国家文物局专门在故宫举办展览。

我收藏一幅徐宗浩的《朱竹》，此作宽33厘米，纵134厘米。所谓朱竹即是用朱笔画的竹，亦指红色的竹。朱笔画竹，始于宋苏轼，苏轼在试院时，兴至无墨，遂用朱笔画竹，别有风韵。徐的这幅《朱竹》，高情远致，别有天然秀气，与津人画风颇多相通之处。

"澄月丹桂"左月丹

寒斋存有一套国画册页,成于20世纪七八十年代,册页里有六十多面绘画作品,作者全部是当时的天津书画名家,包括王学仲、王颂余、萧朗、孙克纲、王麦杆、姜毅然、郭鸿勋、赵松涛、夏明远等,溥佐先生题耑"国画集锦"。其中有一面是左月丹先生画的山水,这一作品是篆刻家蓝云先生替我请左先生画的。

蓝先生对我说:左月丹先生很不简单。他是天津老画家刘子久的得意高足,擅长山水画,兼作花鸟画。他恪守传统,中规中矩,不为时风所左右,潜心钻研中国的传统绘画艺术。他的作品淡雅、浑厚、清新、自然,文人气息浓厚,没有一丝一毫的烟火气。真是润目养心,如赏美景啊!

左月丹1919年出生于天津老西北角的书香门第,父亲是当地的名医,悬壶济世。月丹本名澄桂,清末秀才王士良喜其勤学上进,因其名"澄桂",引申为"澄月丹桂"之意,特赠字为"月丹"。自此,左月丹以字署画款,以字行世。其父秉镛公借用晋代葛洪《抱朴子·论仙》中"愿加九思,不远迷复焉"之意,将其书房名为"九思轩",激励他学习时多思考、勤思考,以沉实精神日新其业,早日成为社会有用之才。

左先生幼读诗书,受祖父好友津门名画家黄益如的影响,对中国绘画产生了浓厚兴趣,研习书画。1937年,左月丹由亲友陈棣生举荐,考入天津市立美术馆国画班正班,学习四年,复读研究生班两年,获得天津市立美术馆毕业文凭。左月丹自17岁进入天津美术馆后,一直追随刘子久先生,绘画深得刘子久之衣钵。毕业后,他曾执教于红桥区如意庵小学、二号路小学、红星小学,终生从事教育工作,培养学生不计其数。

20世纪80年代,历经长期修炼,左月丹的山水画开始步入创作旺盛期,不仅对历代各家笔法信手拈来,而且能融会各家笔法于一体,随心所欲地按自己情意进行创作,达到了"通会之际,人书俱老"的境界。

左的弟子柴树朴说:"左先生远慕唐宋,凡元四家、明四家、清四王、四僧以及龚半千、萧谦中等,各家各派的笔墨技法已然烂熟于胸,融会贯通。尤其是对大

左月丹绘《白云出岫》

小米、黄鹤山樵、倪云林、王石谷、石涛诸家技法下功尤甚,笔精墨妙,信手拈来。"

弟子李岳洋说:"先生的绘画每一笔都有来历,每一画都有出处,有功力,有生命。每一点都有用意,有关联,有作用。用墨更是讲究惜墨如金、墨分五色。先生讲:说是墨分五色岂止五色。先生的画符合自然之规律,符合绘画之原理,符合国人之审美。在山水画的用色上更是一丝不苟。就拿先生的青绿山水画来讲吧,石绿是先生用孔雀石自己研制,施色时更是讲究色法,画面色彩艳丽而沉着、色泽丰富而稳重。在用笔上中锋侧锋随机而变,在用墨上浓淡干湿随手拈来。笔随墨生辉,墨因色增光,色不碍墨,墨不碍色,相得益彰。"

左月丹先生 2013 年去世,那年他已是 94 岁高龄。我曾受命编辑《天津河北书画百家》,特将左先生的大作《松涛泉声》收入其中,并介绍了左先生,"不被名牵,不被利扰,始终不渝地坚守中国绘画的优良传统,为中国山水画的继承和发扬做出了贡献"。王振德先生评价:"中国画源远流长的优秀传统,是左月丹艺术创作的摇篮。源于社会生活的持续激情,是月丹老人创作的动力。他的山水画是恪守古法、熔铸众法的创作,也是弘扬先贤、抒发自我的创作,不逐时尚,不随时人,自有古意和新意。"

少梅女弟子邵芳

翻开 20 世纪 30 年代的《北洋画报》等天津报刊，人们不难见到津沽名媛、陈少梅女弟子邵芳的情影和她那优美动人的绘画作品。她的玉照曾数次成为《北洋画报》头版的"秀丽招牌"，1934 年至 1936 年的《北洋画报》刊登过四张她 16 岁至 18 岁时的照片，被称为"本市名闺"。一幅 1936 年的照片最是可人，题为"闲倚栏杆"。1935 年 8 月 16 日的《大公报》上登载的第六届全运会河北女子垒球队名单上，她作为"一号"选手赫然在列，为津门的"时尚才女"。

邵芳 1918 年生于江苏常州，祖上曾是常州的中医世家。其父亲任天津邮局局长，外公屠振初是天津六大纺织厂之一宝成纱厂经理。在她九岁时，其父英年早逝，母亲为了她的教育，将其寄住在担任天津宝成纱厂经理的外公家，舅父们都毕业于国内外的名牌大学。邵芳想成为一名运动选手，常到英租界的球场苦练垒球。

邵芳生性喜爱山水草木，亲近自然，从小写写画画，艺术天分颇高。她 17 岁在天津圣功女中毕业后,便投师湖社画家陈少梅门下,自此六年画笔不辍。陈少梅早年工仕女图,后作山水,兼能花卉,邵芳跟随少梅师临摹了大量古代名画,打下了坚实的国画基础,成为陈的得意门生,并任陈少梅的助教,被同门谑称为"大师兄"。她与孙天牧、冯忠莲等同为陈的入室弟子,与当时诸多绘画名家有更多的接触、学习和借鉴的机会。邵芳在京津画坛崭露头角,陈将指导新师妹的任务交付她,师徒也常有合作,如《百婴图》《说佛图》等。

1940 年,邵芳与晚清太子少保、洋务运动的代表人物、北洋大学(今天津大学)创始人盛宣怀的侄曾孙盛胜保在天津结婚。盛胜保毕业于天津工商学院土木工程系。1943 年底盛被调到甘肃酒泉,在甘新公路工程处做工程师,邵芳随夫远赴甘肃,在国立肃州师范学校担任英语和美术教师。1944 年 2 月,国立敦煌艺术研究所在敦煌莫高窟旁成立,邵芳禁不住敦煌艺术的诱惑,本想自费临画,不料艺研所所长常书鸿看了她的画作,决定聘任她为研究员。视艺术为生命的邵芳,与敦煌壁画为伴,沉醉在展现飞天的洞窟中,与常书鸿、董希文、张大千、李浴、苏莹辉等人潜心临摹壁画。她临摹的一幅《西方净土变》,画中有 120 个菩萨,耗时两月。这幅张大千想画没有画成的作品,受到常书鸿所长和全所同仁的称赞。人们称她是第一位到敦煌临摹壁画的女画家。

1946 年,邵芳在重庆举办个人画展。徐悲鸿、吕斯百、常书鸿、陈之佛、宗白华、胡小石诸多名流,在《中央日报》联名撰文赞曰:"邵芳女士为金拱北先生再传弟子,工画人物,悉心研磨不务炫耀,故其画古雅,则而有恬淡冲和之气,非世之任意涂抹,徒骇俗目者比也,女士曾数游敦煌,手摹千佛洞北魏唐宋真迹,设色用笔潇洒流利,每仿一图无不中綮,于是功愈深艺愈进矣。"

1947年,美国建筑大师莱特创办的塔里森建筑学校广招各国有艺术天赋的学生,莱特欣赏邵芳的画作,邵芳成为莱特录取的唯一一名中国学生。自此邵芳夫妇移居美国。1955年,邵芳夫妇在美国西弗吉尼亚州威廉姆斯镇上的一块风景宜人的山坡

邵芳1943年作《月宫图》

林地建造"翼然亭"。她与众多中外艺术大师颇多往来,也曾多次在美国举办画展,也有人称她为中国的女毕加索,把她看作东方神话中的天使。

邵芳多才多艺,绘画、建筑、编织、缝纫、陶艺、做首饰和唱京剧等,几乎是"十项全能"。作为一位京剧"发烧友",她还曾师从程砚秋,学青衣旦角,从程派青衣的唱腔,到轻盈的身段、灵巧的兰花指等,俨然一位专业京剧演员。

2002年,84岁的邵芳获西弗吉尼亚大学授予的人文艺术名誉博士学位。2009年4月邵芳在玛丽埃塔逝世。邵芳在有生之年始终不忘恩师陈少梅和她在天津的美好时光。据称有一年她回中国探亲访友,并专程到北京荣宝斋看画,在陈少梅的作品前沉思。店员上前搭讪,她问大师有无后人,店员说只知有一弟子在美国,是否还活着就难说了?邵芳笑着说:小女子正是。

哈珮:十几岁就加入湖社

"我的岳父、恩师哈珮先生已于2005年在睡梦中安详地走了,没有痛苦,无疾而终,享年八十九岁。我作为他的女婿,挥笔写下了'撒手远尘寰,永无俗累;垂头忘物我,不再劳形'的挽联为他送行。"

津门书画家李文祥是笔者老友,每每和他见面,常常提起他的岳父天津著名诗人、书画家哈珮先生。

李文祥说:"哈珮是苏州人,幼时在北京从黄佩华先生学诗文书画,颇得先生赞赏,黄先生常带他去当时北平的'湖社画会',由于他幼时天资聪明,经黄先生推荐、画友王赞虞(墨浪)介绍,加入了湖社,并结识像惠孝同这样的诗、书、画大家。一次,惠先生与人合作了一幅《浔阳琵琶图》,他很喜欢,于是就给这幅画配了一首诗:'灯前清泪滴枇杷,屈指江天客路赊,我正多愁感沦落,一丸凉月上芦花。'此诗刊登在很有影响力的刊物上,惠孝同先生看后非常高兴,就主动将当时只有十五岁的哈珮收为入室弟子。他加入中国画学研究会后,又得到过会长周养庵、厉南溪等先生指教。他中年定居天津，惠孝同先生亲自书信将自己的学生推荐给吴玉如先生。这是哈珮最后一位恩师。"

哈珮生于 1916 年，字雪研，号墨农，别署莲湖，回族。生前为天津市美术家协会会员、书法家协会会员，天津市老年书画研究会理事，天津市楹联研究所名誉所长，安徽省老子画院特聘顾问，天津市诗词学会会员，北京艺术交流中心画师，被天津市老年人大学、天津民族文化宫等处聘授书法。

书为画骨诗为魂。先生之书法，书路宽广，功力扎实，虽师古而不泥古，书风苍劲古朴。其篆书基于《散氏盘》，隶书基于《张迁》《史晨》，行草则致力于"二王"和李北海，楷书则隋、唐碑帖，摹写不懈。其绘画多是富于书卷气的文人小品，以松、梅为主，雅有闲趣，尤擅墨梅。早年他在中国画学研究会得见周养庵先生所画墨梅，触及所好，自是于清代扬州八家中金冬心、汪近人两家颇为留意，临习不辍。焦墨山水淡于色彩，讲究构图，所追求的是一种具有个性的质朴美和自然美。先生一

哈珮临《天发神谶碑》

41

生创作了数千首诗。其诗宗晚唐，格调清新，以性灵为主而又重之以神韵，颇为李蓬庐、张醉丐、厉南溪、寇梦碧诸诗家称许。赵大民先生尝言：墨农先生的诗词淡雅率真，不染尘垢，浅斟低唱，别具一格。观先生诗，大都即物兴怀，有感而发。耳目所寓，心神所适，情动于中便发而为诗。

哈珮七十多岁时因车祸致残一腿，后又摔伤了另一条腿，他在家都是半仰着在床上看书睡觉，而且经常因腿痛半夜醒来，再也无法入睡，只得以看书作诗打发，就像他诗中所写，"可奈灯昏人静夜，又听急雨洒窗花"。

著名文艺评论家李希凡曾说："我与哈老相识多年，年轻时还在哈老任职的教育馆做过馆员。新中国成立以后，我在《人民日报》副刊负责多年，可一辈子性格倔强、不事张扬的哈老却从来没有找过我。如今他成了德艺双馨的大艺术家，这是他安贫乐业、孜孜追求的结果。"

2020年哈珮先生去世十五周年。金秋十月，天津书画名家萧惠珠、哈铭、李文祥联合创作了诗意图《夏日》。这幅画传承和展现了哈珮先生在艺术创作中的偶遇，也完成了李文祥及家人的心愿。

李文祥先生说：萧惠珠、哈铭是我家多年的好朋友。惠珠大姐的父亲萧文采先生是一位美术设计师，在天津美术设计界很有成就。哈铭的岳父张玮先生是天津连环画界具有影响力的画家。两位老伯父与我岳父哈珮先生过从甚密，半世情怀。"午枕睡朦胧，花阴移寸晷，小雀趁无人，偷饮砚池水。"这是哈珮先生五言诗《夏日》。该诗的创作源于生活，老人因腿疾在床多年，一日他闲卧床上睡午觉,却被几声小鸟的啼叫声惊醒,一只麻雀在他放着笔墨纸砚的书桌上跳跃着,透过窗棂,疏帘影动,日午独觉,让诗人睡意全无,偶作夏日诗一首。哈铭老师此次来家中以该诗为主题创作了一幅夏日图,紧扣诗意,栩栩如生,空白处惠珠大姐补画轴一幅可谓妙哉。仕女青罗小扇,纤腰玉带,回眸凝思,令人忘餐。

追随大千数十载

孙云生(1918—2000),又名家瑞,天津宁河人。家学渊源,九岁从叔父启蒙习画,修临王羲之、欧阳询、欧阳修、苏轼等名家书法,并从其母习诵近体诗。后师从画家王雪涛、秦仲文、胡佩衡等,着手勾勒古人名迹,遍临宋、元、明、清各大家。我曾见到孙云生早年临摹的罗汉像,两罗汉盘坐在山石上,神形兼备,惟妙惟肖,画的右下角钤一朱文印为"古物陈列所国画研究馆画课",可知孙青年时代曾在周肇祥等人主办的古物陈列所的国画研究馆学过画,见过许多古画真迹,有很深的绘画功底。

1936年起,孙云生学画于张大千。无论是在天津、北京还是后来张去了巴西乃至中国台湾地区,孙云生都侍奉在老师身边,张大千对孙云生也是器重有加,为其留下诸多作品留念。最值得一提的是大千留给孙云生的粉本。这些粉本由早期的敦煌临摹底本到后期的创作线稿,题材涉及人物、花鸟、山水以及敦煌佛像等。此外,还有许多课徒示范粉本,总结对比各种线条或皴法,附带技法提要的题跋。张大千在给孙云生的信中说道:

"要真正研究我的学画进程,真正透彻大风堂的美术领域,只有从粉本中去了解最为完整。我一直视你为大风堂唯一完整传承的弟子,对于一些画作的价值,并不在画本身,而在创作本身,我所教给你的绘画观念才是最有价值的东西。如果要说有形的对象的话,那些古字画、我本身的画作只能说是有价的,而这些我从开始学画至今的粉本,才是无价的。我把这些留给你,定能体会到它的意义。"

孙云生绘仕女

孙云生的画颇有张大千的风貌,他的绘画兼有古画与今画的趣致,更散发出新生的气息,自然融合中西绘画理念,又同时保有中国传统文化的特殊风情。有人说,孙云生对于水墨绘画之创新及思考方法的探索,着力于中国精神持续追求及现代风貌之建立,对传统与近代美术,能融会贯通,师古而不泥古,认为他是"中国少有的画家"。

孙云生的作品也亮相艺术品拍卖市场。其价位多在数万元到十几万元。在一次拍卖中,他的一幅《梅竹双清》纸本立轴(约三平尺),上题:"冷月盈盈浸粉光,横斜清浅试新妆。一枝泷兰传春信,散作江南不断香。庚戌二月宁河孙云生家瑞修竹池上。"钤印:孙家瑞印(白)、云生长年(朱),估价3.5万元至5.5万元。另一次拍卖,他的一幅《崇山峻岭》纸本立轴(95.5厘米×49.5厘米),上题:"已未秋日宁河孙云生家瑞。"钤印:孙家瑞、云生。此作以大块泼墨表现山间云雾,挥笔果决,用墨大胆,奇幻壮丽。山石皴法刻画精细,与大片墨色对比辉映,中国传统水墨与西洋抽象绘画兼容并蓄,气势宏伟,别有逸趣,估价2万元至3万元。

杨家小妹才气高

杨令茀是民国年间京津著名女画家。生于清光绪十三年（1887），无锡人。杨令茀是著名实业家杨味云的妹妹。杨味云多年生活在天津，为城南诗社社友，诗词造诣极深，与津门诗词名家多有唱和。1911年杨令茀随杨味云来北京、天津，得名师樊樊山、陈师曾、林琴南等人的教诲和指点，画艺及诗文日益精进。后到故宫古物陈列所当画师，得以观赏临摹历代名作。曾在北京举行个人画展，并与齐白石一起办过画展。

杨令茀是一位诗、书、画均有相当水平的艺术家，也是位社会活动家。年轻时的她不仅画名大噪，诗亦获盛誉，有"杨家小妹才气高"之誉。一些诗作汇编为《山远水长诗集》。

杨令茀受其母亲仁孝贤德的教育，乐于行善积德。她随兄北上前将母亲生前所收佃户的欠据付之一炬。北来后，常将鬻画所得用于赈济灾民。如民国十八年（1929）七月《北洋画报》报道：杨令茀"近以西北陕甘诸省，饥馑连年，慨发慈心，竭五十二日之力，作画三十帧，并手写《金刚经》一部"，售后"得款即汇至灾区"。民国十二年（1923）9月,日本关东发生大地震,她被推为艺术界代表东渡日本,向关东灾民捐赠一批书画。

杨令茀三渡太平洋（《杨令茀教授诗画集》的封面题名即为《三渡太平洋》）,多年旅居国外。九一八事变后,日本派女间谍对她进行拉拢,她慨然写下"关东轻弃千钟禄,义不降日气节坚"的诗句。为摆脱日军纠缠,她通过驻哈尔滨的德国领事馆介绍,赴德举办画展。行前将在沈阳皇姑屯购置的600亩田产捐赠给当地基督教女青年会。以后一路旅行一路作画,并将所得收入寄赠上海救国会作为抗日活动经费。抵达柏林后,适逢希特勒主持的联合画展开幕,她被邀参加,不料一幅花鸟作品被希特勒看中,并要她在画上题字。她用中文题诗《致战魔》。希特勒看到译文勃然大怒,下令将其驱逐出境。此时她早已离开德国。

民国二十五年（1936）杨令茀赴加拿大,参加在温哥华举办的加拿大全国画展。转年到美国,先在加利福尼亚大学学习,后至斯坦福大学、太平洋大学、华盛顿大学教授绘画和中文。1965年退休后移居加州卡麦尔城,开设杨令茀画院。

杨令茀绘兰石

杨令莤终身未嫁。她珍藏着祖国一些极贵重的文物,其中有宋代玉瓶、翡翠镂空花鸟花瓶和水晶钵等。台湾方面曾派人与其联系,劝她到台湾度晚年。她写诗明志:"我在海外作隐伦,每见叶落思归根。小箕山下先茔在,归去长依父母灵。"她写信给周恩来总理,表白她思归并欲将珍藏文物和她在故宫临摹的帝后画像献给祖国的心愿。时中美尚未建交,因而由我国驻加拿大大使李文洲转告,同意她回国定居。但其尚未成行,即于1978年9月在美国病逝,终年91岁。

她逝世后,其侄杨通谊遵照她生前遗嘱,将她珍藏的文物捐赠给北京故宫博物院,将她早年在故宫临摹的15幅历代帝后像以及她的诗文书画捐赠故乡无锡市博物馆。1982年,她的遗骨安葬在无锡管社山下。同年,国家文物管理局在故宫漱芳斋举行杨令莤女士捐献文物仪式,并举办杨令莤女士捐献文物展览。

云过庐主孙丕容

　　1982年天津市和平区文化馆书画研究会的《书画研究》创刊号上曾刊载文章说："丕容甲骨称巨子,讲说如数家珍然。"其所赞便是云过庐主人孙丕容。孙先生的学识、书法特别是他对文字学、甲骨学、金石考据的探究和学术贡献确是可圈可点,他的甲骨文笔致秀丽,端正静雅,更非一般。

　　孙丕容,字沧衢,一字沧谷,"云过庐"是他的斋号。1918年出生于山东牟平的一个书香世家。他自幼承继家学,及长博读经史,尤喜清代乾嘉学派之风,精研小学,考究文字。

　　孙丕容二十余岁被傅作义将军委以少校军衔,为其部下讲授知识。不数月,他因厌倦旧军队之不良风气,随即辞官而去。他一生投身教育,从1945年起,先后在烟台崇正中学、天津中学、长春青年中学任教。1949年后先后执教于天津三十七中学、耀华中学、新华职工大学、南开大学。

　　孙丕容的书法深邃高古卓然成家。《天津市文史研究馆馆员名录》评其书法曰："先生自幼习字,熟谙甲骨、钟鼎铭文。擅隶书、精篆书,对石鼓文、毛公鼎、汉隶等名碑临摹不辍。书风拙朴苍健,颇具秦风汉骨和书卷气。作品多次入选国内书法大展及在《书法》刊物发表。"

孙丕容对殷墟甲骨和钟鼎彝器文字的考释颇有造诣。1972年春,他拜访陈邦怀先生,谈话中陈就一些古文字应如何解释诘问他,孙当即作解释,并指出许慎《说文解字》内某卷某页对这些部首的阐述。陈取出《说文解字》果然不差,不觉惊喜,赞曰:"其释之确,不可移也。"陈邦怀还以诗赞曰:"家学渊源有自来,师承天壤阁崔嵬。九千烂熟许书字,背诵不需卷帙开。别才难信沧浪语,盥诵长篇尔雅辞。下笔有神关学力,我如子固不能诗。"1973年,孙丕容写成研究殷墟甲骨文的《古文字试释》一书。经郑天挺先生介绍,他开始了与古文字学家胡厚宣、于省吾十数年的古文字切磋。

孙丕容曾应诗人余明象之请,与其胞兄余明善共同完成《草书摹集》。他们将商周秦汉历代草篆、草隶、章草、今草之源流系统摹写。1974年他又完成了《楷书造字论》《草书的造字论》《甲骨文字的书法艺术》等专著。晚年他又撰写《王襄先生甲骨学简论》和《陈邦怀先生甲骨学简论》,将二老的学术特

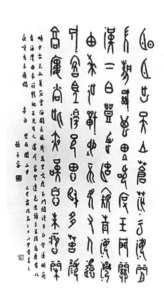

孙丕容书李白诗

点和成就条分缕析,甚为公论。

20 世纪 70 年代末,南开大学重开古汉语课程,副校长郑天挺先生委托孙丕容为南开大学编写《古汉语选读》《古文书选读》和《中国名山大川摩崖石刻》三部教材,并请孙先生主讲图书馆系、档案系和旅游系三个系的专业课程。孙先生对青年学生说:"水之积也不厚,则其负大舟也无力。覆杯水于坳堂之上,则草芥可以为舟。为人为艺切不可浅薄,让识者耻笑。"

1985 年的一天,老友吕学曾先生给笔者寄来一封信,随信"寄上孙丕容先生手书甲骨文一幅"和"孙先生写的一首词",并附"孙老住所为长沙路 51 号",看来这字幅和词作是孙先生托吕先生代寄给我的。打开一看,这词是《八声甘州·庆祝中华人民共和国成立三十六周年》。词曰:"百花迎丽日舞东风,天香出云扉。仰郁罗霄汉,谟明金阙,心运璇玑,三十六年初度,政策放新辉。遥望波音相接,银划翠幕,玉映瑶池,邀嘉宾翔集,盛会及佳期。听龙楼管弦相劝,举友谊杯,泛开放卮,祝千秋饮长生酒,歌太平诗。"这词写得绚丽而不失典雅,炼金错采,语新调远,读来振奋人心。

1996 年孙丕容先生去世,享年 78 岁。2016 年文物出版社出版《孙丕容书法集》,收入孙先生书法作品数百幅,包括甲骨文、篆书、隶书、行楷行草书及往来书信等。李学勤先生题词:"学宗天壤,艺溯殷商。"

罗振玉的"文字之福"

罗振玉(1866—1940),号雪堂,浙江上虞人,近代考古学先驱、教育家。他致力于搜集、整理、刊布古代史料。其中甲骨、简牍、敦煌文书等经其倡导研究,于今俱成显学,他与王国维共同开创的"罗王之学"打开了国学研究新天地。

1919年至1928年,罗振玉在天津嘉乐里居住了十年。他作为学术上知名度甚高的"特殊寓公",在天津租界内感受繁华和安闲,既经历了逊帝溥仪移驾张园、契友王国维投湖自沉诸事的惊扰刺激,又深得京津人文厚土滋养,得以"传古"授徒,彰显"甲骨四堂之首"的功力。同时,他在逊帝溥仪小朝廷中奋力争宠,得意与失落相间杂陈,度过了他人生中最重要的时光。

罗不愧为近代考古学先驱,他酷爱古物,也热衷于与古物收藏者、研究者的交往。据说罗抵津翌日,便走访金石鉴藏大家周季木开的古玩店,购"得古兵五",随即拓墨赠友,兴致盎然。稍后又结识同样在天津做寓公的张曾敫、铁良、张勋等旧日显宦,相互间多有走动,其中不乏与罗氏一样"好古如好色"者。

今天人们早已将古陶俑特别是"唐三彩"等视为珍贵的文物,但在晚清之前,中国人往往将它们当作并无价值的东西,以致视为"不祥之物"被唾弃或毁掉。通过罗振玉的收藏和研究,其珍贵的价值才为人们所认知而进入古代艺术品的范畴。早年罗在北京厂甸得到古俑两件,后来又陆续有所得。他将历年所藏,选其中较精者,影印为《古明器图录》四卷刊于《艺术丛编》,首次将古代明器介绍于中国美术界和收藏界,对中国古代艺术的研究和对古陶艺术品的认知具有重大意义。古陶经罗的推重和首肯终于登上中国人的大雅之堂。

罗振玉金文七言联

有人做过统计,在天津嘉乐里期间,罗振玉刊发了二百余种书籍,达五百多卷,创造了个人学术研究的又一高峰期,成为中国近代考古学先驱、敦煌学的创建人之一、甲骨学的奠基者。他曾说:"自问平生文字之福,远过前人,殷墟文字一也,西陲简册二也,石遗书三也,大库史料四也。"这四件事中的完善甲骨学研究,整理保护敦煌文书,抢救大库史料,均是在天津嘉乐里书房中完成的。

一次罗振玉到北京办事,偶尔看到有人在卖"洪承畴揭帖"及"朝鲜国王贺表"等档案,马上意识到这是大库旧档,当即买了下来。同时又打听到这些档案将要面临毁灭危险，于是和朋友金梁找到纸店，以高出五倍的价格买下了这批档案。他将大部分档案在北京租房存放，将一小部分运到天津进行整理，并出版了《史料丛刊初编》22种。但后来终因为财力不济，无法继续保存和整理如此巨大数量的档案。无奈，只好于1924年，将全部档案转售给了前驻日公使、大收藏家李盛铎。罗振玉将档案卖给李氏后，还一直关注在市场上流散的大库档案，几年间又陆续收购了很多。

罗振玉的书法博采众长，造诣精深，善篆、隶、楷、行，风格精严工稳，以甲骨文、金文尤见长，其作品在天津存留较多。在天津，罗曾将甲骨文集楹联数百副。笔者藏有一副罗写的甲骨文七言联，其上款正是民国年间天津的一位收藏家。

"十大湖"中李五湖

李上达(1885—1949),名达之,号五湖,辽宁人。为湖社画会成员,所绘工稳渊雅,泽古功深。尤善山水,融合南北,自成一格。

李上达是我国近代著名国画大师金城的得意弟子。1910年金城先生在北京首创中国画学研究会,培养了大批国画人才。当年,金城还给他的入室弟子每个人都起了一个带"湖"字的号,当时美术界有"十大湖"之称。"十大湖"中的李五湖即是李上达。著名画家陈东湖(本名陈咸栋)、金荫湖(本名金开藩)、管平湖(本名管吉庵)、李五湖(本名李达之)、陈梅湖(本名陈缘智)等都是金城先生最得意的弟子。依"湖社"惯例,每月第一周和第三周,湖社举办雅集形式的例会,大家可以交流心得,也可以挥毫泼墨,有时还聘请湖社以外的知名画家前来演讲。湖社还设立了评议一职,李上达(五湖)、陈少梅(升湖)等作为金北楼弟子,和萧俊贤、萧愻、徐宗浩等都时常为湖社成员上课并点评作品。1927年以前升为助教的即有李五湖(达之)。

李的作品,特别是他的山水画笔墨苍厚,设色雅丽,为同门中翘楚。我曾见到他画的《钟馗图》,为其摹清代画家蔡嘉本,以白描手法绘钟馗与小鬼仰首盯看悬丝蜘蛛的画面。钟馗圆目长髯,躯干伟岸,宽肩阔背,充满了震慑鬼物的气势,丑陋的小鬼则畏缩地躲在钟馗身后。描摹极精细,髯须根根可数,袍服花纹不苟于笔,线条顿挫有力,笔墨沉稳而不失灵动,气息古穆。相传钟馗

李上达《枫林小憩》

生于端阳之日,民间有端午节悬钟馗像避邪的习俗,并通常伴以菖蒲、艾草、石榴花等植物。蜘蛛因八腿圆肚形象似"喜"字,被称为喜蛛。蜘蛛从上空悬垂而下,寓意喜从天降。是幅作于1922年5月,应为端阳而作,有驱邪祈福用意。款题"五湖李上达模第三本",可知李对传统绘画所下的功夫非同寻常。

20世纪二三十年代,张学良一家常居于天津和北京(平)。20年代初,李上达即受聘张学良府做家教,向张学良子女传授山水画。1930年夏,师生于北戴河西山张氏别墅合作山水并发

表于《湖社月刊》。《湖社月刊》刊有多幅李和他弟子的绘画作品以及李授徒之事。

李上达不仅教张学良子女绘画,当年他还在天津卖过画。如今,他的作品亦常现身于艺术品拍卖。从拍卖纪录看,价位多在数千元至 10 万元,其精品尤其为藏家青睐。西泠印社 2009 五周年庆典拍卖会上,他画的《万山晴翠图》起拍价 12 万至 16 万元,成交价 20 多万元,打破李上达作品的最高纪录。此画创作于 1923 年,上题:"万山晴翠点霏微,深护人家白板扉。仿佛蝉声秋驿路,白云红叶满征衣。辛酉元月,假螺江太保藏本,吴兴金城临并题。癸亥春三月,李上达橅弟二本。"又题:"壁上一条苔径微,数家鳞次接荆扉。采薪人达春山罅,山气霪云云湿衣。新罗山人写于解毁馆并题。"

笔者存有一幅李上达画的山水立轴,纵 64 厘米,宽 33 厘米,是以彩所画,但颇有墨的意蕴,笔的韵味,颇有新意,此画作于 1923 年。

信笔随意　深淳古雅

　　寒斋藏有金梁的一副金文五言联(131厘米×32厘米),所书真率散逸,古拙苍茫。题识:"韫生仁兄长寿。息侯金梁。"

　　金梁(1878—1962),姓瓜尔佳氏,字息侯,又字锡侯、希侯,号东华旧史,又号小禽、东庐、瓜圃,晚号不息老人。满洲正白旗人,世为杭州驻防,故一作杭州人。光绪时进士,官至内阁中书,曾典守沈阳故宫古物。辛亥革命后,官至奉天政务厅厅长。

　　金梁多年居于天津,他也曾参与城南诗社,文人间相互唱和。又与在津遗老共组"俦社",日以诗酒酬唱。他与息影津门的另一位清朝遗老章梫多所过从。章梫,浙江宁海人,清甲辰科翰林,以办学务授检讨,官学部左丞。章梫学识广博,多有著述,尤精谙草法,每字互不连绵,笔势活泼流畅,委婉而洗练。晚年喜李北海、孙过庭诸家,清丽遒媚处似从王羲之化来,敦厚浑熟处实出于孙过庭。在津曾以鬻字为其主要生活来源。金梁擅篆籀,又善行书,真率散逸,已入化境。因两人交往十分密切,章梫字一山,金梁字息侯,因此人们戏称之为"一息相通"。

　　在天津亦有不少向金梁求其字者。天津文史学者萧英华在《金梁的后半生》一文中提到："他的字古朴虬屈,很有名气。时常有人求字,多为对联和中挑,他乃提笔一挥而就。他平时很少绘画,且只画松,不及其他,因其爱松之四季常青耐严寒。其夫人李宜卿女士也善画,只画竹,不涉其他,因其爱竹之青翠挺拔、高风亮节。金的大篆更为珍贵,以致有人伪造他的作品。"其所书甲骨文,变直线方折为圆浑婉曲,柔和凝练中显古朴刚质,可见其金文古籀之功力。点画中虽以曲为主,然曲直刚柔互用,字间大小粗细方圆相间,中侧锋并用。全篇既含金石情趣又稚拙生动,信笔随意,疏密空白,错落有致。

金梁金文五言联

　　金梁曾是清末朝廷重臣,对皇帝忠心耿耿。但他从不丧失中国人的气节。九一八事变后,日本挟持溥仪登基做了傀儡皇帝,封金梁为内务府大臣。他以民族大义为重,决定不就此职。别无选择之下,金梁冒着生命危险带领全家老小从东北逃出,躲进天津租界地。太平洋战争爆发后,汪精卫伪政府"华北政务委员会委员长"王揖唐来访,动员金梁出山参加伪组织。金百般推托,不愿从命,王碰了一鼻子灰,讪讪离去。随后,日本侵华重要人物土肥原贤二对金说:"我们将要发动一场大东亚战争。"金严肃地说:"如果那样做,你们必定灭亡!"以后,谁也没有再来游说。

中华人民共和国成立后,金梁被请到北京任政府文物组顾问,随后又为文史馆馆员,写有《雍和宫》《三坛》《大北京》,油印后存于各图书馆。建国十周年大赦战犯,溥仪获释回北京,住在新侨饭店,金梁几次去看望,但没行君臣礼。金曾对孙子们说:"能大赦溥仪这样的人,足见共产党英明伟大,必能成功。"

1962 年,金梁病故于北京寓所,终年 84 岁。金梁的书法颇为世人所重。金梁写过一幅金文六言联(166 厘米×29 厘米),题识:"益知仁兄政,息侯金梁。"在下联的右下有金梁的一段跋,曰:"此九一八前在沈集联,益见流离南北,竟久保存。庚寅(1950)中夏重晤故京,出以属题。大道之行,天下为公,其机或已转移。廿载变幻,及见大同,亦幸事也。金梁。""益知仁兄"即王益知(1900—1992),又名乙之,辽宁沈阳人,工书法,曾先后担任张学良、章士钊的秘书,后为中央文史研究馆馆员。

桃李不言　桃李蔚然

1979年冬天,我到桥口街龚望先生府上,刚一进门,先生便取出一幅字说:"这是胡定九先生写给你的。"我打开一看,上面写的是陈毅同志的诗,笔画刚柔相济,风姿绰约,足见"临碑习帖"的深厚功底。落款:"定轩同志方家正,胡定九。"字幅的边上还粘有很小的红色字条,这是老辈人通常的做法,上面标明是写给谁的,上款是某某——这是龚先生托胡定九写给我的一件行书条幅。此后,我总是想去胡先生家道谢、请益,不想先生转年就故去了。

虽未与胡先生见面,但我对先生宽厚的为人、高尚的品德和学识的渊博及其在国画、油画、水彩、炭画、钢笔画和书法、篆刻上的艺术成就早有耳闻。他是天津的一位乡贤,数十年默默耕耘在天津教育界从事艺术教育,门墙桃李蔚然,贡献多多。

他生于1898年,名卜年,一名樾,字定九,别号庵,以字行,晚号晚红老人。他是清翰林胡浚(书宗刘墉)的侄孙。毕业于天津直隶师范专科学校,曾赴日本考察教育,回国后先后在文昌宫小学、模范小学、市立师范学校、天津三中等任教,执教音乐、美术和英语,有时兼任体育老师。杏坛五十年,桃李遍南北。著名书画家刘肃然、龚望、刘炳森、单体乾、张仁芝、刘学询、于复千、王双启、范润华、赵则予、孙克、郭绍纲、张秀江、于昭熙、赵智敏(女)等都出自其门下。他的学生、当代画家于复千在一篇回忆文章中深情地说:"是恩师胡定九把我带上了一条光明、广阔的艺术道路。"

胡先生热爱祖国,凛守民族气节。抗日战争爆发后,毅然辞去教职,不为日本奴化教育效力,自甘清苦,全家七口,只靠其大女儿允明(电业局小职员)一人的微薄工资,不足,则以糊火柴盒维持生计。1945年抗战胜利后,他婉言辞绝国民党天津市党部等职务。

胡定九少年时曾师徐涛(字蟾楼)。徐善山水人物、翎毛、花卉,虽是天津画家,其画却得海派神髓,在江南书画界赢得"当代石涛"之誉。我有一篇文章叫《津人海派》写的就是这位徐涛。胡先生早年即研习海派之法尤可见其眼界之宽广。他的山水画较多,人说学南派,学钱松岩,实则融合北南宗,自成面目。先生还曾私淑津门书画家顾叔度,晚年与名画家张兆祥得意弟子陆辛农交游,敬为尊师。据刘肃然先生讲:"我侍奉先生左右,多次观赏他一丝不苟地写字、作画。我在整理他的遗作中,见到一幅仕女画,曾五易其稿;为纪念唐代大诗人杜甫诞辰1250周年所画的《草堂凭临图》,大小有六幅之多,最小的一幅只有四寸,却神采毕现。"

胡定九早年曾以中西技法画观音像多幅,绿竹白衣,青丝朱

63

唇,端庄秀丽,仪态大方,极富创新意识。20世纪30年代,他从日本回国后结合西画构图,应用倒映光影技法进行创作,开拓了国画绘倒影和裸体人物画之先河。1935年他画有一幅《柳溪秋月图》,构图吸收远近透视、光影之西法,用笔则以国画水墨渲染和干墨皴擦。有专家提出,此画开创了中国绘画人物倒影的先河,比国内外颇具知名度的国画大师李可染第一幅倒影画《漓江风景》早了近20年。同年创作的《柳荫出浴》,画中裸女颇得西画素描质感之妙。在中国画作中,人物倒影实属罕见,此画不仅在创作时间上较为超前,而且打破长期以来中国画裸体人物的禁区,与同期悲鸿大师在上海美专提倡素描模特儿同具叛道精神。

胡定九热爱党,热爱社会主义。中华人民共和国成立后,他注重社会现实的体验,推陈出新,创作了许多题材新颖、富于生活情趣、具有现代内容的中国画。其哲嗣胡允谟先生说,自1958年至20世纪60年代,胡定九创作的《采集归来》《游湖乐》《童趣》《放鹅》《祝寿》《雷锋》等创新作品,人物生动,颇具时代感和革命浪漫主义色彩。

《乌江天险》《遵义会址》《大桥镇》《草地》《夹金山》《腊子口天险》《九龙湾》《泸定桥》等红军长征题材的作品是胡定九当时的代表作。1959年春,胡定九赴北京探亲,得见五一节游行盛况,心情格外激动。期间观看展览,深为革命故事所感动。后又获红军长征图片,非常喜爱,"略解未能实地瞻仰写生之憾"。返津后,立即创作《长征十景》组画。是年秋,又完成《红军不怕远征难》共11幅,得偿"颂长征"之愿。

胡定九对津门乡贤故旧始终念念不忘。晚年他为故交、津门书画家曹鸿年先生补画一事尤其令人感慨。1919年曹鸿年画"左蕙右兰中介巨石"大横幅，自觉不满意，打算扔掉。胡定九觉得此画有可取之处，遂将其收藏观赏。后因房屋漏雨，画被雨水淋湿。胡定九颇为惋惜，便将此画断为两幅，于1977年在画上添了石、竹、兰、花、草，珠联璧合。其中一幅名《五清图》，题曰："添花合玉兰，泉石竹草共五清。"另一幅名《野竹石坡》，题曰："前人作画好依法，所谓师造化者成口号矣。民八之秋，津宿曹恕伯前辈曾戏墨写蕙石此幅，今于一九七七年丁巳新春捡出续石竹。又，八十初度晚红老人画野竹石坡，可笑其不自量也。"

胡定九的书法，真、草、隶、篆各体皆精。评论家说，碑书能苍劲中姿媚脱出，榜书大字雄浑刚劲。同时擅长篆刻，刀法严谨、章法得体，有"书画印三绝"之誉。

笔者藏有一幅胡先生1979年所绘《林间》，纵37厘米，宽25厘米，此画从构图和笔法极具新意，与传统意义上的山水画创作截然不同。款题："己未初冬八二老人胡定九。"其创作时间和老人1979年冬天赠我那幅书法条幅的时间相同。

胡定九绘《林间》

天津走出的王叔晖

　　王叔晖是中国著名女画家、中国连环画的大家巨匠。她继承中国画线描的优秀传统，吸收西画的透视解剖法，用笔精细，设色考究，艳丽典雅，于现代工笔人物画中独具一格。

　　王叔晖生于 1912 年，祖籍浙江绍兴，出生于天津，早年她一直生活在天津，居天津奥租界。她自幼敏而好学，上小学时即迷上了"画画"。一天，有位客人发现了正在画画的她，仔细审视了一番她的"作品"，郑重地向她父母建议：送这孩子去学画吧，或许将来会有出息。王叔晖二姐夫的弟弟吴光宇，那年刚刚二十岁，与画界人士熟悉，由他介绍，15 岁的王叔晖加入了北京（平）中国画学研究会，受到了会长周肇祥、京城女子师范大学教授孙诵昭及徐燕孙、吴光宇等的鉴评和教诲。吴光宇与天津亦有渊源。吴光宇不但推荐王叔晖进入艺术领域的最高殿堂，还引导她走向绘画的正途。吴光宇实可谓王叔晖一生的"贵人"。

　　在北京，王叔晖眼界大开。当时，中国画学研究会会长周肇祥也是古物陈列所的所长。周时常从陈列所借出一些古画,让研究会的学员临摹。王叔晖从这时起开始看到一些历代名画珍品,并有幸带回家临摹。周肇祥看到她临摹的一张古代仕女画后,赞赏之余,特意在画上挥毫题道:"闺香中近百年无此笔墨。"还聘请她担任了研究会的助教。有人说,叔晖的画面里总有一层深深的寂静。她始终追求纯中国的古典式审美情趣,在"尽精微"的工笔重彩画中追求"致广大"的生动气韵。

我收藏一幅《夜宴图》,此画作于1938年,是王叔晖26岁的作品。此图题为"夜宴图,戊寅嘉平,王叔晖",从其题识上看,似乎是模仿五代画家顾闳中的《韩熙载夜宴图》,其实她只是吸收顾闳中的这个历史题材,而构图和意趣则是另有创意。王叔晖的《夜宴图》则是一幅立轴,画中的十个人,形象姿态各异,且相对集中,整体性强,构图颇富想象力。顾闳中的画是围绕中心人物韩熙载一步步展开,王画则打破时间概念的构图方式,穿越时间观念把先后进行的活动展现在同一画面上:韩熙载宽衣博带,颔蓄长髯,悠然而显懒散,一位醉酒的官员将左臂搭在仆人的肩上,两名仕女端酒面向宾客,恭立侍候,有人正欢送宾客,相互对拜,一旁有人执灯。虽然整幅画人物少了,但情景节奏愈加集中,人物动势变化多样,宾主得当,疏密有致。整幅作品线条遒劲流畅,工整精细,造型准确精微,色彩绚丽清雅,所绘人物,各有特点,以形写神,显示出很深的传统功力、高超的艺术水平。

1951年王叔晖入人民美术出版社任职。历任出版总署美术科员,新华书店总管理处美术室图案组组长,人民美术出版社连环画创作组组长、专业画家。

王叔晖绘《夜宴图》

1953年,新婚姻法公布之后,人民美术出版社把创作《西厢记》连环画的任务交给了王叔晖。一年后问世的这部16幅本的《西厢记》连环画,人物形神兼备,色彩典雅端丽,充满诗情画意,被载入新中国美术史的史册。1957年王叔晖又创作了128幅白描连环画《西厢记》。如果说前一次画《西厢记》所要求的是超越古人,那么这一次创作的要求是超越自己。《西厢记》连续七次再版重印,总数达数十万册。1963年荣获第一届全国连环画创作奖等。有人说,连环画家中女性不多,而以一部《西厢记》被誉为大师的女画家,仅王叔晖一人。

除《西厢记》外,她创作的《木兰从军》《梁山伯与祝英台》《孔雀东南飞》《生死牌》《杨门女将》等小人书风靡数十年,至今不断重印。

晚年的王叔晖以《红楼梦》人物创作为主。1978年初,她开始闭门谢客,潜心琢磨黛玉这一形象。她自定目标:十年内一定画完红楼十二钗。继黛玉之后,她陆续画了湘云、宝钗、凤姐、李纨、迎春、元春、惜春等。孰料,《惜春作画》竟成绝笔,画未终,人先去,留下永久的遗憾。

王叔晖生活俭朴,一生勤奋,把毕生的情感和心血都倾注于艺术事业。她在创作上异常严谨,精益求精,每年完成的连环画不超过50幅。王叔晖终生未嫁。她是一个感情丰富、充满爱心的人。

许琴伯精诗书擅彩拓

前不久,在一次艺术品拍卖会上见到一副隶书五言大字对联。上联是"史显韩丞相",下联是"功茂王司徒",所书朴茂雄强,颇具金石气息和大家风范。此联写于民国时期,书写者标为许琴伯。

关于许琴伯,中华书局2001年出版的《中央文史研究馆馆员传略》中有他的介绍。此人名以栗,生于1887年,字忍盦,琴伯是他的号。他是浙江杭州人,清光绪三十一年(1905)岁试杭州府学邑庠生,后赴日留学。宣统三年(1911)在日本加入中国同盟会,追随孙中山参加辛亥革命,民国后历任南京内务部视察等。

许以栗久居天津,他家与俞平伯家是近亲,民国时俞家和许家都曾住在河北大经路一带。1930年许以栗任天津市政府秘书兼市志编纂。1935年任河北省政府秘书兼会考阅卷委员。翌年8月又任天津市政府秘书兼美术馆编辑委员和鉴定委员。1937年2月任霸县县长至七七事变。

许以栗长于书法、金石篆刻,且工诗能文,为民国津沽城南诗社的核心人物,与赵元礼、章梫等文人多有唱和。其诗深得诗家赞许。赵元礼《藏斋诗话》里说:"许琴伯秘书《临川感赋》云:'寒迫饥驱事可哀,青莲碧血满蒿莱。澄清寰宇知何日,放眼中原几霸才。'"又说:"刘云孙大令《过水坡渡口》云:'满地黄花认水坡,北来我又渡黄河。年年争战民财尽,放眼中原老泪多。'"赵元礼叹曰:"两诗皆有喷薄之气,故佳。"许以栗著有五言绝句一卷,名曰《玄达集》,颇近阳明先生道

许以栗隶书五言联

学诗,为格言一类中别开生面者。

许以栗素来酷爱书法美术,常作扇面小品,喜画佛,有"扬州八怪"之一金冬心之遗意。1933 年在天津担任河北省立第一图书馆馆长的刘潜也是城南诗社社友,此人曾作《题许琴伯画佛》等,对许画的佛像颇为赞赏。许的篆隶作品尤佳。1934 年,《北洋画报》(第 1110 期)即有他书写的钟鼎文,与赵之谦隶书、华

世奎书联并列刊出。我曾见到一把成扇,一面是徐燕孙的钟馗图,另一面便是许以栗的隶书:"偶然寸指受微创,自觉嗷嗷痛莫当,一饭奈何恣口腹,无多物命任残伤。樾楼道长教正,琴伯许以栗。"许书与徐画相得益彰,各领风骚。

许以栗喜藏古物,并且手拓古器,自己题款作跋,古雅别致,极富书卷气和金石味。2012年夏,在天津瀚雅今古斋古籍善本拍卖中,有一张长仅33厘米、宽26.3厘米的小型彩拓,以红、蓝、绿色拓残瓦、古钱等,其上题篆书"金石同坚",款为"甲戌初冬为仲修仁兄与琪卿女士结褵嘉礼,集拓古吉祥文字奉贺,琴伯许以栗识于双修馆"。由此看来,此彩拓是贺友人结婚之礼物。甲戌年即1934年,正是许在天津任事期间。此物极不起眼,本无底价,当时即拍得4200元。中国嘉德74期周末拍卖会亦见有《许琴伯响拓佛像》,拍出的价格也都不低。

许以栗于1963年被聘为中央文史研究馆馆员。1967年9月23日病故,终年80岁。著有《天津市志概要》《先哲名言》《忍庵微言》《思潮集》《旅甘吟草》《天嘉集》《忍庵论书》《东游草》等。

知府画家王玉璋

这是知府画家王玉璋所作《松壑鸣泉图》。此图取深远布局,层峦叠嶂,逶迤绵延,远近分明。数厦房屋掩翳于丛林之中,溪畔林中有水阁一栋,窗牖敞开,景物迷人,异趣横生。作者妙得古法,苍浑典雅,力追"四王",笔笔老到。有人将玉璋比作曾任廉州知府的"四王"之一王鉴,与当时的书画大家戴熙并称"南戴北王"。

王玉璋,字鹤舟,号松巢外史,又号雨亭观察子,生活在清朝嘉道年间。王家为津门望族。祖籍山西蒲州永济,明万历年间二世祖一翰迁天津,世代读书,玉璋父名象仪,字羽廷,曾官至江南盐巡道,其为居津第六代。

玉璋幼承家学,少年时代,除喜好书画以外,最喜欢骑射。青年时在嘉庆年间,初官秋曹,随扈木兰,奉旨随嘉庆皇帝围猎,校射中,得中凤眼,被钦赏花翎,由刑部郎中,出任雷州知府,后又被调任琼州知府,在二地任职期间颇有政绩,为当地人所赞赏,是一位有作为的官员。隐退后侨寓苏州,终日与友人饮酒作画为乐。《墨林今话》《桐阴论画三编》《瓯钵罗室书画过目考》等均有王玉璋的相关记载。

王玉璋长于六法，远宗五代南唐杰出画家董源（北苑），近师清初"四王"之一的王原祁（麓台），得浑灏渊懋之气，有"笔端具钢杵"之誉。《桐阴论画三编》称："巨幛小幅，笔意沉着，体貌纯摹司农（王原祁）。"清末津人徐士銮所著《敬乡笔述》记载，一日鹤舟见到一幅王原祁的画，画中有一石，仅勾勒两三笔，便觉十分浑厚生动，于是他闭门数日而习之，终于悟得其法而后已。后来郑云麓观察使曾赠诗王玉璋云："来往风帆大海东，崖州定后不言功。知君别得新皴法，五指山高在眼中。琅琊太守剧风流，岭外山川笔底收。添得佳谈留画苑，王廉州后复雷州。"郑观察在诗中称他在琼州治理有方又不贪功，而是将岭南的名山大川尽收于笔下，为画苑留下佳谈，直可与昔日的廉州知府王鉴相提并论了。而王鉴曾被时人以"王廉州"相称，故又有人将王玉璋以"王雷州"呼之。而时人还将他与进士出身的江南名画家戴熙并提，因戴熙与王玉璋的画风相近，而戴也以山水见长，故而将二人并称为"南戴北王"，谓二人名冠南北，各领风骚。

王玉璋绘山水

王玉璋侨寓苏州时与武进文人、

著名画家汤贻汾相友善,二人时常诗酒唱和,往往又于酒后作画,二人豪情逸气结为挚友。不但如此,后来汤贻汾又将女儿汤嘉名嫁给王玉璋的三子祈年(字子瀛),汤嘉名也是著名画家,而汤贻汾的四子汤禄名则长期在天津王家居住,创作了大量的优秀作品,有许多被天津博物馆收藏,而王玉璋的长子长年、孙伯威(号鹤孙)也皆有画名。

玉璋诗、书亦佳,且妙解音律。其性爱端砚,收藏极伙,弄墨之暇,摩挲不倦,故名所居为冻云馆。著有《冻云馆诗集》。

王玉璋的后人学浩先生存有王玉璋所绘山水、款曰:"丁未夏五仿黄鹤山樵,呈叠云先生大人训正,析津王玉璋。""丁未"乃道光二十七年(1847)。1924年,华世奎、严范孙、罗振玉、章式之对此画分别作了题跋。罗振玉的题跋是:"山樵骨髓廉州脉,三百年来此擅长。并世恨无张逸史,岁寒剪烛共平章。"章式之的题跋是:"罢郡曾留赁庑踪,娄东师法写从容。船山也向金昌住,一是诗宗一画宗。"

王玉璋的绘画作品在艺术品市场极少露面。仅在天津市北洋普善2012年春季艺术品展销会见到一件王玉璋小幅山水,构图比较简单,标价3万元。此画来自南方一家文物店,为文物店旧藏。

"浪漫才子"徐志摩

"轻轻的我走了,正如我轻轻的来;我轻轻的招手,作别西天的云彩。……悄悄的我走了,正如我悄悄的来;我挥一挥衣袖,不带走一片云彩。"

这一首《再别康桥》读起来真的很美,读这首诗,沉浸在这种美妙的氛围里,不得不承认徐志摩的文学造诣和诗人的浪漫。

徐志摩出生于 1897 年,浙江海宁人,现代诗人、散文家。其父徐申如是清末民初的实业家。徐志摩是徐家的长孙独子,自小过着舒适优裕的公子哥生活。1908 年徐志摩在家塾读书,进入硖石开智学堂,师从张树森,打下了古文根底。1910 年,14 岁的徐志摩来到杭州,经表叔沈钧儒介绍,考入杭州府中学堂,与郁达夫同班。1915 年夏,他考入上海浸信会学院暨神学院。但徐志摩并没有安心念完浸信会学院的课程,1916 年他离沪北上,来到天津北洋大学攻读法科。当时北洋大学位于天津北郊的西沽,北洋校舍有大堤以防水患,堤岸上垂柳和桃李成行,在春光明媚的日子里,红花绿叶好风光,幽雅恬静旷胸怀。生性好动的徐志摩每到课余时间,常常游走于花堤柳岸,不时激发他的诗情和浪漫的情怀。徐志摩在他的诗集《猛虎集》上写道:"我的第一集诗——志摩的诗——是我十一年(1922年)回国后两年内写的。"而这些诗的酝酿和诗的感悟却不是短期就能"发生"的,他的诗歌创作必然与他在北洋大学的这段生活有着千丝万缕的联系。

1917年,北洋大学法科并入北京大学,徐志摩也随着转入北大。在校期间,他不仅钻研法学,而且攻读日文、法文及政治学,并涉猎中外文学。他广交朋友,结识名流,由张君劢、张公权介绍,拜梁启超为老师,还举行了隆重的拜师大礼。梁启超对徐志摩的一生影响很大,他在徐心目中的地位是举足轻重的。徐志摩亲身感受了军阀混战的场景,目睹屠杀无辜的惨相,决计到国外留学,寻求改变现实中国的药方,实行他心中的"理想中的革命"。

徐志摩是著名诗人,但他同时也是一位美术评论家,只不过美术评论家之名被诗名掩盖罢了。徐志摩和徐悲鸿曾就"现代主义艺术"问题展开过一场论战,这不是孤立的论争,而是体现了当时两种美术思潮之间尖锐的冲突。

1930年4月,徐悲鸿画展在

徐悲鸿赠予徐志摩的《猫》

上海举行，徐志摩因故未能参加。不久徐志摩发表散文《猫》，写道"我的猫，她是美丽与健壮的化身"。徐悲鸿遂画《猫》赠予徐志摩。画中题跋首句"志摩多所恋爱，今乃及猫"，字面上指的是物事，言外揶揄之意。徐悲鸿画的是一只"无爪猫"，这也和"两徐"文艺论战有关。徐悲鸿倡导写实主义，此处他以猫比喻西方绘画，"去其爪"就是指需要改良，他通过这幅画再次强调了自己的绘画观。

笔者曾在2009年北京一个艺术品拍卖中见到徐悲鸿送给徐志摩的这幅《猫》。这幅《猫》起拍价120万元，最后被台湾收藏家以336万元人民币的竞拍价拍走。从某种意义上，这幅《猫》也是当时"二徐论争"的一个见证。

1931年11月19日早晨，徐志摩搭乘中国航空公司"济南号"邮政飞机由南京北上，当飞机抵达济南南部党家庄一带时，忽然大雾弥漫，机师为寻觅准确航线，降低飞行高度，不料飞机撞上开山，当即坠入山谷，机身起火，机上人员全部遇难。

徐志摩死后，其妻陆小曼默默忍受着外界对她的批评和指责，致力于整理出版徐志摩的遗作，用了几十年的时间。

曾有人说："作为那个时代的名人，徐志摩做到了一个普通知识分子能做的一切，他在追求自身幸福生活的同时，也对民族命运有过深刻的思考。他与张幼仪的婚姻是那个时代的不幸，他与林徽因的淡淡情愫令人唏嘘，他与陆小曼的婚姻热烈而深情，却又坎坷多舛。"

钱萃恒精于考订

钱萃恒，今人知之者寥寥。先生生于 1875 年，卒于 1986 年。他原籍昌黎，长期寓居天津，自号退思斋主人，早年曾是国民政府立法院军事委员会何遂先生之属下。当年他居住在天津西北角文昌宫胡同。

钱先生富收藏，精于考订，和著名金石文字学家商承祚先生是多年老友，生前收藏清人书札和诗笺甚伙。他藏书盈箧，且多为稀见本、珍本、稿本，其中不少古代典籍先生都作了题记。曾见清余峰撰《清风草堂诗钞》，为清代抄本，此书有水西庄查礼的跋，钱先生亦作有跋语。他的藏书大都钤有"退思斋印""吴越王孙"等印。所藏《古印留真》一函四册，便钤有他的收藏印，前不久我竟在古籍版本拍卖会上见到了这套珍贵的印谱。

令人惋惜的是，钱先生珍藏的古代典籍、碑帖拓本等绝大部分在"文革"中丢失，所余者已不及十分之一。天津社会科学院历史所研究员涂宗涛先生在其《苹楼藏书琐谈》（2013 年天津古籍出版社出版）一书中特别提到了钱先生。他说：由于偶然机会，在钱萃恒先生处发现一部抄本《含晶道人自订年谱》，系钱先生手抄，按传统抄书形式，四周边栏为细线，长13.6厘米，广9.1厘米，版心为白口，顶端标"含晶道人自订年谱"，中下标页码，下端标"退思斋抄本"。封里大书小篆"含晶道人自订年谱"，中下标"鹤鸣敬题"，下钤"崔"阴文小印一方。正文半页八行，行十七至二十字不等。字作楷体。首页第一行标"含晶道人自订年谱"，下钤"吴越王孙"（阳文）、钱萃恒题识"退思斋印"（阴文）印各一方，紧挨着钤"天津市人民图书馆珍藏图书"阳文印一方。在我所藏复印本的正文前，贴有钱先生于1985年11月1日手书题识。按"退思斋"为钱先生室名，因此抄本曾于"文革"中被抄没而送入市人民图书馆，后落实政策又退还，故钤有该馆印记。经过考察，这部抄本《年谱》，从未公开梓行，不见于任何目录书著录，因此鲜为人知，但它对研究近代史的捻军、白莲教及山东人民起义等方面，都具有相当的史料价值，我特复印一份保留下来。

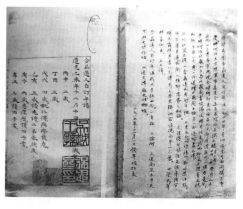

钱萃恒跋及《含晶道人自订年谱》首页

我曾见到钱萃恒1962年11月26日写给中华书局编辑部的一封信。信中说："敬启者，鄙人多年以来撰有《碑帖汇考》与《历代名人别号汇编》二书。《汇考》系说明拓片先后及原刻与翻刻之区别,分《碑部》与《帖部》,末附《辨真伪》。《汇编》则三字以上别号分上下二编,《上编》自称别号,《下编》为人所尊称。每人皆附有小传。自知学识浅陋,谬误百出,从未敢取示与人,进来有友朋方面,每以兹百花齐放,无论洽合时宜与否,既经从事研究,即应公诸社会,请大众批评研究用,是不揣冒昧,函请贵书局加以指导,如有需要,即见示,以便寄奉,此致中华书局编辑部同志。"从钱先生的信札中,我们读到了一位文化人治学的艰辛与审慎,同时也能窥见先生书法功底的深厚,尤其是行书颇见"二王"气息。

本人很喜爱先生的字,但一直未能得到他的书法作品。2016年冬日的一天,我在鼓楼的一家古玩店里偶然见到一个刻有文字的竹臂搁,店主说:"这是一件老物件,文房器物,雕刻的人也是个名人。"我一看落款,竟然是钱萃恒,便毫不犹豫地将其买下。臂搁的文字乃钱先生亲自书写、亲自镌刻。其上曰:"懒与时人论富强,富强原不是良方。石崇金谷今何在,韩信弯弓昔已藏。产寘百年终换主,气横千里总沦亡。不如守分存天理,锡福儿孙更久长。辛巳冬月,退思斋主人昌黎钱萃恒刻。""辛巳"是1941年。该书法俊逸秀雅,书卷气浓郁。

"北方健者"郭风惠

郭风惠（1898—1973），河北河间人，近现代著名学者、诗人、教育家、书画艺术家、爱国民主人士。郭风惠先生是 20 世纪最具传奇色彩的人物之一，早年有"北方健者"之誉。也有人说，他是"北学"的领袖人物，于文学、历史、法学、哲学、美学及医学、军事、文字学、书画艺术等诸方面都有精深造诣，被称为"中国第一书法家""书法入画最为成功者""前后五百年，亦恐无敢与之争席者"。

郭风惠生于"戊戌变法"之年。其先君郭连域与末科状元刘春霖、宣统老师陈宝琛、民国教育总长傅增湘为学问至交，藏书极富。郭风惠 10 岁可诵《诗经》《楚辞》，能为诗、写联、画四屏大幅，13 岁读医书，能为人医病，是当时"神童"。1915 年，郭风惠来津后在西沽北洋大学读法学，始在天津的《大公报》《益世报》等多种报刊发表诗文，引起严修、李金藻两位先生注意。严修先生特别称赞他为"北方健者"，由此"北方才子"之名响亮其时。在这期间，郭风惠结识了张伯苓、周恩来等。郭风惠与周恩来同庚,作为严修最为青睐的两位青年学子,他们相熟相稔了,有人说"这或许是四十年后周恩来请郭风惠为'来今雨轩'题匾的缘由"。

1919年郭风惠由天津北洋大学法科转入北京大学,课余,担任国立北京艺术专科学校及北京汇文中学、畿辅中学、四存中学等校教席,教授文学、英语、美术等课程。此间,他与章士钊、王道元、郑锦、高阆仙及齐白石、秦仲文等交好。1922年,教"北京艺专"新生王雪涛、李苦禅。后郭风惠以北京大学法学、英语博士毕业,于1926年暂搁教鞭,协助宋哲元"参戎幕,掌绥远教育",先后任绥远、察哈尔教育厅厅长,成为教育界最年轻的高层领导者。1929年3月,严修在天津病逝,郭风惠专程赶到天津,痛悼恩师。这一年他以北方教育考察团团长的身份,率团赴日本考察教育。1931年8月,他辞去一切官职,回到家乡河北河间府,亲任"河北省立三中"校长,致力基础教育,实施教育救国的夙愿。

1935年,驻北平日军挑衅频繁,华北局势紧张。郭风惠应宋哲元邀请,再度出山,协助宋处理军政要务。1937年7月28日,郭风惠与赵登禹、佟麟阁并肩在卢沟桥与日寇血战。赵、佟二将军壮烈牺牲后,

郭风惠绘《喜鹊登梅》

郭风惠代李宗仁写了在全国公祭大会上致赵登禹将军的悼词。

北平失陷后,郭风惠遭到日军严厉通缉。他不顾家人安危,坚持抗日。1938年后,张自忠"三顾郭风惠",请其协助。1940年5月16日,张自忠在鄂北南瓜店壮烈殉国。郭风惠以泪调墨,向张将军献上了两副挽联:"元戎陷阵,古今曾有几人,却为殉城怀阁部;处士虚声,辗转空劳三顾,勉将直笔叙睢阳。""不成功,必成仁,临阵几封书,公私事业均遗我;国未亡,家未破,凭报一雪涕,生死交情敢负君。"

中华人民共和国成立后,郭风惠积极投身文化建设活动,是著名文学社团"禾弟园诗社""庚寅词社"的重要诗人。郭风惠还是北京中国书法研究社的主要发起人之一。1971年,美国黑格将军访华,在参观中山公园时提出,来今雨轩这么有名的景点为何无匾。周恩来总理听到这个汇报,指示有关部门,请郭风惠先生补上这块匾。1972年尼克松访华前,郭风惠"临危受命"抱病题写"来今雨轩"尤其令人感慨。

郭风惠一生的成就离不开他在北洋大学就读时受到的文化滋养,也离不开天津乡贤对他的帮助和鼓励。

翰林大儒高赓恩

高赓恩(1840—1917),天津北塘人。清光绪二年(1876)丙子恩科进士,入翰林院初为庶吉士,后授职编修,充国史馆协修,奉旨上书院行走。简放四川学政,充湖南正考官,外放陕西任汉中道台。光绪二十六年(1900),慈禧太后册立总理大臣载漪的儿子溥儁为大阿哥(即皇储),时任汉中道台的高赓恩被召回京任溥儁的业师。同年,义和团运动被镇压,载漪革职充军新疆,溥儁随之被废,高赓恩解职归里,淡出政治舞台。然其死后,废帝溥仪仍谥其"文通"之号。

高赓恩为晚清翰林大儒。他学识渊博,一生著述百余种,诗作七千多首,当时堪称北方大师。比较他在诗文方面的成就,诗长于文,而楹联最见功力。笔者所著《析津联话》一书收入他多副楹联,其中有一副是:"林泉好处将诗买;风月佳时用酒酬。"这是赠友联,撷自北宋理学家邵雍晚年写的长诗《岁暮自贻》。此联妙处在遣词上用了借代手法,文人意趣、美景境界全出。还有一副是:"顺天康泰雍澈乾坤嘉圣道;治国熙和正逢隆世庆恩光。"这副对联不仅囊括了从顺治到道光六个皇帝的年号,对每个皇帝都作了精到的评价,而且横读竖念皆成文。虽有粉饰皇权之嫌,但词语典雅、音韵铿锵,含义隽永而又别出心裁,是嵌名联中之上品。

高还是一位卓有成就的方志大家。史载曾编有《绥远旗志》(又名《绥远志》《绥远全志》)十卷(刻本)、《土默特旗志》十卷(刻本),另有《归绥道志》四十卷,尚未刊行。其中《绥远旗志》,系光绪三十三年(1907)应绥远将军贻谷之请编修,《归绥道志》则成书于这年秋间。

高赓恩楷书七言联

论高恩赓书法,更堪称一代大家。有资料说,当初他被选作皇储溥儁的讲师,除了学识和道德文章外,还因为他有一笔好书法。他的字初宗欧阳询,凝重而潇洒,稳健而丰腴,后由欧体过渡到行书,清雅、飞动,自成一家。北京颐和园慈禧太后居住的乐寿宫寝室内今尚有高赓恩的一对条幅,故宫乐寿堂有他的五绝数首。

高在京为官期间,乡亲有事进京,他多有资助。回乡省亲,常用字画周济贫困乡亲。晚年还乡后,迁居宁河芦台镇,草屋茅舍,布衣粗食。其任四川学政,湖南主考时,学生众多。后又成为民国重要军界将领者,路过芦台,必看望恩师,有所馈赠,高赓恩一律谢绝,甘心淡泊,日常以诗书自娱。据其家乡人说,人们向他求联索字并不难,哪怕是穷家小民,只要开口,他都不拒绝,没能得到的,他还给补上。直到"文革"前,北塘不少人家还有他的真迹,可惜几乎都遗失了。

"高翰林"是北塘人对高赓恩的尊称。北塘人非常尊敬高赓恩,因为他知识渊博,品德高尚。他的家族也被称为"翰林家",他住的胡同称为翰林胡同。20世纪初,高赓恩一家搬到芦台,高家大院由高氏本家居住。新中国成立后,高家大院成为军队营房,以后这里又改作工厂。20世纪60年代,高家大院原房屋全都拆除,原址建起新厂房,后又改为职工住宅,1976年地震被毁,今已无痕迹。

继承家风　建树不凡

　　戴章勋（1870—1923），天津人，字颂唐、亦云，清末进士，文章、书法俱佳，为官颇有政声。

　　戴章勋先祖戴朝锡因经营盐务频繁来往宁河县（今宁河区）芦台，后全家由浙江迁居芦台靳家庄，又于清嘉庆年间举家迁居汉沽刘庄，为五品候选直隶州官。戴章勋的祖父戴襄青，博学多才，教书讲学，著书编卷。道光五年（1825）中举人，授武邑县教谕兼观津书院主讲，五品衔。戴章勋的父亲戴彬元受家庭熏陶，特别是他父亲戴襄青的影响，自幼勤奋好学，为人正派。他在光绪己卯年（1879）任户部主事，庚辰年参加朝中殿试，获二甲第一名，朝考一等第二名，皇帝钦点翰林院庶吉士，江南副主考官。

　　戴章勋是戴彬元的次子，其天性聪慧，很小就懂得认真读书、练字。戴彬元对小章勋寄予厚望，特书写一副对联，贴在戴章勋居室的门框上，上联是"博览广闻见"，下联是"寡交无是非"，勉励儿子多多读书，增长见识，不义之人莫相交，切莫卷入是非之中。在父亲教导下，戴章勋学识日增，也写得一笔好字。光绪十五年（1887）戴彬元病逝，家境愈加清贫。戴章勋刻苦读书，于1898年28岁时朝考获丁酉科拔贡生，入选直隶州府。春节回家探亲时，他在父亲的对联外侧又附贴一副对联："拟将竹叶留春住，笑指柴门待月还。"

光绪十三年（1885），由英国人操办的唐胥铁路向塘沽、天津方向延伸，计划横穿戴的家乡小刘庄村，村民要遭拆房、毁田、平坟墓之难。戴章勋受父老乡亲委托，到京城向父亲说了此事。戴彬元找到直隶总督兼北洋大臣、修建唐胥铁路的中方代表李鸿章，通融了英方工程师，改动了原方案，铁路线往北做了移动。小刘庄民众感恩不尽，改小刘庄为留庄。此事在戴的家乡汉沽传为美谈。

戴彬元曾对儿子戴章勋说："村里缺少文化人，多有不便。应该让孩婴们学文化。"戴章勋牢记父亲夙愿，组织商人、绅士募捐银两，在留庄建屋舍、置桌椅。1905年，戴家和许家共同办起了汉沽第一所义务教育完全小学。由于戴家的名气和为人，加之不收穷家孩子的学费，远近几十里的孩子都慕名而来。留庄小学为汉沽培养了

戴章勋楷书七言联

89

许多基础人才。高小班的很多学生在天津解放前夕随解放军南下，解放后担任南方省厅级干部的不在少数。

戴章勋继承家风，学有所成，建树不凡。他为官清廉，造福于民，颇受民众拥戴。1902年春，32岁的戴章勋赴东北，先后任辽宁凤凰县、吉林省奉化县知县及多伦等。据有关资料记载，当年日本人与俄国人为争霸中国东北土地、掠夺财富，在公主岭爆发过多次冲突。日本人以公主岭是其属地为由，为掠夺之便要修南满铁路，强行霸占农民土地。为了百姓生计与国家尊严，戴章勋多次与日方交涉谈判，且亲临勘界现场，争回了日本人霸占的土地，并为失地农民索要土地费，百姓感恩不尽，联名奏折为戴请功。朝廷称"事由详明，戴知县勤慎"，为其加品晋衔。戴还为当地受日本人欺压的农民与日方严正交涉，维护国民权利。当时恰值日、俄在东北因掠夺我领土而战得不可开交，日方怕把事情闹大于己不利，勉强做了让步，以道歉、赔款了结此事。百姓称赞戴知县有骨气，心中有百姓，万民折再奏，戴受朝廷褒奖，加晋一品官衔。

日俄在东北国土上多年混战，国内的绑匪、"红胡子"也愈加猖獗。戴的家中老小、亲戚朋友异常惦记戴章勋的安危，劝其辞官还乡。戴给家人捎信，说自己的差事就是为民创造一个平安的生活环境，告诉家人不要惦念。吉林怀德县有以"黄毛子"为首的一伙歹徒经常来戴章勋履职的县欺财霸女，明火执仗地抢夺，扰乱商市，扰乱该县的社会秩序，百姓恨之入骨。商户被洗劫也是敢怒不敢言。戴了解情况后，"全剿祸害，极刑处之，力平民愤"。劫匪胆寒心寒，匪患终得以平息。戴章勋在凤城任职三年,除暴安良,对绅士开诚相见,建商会,让商户自己管理自己,求得商会支持,捐资办学校。县境太平,百姓安居。可戴因操劳过度,心力交瘁,身染重病,回津治疗。凤城县民众得知后,"卧辙攀辕,泣泪送行",更有甚者,直护戴回津到医院。直隶省曾调戴章勋到塘沽港任职。由于积劳成疾,还没到任就辞世了。

戴章勋的书法亦宗颜体,与其父书风相近,挺拔而不失典雅。

陈之骥:"清末十同学"

　　人们大都知道,天津的李叔同是中国最早留学日本学习美术的,但很少有人知道李叔同还有一位天津老乡陈之骥,此人比李叔同年少两岁,1908 年 9 月以官费留学于东京美术学校,学习西洋画,至 1913 年 3 月毕业归国。他是中国历史上最早留学日本东京美术学校学习西洋画的"清末十同学"之一,是天津近代绘画史上一个十分关键的人物。今天我们了解陈之骥,也有助于对李叔同艺术的研究,特别是对他早年留日学习西方美术的研究。

　　陈之骥,字了云。1882 年出生于直隶省天津县塘沽北丰台镇(今属宁河区)。对于他的名字,现在的人也许感到陌生,但在当年他却是赫赫有名的人。他是官费,即由清政府出钱留学的人,且能顺利毕业,这在毕业率只有 57.7%的东京美术学校留学史上并不很多。

　　有关陈之骥的赴日经历,笔者曾查阅多种文献,证明陈之骥留学日本的时间和他与李叔同的关系。1912 年 4 月 7 日《太平洋报》刊登一条消息："吾国人留学日本入官立东京美术学校者,共八人。皆在西洋画科。曾延年、李岸(即李叔同)二氏于去年四月毕业返国。此外,留东者有陈之骥、白常龄、汪□川(原文脱字,即汪济川)、方明远、潘寿恒、雷毓湘诸氏。又有谈谊孙氏,于六月前曾入该校雕刻科,至二年级时因事返国。"有人说"这条消息就是陈之骥写的"。也有学者认为"这条消息很有可能是出自李叔同之手"。

长春师范大学的郭长海先生曾提出:李叔同是 1906 年 10 月至 1911 年 3 月 29 日在东京美术学校留学的,整个留学时间处于清朝末年,相当于日本的明治末年。李叔同在 1912 年春天回忆清末在东京美术学校的中国同学。消息中提到 9 人,其实还应加上比他们都先进入也就是第一个进入东京美术学校的黄辅周。这样,清末在东京美术学校的中国留学生共有 10 人,他们是:黄辅周、李岸、曾延年、谈谊孙、陈之骥、白常龄、汪济川、方明远、潘寿恒、雷毓湘。他们都是在 1911 年辛亥革命前入校的,所以人们将其合称为"清末十同学"。

关于"清末十同学",有人

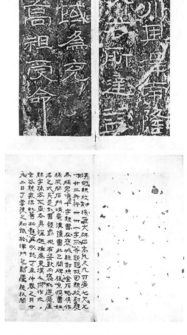

陈之骥为汉碑《石门颂》所作题跋

以其入学先后为序列为表格,其中第二位是李岸(李叔同),生卒年标为1880—1942,出生地标直隶天津,专业为西洋画科,费用为私费(据笔者所知,后已由私费改为官费),入学日期1906年10月,毕业或退学日期为1911年3月29日。陈之骥位列第六,生卒年标为"1882—?",出生地标为天津塘沽,专业为西洋画科,费用为官费,入学日期为1908年9月25日,毕业或退学日期为1913年3月。另有资料记载,陈之骥生于1882年5月,直隶省天津县塘沽北丰台镇出生,东亚同文书院第二年修业,1908年9月25日入东京美术学校西洋撰科,1913年毕业。东京艺术大学藏有中国油画家所作自画像作品,反映了中国近现代美术史中珍贵的历史篇章。其中李叔同油画原作《自画像》,以正面半身为中心构图,其中人物肖像及背景表现生动传神,色彩层次丰富而浑然一体。陈之骥油画原作《自画像》,亦以正面半身为中心构图,布面油彩,人物肖像留两撇浓黑的胡须,戴淡色细框眼镜,温文尔雅。

陈之骥归国后在家乡东丰台与北京两地居住,北京住址为西单灵镜胡同(与荀慧生为邻),东丰台住址为天尊阁东南两三百米的"了园"。专事读书、绘画、吟诗、看戏、户外郊游。从现有资料看,陈之骥似乎并未如李叔同那样将西方绘画艺术实施于本土美术教育,但他依然可称是清末民初中国西画界以及美术教育界的一位重要人物。笔者曾在艺术品市场见到陈于民国二十九年(1940)所作山水扇面,画面水汽淋漓,构图新颖,在色彩和用墨上具有西画的成分。他从古典主义、文艺复兴、现实主义甚至印象派光色运用、油画技术以及夸张变形中吸取营养,光大了传统写实技法。在艺术品市场亦曾发现过陈之骊于 20 世纪 40 年代书写的石鼓文对联和小篆对联,皆高古典雅,无不展现其东方文化艺术的深厚根基。

陈之骊于 1966 年去世,除黄辅周外(黄 1972 年去世),他在"清末十同学"中可能算是寿数最长的了。这样一位在中国美术上占有一定地位的乡贤,我们不能忘记他。

"小朝廷"里陈宝琛

末代皇帝溥仪 1924 年被赶出紫禁城，从北京到天津后，住在日租界张园、静园，直到 1931 年离开天津去东北，他的"小朝廷"在天津过了七个年头。提起溥仪的天津"小朝廷"，人们总会想起伺奉在"皇帝"身边的陈宝琛。

陈宝琛(1848—1935)，同治时进士，官太保，为宣统皇帝师傅。溥仪被逼出宫后，潜伏天津，陈既未促成也未阻碍，不久他也将家眷移往天津，每天赴日租界张园晋见溥仪。溥仪对陈宝琛的态度是尊重、倚重和信任，凡事都要听他的意见，而陈宝琛对溥仪更多的是关心和约束。

溥仪在《我的前半生》里提到，他在天津时的生活方式引起陈宝琛等的不少议论。溥仪说：他们从来没反对我花钱去买东西，也不反对我和外国人来往，但是当我到中原公司去理发，或者偶尔去看一次戏，或者穿着西服到外面电影院看电影，他们就认为大失帝王威仪，非来一番苦谏不可了。

陈在溥仪出宫后先致力于"复号还宫"，因时局变化，谈判无望,他又主张"静待观变",而不赞成有任何过分之举。陈宝琛反对溥仪出关北上。

1931年9月30日下午,日本驻屯军司令派人来到静园,请溥仪前往司令部,溥仪在《我的前半生》中回忆,在日军的司令部里,驻屯军司令向溥仪引见了两个人:一位是罗振玉,另一位穿西服的中年汉子是关东军参谋板垣征四郎大佐的代表上角利一。罗振玉说东北"光复"指日可待,三千万子民期盼皇上盼了二十年,关东军仗义协助,支持复辟,请皇上立即动身。上角利一也操着流利的汉语说:关东军此次行动完全出于自卫,对满洲绝无领土野心,将诚心诚意地帮助溥仪在满洲建立自己的政权,

希望溥仪立即乘船前往大连,然后转往盛京。溥仪回到静园,召集近臣研究罗振玉带来的计划。年逾八旬的陈宝琛当即给溥仪兜头泼了一瓢冷水。在陈宝琛看来,九一八事变发生还不到半个月,东北的局势尚不稳定,东北人民是不是真的希望清朝复辟尚待观察,国际列强的态度也不完全明朗,这种情况下怎能贸然前往东北呢?陈宝琛沉痛地说:"局势混沌不分,贸然从事,只怕去时容易回时难!"

11月15日,陈宝琛在报纸上看到溥仪会见土肥原的消息,立即赶来阻止溥仪的冒险举动。在静园当着

陈宝琛行书

溥仪的面,陈宝琛和郑孝胥发生了激烈的争吵。陈宝琛强调东北局势未定,日本内阁尚无拥戴的打算,不能相信土肥原的诺言就孤注一掷。郑孝胥说陈宝琛不识时务,陈宝琛一针见血地揭发郑孝胥为了自己的利益不惜陷皇上于险地。二人为此翻脸对骂,溥仪没有表态,但他倾向于郑孝胥的立场。

陈宝琛在天津陪伴溥仪时,偶尔也参加城南诗社和须社的雅集。1929年,他来到佟楼河畔的罗园,作《己巳罗园观菊》云:"柴桑掇露英,满意诩佳色。宁知千载下,灿烂至此极。迟暮造物怜,区别与装饰。虽穷变化巧,未失幽静德。惜无钱画传,谁补范谱摭。是翁习抱瓮,忧潦那望泽。捋种逮观成,岁岁有新获。世尘了不关,相忘孰主客。"

天津王串场以东1930年所立《天津许氏新阡表》即为陈宝琛所写。阡表就是墓碑、墓表、碑表。此碑主许君,名许景波,生于清道光庚戌年(1850),卒于己未年(1919)。阡表记下许景波生前周济孤贫、收养"节妇",办小学校、义学及"崇善东社"等事迹。有意思的是,许氏新阡表文的撰述人和书写者都是陈宝琛。阡表文辞典雅庄重,书写匀正工整。碑额则是天津书家张寿所题。由此便可看出陈与津人的交往和在津城之作为。

陈氏善书,其楷、行取法赵孟頫、董其昌,书风秀逸平和。且喜藏古印,著有《澂秋馆印存》《沧趣楼集》。笔者曾经有一副陈所作七言联,书风隽永内敛,不躁不厉,心气平和,得赵书之悠闲,得董书之空灵,学问之气溢于书外。陈贵为帝师,其学养功力可见一斑。

优游林下的刘嘉琛

天津乡贤刘嘉琛是清末翰林,更是一位造诣非凡的书法家。我藏有他书写的一副楷书七言联,上联是"果林春熟猿捋子",下联是"林壑秋深鹿养茸",上下联各宽 31 厘米,纵 128 厘米。从书写上看,作者有过师承钟繇和魏晋写经的痕迹,作品雅气生动,毫无人工斧凿之迹,率直自然之中深藏着丰富的内涵。

刘嘉琛(1861—1936),字幼樵,号畎南,天津人。1885 年光绪乙酉举人。1895 年乙未进士,殿试二甲,朝考第一,选庶吉士,授编修。1900 年充湖南乡试副考官,因义和团运动试事停止,中途改赴西安,旋简放山西学政,捐廉购书育才,任满回京。1910 年授四川提学使。

刘嘉琛任四川提学史不久,四川爆发保路运动,总督赵尔丰调兵镇压。武昌起义后,赵尔丰被迫让政权于大汉四川军政府,但仍据总督署企图反攻,遂为都督尹昌衡所杀。刘嘉琛"义不可坐视",乃派员与军政府谈判,将赵尔丰择地入葬。

据称赵尔丰被杀后,刘嘉琛为民军举为临时大都督,刘未就。数年后，袁世凯下令成立清史馆，推举赵尔巽为馆长。赵尔巽为赵尔丰的兄长，有感刘嘉琛为胞弟料理后事之义举，"特虚一席"，即聘其为清史馆编撰。刘嘉琛感谢其诚意，婉言谢之。

1912 年，刘嘉琛回到天津，同严范孙、华世奎等人倡办天津崇化学会。晚年的刘嘉琛优游林下，授徒鬻字，不问政事。龚望先生的祖父龚晓珊曾随刘嘉琛赴晋襄教，龚望少年时从刘嘉琛学习书法。先生念通家之谊，曾请卢弼（慎之）先生撰写《刘幼樵先生事略》，其中说："先生则韬光养晦，伯玉卷怀，偃息荜门，幼安守志，遁世无闷，淡泊自甘，侪伍齐民，栖迟廿载。二三耆旧已忘其为屡掌文衡之监司大员。再阅岁时，津人士或不知有此潜德之隐君子矣。"

刘嘉琛楷书七言联

刘嘉琛与李家、与李叔同素有交往。李叔同的父亲李世珍和刘嘉琛都是天津籍进士（刘比李晚 30 年），且两家相距不远，都住在旧三岔河口附近。李叔同少年时代受业于常云庄先生，读《孝经》《毛诗》《唐诗》《千家诗》诸书。这位常先生与刘嘉琛是老友，刘嘉琛出仕山西学政，常随同前往。常后来到李家授课，与刘嘉琛不无关系。李叔同二哥李文熙的二儿子麟符（字相章）娶刘嘉琛的女儿，惜患癫痫病，中年去世。李叔同的次子李端在《家事琐记》里说:"四嫂是清末翰林刘嘉琛的女儿,婚后常住在娘家,四哥(麟符)故去后即离开李家,靠教书为生。"1929年李文熙去世,即由刘嘉琛"报门",天津警察厅厅长杨以德"点主",说明这位前清翰林依然是很有名望的。

刘嘉琛善行楷,偶作分隶,亦极佳妙,顾不多作。笔者曾见其书法中堂,所书基本上是楷书,且多以行书笔意融入,并不似唐楷那么规范,高雅而又率真,极富书卷气,亦有些馆阁气息。此幅作品长106厘米,宽53.5厘米,作于戊辰年(1928)。上款"竹斋"是民国时人,姓范,名安荣,字竹斋,其先辈于明永乐初年由山东范县迁入天津,繁衍聚居成范家庄。范竹斋以棉纱生意致富,成为继盐商"八大家"之后,天津绸布商"新八大家"之一。此人发财不忘济贫,在民众中口碑甚佳。

"精严古秀"马家桐

马家桐（1865—1937），天津人。字景韩，号署橄澹园丁、乐思居士等。因旧宅门外有一株老桐，故名其室曰："凤凰来舍"（寓"家有梧桐树，引得凤凰来"之意）。又因所居是东厢房，又号厢东居士、厢东夷士。后来，他得到一枚汉印，印文适为"佳同"二字，于是更名为佳同。他早年师从津门著名画家孟毓梓（绣邨），与张兆祥等人是同门师兄弟。工山水、花鸟，也作人物及佛像。一生勤勉多产，为清同治、光绪年间"津门画家四子"之一，在津沽画坛影响很大。

马家桐最擅长花鸟画，作品精严古秀，细润温雅。寒斋藏有马家桐所画圆光花鸟，画面布局严谨，笔意洒脱，所绘花木禽鸟生动自然，形态优美，阴阳向背颇具立体感，整幅画充满明朗欢愉的气氛，每每观之，心中总感到欢快而又不失雅意。

马家桐绘画转益多师，上起宋、元，下逮明、清，无不临摹学习，师承历代花鸟画家之长，融会贯通，自成一格。他善于从不同季节中抓住最具特色的景象，色彩艳丽，构图雅致。其笔下的花鸟,肖古而不泥古,既不失"院体"工整凝练的真实感,又调和了工笔与写意、敷彩与水墨以及文人强调笔情墨韵的不同体派,变化为工稳清逸的新画风。

在马家桐的花鸟画中,屡见署有"摹锦衣卫指挥吕纪"的题识。他钦佩吕纪以绘画进谏孝宗皇帝的做法,因此有些作品刻意描绘家禽鸟雀在大雪严寒中相互偎依、患难相济的情状。这无疑源自吕纪的《雪景翎毛》《雪岸双鸿》等名作。可见马家桐也是有意在画作中隐喻有关社会、人生的见解,从而按照艺术的规律,丰富了花鸟画的思想内涵。

据说,他曾用旧绢戏仿宋人花鸟画一幅,鉴定家也看不出是伪品,居然卖出了很高的价钱。这件事激发了他的兴致,又陆续临摹出几幅,还请他的挚友、书法家孟广慧临写款识兼摹刻印章,更显得惟妙惟肖。人们戏称他俩为"津门二甲"或"二甲传胪","甲"与"假"谐音,即双关二"假"之意,在当时颇负盛名。这类作品也格外受到当时及后世收藏家的珍视。

马家桐是位全才的艺术家。他具有广博的学识修养,除了绘画外,他还工诗书,擅篆刻,精鉴赏,篆刻远宗秦汉,书法最擅篆隶。据唐商鱼先生讲:"马家桐曾为王襄刻印四方,皆有汉骨而时风。"我曾见到他一副隶书八言联,功力很深,且有自己的特色。联云:"经世文章中外彪炳;熙天事业日月升恒。"书文并佳,乃其赠人力作。其篆书以大篆为本,用笔简洁老到,秀而不俗。张树基先生在《乡贤画家马家桐》一文中说:马家桐绘画之外,亦擅书法,其篆、隶对联,多有流传遗墨。马家桐书法对联的落款,多以"马佳同"书之,以别其绘画题款。马家桐的书法作

马家桐花鸟四条屏

品在书画市场亦有所见,一副对联的价位已达数万元。

　　马家桐为人耿介,从不攀附权贵。他取斋号谓"耿轩",喻为人耿直不屈。1918年被段祺瑞的安福国会推举为总统的徐世昌,慕名拜访这位津沽画坛耆宿,竟被马家桐婉言拒绝。

严复书法"风神飘萧"

严复(1854—1921)是中国近代著名的启蒙思想家、教育家和翻译家,被毛泽东主席誉为"代表了在中国共产党出世以前,向西方寻找真理的一派人物"。

他提倡新学,筹办报纸,创建学校。有《天演论》等八大名著行世。严复一生的探索与追求,深印着在天津生活的烙印。

严复是侯官(今福建福州)人,初名传初,曾改名宗光,字又陵,又字畿道,7岁开始上学,11岁起拜本省宿儒黄宗彝为师。不幸的是,严复14岁时父亲去世,家中断了经济来源,只好由母亲陈氏支撑门户。严复再也无力从师,母子二人只好相对茕茕,在织机前燃灯课读。恰在这时,船政大臣沈葆桢(民族英雄林则徐的女婿)在附近的马江创办海军船政学堂,严复前往应试,试题为《大孝终身慕父母论》。当时严复刚刚丧父,沉痛至极,见此题目,遂振笔疾书,成数百言以进。沈葆桢读后大为赞赏,名列第一,翌年入堂肄业。卒业大考时,严复又名列第一。

严复是福州船政学堂第一届毕业生,1877年留学英国格林尼次海军学院。归国后,历任北洋水师学堂总教习、总办,京师大学堂编译局总办,复旦公学校长,京师大学堂总监督。1912年5月,中华民国南京临时政府颁令改称京师大学堂为北京大学,严复为首任校长。

严复与天津有着不解之缘。他于1880年来到天津,开始了在北洋水师学堂的二十年执教生涯。他初任英语教员,后任总教习(即教务长),再升任总办(即校长)。居津二十年,是严复人生最具华彩的时期。他翻译《天演论》,以"物竞天择,适者生存"的观点,号召人们勇敢面对甲午战争带来的民族危机,救亡图存。这成为那个时代的最强音。他创办《国闻报》,成为宣传维新变法的重要阵地。戊戌变法后,他又翻译《法意》《原富》等著作,传播西方政治经济思想。严复在一首诗中写道:"嚽饮津沽水,燕居二十春。"表达了他对天津的深厚感情。严复在津的活动与著述,紧合时代脉搏,影响大江南北,使他成为著名的启蒙思想家、社会改革家和翻译家。

严复的书法是学者之书,结藻清英,超脱畦町,具有恂恂儒雅的书卷气,具有强烈的理性色彩。其小字宗晋唐,时楷时行,应规入矩,却不为绳约,深得颜真卿《小字本麻姑仙坛记》及《黄庭经》遗绪。行草书主要取法

严复行书

二王、颜真卿及苏东坡,于《兰亭序》《怀仁集圣教序》《苏东坡寒食帖》等心追手摹。为避免学王不"流入轻隽,则近俗",他有意识地融入章草的笔法,点画肥重,尤似颜真卿与苏东坡。笔势收敛多于舒张,含蓄多于直露,笔短意长,风味隽永,起始处喜出芒,即使是逆入存锋之起笔也稍具锋芒,劲拔清越,神采焕发。结体承袭二王、苏,火候纯熟,一因字形,随势生发,自然而然地实现了丰富微妙的变化。章法布局强调字形大小、宽窄、长短、斜正的对比,上下避让,左右顾盼,处处周密。虽字字独立,少作牵连,仍一气贯注,痛痒相关,疏朗而不松散。《中国美术家大辞典》评其字"风神飘萧,力入纸而气凌虚"。

刘老芝书画"有殊致"

我收藏一幅刘老芝 1943 年所绘《清供图》，此画宽 52 厘米，纵 134 厘米，画面上，酒缸、酒杯和一把提梁壶，器身皆用粗笔勾线，笔墨不多，古雅淳厚，一枝菊花，色墨交融，点缀其间，简洁大方，风貌独具。左上方有作者左书长题，为一首七绝诗和作画之原委，且称此画"与友人合作于天津万泉山房之耐寒室"。刘老芝那年 78 岁。款题书法尤为古拙潇洒，极富文人气息隐逸之风致，与"扬州八怪"异曲同工。

刘老芝本名刘大同，此人其实是辛亥革命的一位先贤，他原名刘建封，后改名大同，号芝叟、疯道人、芝里老人，1865 年生于山东安丘，系清朝宰相刘墉之后。光绪三十四年（1908），东三省总督徐世昌派任勘界委员，实地勘查奉天、吉林两省界线兼查长白山三江（松花江、鸭绿江、图们江）之源。他率队出发直临天池，用了四个多月时间，踏遍了长白山的山山水水，查清了长白山的江岗全貌和三江之源。为天池十六峰命名，写出了著名的《长白山江岗志略》《长白山设治兼勘分奉吉界线书》等著作，拍摄《长白山灵迹全影》,绘制长白山江岗全图。

刘大同于1905年加入中国同盟会。武昌起义爆发后,刘作为安图第一任知事,在安图县响应起义,由于义军寡不敌众,遭到清军残酷镇压(现在安图还建有他的纪念碑)。后跟随孙中山在日本以及中国上海、广州、天津、香港等地从事革命活动。1913年11月,与何天炯、邓铿等57人在东京加入中华革命党,被孙中山委任为东三省支部长。同年12月,孙中山派他返回大连组织讨袁起义军,协同陈其美策动东北讨袁军事行动。随后参加护国战争,追求祖国的统一。

1938年,天津被日寇占领不久,日本派遣军曾派员到刘家劝其出山任伪政府要职,刘大同当面呵斥道:"吾为民国人,决不能为贵国天皇支配。"并撰诗一首:"独向孤山把酒樽,冰肌玉肤见香魂。任他风雪十分苦,不受东皇半点恩。"对方恼羞成怒,派人刺杀刘大同,幸而未死。

刘大同爱好收藏,砚、墨、印、玉、钱等无一不精,书斋以收藏命名,有"研光阁""百二钵精庐""断圭残璧斋""万泉山庄"。其不仅收藏,还加以研究,著有《砚乘》《古玉辨》《八家印章缘起》《古今名泉

刘老芝绘画作品

影》等。其中《古玉辨》影响极深，至今多次再版，被藏玉爱好者奉为至宝。此外，刘大同在津广结诗友，1935 年组织诗社，著有《百花吟》《梅花吟百二首》两部诗集。

刘大同出身书香门第，先祖刘子羽、刘墉皆为历史上的书法大家，大同颇得家世遗风，他擅长隶书、楷书、草书，书法古朴浓重，苍劲有力。早年为右手写字，1909 年伤及右手，从此以左手执笔，但神韵不减。晚年在津作画，以画墨梅为主，遂成诗书画三绝。陆辛农在《天津书画家小记》里说："刘老芝，山东人，市隐于津。善书画，左右手皆能之，而退笔尤佳。画笔轻快，书法类急就，有殊致。"据称舌画大家黄二南即为其弟子。刘大同与画家吴昌硕、徐悲鸿十分契合。吴昌硕曾为刘大同刻一名号章"风道人"。徐悲鸿对刘大同十分尊敬，1930 年二人合作《梅石图》，大同画梅，悲鸿补石。1952 年，刘大同迁居济南，同年在济南病逝。

李石曾书法豪放大气

　　法国人能够吃上豆腐,不能忘记那个叫李石曾的中国人。此人少时接受维新教育,后来到法国达尼农校留学,又入巴黎巴斯德学院学习生物化学,著有法文版《大豆的研究》和中文版《大豆》。1909 年他与同窗乡友齐笠山去巴黎西郊创办了一家"豆腐公司",以机器新法制豆腐,提倡素食,并在法国组织世界素食会,将中国人生活中的富贵食品——豆腐介绍到西方。他

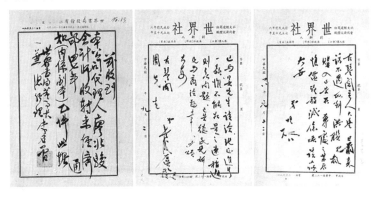

李石曾书札

111

曾带着自己的豆制品参加在巴黎举办的万国博览会,一时名声大噪,被誉为"美味素食",他也因获得"豆腐博士"之雅号。

李石曾虽以制作豆腐享有盛誉,但他的成长和成就绝非"豆腐""素食"所能涵盖。这位前清大学士、帝师李鸿藻的儿子,是最早追随孙中山的同盟会会员。此公名煜瀛,字石曾,笔名真民、石僧,河北高阳人,生于 1881 年。因李鸿藻是天津"世进士第"姚承丰的外甥,李鸿藻曾在姚家读书。李石曾和姚家子弟姚彤章、姚彤诰、姚彤绥等一起就读于此。李石曾并娶姚家的姑娘为妻,李石曾和姚家是亲上加亲的关系。李石曾的青少年时代几乎是在天津度过的。

李石曾 1906 年加入同盟会,1911 年回国参加辛亥革命,为国民党四大元老之一。曾在北京创办中法大学(今北京理工大学前身)。1923 年建立了中法大学附属温泉中学(今北京市第四十七中学)。历任北京大学校

李石曾行书书法

长、北京师范大学校长、国立北京研究院院长等职。早年学习并
倡导世界语，20世纪20年代曾支持世界语运动。1949年赴瑞
士，旋徙乌拉圭，从事国际文化活动。1973年病逝。

李还是故宫博物院创建人之一。1925年10月10日，故宫
博物院宣告成立，李石曾任理事会理事长。故宫博物院成立尚
不及半年，三一八惨案发生，第二天段祺瑞通缉李大钊、徐谦、李
石曾、易培基、顾兆能五人。李石曾和易培基被迫避居东交民巷
使馆区，后陆续离京南下，参加了第二次北伐战争。

李石曾早年与李叔同交好。前面提到，李石曾的父亲李鸿
藻是天津"世进士第"姚承丰的外甥，李叔同的二嫂则是姚家的
姑奶奶，李石曾与李叔同的二哥是连襟。因为这多重关系，李石
曾年轻时多住在姚家，与李叔同等一班同好欢乐相聚，高谈阔
论，切诗唱和，一同在姚家的"雨香亭"读书，一同就学于赵元礼
先生。后来，李石曾、李叔同二人各奔东西，一个留学法国，一个
留学日本。1911年，他们又相继从东西洋回国，在天津重新聚
首。不久，李叔同离津南下，一去不回。此后，由于人生道路不
同，两人有十余年未曾见面。

李叔同出家后，身为要员的李石曾没有忘记这位青年时代
的伙伴。1927年夏，他特意到杭州看望弘一法师。作为出家人
的弘一法师，素不见官方人士。李石曾数次去玉泉寺和招贤寺，
都没能与弘一相遇。7月9日，他前往灵隐后山本来寺，才见到
了正在那里避暑静修的弘一。两人对坐，一个僧衲草鞋，清瘦灵
盈；一个西装革履，风流潇洒。李石曾述说了亲戚们对弘一法师
的想念，劝他还俗，弘一法师自是不为所动，却赠他佛学书多种。

分手后，李石曾为弘一法师手书《梵网经》作了一篇题记，说："弘一法师，别来十余年，数访于玉泉、招贤两寺不遇。本月九日得弘伞法师陪往见于本来寺相谈，并得两师赠以佛学书多种。余不曾学佛，然于其数理则敬慕久矣。"别来十年见法师，廓尔亡言相对坐。真挚的友情已上升到高层次的沟通与默契。

李金藻李十爷

在天津近百年文化史上,乡贤李金藻是位全才式人物。李金藻生于1871年,字芹香,又署琴湘,别号择庐。天津人。因其排行第十,津人称他"李十爷"。他1903年赴日留学,入弘文学院师范科。归国后任直隶学务处省视学与总务课副课长。1912年任直隶巡按使公署教育科主任。1917年,再赴日本考察教育,回国后任职直隶社会教育办事处,多所创举。1921年出任江西省教育厅厅长,1925年辞职回天津。1929年以后,历任天津广智馆馆长、天津市教育局局长、河北省政府委员兼教育厅厅长。抗战期间一度赴河南郾城,为流亡学生筹立临时中学。晚年致力于社会文化事业。

李金藻是近代著名教育家,平生致力于新型教育和社会教育,同时又对诗文歌赋创作、书法鉴藏、碑版考订、戏曲改良、年画改良等多领域有所建树。尤其是对诗词韵文,可谓情有独钟。李金藻曾主持城南诗社,他的贡献主要体现在为城南诗社中后期发展所付出的心血。城南诗社是民国年间天津最负盛名的诗

115

簇仗齐退朝花屏散归院柳边速楼
雪融城湿宫云去殿侍应人焚谏草骑
马歇难栖 衡有仁兄雅正 择庐李金藻

李金藻书法

歌团体,发起人为天津近代著名教育家严修,1921 年正式成立。姚彤章曾说:作为民国时天津的诗坛领袖,"择庐长见,词坛宿将,属词比事,敏妙无敌"。

民国以后,传统诗词仍有其崇高的地位。但由于时代的变更,白话文和新诗开始兴起。为了顺应历史潮流,便于大众接受,李金藻自 20 世纪 20 年代即从事白话韵文的创作。其《择庐诗稿》《重阳诗史》《美人换名马百咏》《天津乡贤赞》等,"新编词曲十余种,艺人演唱,传播南北"。他写的白话韵文,通俗平白,老少咸宜,读来朗朗上口,故能深入人心,便于流传,在天津文坛起到很好的带动作用。

写于 1926 年的《过年叹》,颇能代表其白话韵文的特点。作者站在穷苦百姓的立场,道出了大众的心里话,具有很强的震撼力,固有人称李金藻的白话韵文是"社会教化的鲜活教材",确是一语中的。

李金藻对书法艺术造诣颇深,作为天津近代史上的一位书法家,不像华(世奎)、孟(广慧)、严(范孙)、赵(元礼)那样出名,他又不以卖字为生,故其存世作品不多。他的书法以赵体为

116

主，即元代赵孟頫书体，以笔墨圆润、苍秀见长，书写自然，多以行楷为主，其书法整篇布局和谐、如行云流水一样，自然流畅，使人看了很安静、很舒服。属于学者型书法家。

大画家陈师曾1934年在天津百城书局出版《中国绘画史》时，书名题写者请的便是李金藻，原天津图书馆等匾额也都出自李金藻手笔。在河南，位于清丰亭内的《隋张清丰孝子祠碑》立于1937年，是清丰县人文历史的重要见证，2000年被濮阳市人民政府公布为濮阳市文物保护单位。碑阳"隋张清丰孝子祠"七个大字，就是李金藻任河北省教厅厅长时题写的。李的这七个大字，庄重而不失雅趣，洒脱而不失法度，浑厚而不失灵动，遒劲而不失儒雅，作为一代名师、教育家和书法家，李金藻先生为清丰亭这一名胜增添了深厚的文化内涵，也为清丰的人文历史写下了厚重的一笔。

1948年10月，李金藻因患肺癌逝世。据王翁如先生回忆，为纪念李金藻先生，大约在20世纪50年代初，城南诗社的部分社员在登瀛楼饭庄举行过一次宴集，诗人词家们写了许多诗词。如今，这些人也大都凋谢作古。李金藻作为一位著名教育家，为发展天津的诗歌创作和文化事业做出如此突出贡献，理应受到人们的尊重。李金藻的书法作品也能在艺术品拍卖市场上见到，以条幅为多，其所书端庄儒雅，颇具功力。

"天地间奇人"金玉冈

明朝末年,南直隶江阴出了个"驰骛数万里,踯躅三十年"的旅行家徐霞客。清朝初年,天津则出了一位"南船北马遨游遍"的旅行家金玉冈。这位寄情壮游的金先生,虽不及徐霞客蜚声中外,却也对山川景物"无不探幽缒险",而又精于诗文、书画和金石考据,向为天津士林所重。

金玉冈(1709—1773),字西昆,自号芥舟,晚号黄竹老人。祖籍浙江会稽(今绍兴),其祖业盐起家,世居天津。青年时代的金玉冈景慕陶弘景、林和靖之为人,不乐仕进。他构建了杞园,是颉颃于张氏问津园、查氏水西庄之间的又一处文人荟萃之地。与名士张竹房、徐文山、金金门、高姜田等结社联吟。还在园内畜养仙鹤,每煮茶弹琴,鹤侍左右,如若童子。金玉冈的诗文、书画大都是在这座园林里完成的。与金玉冈同时代的徐文山曾作《题金芥舟黄竹山房》诗:"一座草亭里,烟霞与世忘。帘垂竹影暗,花梦蝶魂香。酒意饶春兴,棋声动夜凉。月明人静后,幽怨起潇湘。"

金玉冈在壮年时,一度告别杞园,他曾两登上方,七游田盘,漫游齐鲁吴越者四,尝南浮海至普陀,西出嘉峪关,历青海、西藏。又由沈京至姑苏,冒险游览大海。族人谪戍辽东,他慨然同行,得以遍览鸭绿江之胜。天津进士郑熊佳铨选粤东,他以60高龄,随同赴任。一游就是五年,最后客死电白。后代学人梅成栋曾评谓:"沽上诗人,前有张舍人笨山(霍),后有黄竹老人,遥遥相接,天然清气,独往独来,为宇宙不可没之人,为国朝垂不朽之作者。"乔耿甫则称他"天地间奇人"。

金玉冈绘画作品

金玉冈在多次艰苦的旅行中,以诗文记载各地胜境和风土人情,有多部地理和记游诗文问世,平生作诗两千余首,其内容亦多得于登危岩、攀峭壁、涉激流、探邃洞中,为今人研究清中前期各地地理风物提供了可贵的资料。

金玉冈尤精绘画。他四处写生,每到一地,皆出囊中笔墨,对景描绘,江浙、岭南、东北、西北佳境盛景多跃然于其画上。一日,金玉冈游至一山洞前,正要画画,却见数十只猕猴围了上来。他为一只老猴绘像。老猴若有知觉,驱群猴散去,与金玉冈静对。像画成后,那老猴竟拿出山果以表酬谢。

事隔二百多年,先生绘画殆不多见。现今所能见到的金玉冈的绘画,有《松云泉石图》《峰顶云罩挂月图》,表现了山明水秀的浓郁气氛。《松云泉石图》是他54岁左右的作品,在艺术上比他早年画的《峰顶云罩挂月图》更加成熟。天津博物馆收藏其《山居图》一轴,从款识看,乃作于岭南电白客舍,为晚年力作。

龚望先生藏有金玉冈的一幅《醉蝶图》,约纵1.5尺、横1尺,彩墨兼工带写。画幅偏右,简笔写意勾出细颈长身酒瓮一只,一合翅亦黄小蝶栖于瓮口,恋香探蜜,不舍离去。另一五色彩蝶张翅奋须亦向酒瓮飞来,似被香勾引,如痴似醉,工彩写生,活灵活现。上有长题,且有多人跋语。据有的资料记载.金玉冈在天津杞园居住时,曾见其酒瓮中冒出几只醉蝶,翩翩往来,复入瓮中,颇有所感,于是绘《醉蝶图》,视为一生中最得意之作,同时作七律诗以记其事。《醉蝶图》是一幅典型的即兴写真佳作,画中有诗、诗中有画,显示了作者丰富的学识、深厚的艺术功底、非凡的创造力和想象力。

大藏家也是大书家

徐世章是蜚声海内外的收藏家。他殚毕生心力,收藏古玉、砚台等各种文物,数量之多、门类之全、质量之精、品位之高,独步当时,无与伦比。1954 年先生去世后,后人遵其生前遗嘱,将其所藏珍贵文物及书籍共 2549 件全部捐献给国家。一代大收藏家无私奉献的风范,昭然于天地。

徐世章先生一生淡泊,不尚奢华,去职以后,致力于蓄藏古物,广集英华,着力研考,是天津乃至全国文物收藏界造诣很高的鉴藏家。其实徐先生也是一位造诣非凡的书法家。客观地讲,他的书法水平与华(华世奎)、孟(孟广慧)、严(严修)、赵(赵元礼)不分轩轾。我存有一副徐世章 1943 年书写的草书七言联,上联是"近水遥山如我意",下联是"春云秋月得天心",落款"癸未元旦,濠园徐世章"。其书法挺峭,笔势坚劲,取《书谱》的流畅刚扬而力避"千纸一类,万纸千同"之弊,今草之中揉入章草笔意,颇具雄深雅健之气。

徐世章生于 1889 年,字端甫,号濠园,天津人。他是徐世昌

徐世章草书七言联

的从弟，排行第十。北京同文馆毕业，后入比利时里达大学，获
商业学士学位。并先后到过意、德、法等国家考察实业。1912
年回国，任交通部路政局属官，后升任京汉、津浦铁路局副局长、局长,交通银行、币制局总裁等职。1922年去职,居于津门,先后担任工商学院、耀华中学、天河医院等文教卫生单位的董事长,并热心兴办公益事业及房地产开发。

徐世章先生收藏的文物种类繁多,其中尤以古玉、古砚收藏最为著名。其庋藏素以慎、严、精、真著称,藏品自成系统。徐先生藏砚,尽是世所罕见的名品,多方搜求,藏砚达千方之多。徐先生既好藏砚又善于藏砚,他亲手考订藏主身世、流传原委,然后分品级编撰《砚谱》。他说:"吾人收集古人之研(砚),不独以研材之极美,刻工之精细,而在充分表现其人之心灵、意境、节操、哲理、情绪、诗意等,形之于砚。"可见他把砚人格化了,升华到崇高的思想境界。

徐先生收藏的书画并不很多,但都是稀世珍品。其宋拓墨皇本怀仁集王羲之书《圣教序》、宋拓《西楼苏帖》、明王宠的手书、清乾隆缂丝本《明皇试马图》、傅山傅眉父子的画册、黄易的《得碑图》、黄鼎的《万里长江图》等,件件精美绝伦。

徐世章收藏巨富,却不把藏品当作私有。他曾对儿女们说,这些宝贵的古物是历代祖先的血汗结晶,是民族优秀文化财富,只能用于国家之所需才好。新中国成立初期,他真诚表示:余虽倾注全部心血和财力建此鸿业,但它们不属妻女儿孙,将来一定无偿献给国家,只盼能辟个展览室,让千古绝艺供给大众欣赏,我也会常去看看,以为大慰。1954年徐世章溘然离世,遵照他的夙愿,夫人杨立贤及家人分三批将其所藏全部捐献给天津市历史博物馆,后转归天津艺术博物馆,现珍藏在天津博物馆。

徐先生学养精博,鉴赏水平极高。他收藏古文物,不是单纯的好古、观赏或玩味,而更注重对它们的研究。正是在这种鉴藏和研究中开阔了视野,练出一双文眼,使其书法深得古代法书精髓,展现出一种淋漓畅达的风采。他将在收藏中的领悟融化在他的书法创作中,造就了自己独具特色的艺术风骨和艺术语言。

夏山楼主韩慎先

十多年前，与刘光启先生闲聊，先生每每和我提起天津的那位夏山楼主。夏山楼主名韩慎先，此人以谭派名票蜚声海内外，不但对京剧艺术有杰出贡献，而且还是一位眼力极高的文物鉴赏家。刘光启先生对我讲，韩慎先尤其精于书画鉴定，他从笔墨流派、名家题跋到收藏著录，乃至纸绢、印章，都做过深入研究，辨别真伪更堪称一绝。

韩先生字德寿，号夏山楼主，久居天津，20世纪二三十年代常往返于北平、天津，对京剧艺术孜孜以求，得陈彦衡亲传，京剧表演造诣与余叔岩相伯仲，有说在言菊朋之上。他的拿手好戏"三子"，即《法场换子》《辕门斩子》《桑园寄子》，风靡一时，誉满平津。然论其一生，诚如韩的至交许姬传先生所言："慎先以善歌谭派名于时，乃掩其鉴定书画之才。"

韩慎先自幼喜爱文玩书画。他秉承家教，博览群书，诗文、书画、音韵皆学有渊源。书法宗晋唐，有秀润之气；山水法四王吴恽，韵致古朴；诗词远踵唐贤遗风，近撷竹垞（朱彝尊）之格，

经韩慎先鉴定的元代
王蒙的《夏山高隐图》

意境清新。他十几岁即涉足古玩市肆,久之对文物慧眼独具,常从旧物中发现珍品、"赝品"中发现真迹。尝对人戏言:"我过目的东西多,所以眼富;你们看得少,所以眼穷。"

韩先生自号"夏山楼主"也是由于他"慧眼识宝"得元代王蒙和清初王石谷的山水画而取之。一次,韩在北平琉璃厂见到一幅元代大画家王蒙(号黄鹤山樵)的山水《夏山高隐图》。此画为绢本,按当时风气,重纸本而不重绢本,人们对此画褒贬不一,先生则认定为王蒙画之精品,果断买下。不久,又在天津友人处见到王石谷临《夏山高隐图》挂幅,便以文衡山的山水画交换而得。遂以这两幅画的画题取"夏山楼"为斋名,号"夏山楼主"。后来,这两幅画都被行家看好,辗转入藏于故宫博物院。经韩慎先鉴定的还有宋代苏东坡的《古木怪石图》卷(无款)、宋拓黄山谷《此君轩诗碑》(现存中国国家博物馆)、明徐青藤《墨葡萄》(现存故宫博物院)、宋拓佛遗道经(现存天津艺术博物馆)等。

20世纪50年代初,时任天津市文化局局长的阿英特请韩慎先负责文物鉴定工作,一直工作到1962年逝世(其时韩已担任天津艺术博物馆副馆长)。十多年来,他为国家搜集了大量文物,其中尤以宋人张择端的《金明池夺标图》最为珍贵。在此以前,张择端的传世作品仅有《清明上河图》一件。他曾到著名文物收藏家张叔诚先生家征集文物,开始,张老拿出三册宋人杂画册,画册中真伪并存,韩先生火眼金睛,从中识出了宋人的《西湖争标图》、马远的《月下把杯图》、杨补之的《梅花》等宋画中珍稀之品。1961年他在北京宝古斋选画,当时宝古斋傅凯臣、靳伯声、张采臣等把真伪混杂的大批书画提供给韩先生过目,一方面是为了生意,另一方面也是试试韩先生的眼力。韩慎先在千百张画中筛选,挑了不少真迹,其中还发现了画史上未见记载的万邦正、万邦治等明代院体画家的作品,为美术史填补了一项空白。一些老先生对韩慎先鉴别小名头书画家的眼力至今赞不绝口。

笔姿挺健　大家气度

天津乡贤中有一位张若村先生，此公为人慷慨，玩世不恭，不拘小节。他能诗善画，山水鱼虫无不精工，尤长墨竹，笔姿挺健，大气淋漓，颇有大家气度。

张若村，名樾荫，生活在晚清时代。《清朝书画家笔录》《津门杂记》说他"兰、竹、木、石，淡荡秀逸，书生本色"。近人赵元礼《藏斋随笔》称："吾乡张若村先生，工诗，善画，不拘小节。家贫以画为生活。然非窘急时求之，不易得也。尝以泥金作小竹，题句云：'我今方信笔尖富，千点黄金万个多。'"

张若村曾在一富户人家教家塾专馆，一天他偶然发现塾座旁的墙壁上有墨污，便就墙上的污点巧妙地画了一只蜥蜴。东家进来了，瞪着那"蜥蜴"不敢落座，以为是真的。若村忍不住笑了起来，东家恼怒至极，为此他被东家辞退。临行张若村题诗于所画壁上，扬长而去。诗云："一时笔下走龙蛇，春近无端失东家。自是蜥容遭世弃，料无人更获轻纱。"

若村不合时俗，穷而栖于酒店，欠了许多酒钱。一日有使者找到店内,持五十金来买画,并送其主人大红名片,若村坚辞不受。使者走后,店家大为不满,将本已为他备好的酒和菜撤去。若村笑而不言,击案唱《秦琼卖马》。店主唱曰:"哪是你的马?"不想那使者又回来了,以双倍的钱买若村的画,若村答应给画一幅墨竹,钱收下后,自己留一部分,余下的付给了店主。

张若村的画较为少见。陆辛农先生说,他家有若村画的猫,还有金鱼团扇,庚子之乱时佚失。但在现今的艺术品拍卖会和画廊偶可一见。笔者尝在画店一睹若村所画大幅墨竹,潇洒淋漓,气势磅礴,上有大段题诗,确非俗手可比。

张若村的儿子名延年,字又村,亦善画,以竹见长。他画竹,取清早期画家诸升的茂密深远,写竹千百竿,深厚清逸,有别于其父之张扬。

张若村绘《竹石图》

火药先生陆老辛

　　陆文郁生于 1887 年, 字辛农, 晚号老辛、火药先生。祖籍浙江绍兴, 世居天津。幼年家境清贫, 跟随长姐读书, 后入义塾。1974 年离世。

　　陆老的一生, 今天人们很难用一个所谓"头衔"来概括他的学识之深, 研究领域之广, 艺术成就之大, 有人说他是一位博学多才的"杂家", 这也无法道出他的造诣之深。也说他是民国以来天津著名的画家, 又是诗人、词人。他的诗词水平确实很高, 语言清隽而又多姿多彩。他曾出任《醒俗画报》主笔, 又多年主持河北博物院、天津广智馆的工作。他精通考古、古泉、金石及陈列、设计, 所以又是报人和博物馆学家。他对天津地方史也有深入的研究, 也是著名的地方史学家。他的书法从文徵明入手, 兼学宋徽宗赵佶, 也属"瘦金体", 但却别树一帜。除了纤细刚劲是脱胎于赵子昂, 其秀峭娟美则是贯通他家。

　　陆先生还是位卓有成就的艺术教育家。他曾在天津创办城西画会、蓬庐画会等美术团体, 传播美术理论和绘画技法, 倡导他所创立的"植物学画派"。城西画会位于天津城西北角文昌宫东的天津广智馆后楼。学员有萧心泉、俞嘉禾、戴玉璞等。

蘐庐画社于1923年创办。参加者皆名媛闺秀。八年间,授五十余人。著名者有山阴章亚子(怡萱),碣石张兆械,津门展树光、任文华、孙淑清,沧州王敏,苏州魏梅君、章元晖,皆蜚声沽上。后成其儿媳的章亚子就曾发表作品《折梅仕女图》,刊于1929年第304期的《北洋画报》,该刊称她"于仕女、花卉、蝴蝶皆能得其神髓"。1930年出版的《天津志略》专门对她作了介绍,说她"为蘐庐画社第一妇弟子,于仕女花鸟,最为擅长",并刊出其所作人物。张兆械、任文华等亦为艺界女杰,笔者在现今的艺术品拍卖中曾数次见到章亚子和她们的绘画作品。

陆文郁14岁师从张兆祥,习画花卉,兼学山水、人物,对翎毛、草虫也很擅长。他从植物学角度入手进行绘画创作,对各种花卉进行观察、剖析、分类,再以艺术手法把它们投影到画面上,因此从结构到设色无一不是植物的真实写照,这也是陆文郁的独到之处。

陆辛农绘画

陆文郁突破传统技艺的窠臼,在继承和发扬华新罗、恽寿平小写意花鸟画基础上,融入西洋画法,推陈出新,尝试将外国的珍禽、异卉列入国画。他非常重视写生,常去北京颐和园、中山公园等栽培牡丹名种的地方写生,因此他毕生画得最多的是牡丹,用功最勤、成就最高的也是牡丹。陆文郁花卉代表作为近五米的《百花长卷》,卷中画有前人所未画过的珍奇花卉,水墨氤氲,花团锦簇,设色姹紫嫣红,笔墨恬淡脱俗,深受人们喜爱。该画卷不仅是一件绘画艺术珍品,而且也是一种稀有花卉的珍贵图像资料。

除作画、传播艺术之外,他还写过许多文章,有多部著作传世。他撰写的《蓬庐画谈》是他根据自己在蓬庐画会和城西画会的讲稿编写而成,是学习绘画的教材,也是他绘画思想和绘画实践经验的总结。《天津书画家小记》则是陆先生记述天津书画家、篆刻家的著作。共载书画家435位,以姓氏笔画为序,"所载各家,有早见诸刊物者,有仅见作品而其人其事得诸传闻者,亦有得诸传说未见其作品者皆一一载入"。

陆先生艺术成就极高,以他的花卉而论,与全国最优秀的画家相比,绝无逊色而犹有过之。然而他在文化艺术领域尚未取得相称的地位。

我存有陆先生三件作品,两件书法、一件绘画,所画即为花卉,清雅秀美,艳而不俗。诚如已故著名学者李世瑜先生所言:"我认为对陆老的绘画艺术应该重新评价,作为天津的现代画家来说,他称得起是一代宗师。津门有了这样一位画家,是文化界的骄傲。"

沈兆沄与《蒲石延年图》

津门乡贤沈兆沄,生于1783年,卒于1879年,字云巢,号拙安,出生于天津的一个书香官宦之家。天津文庙乡贤祠供奉着"乡贤沈兆沄之位",祠内铭牌称他:"生有补于君民,死无愧于俎豆。"近人王守恂《天津崇祀乡贤祠诸先生事略》里说他"致仕后,足迹不入公门","十年大水,函致司道修埝挑河,尝以戒讼好人歌遍贻乡里,人多信从"。

沈兆沄"少曾读书城北寺中",16岁补诸生,清嘉庆二十二年(1817)进士。改庶吉士。道光二年(1822)授编修。十一年(1831)出任松江知府。值岁旱,开仓赈济,又兴修水利,以工代赈。历苏州知府、江安粮道。咸丰元年(1851),迁河南按察使。三年(1853),权河南布政使。九年(1859),升浙江布政使。十年(1861),召还京师,遂告病归乡,死谥文和。

沈兆沄晚年受聘主讲天津辅仁书院,并积极参与津门地方文化活动。其学本程朱,以诚敬为主。有《易义辑闻》《篷窗随录》《义利法戒录》《戒论说》《实心编》《仰企编》(或作《仰止

沈兆沄题　温忠翰绘《蒲石延年图》

编》)《发声录》《唐文拾遗》《织帘书屋诗文钞》《咏史诗钞》等多部著作。

我收藏有一幅温忠翰所作《蒲石延年图》，画上即有沈兆沄等作的长题，其中也展现沈兆沄晚年的一桩往事。

温忠翰，1835年生，字味秋，山西太谷人。其祖父温承惠，历官直隶总督，父温启封，举人出身，官至刑部郎中。光绪十三年（1887），因病休至归里。温忠翰在浙江为官时，有个叫柏耐的美国人在温州恣意横行。温州人与他诉讼,美国人不出庭。温忠翰就聘请英国律师哈华,当场辩论。柏耐终于服罪,温州人感到很喜悦。在清朝聘请、使用律师便是从温忠翰开始的。

《蒲石延年图》乃温忠翰为其舅父竹士先生祝寿所绘,此画作于同治十一年(1872),画面清丽典雅,上题:"壬申嘉平写蒲石延年图,奉寄竹士舅公大人雅赏即祝眉寿,重甥温忠翰谨制。"可见温忠翰的仁孝之心及对德行扶世、孝友当先的推崇。第二年,沈兆沄等人作了长题。沈兆沄题曰:"《抱朴子》云:菖蒲生石上一寸九节者尤善。《蒙斋笔谈》云:郎简侍郎得养生术即涧旁种菖蒲数亩以自饵。苏东坡云:井花水养石菖蒲洵益寿草也。兹竹士表仲属题此图,因作颂曰:仙草丛生,如芝三秀,养以延年,南山之寿。癸酉夏五,拙安沈兆沄,时年九十有一。"

沈兆沄为官清正勤勉,又是天津地方史上一位著名学者、书家。《蒲石延年图》所示,沈忠翰的祖父在直隶为官,温的舅父及温本人与沈兆沄均有关联。从此作品更可看出沈兆沄的文才与书风。

沈兆沄流传下来的真迹不多。天津博物馆藏有沈兆沄行书《重游芥园诗》,作于道光三十年(1850),作者诗中自注"时督运北上路津门",应是沈氏路过水西庄稍作停留时所作的诗。《蒲石延年图》的跋写于同治十一年,当在沈兆沄归乡之后晚年居津期间(写此跋三年后去世)。两相对照,更呈现出此作对于天津地方文化的研究价值及特殊意义。

梁启超书法"雄强茂密"

对于每一位稍知近现代史事的人来说，梁启超都是一个耳熟能详的名字。这位曾活跃于中国政坛、学界30余年的一代风云人物，与近代中国的历史进程息息相关，"开中国风气之先，文化革新，论功不在孙黄后"。他晚年摒弃政务，专心向学，著作等身，建树甚丰，被称为"新思想界之陈涉"。

1912年10月，梁启超结束了长达15年的海外流亡生活，从日本神户乘船回国。8日，抵达天津。在津住了十几天后赴北京，后又从北京回到天津，打算"总住津，不住京"。从1914年到1929年病逝的15年中，梁启超基本上是在天津度过的。其子女思庄、思达、思懿、思宁、思礼，也都是在天津上的小学、中学或大学。梁启超虽不生于天津，但多年在天津居住，在天津著书、从事学术研究、参加社会活动。可以说梁先生也是天津的一位乡贤。

梁先生与天津南开大学渊源尤深。1921年9月，成立仅3年的私立南开大学邀请梁启超参加大学部的开学式。梁先生欣然前往,并在会上发表演说,盛赞年轻而充满希望的南开,鼓励南开学子:"奋兴起来,一面发扬我国祖宗传下来的学业,一面输入欧西文化,这样责任不能不望之于中国私立的南开大学了。"其后,梁启超在校举办中国文化史讲座,每周一、三、五下午四时至六时举行,后来每周又增加两个小时。每次连续讲演两小时之久,毫无倦容。他授课认真,凡因事误课必定补讲;并进行正规的考试,考卷第一次便收到121份,已占全校学生半数。讲座结束后,梁启超还同历史班全体学员合影留念。

1922年2月,梁先生又亲临南开大学新学期开学仪式作演说,鼓励南开学子"从物质、精神上加增培养元气的资料""寻出一种高尚的嗜好、自己的人生观",养浩然正气,以与恶社会中的坏性质、坏习惯作斗争。1923年7月,梁启超应聘主讲南开大学暑期学校。1924年春又讲学南开,著有《清代学者整理旧学之总成绩》一文。他不仅自己亲自来校作学术指导,还曾邀请国外名学者罗素、杜里舒、泰戈尔以及国内学界名流张君劢、梁漱溟、蒋方震、张东荪等来南开讲学。这对于南开学术的发展是功不可没的。他亲撰《为南开大学劝捐启》,吁请"凡属爱群自爱者对于兹校宜同负爱护扶助之责,愿竭绵薄以赞厥成"。他还一度向张伯苓校长表示"若将文科全部交我,我当负责任"。

作为中国近代政治家和著名学者,梁启超的书法成就同样可圈可点。梁氏书法是学者之书,具有浓厚的书卷气。他早年研习馆阁体,所以欧体楷书基本功深厚。他问学于康有为门下后,其书法也开始"变法",转而精研北碑与汉隶。其楷书也逐渐脱离了馆阁体的藩篱,而多以魏碑中的扁、方为基调。在梁启

渤海入唐遂以文皇喜右军书故所
作益以南派风韵镕铸成家姚恭公志
立於隋大业十三年盖其少作尤最见
本色此宋拓本经杨大瓢跋藏有钱梅
溪印益章其美 乙丑正月启超记

梁启超行书

超后期的书法中,用笔以碑书笔法为主,又兼有欧书的笔意。尝见梁的一行书册页,颇可看出梁的这一特点,册页为纸本,纵 33 厘米,横 38 厘米,款:"民国十一年四月二十日新会梁启超",钤白文印"梁启超印"。这幅书法为梁 49 岁时的作品,可以看到欧阳询和北碑的影响,是一件碑帖完美融合的精品。

梁启超常将宋词的句子集成对联,且多用魏书写就。如"独自莫凭栏故国山围青玉案",集自李煜《浪淘沙》和方岳《满江红》;"更哪堪酒醒丽谯吹罢小单于",集自刘过《醉太平》、秦观《阮郎归》。又如"一晌销凝帘外晓莺残月",集自子野《卜算子慢》和飞卿《更漏子》;"无限清丽雨余芳草斜阳",集自清真《花犯》和淮海《画堂春》。所书魏书集句联起笔斩斫分明,清劲遒美,结字趋扁,一些笔画富有隶意而具古趣,雄强之中寓秀逸美感。加上落款书写随意,更富于变化。有人评价其说:"宗北碑,雄强茂密,得力于《张黑女碑》等。"也有人评价其作"具有坚凝、生辣的线条,内含深厚的骨力和功力"。梁氏自己则说:北碑为方笔之祖,南帖为圆笔之宗。

收藏历代碑帖拓本,是梁启超从事政务与学术撰述之余,倾注极大心力的个人爱好。纵览饮冰室所藏碑帖,其上乘者为明拓和清乾隆时精拓本。明拓本有明韩逢禧及清查浦、冯浩、陈继昌递藏的《樊敏碑》,王懿荣旧藏《李勖碑》和《颜氏家庙碑》;乾隆拓本有黄小松旧藏《张迁碑》和《孙夫人碑》,何昆玉旧藏《吕望碑》和《刁遵墓志》等。其余多为清嘉庆、道光时的拓本及清中期至民初时新出土碑志造像的初拓本。他藏有数百件金石拓本,凝聚了梁启超几十年的心血,现已成为一笔宝贵的文化财富。

梁对自己珍藏的碑帖拓本大都书写跋语。如友人周肇祥于1921年前后在奉天一带及大凌河滨访得辽刻石《显密圆通建舍利塔铭》,以及北朝《韩贞造像残刻》《元景造像残石》等,分别拓赠给梁启超。梁倍加珍惜,在以上三石跋语中均言明"实周养庵在奉天所访得""周君养庵肇祥所赠",云云。梁氏在书法上的成就,与其精研考订古代碑刻不无关系。

豪情逸气　挥洒而就

　　司马钟,字子英,号绣谷,又号绣鹄,别号紫金山樵,南京人,生活在清代嘉庆、道光年间,曾官直隶河工州判。司马钟寓津最久,在天津创作了许多逸气豪放的佳作,为天津乃至北方花鸟派的形成奠定了基础。

　　笔者收藏一幅司马钟所作的《鱼乐图》,画中描绘鲤鱼在水中自由游弋的情景。此为河水深处,各种各样的水草簇生,形状如杂树,枝条伸展,数条鲤鱼摇尾舞鳍,或横向游来,或翻身滚动。水底世界,静谧而充满情趣。画家以工整细腻的笔墨刻画大小鲤鱼,真实地表现了其鳞、尾、鳍等微小部位。且特别注意鱼身光感的体现,所绘鱼鳞闪烁,并有水中的质感,堪称此类题材的杰作。画的左上题写"我当放念游江湖,喜从钓叟观真鱼"等诗句,更增加了作品的意境。

　　司马钟长于写意花卉及鸟兽,落笔豪放,气势遒逸,脱尽描头画尾之习。或作草虫鱼虾一两笔颇为生动。其花鸟俱用粗笔点叶,最有古致,亦善画兰,山水不多作。

近人陆辛农《天津书画家小记》记载:"绣谷在津时,住北门里大仪门西王氏,即王莲品先辈家。一时沽上名流,多与往来,宴饮无虚日。而绣谷公暇,亦几乎无日不画。"绣谷喜饮酒,常说:"微职不足道,得酒足快也。"盖时供职天津,求画者知其嗜酒,多赠以佳酿,而作画又往往于酒后而发,至酒酣畅时,一夕可致数帧,寻丈巨幅顷刻而就,遇到别人有难相求,往往送上数幅相赠,救济他人,颇得津人赞誉。而"津人得其画幅者为多"。

关于司马钟寓津一事,大仪门王氏后裔王欢先生在《荷风书韵》一书中有较为详细记述,其中说道,其先人王莲品先生与绣谷先生意气相投,莲品先生一生致力于天津的公益事业,除捐资修建了天津城北门里的石板路以外,还捐助了泽尸社、延生社,救助贫困无着者,东门里二道街的牛痘公局的院落也是莲品先生捐赠,每届春节必先襄助族人或亲朋后方安排自家过年。由于莲品先生性格豪

司马钟绘《喜鹊登梅》

爽有侠义之气,从而被乡里尊称为"王七皇上"。莲品先生人品高洁让绣谷先生倾慕,而绣谷先生之豪气与才情也为莲品先生所重,所以二人终日在一起切磋艺术,谈诗论画,诗酒相和,后来司马绣谷先生就在莲品北门里府署街的家中住了许多年,并创作了大量作品,司马绣谷先生的作品为天津人所喜爱,并被天津人所珍藏。

我曾在一友人家中得见《司马钟花鸟册》,共 12 帧,每帧高 40 厘米,长 35 厘米,题材以草虫、花卉、飞禽为主,落笔潇洒俊逸,构图清新,寥寥数笔,诗意立现。图中所绘麻雀、鹅、鸭、鹰等禽鸟,形态状貌,逼真生动,嘴、爪、翅、翼、羽毛的刻画,极富质感。构图表现准确、生动、自然、真实。从中我们可以看出司马钟绘画之清秀高雅。此册页为"退一步斋"祖上之物。画页上有收藏章"听雪斋藏""质存珍赏""质父"等朱文印,又有"倬人所得"印。

司马钟的画风对天津画坛有重大影响,后世天津画家多有学司马钟者。故画界早有"写生家有北派者自绣谷始"之论。近代中国北方花鸟派的产生,确与这位花鸟画大师有着直接关系。

浑然磅礴话周让

周让,字铁珊,又字铁衫,自号周颠。善作墨笔花卉,更精竹兰梅菊,尤长文竹。先生笔雄墨厚,墨画中不愧为第一人也。今天东北角正兴德茶庄的店堂内仍悬挂其墨竹墨兰作品,但见墨气浑然,笔力雄厚,非一般俗手可为。

周家祖籍浙江山阴(今绍兴),家住天津东于庄,祖上本行医,后世以绘画及干田园为业。清同治元年(1862)的一天,周家一个小男孩儿呱呱落地。小孩儿出生前,其父亲梦见天上一颗星星坠落院中,以为这孩子将来是个人才,便取名周星。此人就是后来的周让。

周星后来为何改名周让了呢?盖因兄弟析产。周家兄弟三人,周星行三。长兄性贪,析产为三,田庐优质者皆归己有,二兄懦弱,所得皆陋劣,周星以自己应得者让予二兄,自己则一无所取,赤手而归,以卖画糊口,因之以"让"名焉。

青年时代的周让虽很有绘画天赋,却不甘心终日守砚、坐拥书城的生活。他先是想弃文习武,准备投考北洋水师学堂,以武

周让绘山水

力救国。但当北洋水师因清政府推行妥协投降政策而惨败在日军手里后,周铁珊受到沉重打击,决定用艺术来富强祖国,将更大的精力投入到绘画之中。他遍游名山大川,寻访古代文人足迹,潜心艺术变革,使自己成为技法全面且又有个人独特风格的艺术家。

他的山水画学王原祁、龚半千,花卉学陈白阳、恽南田,兰竹学文与可、郑板桥,人物学唐伯虎。后又潜心研究写意画法,由注重设色转为以水墨为主,并大胆破除当时以"四王"为正统的羁绊,扩大"扬州八怪"在天津的影响,因以"周颠"自命,画风大变,形成独特的艺术风格,被誉为"画竹大王",蜚声于20世纪30年代的津门画坛。

为了救济穷人,周让欣然担当起天津书画慈善会会长之责。出任书画慈善会会长无分文报酬,生活并不宽裕的周铁珊不仅组织和领导书画慈善会的工作,而且将其卖画所得全部捐献给书画慈善会。

周让在夫人张氏60岁寿辰时,特创作一幅《竹石松灵图》。此画长6尺、宽2尺,又称《群仙祝寿》。张氏是清末翰林张焕章的二女儿,1879年与周让结为伉俪。张氏知书达理,且能作画,其画蝶更是别具一格,因取名"蝶仙"。张氏60寿辰时,周让回想起40年来同甘苦共命运、夫妻举案齐眉的点滴往事,心中涌起无限感慨,为表达对妻子的一片爱意和感激,精心为妻子绘制了这幅恢宏的画作。

1936年冬,74岁的周让在饥寒交迫中离开了人世。周让死后,他的两个女儿身无分文,找到周的生前好友刘髯公,刘心痛至极,自己出资厚葬了周让。

笔者藏有一幅周让中年以后创作的大幅中堂,画面上,一只大陶缸中插着几束黄菊,潇洒而古雅,充满磅礴之气,极富大家气度。

精研古法　晋唐遗意

　　周肇祥(1880—1954),字嵩灵,号养庵、退翁、室,宝瓠楼、波罗花树馆。浙江绍兴人,清末举人。毕业于天津法政学校,历任奉天警务局总办、奉天劝业道署理盐运使等职。追随徐世昌,先后任湖南省省长、临时参政院参政、古物陈列所所长、国学馆副馆长等职。1926年与金城组织中国画学研究会,曾在天津、上海等地及日本举办画展。1928年创办《艺林旬刊》《艺林月刊》。

　　周肇祥工诗、古文辞,书法有晋唐人意。所作山水、花鸟继承传统,直追明人。擅画墨兰,清雅绝尘。他主持中国画学研究会十余年。中国画学研究会有明确的宗旨:"精研古法,博采新知,先求根本之稳固,然后发展本能,对于浪漫伧野之习,深拒而严绝,以保国画之精神。"这自然也是周肇祥的思想和主张。为沟通中日艺术交流,曾数渡日本。晚年任团城国学书院副院长,以金石书画授诸生。

　　周氏生平笃嗜古物,广搜精选,研讨有年。时名公硕士,多与交游。出任古物陈列所所长时,由于执掌所司,古器名画多所寓目,并为所藏古物鉴定之需,组成古物鉴定委员会,特聘罗振玉、李盛铎、宝熙、颜世清、郭葆昌、陈汉第、邵长光、萧谦中、徐鸿宝、容庚、马衡、王禔、陈浏、庆宽、徐宝琳、陈承修、余启昌、邵章、张伯英、梁鸿志等人为委员,委员会内分设书画、陶瓷、金石、杂品四组,别其真赝,评其甲乙,专人进行保管。编有《古物陈列所书画目录》十三卷,附三卷;又编《书画集》六册。青铜器则由容庚编为《宝蕴楼彝器图录》《武英殿彝器图录》。各书之成,周氏擘画尤多。复于陈列所内成立国画研究室,摹绘古人名迹,培养绘画人才。于非厂先生、杨令茀女士在所内长期从事临摹工作。

周肇祥曾住天津英租界、奥租界,在北京西山寿安山退谷置别

周肇祥书法

墅。他与居住在天津意租界的梁启超等人早有交往。1915年正月,周肇祥精心绘制《篝灯纺读图》,梁启超特作题画诗,在《大中华》杂志上发表。周于1921年前后在奉天一带及大凌河滨访得辽刻石《显密圆通建舍利塔铭》,以及北朝《韩贞造像残刻》《元景造像残石》等,分别拓赠给梁启超。梁倍加珍惜,在以

上三石跋语中均言明"实周养庵在奉天所访得""周君养庵肇祥所赠",云云。

周肇祥书法以行楷为精,出于二王帖学。笔者藏有其行楷轴,长116厘米,宽42厘米,纸本,有朱丝栏界格,书写"南阳有菊水,水甘而芳,居民三十余家饮水皆寿"和"青城山老人村曾见五世孙者"两个典故。上款"玉翁老先生荣寿",下款"退如周肇祥",钤"周肇祥""养安"印,且有"家良眼福"和"张慈生鉴定书画真迹"两方鉴赏印。

周肇祥著述甚多,已出版的有《东游日记》《补正宋四家墨刻簿》《山游访碑目》《故都怀古诗》《游山》《鹿岩小记》《琉璃厂杂记》等。未发表者有《辽金元古德录》《寿安山志》《娑罗花树馆题跋》《辽金元官印考》《重修画史汇传》《百镜庵镜异录》《石刻汇目》《退翁墨录》等。

潇湘风骨梅韵生

天津梅氏是沽上诗文书画世家,除了梅成栋、梅宝璐、梅履端、梅承瀛、梅贻琦等学者、书家、画家外,值得一提的还有梅振瀛。

梅振瀛(1843—1928),字韵生,号澂波,晚号归余老人。光绪时优贡生,候补知县。善画兰竹、山水,尤善画金鱼,亦善书篆隶、行楷。工诗,与书画堪称三绝。《增广历代画史汇传补编》等均有他的记载。

梅振瀛的父亲梅之桢,字香坨,系道光二十九年(1849)副榜贡生,曾任教习和知县,工诗善书,亦擅画。曾在一次拍卖会上见其书法圆光,绢本,行书,颇具何绍基味道,本无底价,最终以4000元成交。

梅振瀛幼承庭训,刻苦读书,自少年时代便打下诗文书画基础。青年时代受到清朝重臣、同治皇帝的师傅李鸿藻赏识,被李鸿藻倚为左右手。李屡受皇家书画及珍宝奖赐,极富收藏,梅振瀛得到欣赏临摹宋元名迹的机缘,也能随时得到李鸿藻的直接

梅振瀛绘《竹石》

指教，艺术眼界和书画功力迅速提升，山水、人物、花鸟无所不能，真草隶篆各种书体无所不通，成为文化修养极为全面的艺术大家。

刘芷清《津沽画家传略》云："先生于画无不精工，山水、人物、花鸟皆能之，但不恒作。尤长于竹石。书法率更，笔姿挺拔秀丽。诗亦清新，但不常作。画中又不喜长题，仅年月而已，是专以画竹名于时，一宗诸家，不出矩矱。更擅画金鱼，得者珍之。"笔者存有一幅梅振瀛所作竹石图颇能代表梅之画风。此画从文与可、诸升画中汲取精华，以石绿画竹，以墨勾石，尤显清逸典雅，简洁大气。民国间陈汉第等人画竹多用此法，颇具文人气息。从款识上看，此画创作年代当在 1920 年。

梅振瀛画金鱼最为天津人所喜爱。据老辈人说，有一富人请他画金鱼,讲好每条金鱼二两银子,此人送去九两银子,本想找便宜,想让梅给他画五条金鱼。可取画时一看,上面却是四条金鱼。那富人又不好意思说少给了银钱,又掏出一两银子说:"烦您多受累,再给加上一条吧。"过了两天,富家来取画,只见原画没动,只是在半条金鱼的下面,又添上几笔水草,把鱼下半部缺少的部分给挡上了。富家说:"我可给您加钱了,您怎么还让我拿回四条金鱼呢?"梅振瀛说:"您看绿草里边。"富家一看,原来水草里边藏着半条金鱼的影子,忙说:"您画金鱼真是绝了!"

梅振瀛的山水画清新奇古,亦是令人称道。天津博物馆藏有他73岁画的杜甫诗意图,宽约2尺,纵约2.5尺,绢本设色。图中绘山谷丛树古庙,院内庙宇轩敞,一青衣老者仗策沿山径走来,下有清泉层叠。山峦以黄公望披麻皴法画成,远处青山淡染为之。画上有王仁沛、王新铭、李文沼、樊荫慈等人的题跋。王新铭的跋语精辟概括了梅振瀛山水画的艺术面貌:"梅子韵生,吾津老画师也,花卉鱼鸟早名于时,山水不多见,今观此帧,笔墨清新,想见宦迹所经名山大川,蕴蓄胸中深且久,一日发抒腕下,自与寻常画史不同也"。樊荫慈题诗曰:"四山迥合树萧森,流水涓涓众壑深,古寺藏于修竹院,携筇来客访知音。"

"笔墨淹润"金龙节

本人收藏一幅直径 26 厘米的团扇山水扇画,近景高松茅舍,中景江面微波,远景丘壑起伏,树石清劲有法,景物远近交融,颇得云水层峦之趣。此画既有宋元以来的大家气度,又具自然灵动的自家面目。其作者是生活在清中晚期的天津画家金龙节。

金龙节名达清,别号墨禅,龙节是他的字。他是清初著名诗人、画家、旅行家金芥舟的曾孙。从天津地方志来看,津郡画家唯金氏独盛,自芥舟以下六七世,代不乏人,人才辈出,画风别具一格。金龙节绘画"递传家学,能别开生面,不入四王窠臼"。(《天津县新志·人物》)其子金菊舫、其孙金梦鱼也为绘画高手。金梦鱼当年藏有金龙节所作堂幅,高 5 尺,丘壑森严,墨气滃蔚,款识中叙其世系及能画者,称:"吾家以画传者,自吾曾祖芥舟公、伯祖永公、岭之公,堂伯芥孙公,堂兄润田,堂侄孙恩荣,亦知顾、陆、张、吴诸法。"鉴于金芥舟、金龙节、金梦鱼等金氏一家的绘画成就和特色,民国年间天津画坛已有"金派"一说。

金龙节擅画山水,尤喜湿笔皴点,笔墨淋漓淹润,素有"墨胜于笔"之誉。《津门杂记》说他"工画山水,善承家学,葱蔚可观"。《增广历代画史汇传外编》说他"喜仿大米"。民国年间,"津门画家五老"之一的刘芷清在《津沽画家传略》中称:"余所见公(指金龙节)画颇多,小品巨幛无不佳妙。"

金龙节画松,虬枝交错,粗硕挺拔,独有气势。李庆辰《醉茶吟草》中有《题金龙节画松》。诗中说:"龙翁掇笔为高松,笔力夭矫真如龙。稜稜鳞甲森牙爪,铁锋颖锐苍髯同……生气勃然通造化,如此绝技称龙公。但愁夜半破壁去,飞空霹雳风云从。"李庆辰与金龙节为同时代人,李曾作志怪小说《醉茶志怪》,人称"天津的蒲松龄",在他眼中,金龙节画松如龙,破壁飞空,简直神了!

据载,金龙节卒于1898年,生年未详。清末民国时期的津门画家

金龙节绘山水

周铁珊与龙节先生素有往还。他曾提到："龙节先生冬日在向阳玻璃阁子前,戴风帽,着皮马褂,足下蹬脚炉,口衔旱烟袋,架眼镜,坐画案前,为索者写山水方册,高年道貌,使对者降心。"从这段话中可以看出龙节先生为高寿之人。

　　前段时间,笔者从金龙节的曾孙女80多岁的金森老太太那里了解到,金龙节老先生曾在清朝官府当"文书",并行医给人看病。

笔墨老练　古朴浑厚

笔者收藏一幅方若绢本山水画,长78厘米,宽37厘米,此作用笔厚实粗壮,层次清晰,渲染设色以赭石为主,浓淡有别,山头石面或凹陷处以重墨点苔,愈显苍郁深厚。作者是民国时期著名书画家、收藏家方若。

方若原名方城,字药雨,生于1869年,浙江定海人,定居天津。他是晚清秀才,早年参加维新变法活动。曾任永定河工委员、北洋大学文案兼教习、《国闻报》主笔。1902年,在天津日本领事馆创办的《天津日日新闻》任社长兼编辑。日伪时期在华北政务委员会供职,一度还代理过天津市市长。

方若喜诗词,尤喜绘画。其山水深得石溪墨法,结景郁密,笔墨老练,古朴浑厚,画风与京津流行的正统派山水迥不相侔。也有人说,他在青年时期结识了日本领事馆女职员豹子。豹子是旅日华侨汤某之女,因常给方若当翻译,发生感情而结为夫妻,改名汤小豹。此后,方若"以日本画与中国画相结合,成为独具风格的国画,跻身于画家之列"。

松巖作尼属
方藥雨

方若山水

方若为湖社画会骨干,他的作品在《湖社月刊》上刊载尤多。1927年11月至1936年3月出版的《湖社月刊》合订本,其创刊号上即有方若"湖山青"的题词,在多期刊物上均有他的画,有的还标明出自上海、大连等某某展览会,可见当时人们对他的推崇。《湖社月刊》还连续刊登其咏古钱诗,题为《方药雨先生古化杂咏》。据称,当时他的笔润甚高,他的画一般人买不起。许多日本军政人员游津或回国时,必以得方若画幅和曹汝霖字幅作为纪念为幸。

方若好古嗜古,收藏古物极富。他热衷于古钱并加以考订。他的书画富有古拙气和金石味儿与他对金石的钟爱与收藏不无关系。据说当年开设天津新明大戏院的孙宝山,从外地运来一批石经,约170字,为稀世珍品,方若以七千余元购入。以后他又陆续购入许多零星石经,在家里开辟一间石经室,并招来名匠,精制拓片,分赠亲友和出售。他考订过大量汉唐碑刻,著有《校碑随笔》一书,专论各碑字画损坏以判断年代。

方若以在天津日本租界经营房地产致富,又值数家收藏古钱散出,他得以网罗古泉,获"南张北方"之誉。其所著《言钱别录》一书的内容系由考证文章结集而成。《别录》上卷为《中国古钱歌》,下卷为《五铢钱考》《开元钱考》《永安钱考》《五代十国钱文制考》《宋钱宝文考》《宋钱对制考》《西夏文钱四品考》《元官钱考》《明大中、洪武钱背文考》。《补录》为:《化说》《刀布圜金递变说》《钱始宝化说》《钱文位置说》《钱有金、银、铜、铁、锡、玉、贝、骨、齿、泥说》《钱之水银青、黑漆古说》《古泉家记载鉴别说》《古钱遍铁说》《古钱辨伪说》等。

方若曾将他收藏的古钱编号装箱存入天津盐业银行。后因种种缘故,开价15万银圆卖给了上海杨庆和银楼少东陈长庚,陈将这批古钱带到了香港。20世纪50年代,经周恩来总理建议,国家将这批古钱买过来,存入中国历史博物馆。方若的绘画作品很有市场。2020年春季一场拍卖会上,他的一件宽49.5厘米、长36厘米的横幅山水,拍到两万元。在山水画仍视"四王"为正统之时,方若自辟蹊径,以朴茂沉郁的画风和深厚的金石气息一展雄姿,这在近代画坛也是难能可贵的。

"贪财好色"方尔谦

有"联圣"之称的方尔谦（字地山）戊戌变法后被袁世凯聘为家庭教师，在天津教授袁家子女诗文词翰。方尔谦人称"大方"，在天津的"朋友圈"里自称其"贪财好色"，还将这四个字刻成一方闲章，钤盖在他的书法作品上。

其所谓"财"是为古泉。此公唯泉币是好，以精研泉学著称于世，乃藏天成、大蜀、招纳信宝、建炎元宝、贞祐折二等稀世名珍。他常把古泉真品穿将起来，戴在身上，摩挲把玩，叮当作响，几成怪趣。就连聘闺女也表现出"贪财"的本性。他的女儿方庆根（方初观）与袁克文之子袁伯崇（袁家嘏）订婚时，大方曾作喜联一副："两小无猜，一个古泉先下定；四方多难，三杯淡酒便成婚。""下定"，是扬州婚俗中的方言（大方是扬州人），指"发帖定亲"；"古泉"指大方有古钱藏癖，以一枚古钱为聘礼；"多难"是指民国初年动荡不安的社会形势。

大方其人，放荡不羁，自言"好色"，坦然处之。他在京城时，于城南赁屋三间，娶一妾，此妾未曾缠足，于是便在室内悬挂一联："捐四品官,无地皮可刮;赁三间屋,以天足自娱。"此联构思奇特,读来令人失笑。大方生于1871年,卒于1936年。初治经学,娴于辞章,擅长书法,诗词书画和鉴古无所不通,13岁中秀才,16岁以精研蒙古史提选拔贡生。因无意仕进,18岁离家远游,就馆授徒谋生。戊戌变法时,大方常于报端发表时事评论,后为直隶总督袁世凯赏识,重金聘为家馆西席,居住在天津。与袁世凯次子袁克文感情笃深,又成莫逆,对克文影响甚大,克文直承师学,敏学强记,颇有出蓝之誉,有"联贤"之称。大方书法挺劲,以行楷擅长,出入柳公权、黄山谷,结体中宫收紧,四角撑开,行笔矫健,有不羁之气。他写字不但对笔墨纸砚毫不讲究,书写的时候,尤其稍大点的纸幅,他大都不放桌子上写,而是请一个人牵着一端,他自己牵着一

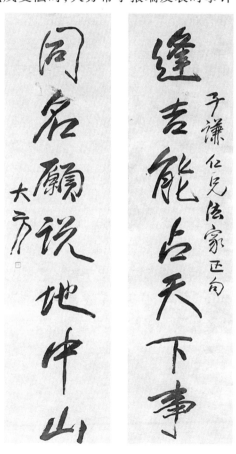

方尔谦行书七言联

159

端,临空而写。至于什么叠格,什么背不背光,他一概不讲。

他撰联,尤其是嵌字联,几乎是不假思索,当场写就。有记载说,1935年,王伯龙、徐一达等在春在楼宴请大方。席间,春在楼主人向大方等索要对联,四名女招待分别研墨抻纸,大方即兴撰写一嵌字联,当即悬于楼头。联云:"到此惜余春,万事模糊惟有酒;偶来观自在,几回顾盼怕登楼。"中嵌"春在酒楼"四字,语妙自然,深切有味。"惜余春"对"观自在",而"怕登楼"三字,则寓仲宣,即建安七子之一的王粲,王粲字为仲宣,借此纾不遇之感,人称"才子之笔也"。

晚年他极度近视,又眇一目,看起东西简直是雾里观花。但他写的字无论看着怎样乱,怎样歪,等裱好以后,统观全局,非但气势雄厚,更有一种不食人间烟火之气。

大方"临空写字"并非胡来乱来,其实他也是有法度的。其好友巢章甫说:"平时看他写字,以为马马虎虎,毫不费事,哪知提起他所用那酒馆记账的一支破笔,蘸上那墨盒新倒上的臭而且浓的墨汁,简直不胜千钧之重呢。而他老先生却不管扇面堂幅大字小字,总是毫不着意的,一挥而就,你能不佩服吗?"连袁克文都说:"老师的字,就如乩坛所写,飘飘欲仙,自己实在赶不及。"

白石心中的"大腕"

赵元礼（1868—1939），字体仁、幼梅，号藏斋，天津人。曾出任天津育婴堂负责人、工艺学堂庶务长。不久赴日本考察实业，其后又遍游江南各地考察纱厂。1909 年他被任命为滦州矿地公司经理，中国红十字会天津第一任会长，济良所董事，崇化学会董事。晚年与严修、林墨青等组织城南诗社。有《藏斋集》十三卷，另有《藏斋诗话》《藏斋随笔》等。但他真正能够让后人记起的身份则是一位书法家。

赵元礼与华世奎、孟广慧、严修并称"津门四大书家"。其书法学苏东坡，他自己曾说："予自幼即不喜柳书，同学数人，皆习《玄秘塔》等碑，予独习鲁公，但亦未能得其神髓。中年而后，专习东坡，形似且难，遑论神妙。"谈到他早年学书，赵说："予从十三四岁时，经三河胡若愚教我执笔之法，以铁钉连串大铜钱二十枚，插在管顶，如此则笔重，须用力执笔。用草纸裹一鸡卵，握在掌中，如此则掌虚，暗合古人指实掌虚之意，至今不改，故写字较得体。"又说："临摹碑帖，入手须放大写之，取其用笔各法，并而易见,且可以充壮气力,俟俯仰承接之致,有会于心,然后再求其韵味,返华为朴,似为得之,初入手时,总宜走充实刚健一路。"

人们谈论天津籍书法家,咸称"华严孟赵",誉之为"四大书法家"。但赵元礼本人则自愧弗如,并不以此说为然。有一次赵与严修闲谈中,曾以这种说法问严:"今吾邑社会中称华严孟赵四人为四大书家,言者津津,华谓壁臣,严即公,孟即定生,赵即鄙人,君谓然否?"严笑而不答,于是赵又说:"姑无论唐之欧虞颜柳,宋之蔡苏米黄,前清之成刘翁铁,我辈望尘莫及,即近数十年内之何子贞、张廉卿、翁松禅、张季直,我辈亦不如也。不过东涂西抹,聊以酬应社会耳,安望传乎!"严点首者再,且曰:"非公不能为此言也。"

赵元礼是李叔同的老师。赵早年在鼓楼东姚家教家馆,李叔同常去姚家,从十六岁(1895)向赵元

赵元礼楷书七言对

礼学习古典诗词和传统文化知识。1901年春天,寓居上海的李叔同,有回津探亲访友之行。在津期间,他曾多次拜访执事于育婴堂的赵元礼老师。返沪后,写成《辛丑北征泪墨》一文,旅次所作诗词亦串联其间。又将诗词汇成一辑,寄赵师阅正。赵阅后题词曰:"神鞭鞭日驹轮驰,昨犹绿发今白须。景光爱惜恒歔歛,矧值红羊遭劫时。与子期年常别离,乱后握手心神怡;又从邮筒寄此词,是泪是墨何淋漓。雨窗展诵涕泗垂,檐滴声声如唱随,呜呼吾意俦谁知!"

赵元礼与齐白石多所交往,情谊颇深。1932年,齐的弟子张次溪为齐编印诗稿,代老师请天津的赵元礼题词。赵题五律二首,对齐白石的心性、志趣及诗、书、画的成就,作了公允的评价和赞扬。齐白石认为凡为其诗稿题词者都是诗坛"大腕",答应各作一幅画以为回报。给赵元礼的画是依赵所居"明灯夜雨楼"所作,题为《明灯夜雨图》。

赵元礼确曾到齐家叩访,并受到齐的盛情款待。齐白石作《赵幼梅君过访,席上偶吟》诗:"愿识荆州一笑逢,分明不是梦魂中。闲吟屡赠才无尽,相慕多时意更浓。琼岛密云千里碧,天津夕照十年红。莫辞今日杯杯饮,乱后诗翁唤醉翁。"

齐为赵画的这幅《明灯夜雨图》实乃经典之作。当时,齐白石在润例中已经声明不再画山水,却特地以赵元礼的斋名为题,绘制此图。用白石老人自己的话说:"我自信都是别出心裁,经意之作。"

"袁二公子"书兴浓

袁克文,"民国四公子"之一,生于 1890 年,别号寒云,又曾署龟庵。袁克文为袁世凯次子,为袁世凯的三姨太朝鲜族金氏所生,是袁世凯的嫡长子克定的二弟。多年居住在天津,先是住在地纬路私宅,后迁到租界两宜里。他才气过人,风流不羁,精于书法、诗文、戏剧、鉴赏。因生活拮据,以书写屏联"润笔"聊供不足。

他醉心于京剧,擅长演文丑。20 世纪 20 年代末期,在天津曾与著名票友王庾生合演《审头刺汤》,袁克文饰演汤勤,文雅脱俗,不同凡响。并喜昆曲,在津倡组"同咏昆剧社",常与友好拍曲雅集。寒云性情豪爽,风流自赏,与大江南北多有交游,人称"袁二公子"。

袁克文书法宗法颜体,多有出新,峻拔有力,独具一格。每每写字,他常让人将宣纸悬空,挥毫淋漓,笔笔有力,而纸却丝毫无损。有时他躺在床上,一手拿纸,一手执笔,仰面把字写上去,那绝技非一般书家所能。

"袁二公子"家中富有而挥霍无度。钱花光了,便登报鬻书。曾见《北洋画报》登其卖字广告称:"联屏、直幅、横幅整纸每尺二元,半尺一元。折扇每件六元,过大、过小另议。以上皆以行书为率,篆倍值,楷、隶加半,点品另议。先润后书。亲友减半。磨墨费加一成。"袁克文书法有一手绝活,曾有不少杂志及小报请他写报头。一次,书兴甚浓,登报减润鬻书,一天书写对联 40 副,一夕全部售出。于是,心情益发好,索性购来

袁克文五言联

胡开文古墨,一口气又写了 100 副对联赠送好友,加在一起总共 140 副。

165

袁克文醉心于收藏，精于鉴赏，所藏有书画、古籍、邮票、古玩等。他收藏的珍稀货币共涉及七十余国，在中国近代收藏家中，大概无人能与他相比。

有一年，袁克文忽得商鉴一件，欣喜欲狂。《说文》金部："鉴，大盆也。"用以盛水。在铜镜没有盛行的时候，古人常以盆皿照容貌。鉴又可用以盛冰、沐浴。得商鉴后，袁克文遂将书斋取名"一鉴楼"；而当时袁家的住宅就坐落在河北地纬路。

袁克文虽常入不敷出，但他仍积极参与书画助赈。1922年潮汕大风灾，死亡10万人，灾情严重，袁克文得知后，鬻帖扇助赈：一为宋宣和玉版兰亭精拓本，装成手卷，袁克文亲笔题签和引首、尾跋；一为折扇，一面拓古金银货币，亲笔题识，一面为其姬人志君亲绘红梅。

当年吕碧城为袁世凯家做家庭教师及在津与袁克文交往之所在，就在今天津河北区地纬路早年的袁家大院内。袁克文天生一个情种，他风流腐化，人所共知。种种传言，便有人推断，袁与吕之间有风流韵事。这不但抹黑了吕碧城，也着实冤枉了这位袁二公子。事实上，两人虽相互酬唱，多所过从，但从无越轨之举。

吕碧城填词有宋代遗风，袁克文极为赞赏，在吕任职总统府秘书时，二人不时有相互唱酬之举。可能袁、吕二人行迹过于密切，因此引起人们不少的闲话，甚至曾有人想为二人作伐，成为好事。当有人向吕碧城提起袁克文时，吕只是笑而不答，据说是嫌袁克文不过是个公子哥儿，整天在风月场中厮混。吕碧城和袁克文的一段佳话，恐怕只是人们的一种良好愿望罢了。

1931年因贫病交加,42岁的袁公子死于两宜里宅中,家人只从笔筒里找出20元钱。方地山、张伯驹两先生出资料理袁克文丧事,方地山为题写墓碣,并挽联:"聪明一世,糊涂一时,无可奈何惟有死;生在天堂,死在地狱,为三太(叹)息欲无言。"张伯驹挽联:"天涯落拓,故园荒凉,有酒且高歌,谁怜旧日王孙,新亭涕泪;芳草萋迷,斜阳黯淡,逢春复伤逝,忍对无边风月,如此江山。"

"北沈"品位非寻常

清代早中期,中国画坛有两位同名的画家,他们都叫沈铨,一位是吴兴人,字衡之,号南苹;一位是天津人,字师桥,一字季掌,号青来,合称"南北沈"。

天津的这位沈铨,人称"北沈",主要画花卉,喜以古松、怪石、奇葩、异草为题材,偶尔也画山水。《墨香居画识》说他"山水师石田(沈周),花卉宗南田(恽格)"。《津门诗钞》则称:"青来善绘事,著色花卉,得张桂岩(张赐宁)所传,当时重之。"1808年所画《玉洞春花》,设色绢本,色调清雅,款题为"嘉庆戊辰立春日抚元人赋色,天津沈铨"。钤"沈铨之印""直沽渔隐"印。其他作品,如《双》《蕉竹》等,看起来技法相当纯熟,笔调雄健。一些著录上评论其着色花卉,工丽艳雅,可与南田相比,在某些方面来说,确是有一定道理。

曾见沈铨《萧闲园图》,所绘乃清代乾隆壬午年(1762)天津武举人杨秉钺的私家园林。画为横幅,上有湖、石、亭、廊,景色甚幽,隶书款"天津沈铨绘",钤"青来"和"直沽渔隐"印。右为严宜所题引首,左为《萧闲园记》全文,落款"嘉庆四年岁在己未孟冬月,萧闲老人自记并书",这位萧闲老人即是园林的主人杨秉钺。

萧闲园又称杨家花园,位于天津旧城东门里。园内有倚云廊、澄怀堂、入室峰、种芎渠、观鱼池、暖翠岩、幽兰谷、蹑丹坪、抱膝石、寄旷亭、紫筠径、宿云洞诸胜。因建在城里,颇有闹中取静的意趣。主人杨秉钺乃品位高雅之人,且有金石法书之好,萧闲园内不仅有亭、堂、池、石,还有嵌于回廊之上的石刻。最值得称道的,竟曾刊刻《阁

沈铨作品

169

帖》于园内。《淳阁》即《淳化阁帖》,是中国最早的一部汇集各家书法墨迹的法帖。收录先秦至隋唐一千多年的书法墨迹,包括帝王、臣子和著名书法家等103人的420篇作品,被后世誉为中国法帖之冠和"丛帖始祖"。清人有《萧闲园记》被收入清道光年间编纂的《津门古文所见录》中。天津文人华鼎元有《萧闲园》诗曰:"老翁意趣本消闲,结构名园近市阛。偶向曲廊寻石刻,重刊阁帖读回怀。"华诗写于清同治间,从诗中看,此时园内《阁帖》刻石尚存。

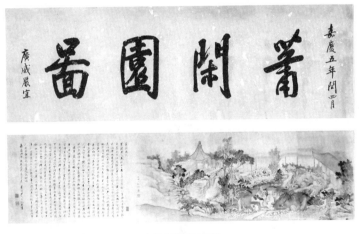

沈铨《萧闲园图》

　　沈铨文化品位甚高,此人善弹琴,著有《六琴十砚斋读画记》。生平慕黄山之胜,曾偕程音田、莫葵斋裹粮同游,凡山中怪石、古松、奇花异卉,咸为图绘,无不逼肖;且著《黄山记游》,详记黄山之胜,因内容具体,被今人李一氓编入《明清人游黄山记钞》。陆辛农说:"曾见其所画写意蔬果,率笔钩点,淡逸有致。"沈铨于绘事外,尤擅篆刻,白文得汉人神髓,朱文仿唐官印,亦能

酷似。津人唐商鱼说:"曾见沈青来印谱铅印本于仰古斋段宇焦所。"(《天津书画家小记》)

我收藏有沈铨所作《梅花图》,长140厘米,宽29厘米。此作绘一株老梅,梅干苍劲挺拔,用笔潇洒利落,大有"曲如龙,劲如铁"之势。梅树枝条纷披蔓延,错落有致,"长如剑,断如戟"。梅花以细笔点染勾勒,有疏有密,或含苞待放,或舒展怒放,交叠错落,雅秀夺人。

万物为师　生机为运

　　清末以来,在中国传统文化与西方文化冲突不断加深的过程中,作为传播西方文化桥梁与窗口的天津,一方面继承和发展传统的绘画艺术,另一方面借鉴西方绘画中各种流派的绘画技巧和方法。张兆祥就是一位在继承传统的基础上将西洋画法融会贯通的杰出人物。

　　张兆祥(1852—1908),号龢盦。年幼时家境清贫,从师津沽著名画家孟毓梓(绣邨),得其写生诀要,深受器重。他擅画花卉、翎毛,着色洁妍,备极工致,偶作山水、人物,兼通照相技术,为清同治、光绪年间"津门画家四子"之一。张兆祥学过照相,是中国第一个将照相技术运用于中国画的人。他洞悉如何将花卉姿态摄入镜头之中的奥妙,因而折枝花卉尤为秀丽动人。

　　张兆祥绘画"以万物为师,以生机为运",步入中年,泛观百家,益行精进,汲取邹小山、恽寿平、陆叔平等众家所长,并且融会郎世宁的西洋画法,"为有清末叶花卉之宗匠"。张兆祥"以花卉擅长,独开一面",他笔下的一花一叶,不但形神兼备,而且光彩熠熠,甚至通过色阶的变化,将枝叶正背的光感也表现出来,颇具立体感,开创了一代新画风。

张兆祥作画"独运心思",其作花卉更是"露圃风畦,得诸实验妙语"。他为文美斋画的《百花诗笺谱》,百花百页,印刊至精,再现了他"着色洁妍,备极工致"的艺术风格,并有著名书法家查凌汉题词,珠联璧合,风行全国。

张兆祥喜画牡丹,他喜欢牡丹花也达到如痴如梦的地步,以致连睡梦中都是牡丹花。有一次,他观牡丹后回家,在兴奋痴迷中入梦,竟梦见红、白、紫、蓝、粉等颜色的牡丹仙子为他翩翩起舞,他身子不知不觉中如蝴蝶般飞来飞去,周围一片彩云时聚时散,他不知身在何方,只知五位牡丹仙子将他围在中央上下旋转。李的弟子李采蘩为此作诗云:"先师梦寐忽晕眩,五色牡丹化娇仙。幻觉彩蝶祥云起,缘何飘举众香间?"

张兆祥绘画作品

张氏还擅长书法,但为画名所掩。他还善于画玻璃画。他以油调色,在玻璃上反画折枝花。或为镜心,或为灯片,干后装置,就像真花贴在玻璃片上。如果是镜心则以蓝色或黑色绒呢衬托玻璃片,所画宛若不脱色的真花标本,且繁简合宜,照应得势。如为灯片,点上蜡烛后观看,则敷色匀净,绝无厚薄不均的感觉。尤其是花瓣上的筋脉,画时以针划之,烛光映照,与真光的透明度相同,人们称之为"绝艺"。

张兆祥绘折枝花

从传世作品看,张兆祥的画注重写生和雅俗共赏,以牡丹、荷花、芍药等题材较多,笔墨精当,色泽艳丽,更重视细节的刻画,堪称是典雅的文人情趣和通俗的市民风气完美地结合。据《天津商报画刊》记载,他的作品在抗日战争以前"流落人间者,必同玉鱼金碗,名贵无伦"。天津人尤其喜欢他的画,清末民初,天津居民每以挂有他的画幅为荣,商店里也以悬挂他的花卉屏条为时髦。当时到天津的日本商人,很多购买了他的画携带回国,因之张兆祥的画流传到日本的不少。自19世纪末至20世纪中叶,张兆祥的绘画风格在天津画坛特别是花鸟画界影响较大,从学者甚众。张兆祥的作品在当今的艺术品市场占有相当的份额。

眼高手高孟大爷

羡鼎畬书自典重

蘭若翡翠相新鲜

孟广慧行书七言联

旧时天津人津津乐道的四位书法家是清末民国时的"华孟严赵"。其中"孟"即是孟广慧,字定生,人称"孟大爷"。

孟广慧生于 1868 年,卒于 1941 年。先生家学渊源,八岁能写擘窠大字,十二岁摹写何绍基书法,成年后致力于书法益勤,能博各家之长,为津门临写南帖北碑第一高手。早在民国初年举办的全国书法展览中,孟广慧的作品已被评为"亚东第一"。1915 年在美国旧金山举办的巴拿马太平洋万国博览会上,他的参赛作品(六条屏)名震海外,大受赞赏。

一次，全国书法名家赴南京笔会，孟广慧即席书写十联，每联各摹一家，十联共摹写十家笔法，无不形神毕肖，观者大为惊异，以为旷世罕见。

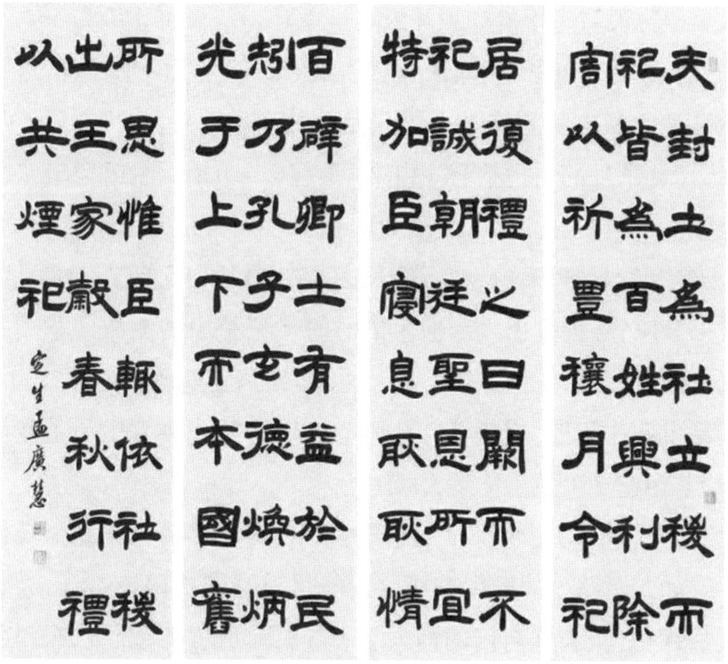

孟广慧隶书四条屏

孟大爷的弟子李鹤年先生曾对我说，孟广慧为人题《三希堂法帖》帖签，32本，32体，明眼人一望便知为赵孟、董其昌等人的书体。还有一次，一个古董商拿了一副王文治（梦楼）的对联请他鉴定，他按来件临仿后经过装裱加工处理，同挂室内，古董商再来取时难辨真伪，说他是用照相机拍的，他风趣地说，照相机也比不上我的眼睛。

孟广慧尤精于版本之学，对于古书善本，鉴别能力极强。对甲骨、金石文字，也颇有研究。且著有《两汉残石编》。清光绪庚子前，有人把殷墟出土的龟片带到天津求售，经孟广慧与后来成为天津甲骨文字专家的王襄买了一部分，进行研究，成为我国最早研究殷墟龟甲的少数几人之一。

我收藏一通长 27 厘米、宽 17 厘米的孟广慧行书小件，这固然是孟的书法真迹，却也不妨说是一件现代意义上的"文物鉴定书"。此书件的右边粘有一白文"雅宜楼"印拓。左边题曰："雅宜楼石章，友人持此评定，疑为明代雅宜山人王宠图书。"落款："云巢姻世兄雅鉴，定生"。钤长方形"广慧"白文印。王宠是明代书画家，号雅宜山人。他生活的时代正是中国流派印章刚刚兴起之时。从"雅宜楼"印拓上看，其印风与王宠同时的文彭、归昌世印作相近，故经孟广慧评定，"疑为明代雅宜山人王宠图书"。由此亦可见孟广慧的眼力。

孟广慧书法极负盛名，民国时期，天津不少牌匾出自孟氏之手。如东马路上的孚中鞋店、椿祥汽灯厂、新中国靴鞋店，北大关的祥德斋，天祥后门的西来香餐馆，南门的新兴澡堂，东门的润善堂，北门东的龙文堂刻字店，梨栈的正兴德茶庄，北门东的聚兴和药店，云南路的仁立实业股份有限公司，劝业场的凯记公司，以及惠中饭店等。"新中国靴鞋店"系用铝板制成，每个字长宽一米，这在当时也是个创见，人过匾下欣赏玩味，不忍离去。

孟字的牌匾大都有本人落款，唯有"耀华学校"的匾没有落款。此匾为隶书，四个大字，清雅利落，今天仍嵌在南京路耀华中学的门楣上。题匾却不题款，是何缘故？此事当从民国十六年（1927）说起。这年，天津英租界华人纳税局董事庄乐峰先生

筹银三万四千两在戈登道（今湖北路）创办一所英式精英学校
"天津公学"，后来又向英租界工部局提出扩建申请，觅得位于
墙子河边一块五十三亩的洼地建设新校，并于民国二十三年
（1934）更名为"私立耀华学校"，于是便请孟广慧为其书写"耀
华学校"四字，且要求署"庄乐峰书"款。孟广慧遂以向无此例
而拒绝。后来，经庄氏及友人多方恳求，无奈以八百银圆为价，
只写"耀华学校"，不予题款，此匾就这样流传下来。

因孟广慧为人慷慨，少有积蓄，加之性喜购取文玩古物，经
济上并不宽裕。孟广慧辞世时，只从他的书中找出三元纸币。
其弟子李鹤年出资二百元以解急需。

静气浮动楮墨间

刘小亭,名世贤,字小亭,号东阜,回族。生于清道光二十三年(1843)。世居天津。擅诗词歌赋,精山水,喜篆印。《津门杂记》说他:"诗笔清奇。画山水学南宗嫡派。兼工铁笔。"

刘小亭最初以诗词篆刻名于世,后拜孟毓梓为师,诗文书画遂获大进。其山水同时汲取津门先贤陈靖、史源绪诸家营养,加以南游吴越、饱览南北名山大川,使笔墨甚得江山之助。层山叠嶂、飞泉幽谷、白云绿水、古木疏林、楼阁屋榭,无不尽收笔端腕底。画风高古清逸、静雅宜人,无作家匠气,有娄东派遗韵而不乏创意。他精于画论,认为"若能静气浮动于楮墨之间,则六法之妙自然赅备矣"(题甲寅自作《溪山草庐》)。他曾为严范孙摹写朱岷《秋庄夜雨读书图》等名作。

小亭同沽上名流梅小树、张师济、梅振瀛、从择三诸人定期雅集。又游海上,与任伯年、朱梦庐文墨往来,交谊日笃。清光绪二年(1876),品高才重的陈珍英年早逝,为悼亡友,刘小亭竟将自己的名字改了,取名"刘陈"。

陈珍善画且
能诗,与刘小亭
等组建藤香馆诗
画社,书画往来,
交情深厚。其所
作长歌,声韵铿
锵,文辞爽畅,有
得其片纸寸楮,
无不珍宝之。生
前著有《鹄叶庵
诗》,同人伤其殁
为之选刊行世,
杨光仪先生为之
作序。小亭更是
伤感不已。

刘小亭虽为
画家,但他并未
闭门于画室书

刘小亭绘山水

斋。他心系国家,关注现实。其为左宝贵将军收尸一事尤其令
人感叹。在国家危难之际,他入幕左宝贵将军营地,为左将军担
任文秘军务,不惮劳苦。1894年中日甲午战争时,左宝贵率奉
军五千人抵朝鲜平壤,配合盛军和毅军抗击日本侵略军。9月
日军围攻平壤,他率军守玄武门。9月15日日军猛攻北城,他登
上玄武门城楼指挥战斗,不幸中弹身亡。得知左公殉难,刘小亭

痛心疾首,他亲为左将军收尸成殓,扶灵安葬,纪文致哀,忧国忧民之情溢于言表。

庚子之变后,他栖隐津西大园村舍,读书作画,奖掖后进。顾叔度、刘伯年、穆云谷皆踵门请益,愿引门墙。曾作诗云:"半壁山河供我老,一生辛劳为谁忙。须眉空负男儿志,西抹东涂事不良。"其所钤印章皆为自刻,有"津门刘陈""小亭诗画""率直""回也不愚"等印章钤画。受严智怡邀请,与梅韵生(梅振瀛)、张瘦虎(张城)、尹澄甫(尹湉)诸公在中山公园成立天津书画会,画家刘芷清、穆良忱均受业于此。1924 年,小亭先生去世,享年八十有二。

笔者藏有一幅《苍岭飞帆图》,水墨纸本,立轴,长 114 厘米,宽 29 厘米。近景烟江寥廓,舟船两两,鼓帆而行,水波以淡墨轻染。远景山岩巨石,山势布排有意造成巨岭横开之势。陡峭的山石与万里江天,对比、映衬而呼应,给人以既开阔、透亮又深沉、奇崛的感觉。此画作于"光绪庚寅初冬",即 1890 年的冬天。画家自称"摹古",但这新颖富有创意的画面却是让人耳目一新。

严修写诗作画对对联

在人们心目中,严修(1860—1929)是近代著名教育家、南开学校创始人、津门四大书家之一。其实严先生不光书法非同一般,其诗联、绘画更是可圈可点。

陈诵洛编撰的《蟫香馆别记》说:"公善围棋、隶书。尤喜画山水,而不轻以示人。"又说:"其习画始于在贵州时,盖得江山之助为多。同习者尹澂甫也。"即是说严修在任贵州学政时开始作画,他的画完全得之于自然。尹澂甫乃津人尹溎,为严的好友,清同治癸酉科举人,出任浙江某知县。善画墨笔兰花,亦善山水,能书,工行、楷。又喜编写通俗戏剧。严、尹二人在书画、戏剧上颇多共同语言。

作为传统文化功底深厚的文人学者,严修绘画既从山川自然中来,又善于发挥前人绘画优长,富新意而又有传统功底。有记载说,严修游美国某城时,曾从旅馆中雨窗望云,他参古代大小米之法为之写生,云气山光,蓊然纸上,"老外"们见到后惊叹不已,"咸叹为西法所不及"。天津博物馆展出的《启智津

沽——严修与天津近代文化教育》中,有1913年8月严修在瑞士游览时所作画稿,这也是他现存仅见的画作。所画为山间小景,有石有房有树,笔触灵动,勾勒自如,具有明显的写实性。

对于严范孙的书法风格及其特点,《天津近代人物录》说他的书法"秀逸浑雄,颇有功力,为当时津门四大书家之一",但并没有说清楚严范孙的书法是哪一家的风格。其侄孙严六符回忆:"我和叔祖父一样,也是学写苏体字,因为我常给

严修楷书七言联

叔祖父抻对子,经常观摩,受到启发指点,得到很多教益。我学写字,就是在这时打下了基础。"而苏东坡的书法艺术特点,用墨浓重、敦厚老辣、古朴自然,文化气息浓厚,阅之给人以宁静之感。严范孙继承了苏东坡的书法特征,且与馆阁体相糅合,写出

了端庄、大气、文雅的自家风貌。

严修为人不汲汲于功名利禄,他作诗也一任心中所出,不逞才使气,不费力雕琢,该用典时用典,该直抒心曲就直抒心曲,自然流畅。他善于引用通俗语言融于旧诗格律中,富有俳谐风趣。严修的诗,最著名的当数《诵洛见赠抒情四绝句读之感愧依次奉答》第二首。诗云:"本为衰朝惜异才,几番铸错事同哀。拾遗供奉吾岂敢,幸未人呼褚彦回。"作者从对自己当年行为的反思着笔,巧妙地借用历史典故,以古喻今,含蓄而鲜明地表现了对袁世凯窃国称帝的厌恶,表现了自己不与袁同流合污的气节和跟随时代进步的眼光,因此在民国初年曾广为传诵。王守恂评述严之诗风说:"公之诗,情真、理真、事真、不索强,不假借,不模糊,不涂饰,如道家常,质地光明,精神爽朗。"并有诗赞曰:"严君无常语,造句如铸金。"

严修亦是楹联高手。"一般哈哈腔,也装男也装女,自己行头说唱就唱;四天娘娘庙,又烧香又还愿,那里演戏爱听不听。"是严修创作的一副长联。此联曾悬挂于东门外天后宫戏楼的楹柱,为严修 1920 年贺南开学校学生演新戏有感而作。"装男装女""自己行头说唱就唱",写当年"文明戏"的舞台现象颇为传神。因而转赠天后宫戏楼。此联亦可见严修先生推重新学之思想。先生身为翰林,生于三河县,能以天津土话入联,是有独特见识的。

他不仅善作巧联,且常有机警精妙的应对之作。1929 年,严修身患重病。先生逝世前数月,曾与友人小饮于大胡同真素楼。据称为学者张君所办,在座的有马君,也从事教育工作,还有严修先生的旧友邓君等。马君身材魁梧,邓君则矮短。马君戏曰:"吾二人可称'马高镫(邓)短',诸公有以对之乎?"座中或有以"牛鬼蛇神"为对者,先生则嫌其不工,亦遂置之。直到夜阑席散,相与起立欲归时,严修先生忽然说道:"吾辈可谓'人去楼空'矣,以此为对如何?"诸人无不拊掌称善。不过数月先生即归道山,有人疑为谶语,其实这也不过是一种巧合。

津门罗氏　书画之家

罗朝汉(1869—1935),字云章,祖籍浙江山阴,世居天津北仓,是我国第一批电报生。1904 年得妻兄孙洪伊协助,在北门里户部街关帝庙创办天津电报学校,任校长。后任北京电话局局长,居厂甸海王村六号。1924 年国民军入京发动政变,夤夜遣人越墙入宅,迫其辞职,此后遂回天津。

罗朝汉尤以墨绘竹兰石及文物鉴赏、书画收藏知名,有书斋读易楼,画名蜚声京津。老画家姜毅然先生在世时常向我提起:"我画画学的是张穌盦,其实我真正的老师是严台孙和罗云章。"严台孙名侗,是严修的族弟,善画兰石,那罗云章自然就是"善写竹石"的罗朝汉了。

罗的夫人孙云,字梦仙,生于 1875 年,天津北仓人。她是孙中山护法军政府内政总长孙洪伊的胞妹,诗文书画并长,有"奇才女"之称。其画以花鸟草虫为主,善仿古画。其诗"发之天籁,不以琢饰为工",尤以五律为肖,有《梦仙诗稿》《梦仙诗稿续集》传世。《梦仙诗稿》刊于 1924 年,前有林纾、郑孝胥、蒋兰畲、王新铭等多人作序。林纾盛赞其"贤声溢于京辇",王新铭称"闺中诗画代有传人"。

罗朝汉绘兰石

罗、孙是一对伉俪画家,夫妇常合作花鸟山石,天衣无缝,令人叫绝。《梦仙诗稿》附绘画作品十二幅。这十二幅画中,有三幅是罗、孙夫妇的合笔之作。笔者藏有一幅题为《天下无双》的绢本花卉,此画创作于民国年间,兼工带写,功力深厚。国色名花牡丹,设色淡雅清丽,层次清晰;泉石浓淡黑白分明,以点法代皴法。上题"竞夸天下无双品,独占人间第一香。云章写泉石,梦仙写牡丹"。钤"读易楼合画印"和"笔通造化"闲文印。这正是罗、孙二人的伉俪之作。

罗、孙夫妇尤喜菊花,他们不仅画菊咏菊,还种菊养菊。罗家专辟一菊圃,艺菊甚多,人称"罗园"。每岁重九罗家均开"菊花会",罗夫人孙云曾作诗云:"贪看黄菊倚阑干,晓日初升云未阑。时到深秋天气转，无风无雨自生寒。"

罗朝汉、孙云的儿子泽霖，女儿沛如、真如、廉如、惠如也都精于绘画。尝见罗朝汉全家合作的花卉册页，上题："壬申春三月，奉祝姻伯母大人荣寿，姻愚侄罗朝汉偕内子孙云，子泽霖，女沛如、廉如、惠如谨绘。"钤印：读易楼合画印、罗廉如印、罗朝汉印、孙云画印、邱园聊自适、云中白鹤游戏、罗泽霖、惠如。壬申即1932年。

2012年春，天津一家拍卖公司拍出一件罗家长女罗真如的《山村雅静》立轴。该立轴作于1923年，约四平尺，为小青绿山水，画上真如自题："癸亥秋八月，罗真如写于都门。"画的右上方为林纾先生的题跋："鹭白鹏黄写水村，风光大似谢公墩。羡他密竹槐深处，我欲从之避世喧。左为女弟子罗真如作画，笔谨严，有明人风调，为题一绝于其上，七十二叟林纾识。"由此可见罗真如在这位大家心中的地位。

罗、孙的子女个个德才兼备，为国家作出贡献。罗沛霖为两院院士。他于上海交大毕业后奔赴延安，抗战胜利，由党组织派赴美国深造，获博士学位，为新中国电子技术开创者，中国工程院创始人。他通音乐、书法、诗词、昆曲，著有《罗沛霖文集》。他们的另一个儿子罗泽霖曾留学日本，亦为博学多才之人。留日期间，母亲孙云曾作《岁朝春图》寄给泽霖，并作诗云："远隔重洋路，遥怜寸草心。画图为尔寄，同此岁朝春。"

彬元书法"世人称绝"

戴彬元（1836—1889），字君仪，号虞卿、渔青。天津汉沽人。清光绪庚辰年（1880）科传胪，翰林院庶吉士。工诗善书。初设馆于坊间，及第后，书名大噪，一时有"南黄（自元）北戴"之称。戴彬元的书法集颜、柳、赵、欧、何（何绍基）、刘（刘墉）之粹，大、小楷、草书皆精，独树一帜，"入都后书名大躁一时，片楮寸纸人争宝之"。其在光绪十二年（1886）写的《司空诗品》经石印流传于世。北京琉璃厂的"宏道堂""启元斋"均由戴彬元所题。因其行书顿挫抑扬，有人称其书为"金刀措"。有楷书《画品》、小楷《殿试录》等帖传世。著有《彬元诗集》。

戴彬元祖籍安徽休宁县，祖上经商盐务常往来于汉沽与吴兴之间。彬元系吴兴戴族第四世。他在清光绪己卯年（1879）任户部主事；庚辰年（1880）参加朝中殿试，获二甲第一名，朝考一等第二名，皇帝钦点翰林院庶吉士，江南副主考。

戴彬元考中进士后，在殿试对策中论及考察和使用人才，他认为，用人的方法虽有不同，但主要是"考行、听言两途"，且考察行为是首要的。他还认为,考察人的人,首先要严格约束自己的思想感情,秉公办事,才能分辨忠奸,不出失误。光绪九年、十年,宁河、宝坻两县大灾,他多方奔走,筹得大批赈济款,请其同榜进士刘沛然太史亲到家乡监督发放,使许多灾民得救。他任江南副主考,赴任途中,地方所供器物,依例凡便于携带的主考均可带走,或折款供奉。而戴彬元所过之地一无所取,他说:"奉皇命选士,责任重大,贪得无厌怎能为人师表?"他对取士非常认真,大事都要亲自检查,经他手录取的,多是知名人士。

戴彬元受父亲戴襄青(授武邑县教谕兼观津书院主讲,磁州学正)的影响,勤奋好学,喜练书法。他以同代书法家何绍基为宗,造诣日深。戴彬元的行草笔法,颇具何氏翰墨

戴彬元行书五言联

精华,结体严谨,笔墨凝重,间起伏飞动之状,颇得何绍基神韵,为世人称绝。

张宝年、高殿清所著《汉宝文华》一书提到,由于历史上的多次"浩劫",戴彬元的传世墨迹不多。在他的家乡至今还流传着有关戴彬元的种种传说,但有关研究戴彬元书法的史料存世很少。光绪十五年(1889)戴彬元病故之时,他的同乡好友王燮曾作出了一首悼诗《哀故翰林院编修戴公彬元》收录于《秦园诗草》。诗曰:"论书善变平原法,蝯叟雄姿媲石庵。近代奇瑰谁第一,得公崛起已成三。传人艺业吾乡望,雅度汪洋庶类涵。援笔昔时承指教,灯光回首独何堪。"诗中的"平原",指颜真卿,颜曾任平原太守;"蝯叟"乃何绍基的晚号,"石庵"系清代书法家刘墉的号。作者把戴彬元与何绍基、刘墉称为清代书法三杰。

戴彬元为官近30年,清明廉洁,卸任回乡后生活拮据,仅存有大批图书。他在35岁那年得子章勋。章勋天性聪慧,很小就懂得认真读书、练字。在父亲的教导下,戴章勋学识日增,也写得一笔好字。戴彬元去世九年后,戴章勋考取拔贡生。戴章勋为清末进士,为官清廉,颇有政声。书法亦宗颜体,与其父书风相近。笔者藏有一副戴章勋书楷书七言联,上联是"岩居自有云生户",下联是"夜读欣招月映书",落款"亦云戴章勋"。亦显雄强端庄,古朴醇和,气完神足。

娄东嫡系传衣钵

　　陈靖,字青立,亦书青笠,号雨峰。天津人。生活在清朝乾隆、嘉庆年间。绘画主攻山水,间作花卉,萧疏生动,颇有恽南田之神韵。善于作诗,著有《读书山房小草》。陈靖的作品已亮相于大型拍卖会,其市场价逐年上升,其精品已逾六位数以上。天津博物馆藏有陈靖的《仿王原祁设色山水屏》。

　　陈靖是清初山水画流派——娄东派的嫡支。《津门诗钞》卷十八在言及陈的师承时说:"雨峰山人(陈靖)画尝受学于罗克昭,罗学于张宗苍,张学于黄尊古鼎,黄学于王麓台原祁,学有渊源,得太仓之嫡传。"这里所称"太仓"就是指"娄东派"。娄东派以"四王"中王时敏、王原祁祖孙为首,王原祁影响尤大。王时敏之画工整清秀,王原祁之画沉雄古逸。黄鼎直接求教于王原祁,张宗苍求教于黄鼎,罗克昭求教于张宗苍,这几位绘画大家实谓娄东一脉的嫡系传人。陈靖得罗克昭真传,深受罗师沉郁苍秀画风影响,而又自出手眼,别具面目,"所画千岩壑,一树一丘,无不各入天然妙境。烟姿雨态,清苍古秀"(《津门诗

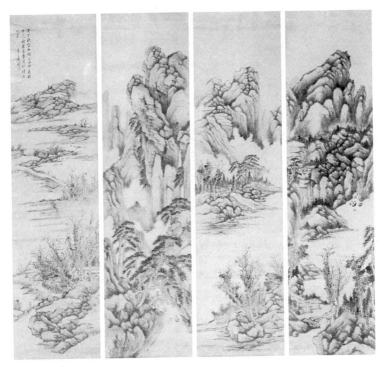

陈靖山水四景

钞》),故而有"得太仓之嫡传"之评。

　　陈靖曾远离天津家乡,长期游幕于湖北。他的画深得湖广总督毕沅(秋帆)的赏识,时任观察的刘锡嘏评价其画"在文衡山、沈石田之间"。陈靖所居曰"读书山房",有斋名曰"振雅居"。他身为布衣,多年以卖画自给,史料记载当时他的画已是"尺幅片纸,争购不得"。

　　陈靖与清代天津著名学者梅成栋(树君)相友善。梅成栋有诗云:"写幅云山当卧游,梅花香绕梦魂幽。怪来纸帐凉于水,一夜西风雪满楼。"陈靖非常喜欢这首诗,特为绘其意于册,传为美谈。梅对陈的作品亦为赞赏。其《欲起竹间楼存稿》卷二有《题陈青立画幅》一诗:"花房幽敞傍溪开,竹枕藤床书一堆。睡醒不知疏雨过,远山青入晓窗来。"点出陈画的深远意境。

陈靖的山水既得王原祁的苍浑淋漓,又有元代黄公望的气清简远,可谓清韵高雅,功底深厚。画家刘芷清在论其绘画风格和特点时说:"深得南宗矩矱,丘壑谨严,用笔用墨,动合轨度。其画轻松秀润,静气袭人,无粗犷鄙野之气。上窥子久,下慕娄东。空虚淹润,是其所长。"陈靖在天津绘画史上有开山水一派先河之功。梅洁、毕绍棠、王汝成均为陈之高足,他们都是清代天津极富成就的画家,人称"陈门四弟子"。

一位叫王成烈,字访舟,号仓南小笠。擅画意笔山水和花卉,好用粗毫浓墨,虽放笔挥洒却不乖南宗正派,亦精书法,被称为陈靖身后的第一名手。一位叫梅洁,字清士,其画笔墨淋漓,大气磅礴,在津沽饮誉一时。一位叫毕绍棠,字砚农,号也香。画路开阔,兼擅书法。作品浑厚天成,无剑拔弩张之态。还有一位是王汝成,字聿观,号秋田野樵。师法陈靖而规矩严谨,时人评其"古法是循,不失绳尺"。刘芷清先生《津沽画家传略》说王汝成"晚年模拟黄鼎,稍变师习,与清(梅洁)齐名"。据陆辛农先生讲,民国年间,他曾见王汝成所画长卷,"纯用湿笔准绳古法"。又称"杨仲甫藏有聿观山水挑,曾出陈于河北省金石书画文献展览"。

二南作画有"绝活儿"

笔者收藏一幅黄辅周舌画作品。此画长103厘米、宽67厘米,绢本水墨,画面为一大酒坛,且有菊花、螃蟹等,款题"背临周少白似乎否邪,铭清二兄嘱,辅周",乃行书大字,钤"黄辅周印"和"二南"印。这幅作品不但画得好,而且品相甚佳,在黄的舌画中极为少见。酒坛之上有"丁卯"二字,看来此画当作于1927年。

黄辅周,字二南,别称黄喃喃,生于1883年,青年时期就读于山东济南大学。黄辅周1905年考入东京美术学校油画科,比李叔同入学还要早一年。当时,黄自称"革命党人",反清革命倾向颇为明显,他人对黄亦有"忼爽侠丈夫"之谓。据说黄之所以到日本学习西洋油画,就是想以美术作为"精神教育"的一种武器,他认为"共和大业不在言谈法理,而在实行,首谋精神教育"。可是不久他又觉得,在宣传共和的效果上,美术实不如戏剧,于是便与李叔同、曾孝谷等人一起在"春柳社"中组织话剧演出。1907年7月,"春柳社"上演《黑奴吁天录》,黄在该剧中扮演解而培、大山君子、兵士三个角色。对于他的化装和表演，日本剧评家和"春柳社"同人均予以高度评价。青青园说："他演得生动形象，且日语流利，让我们感到吃惊。"黄本应于1909年毕业，但不知何故，他从1908年四年级时便离开了东京美术学校，去向不明，有人推断，他是否从事秘密反清斗争了？

民国成立以后，黄辅周主要从事戏剧活动。他演出的《张德魁》《鬼士官》均获得极大成功。孙中山先生对他的演出给予莫大重视，为其题写了"改良戏剧"四个大字。此时李叔同也在上海，在这段时间里，黄只要演出，必送票给李，李必按时去看黄的演出。这年的4月8日，《太平洋报》又刊出了《新新舞台演出新戏〈鬼士官〉之印象》舞台速写画两幅，署名"安素"，速写将黄的演出形象和表情特点刻画得惟妙惟肖，虽不能肯定画的作者就是李叔同，但此事必定与李有关。

作为画家，黄辅周擅长大写意国

黄辅周舌画《群仙图》

画。20世纪三四十年代,他曾在北平、天津、青岛等地举办过画展。其作品古朴多姿,在意境、笔墨、造型等方面都有独到之处。

黄有一手绝活儿,即用舌头作画,看过的人无不惊奇,称他为"艺林怪杰"。画前,他先饮一杯酒,然后口含墨汁,喷于画面之上,再按所构思,口舌并用,完成一幅画。他曾以此技享誉京津,并挟技南下济南,献艺齐鲁,所至之处,饮誉人口。

1931年2月9日的《益世报》专门报道了黄在天津市美术馆(在今中山公园内,当时刚刚建成)当众进行舌画表演的情形。

> 画前饮酒少许,藉避墨臭,首作荷花图,墨纵横绢上,顷刻立就,风格颇具奇趣,继画梅花一幅,用泼墨法,小碟羹匙一变而为画笔,欹曲有度,匙柄勾萼,花片疏散中规,更作"瓶菊"一幅,共费时不过三十余分,遂由"同生"拍照二帧,因室内光线较弱,复踏雪外出,在公园木亭前全体合摄一影,以留纪念,黄君豪兴未已,又于灯下作画二幅,一为"白菜",一为"竹石",浓淡烘托得法,"竹石"一幅,尤为苍劲生动,画毕遂题名分赠莅场各记者。

黄在答记者问时说:"本人以气作画,五年以内尚可吐墨自如,在此期间欲招收男女学员各三人,至学员资格,最低限度,须以不角逐于功名利禄场中者为准。"黄给记者的印象是"淡名利,髫龄即嗜画异常人","时作隽语,来宾咸为莞尔"。

中华人民共和国成立后,黄辅周生活在北京,曾为北京文史馆馆员。1972年病逝,已近90高龄。随着他的去世,由他独创的舌画艺术也就在美术领域消失了。

羡君颠死张颠手

清康熙年间,全国的书风崇董(其昌)尚帖,天津的书法家也多从帖学,精于行草书。尤其突出的是张霔,他精于小楷和行草书,人称其草书全得张颠神骨。

张霔(1659—1704),字念艺,号帆史,一号笨仙,又名笨山,别号秋水道人。天津人。他是曾任福建布政使、云南巡抚的大盐商张霖的从弟。以廪生官内阁中书,屡考举人不中,遂绝意仕进,专事吟咏。诗歌创作主张抒写性情,天马行空,不可羁络。其作品质地实腴,有较高的艺术价值,颇受时人好评。

张霔 12 岁时即善临钟、王石刻。其草书古逸苍劲,人以为宝。当时城内有"无量庵"三字额,系张霔所书,过者无不仰慕,后竟为僧人换去。清人郭师泰《津门古文所见录》卷四载华梅庄附语曰:"予于城东刘氏家得笨山先生手抄自作诗一卷。诗笔古健,书法亦秀劲峭拔,足可宝贵。"天津博物馆收藏张霔《小楷诗翰卷》,字体秀劲峭拔,既有魏晋遗意,又独具面貌,读来超尘拔俗之趣油然而生,正如卷后张遐龄所说:"烟火之痕皆一洗

张霔楷书《金刚经》册

而空。"

张霔也涉猎隶书,直接临习汉《曹全碑》《郭有道碑》,并认识到"从此学去,宋隶之习或可不染"(见天津博物馆藏《张霔临〈郭有道碑〉〈曹全碑〉册》跋语)。对此,崔锦先生作过评价:"张霔生活的时代盛行帖学,只有郑谷口等少数书家能上追汉碑,倡导碑学。张霔比郑谷口小三十余岁,他在碑学尚未兴起的时候,较早地认识到当时流行的宋隶呆板、程式化的习气,并以自己的艺术实践为倡导碑学作了不懈的努力。"

张霔父亲和伯父经销长芦盐,富甲津沽,门业鼎盛,张霔则萧然无与,筑帆斋怡情养性,不与世争。彼时,朱彝尊、吴雯、李大拙、姜西溟、王野鹤、查汉客等知名学者都是帆斋的座上客。

一代艺术大师石涛也曾做客帆斋,并在此畅叙绘画理论。石涛光临帆斋,令帆斋主人欣喜异常,同时也招来了龙震、梁洪、黄谦、王聪、世高等津门一批才子学人。石涛为了表达此时的心境和对主人张霔的印象,乘兴作了一首长诗:"半生南北老风尘,出世多从入世亲。客久不知身是苦,为僧少见意中人。天仙下世真才杰,我公心力能超群。君视富贵如浮云,游戏翰墨空典坟。爱客肯辞千日酒,风流气压五侯门。四海渔樵齐拍唱,归来长铗叹王孙。人生飘忽等闲情,且随酣畅眼纵横。感君白璧买歌笑,醉客不放东方明。倾情倒意语不惜,回山转海开旃檀。座客皆云不尽欢,歌见声杂冰雪团,冻云匝地酒龙醒,意气峥嵘豪士全。此夜真堪写怀抱,明朝诏下君王宣,相思回首心拳拳。"帆斋内高朋满座,有的吟诗,有的绘画。张霔当场挥毫作书,随后向石涛问起有关绘画的理论,石涛向他道别时,他也写了一首长诗,名曰《听苦瓜上人说黄山歌即送南还兼怀南村宗长》。

石涛离开天津后,取出张霔临别时赠送给他的两把扇子,细细品味张霔在扇面上题写的小楷,帆斋中那"才人杰出,拥坐一时"的欢聚情景历历在目。他更佩服张霔那淡泊名利的超然境界和真诚纯朴的高尚情怀,于是吟就一首《雪中怀张笨山》的古体诗,表达他对朋友的怀念与钦佩。诗中说:"眼中才子谁为是?燕山北道张天津。此时破雪拥万卷,手中笑谢酒半巡。一筋一酌字字真,的真草稿惠何人?羡君颠死张颠手,羡君催折李白神。赠我双箑称二妙,秋毫小楷堪绝伦。至今停笔不敢和,至今缩手时为亲。知我潦倒病,念我无发贫。授我以心法,忆我相思陈。入城出郭两苦辛,倾向吐语皆前因。落落无知己,满面生埃尘。奇哉奇不已，长啸谢西秦。"张霔则吟出一首《观石涛上人画山水歌》来："石公奇士非画士，惟奇始能得画理。理中有法人不知，茫茫元气一圈子。一圈化作千万亿，烟云形状生奇诡。公自拍手叫快绝，洗尽人间俗山水。"

康熙四十二年（1703），张霔无疾而卒，年45岁。据传张霔在世时曾梦见道士手持一符曰："天上召公书《玉真经》。"遂一笑而亡。石涛则于康熙四十六年（1707）在扬州溘然长逝。当年张霔与石涛等南北学人雅集会晤的帆斋逐渐荒圮，成为天津的一处园林遗迹。据笔者考证，昔日的这个帆斋所在地恰恰位于现今的天津美术学院一带。由石涛而天津，由天津而至帆斋，帆斋虽已无存，而今这里却成为美术学院及美术展馆，这真是一种巧合。

如闻松声赵元涛

　　赵元涛,字松声,民国时人,原籍福州,长住天津,为绿蕖画会会员,在津卖画及课徒,"画名籍甚"。他善画山水,宗法黄鹤山樵及王石谷,偶作人物,亦有独到之处。我和赵元涛先生未曾谋面,只是和先生的后人通过电话,从他们口中略知先生生平之一二。

　　赵元涛痴迷于松树,最爱画松。所画松树乔柯盘错,如闻风声,因取字"松声"。曾发愿著《松谱》,垂成不及付印而死。在去年一次艺术品拍卖会上见到他画的一本大册页,乃文物公司旧藏,内有 20 幅扇面,全部是松树。有仰、卧、立、盘、曲等不同形态,有冬日的雪松,有夏日的巨松,或枝叶繁盛,或苍穹古茂,飒飒如风雨,沧古之气扑面而至。其封面为天津著名文人王新铭的题签,书:"万松画册。癸未重阳,吟叟题。"癸未是 1943 年。又见其所画《苍松图》,作于壬申年(1932),苍松劲健挺拔,极具气势,诚如其友在画上所题:"凌霄啸岩壑,挺骨笑秋风。"寒斋藏有其《五大夫松》,乃纵笔写意,五株松,或斜立而上,或横曳错落,曲尽其态。落款"辛巳七夕,松声赵元涛画于沽上"。辛巳即 1941 年。

赵元涛绘《五大夫松》

赵元涛山水雅俗共赏,颇受推崇,作品在现今拍卖会上时有所见,一幅大中堂能卖到数万元。从其 1933 年和 1942 年所绘山水中,可见他作画一丝不苟,一点一墨皆从元代王蒙和"四王"中来,且富有生机,神韵毕至。巢章甫先生说赵元涛"与陈弢庵为同乡,弢庵画松,多出君手,弢庵题署而已"。弢庵即溥仪的老师陈宝琛。

在艺术上,赵元涛向无门户之见,尤与陈少梅、薛锟相友善,并有合写作品传世。陈少梅(号升湖)是 20 世纪继承"北宗"山水取得成就最大的画家。湖社画会的创始人金城先生生前曾断言:"承吾业者必升湖也。"据吴云心先生回忆,"日军侵占天津时,陈少梅居达文里,志画为主,不求闻达。"当时天津的老画家赵松声在天津画坛很有声誉,为同道所尊重。赵松声画山水,为黄鹤山樵一派,而陈少梅山水则是画"北宗"一路,两人所宗不同,而赵松声对陈少梅却推崇备至,欣然自居陈少梅之下。陈少梅则谦虚坦率,从不自炫其能,在赵松声面前从未表现出一点傲气,更无一点俗气。过去有句老话,叫作"道不同而不与谋",而陈少梅与赵松声二人却是"道不同而相与谋"。

笔者曾见一对书画镜心,画为《竹虫》,出自岭南画家赵少昂之手,书法实为画之跋语,为薛锟所书,两者上款均为"松声",松声就是赵元涛。画显然不是元涛所作,却可从中了解到民国时天津画坛的开放以及赵元涛等在绘画艺术上兼收并蓄的精神与气魄。

20世纪30年代,年届三十的赵少昂分别在南京、天津、北京举办个展。少昂给松声所作题为"雨余新竹上蜗牛",未注明创作年月,但从"松声老先生郢正,少昂将别津门"的落款和画风上可以看出,此画是赵少昂在天津举办个展于离津前画给赵松声的(也有可能是互换或购取)。薛锟给赵松声的镜心写于甲戌年,即1934年,他称赵松声为"松声老弟"。此书件特别提到:"赵少昂,松雪后裔也,人倜傥风流,画得古今体制,一钩一点莫不撷其精华,诚近代中可传之妙品矣。"从赵松声、薛锟等津门书画家对赵少昂的评价和喜爱程度上,可明显窥知当年天津艺术界对岭南各画派的认可、推崇及与外籍画家的沟通与融合。

隐身黄冠的书画家

山西忻州傅青主(傅山),工书善画,卓然出尘,金石鉴藏,堪称巨眼,明亡后服道士装以医为业,其人其事早已为世人所知。与傅青主同一时代,天津也有一位自署"逸民"、隐身黄冠的书画家、古物鉴赏家,此人就是李大拙。

李大拙名友太,字仲白,生于明崇祯五年(1632),入清时年13岁。现代美术史论家俞剑华所编《中国美术家人名辞典》有"李友太"条,称他"迂直好义,性嗜金石、书、画,精鉴别,工山水、人物,著《甕虚斋观帖录》《旷真精舍观画录》"。

或许是因动乱被毁,抑或是未被发现,人们始终没有见到过李大拙的书画作品。近年,笔者也在艺术品拍卖市场、画店、藏家等处着意关注他的墨宝,虽苦苦寻觅,但亦无缘得见。近日我去天津博物馆参观,竟在"醯之韵——长芦盐业与天津城市文化"展出中见到了大拙为清初天津著名文人、诗家张霔制作的砚台。此砚乃端石抄手砚,砚盖上镌刻篆书"帆斋藏砚"四字,砚的底部刻有"笨山好游,大拙为制"等行书铭文。"帆斋"是张霔的斋名,"笨山"是张霆的别号。据文献记载,大拙不仅能自制砚、墨,他还精于鉴别古物,凡周秦彝器及历代金石,宋、元、明人书画,一见即明其真伪,百不失一。朱函复《李仲白传》里说,大拙"常覃精于金石之文,凡篆籀分隶,碑碣图书,一切鼎彝古器,考核品题,摩挲不能去手"。张霆其人,家富有而不求闻达,与大拙颇多往还,曾赠大拙句云:"蟠泥楼上

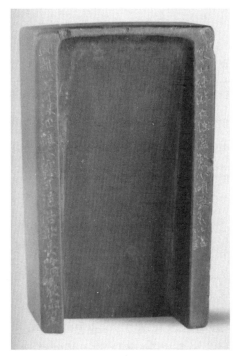

李友太为张霆制作的抄手端砚

学潜夫,好古情深老鬓须。一度相逢一惭愧,问余新得异书无。"津门学者梅成栋在《津门诗钞》里说:"栋闻诸郝石曜先生曰:'大拙先生工画人物、山水,然不为人作……有以绢素求者,弗为也。'"这位郝先生对梅成栋讲:大拙在一次宴集时从墙上揭下一块一尺见方的粉壁,在壁上画千岩万壑,又画人画马,形态如生。在场的人争着去抢,不想粉壁摔落在地;碎成几片,几个人只得各捡一碎片欣然而归。

生活在明清之际的李大拙一向以"明遗民"自诩,对前明生死不易。他从不与清朝官吏来往,更不为科举而奔波。虽生计

艰难，却不肯接受有钱有势者的馈赠。

大拙平生重节义，处处急人之难。遇有贫困者，尽其所能，给予帮助。大拙其人，又恰似其号，虽正直善良却又失之于迂拙，有时也不免为人所笑。有资料说，他曾在行路时遇雨，不由得加快了脚步，但又马上自责，走回原处，重新依礼法徐徐而行。有时在路上遇到妇女，便停下脚步，转过身去，寻思着该女已经走远，才转回身来。

从大拙为其友人张霍所制抄手端砚所作铭文看，其书法风格受金石影响很深。特别是砚台盖上刻的篆书"帆斋藏砚"，笔画遒劲方折，字体长方整严，使刀沉着痛快，一扫当时缺乏变化的铁线篆的平庸之风，独能从秦汉铜器、碑额、瓦当中汲取营养，为沽上碑学的兴起做了前驱。傅青主尝言："宁拙毋巧，宁丑毋媚，宁支离毋轻滑，宁直率毋安排，足以回临池既倒之狂澜矣。"这是他有鉴于元明以来士大夫书风日趋柔媚，以绐当道、以媚流俗提出的，也是针对传统中和为美而倡导的一系列势不两立的美学理论。看来当时大拙的书法美学观与傅青主是相通的。"四宁四毋"颇为有见地的书家、文人所推崇。津门书法家龚望先生特取"四宁草堂"为斋号，将这一理论发挥到极致。他的"龚隶"以鸡毫书写，借古开今，隶书中融入草书意味，柔中寓刚健，拙中见大巧，小敛大纵，收放自由，与大拙的书风一脉相承，亦可见津沽文化艺术的渊源与传承。

石文会写牌匾

早年间，十字街东的南面有一条小胡同，胡同的尽头是横亘的铁道，胡同内的一个小院住着一位老人，他叫石文会，人称"平民书法家"。此人在天津书画界享有盛名，东自大直沽，西至海光寺，南到小白楼，北抵估衣街，无论偏僻的街巷，还是繁华的要道，石文会题书的牌匾比比皆是。其他中小城市的店铺也能见到他的手迹。

石文会生于 1876 年，卒于 1957 年，字西园，原籍天津城东范家庄（现东丽区范庄子）。幼年因伤病右腿致残。八岁时开始读私塾，因爱好书法，下了十年苦功潜心研习。他学书以柳公权起步，过渡到颜真卿。启蒙老师发现他运笔自如流畅，便鼓励他专攻赵孟頫。后来他对刘墉的字爱不释手，苦学刘书。

青年时期，石文会家由范家庄搬迁到天津市内，落户于陈家沟子大街小车胡同。他因腿有残疾，干不了体力活，便以卖字为生。那时天津已有华、孟、严、赵等大书家，但润格昂贵，只有大公司、大商店才出得起大价钱，请他们写牌匾。一些小门脸小本

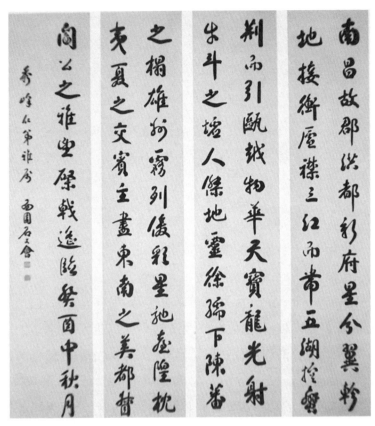

石文会行书四条屏

经营的小商店,也要有个牌匾,可是本钱少,只好找价钱便宜字
又好的人给写。石文会字好,且索价低廉,自然成为他们的首
选。石文会家里仅有一张书桌,一架书橱,里面笔、墨、纸、砚却
应有尽有。他外出时也笔不离身,他有一只皮质笔袋子,随时随
地系在腰间,不论亲朋好友还是巨商小店,有求必应,从不讲价
钱,因此也建立了很好的人际关系。他为厂家、布店、竹堂、酱
园、米庄、药房、烧锅、作坊、水铺、干鲜果店等大小门脸书写的牌

匾越来越多。20世纪50年代，笔者常在一些铺面里看到落款"西园石文会"的匾额，都是一些小本经营的小商店，记得有陈家沟子大街的"三三布铺"，兴业大街的"文庆恒"王记杂货铺等。人们盛赞石文会的字上匾，大有"吉祥之兆，发福之感"。

当年天津有位富豪叫范竹斋，以棉纱生意致富，成为继盐商"八大家"之后，天津绸布商"新八大家"之一，在当时绸布业是位声名赫赫的人物。1932年，范竹斋在天津法租界内梨栈大街（今和平路）和法国菜市之间，长春道至锦州道之间，出资收买大片地皮，迅速建起了竹远里、大安里、大庆里，以及铺房和住房。范竹斋和石文会是范家庄同乡，他很是喜欢石文会的字，特请石文会书写胡同名，烧制在白瓷砖上，镶嵌在竹远里、大安里各巷口。人们走在市中心繁华的和平路、长春道、兴安路上，看到那黑白分明非常漂亮的"竹远里""大安里"瓷匾，赞不绝口，有人认为可媲美华世奎的字。从此石文会声名大噪，求字者络绎不绝，石文会并不因此抬高身价。狭窄的小车胡同，石家门庭若市，洽书楹联、匾额者纷至沓来。石文会为人既憨厚又风趣，对同乡、好友常免费题联、绘画。曾有人说，石文会写的牌匾遍及城乡，四大书家加在一起，也不如他一个人写得多。

石文会的书法讲究间架结构、功力格局，运笔圆润流畅，行笔刚劲而柔韧，气势潇洒而豪放，字迹雄浑而工整。其作品确有一定的收藏价值，笔者藏有他创作于1929年的书法四条屏，细细品味，极有清人刘墉的气息。当初购买它时，价钱也并不低。

"老神仙"张第恩

我藏有一幅清末民国画家张第恩绘制的《雄鸡图》，为水墨纸本，画面上是一只傲然而立的雄鸡。款题："师白阳山人笔法，以应质卿仁兄先生嘱正，上谷寿岩张第恩。"尽管没有明确的文字题意，但观者在欣赏形式美感之余，从中体悟作者的寄挞恶扬善之愿望于作品的用意，当无牵强附会之虑。

张第恩，字寿岩，河北定兴人。生活在清末民初，多年活动在京津一带。有资料记载，说他是"张槃之文孙"。20 世纪 20 年代曾一度为围场和承德官银号经理。当时有人评价说，在塞外，画家成就最高者，当数张瑶（朵珊）、张第恩（寿岩）、张宗翰（维屏），人称"塞上三张"。张第恩伟岸修髯，满蓄发，喜道装，神采奕奕，人称"老神仙"。《中国美术家人名辞典（补遗二编）》对他作了介绍，说他"工花卉、木石、翎毛，其画大雅不俗"。

张第恩的祖父张槃是清代著名画家，生于 1812 年。工篆、隶，放情诗酒，余事作花鸟，备极精能，亦能山水。

近年来有人对张槃及张第恩的籍贯提出不同的看法。有说张第恩是清苑人,有说是保定人。吴占良先生在《关于清代画家张棪的里籍问题》中称,张棪、张第恩是保定市满城县人。据吴先生讲,20世纪80年代中期以来,他不断看到张棪的原作,及至1990年见到清苑籍书法家樊榕民国时手写印本《退厂联粹》时,才得出上述结论的。书中有赠张棪孙张第恩联句两副,并有小序。一是《赠张寿岩(第恩,满城)》:"是何许人羲皇以上,论这支笔宋元之间。"小序称:"寿岩表弟,美须髯,忘怀得失,有元亮风,嗜酒,酒酣兴发,辄以画自娱。凡一花一鸟一草一虫莫不曲尽宋元人之妙,实得乃祖小蓬先生家法,非后学所梦到也。"一是《寿张寿岩表弟七十》:"君后七夕十三日而生巧自天来画本争传大手笔,我以春秋八千岁为寿年从齿序醉翁还是小神仙。"由此可知张第恩,字寿岩,满城人,是张小蓬(棪)的孙子,画承家法,有宋元人意趣。

张第恩绘《菊花》

213

　　我收藏的那幅《雄鸡图》,作者落款则为"上谷寿岩张第恩"。据考,上谷郡,战国时赵公子嘉自立为代王,军上谷。秦灭代,置上谷郡。旧保定、易县、宣化,及顺天、河间之一部,皆其境。汉郡治沮阳,在察哈尔怀来县南,后魏废。故治在今河北广灵县西。隋改易州治,唐复曰易州。又改为上谷郡,寻复为易州,即河北易县治。照此看来,满城也好,定兴也好,清苑也好,都是保定一带,按今天的说法张槃、张第恩一家可作为今保定市人,这当是毫无疑问的。

　　张第恩擅画梅,淡妆疏影,别饶韵致,格调极高,在京津一带有"张梅花"之雅号。他与天津关系密切,与姜般若诸人多所往还。尤他常与刘春霖、胡嗣瑗、何景溪等人合作扇面,一面是他的绘画,另一面是这些人的书法。

　　本人收藏的那幅《雄鸡图》非但画面别有寓意,且在画幅之上有同时代书画家洪亮所题"诗塘"。洪亮题的是一首长诗:"何物邪堪壁,山家旧畜鸡。冠朱翘欲舞,羽白刷先齐。雪质当窗立,霜翎就磔栖。翁真凫可唤,群与鹤同携。濯濯光逾洁,膠膠韵共啼。一声天色晓,五夜月痕迷。吐绶宜施采,含贞不染泥。和鸣赓圣世,丹凤早留题。"落款为"甲寅冬日",即1914年的冬天。无论是张第恩的画,还是洪亮的诗,都含有家园安定、和谐吉利之义。《雄鸡图》正是被寄予了期望和情感的人格化了的艺术形象。

松小梦轿里乾坤

我有一幅雨景图,水墨绢本。整幅画墨气淋漓,峦气逼人,石、树与房舍,用笔简括,却有变幻无穷的妙趣。远景山、树多用横点排列,表现出烟云迷离、山树朦胧的气象。艺术方法源于宋代"米氏云山"。款题"仿董香光(董其昌)临米家雨山,小梦"。钤白文"松年"印。

2020年初,又在艺术品拍卖会上购得一人物横幅,画面为一老者坐在蒲墩上,侧边为一函古书和一把宝剑,线条刚劲有力,所用笔墨不多。画面色调淡雅和谐。画幅右侧款题"己亥(1899)二月,拟石农观察本,松年画。下钤两印,一白文'松年之印'"。

两幅画作者都是松年(1837—1906),此人字小梦,号颐园,晚清书画家。曾任山东汶上、单县知县。松年无意仕途,整日浸临书画之间,常来天津长住,寓文美斋主人焦书卿处。山水、花鸟、虫鱼、走兽无所不画,不拘于绳墨,以古拙见长。初师如冠九,有出蓝之誉。行书脱胎于《争座位》,圆浑流畅,得其三昧。

松年雨景山水

著有《颐园论画》《清画家诗史》《八旗画录》《榆园画志》。

陆辛农《天津书画家小记》称:"为文美斋画百花笺纸,随意命笔,不矜工巧。"曾见《文美斋颐园百种笺》即为松年所画,上题"文美斋光绪二十八年松小梦法绘"。松年喜用特制的鸡毫笔创作书画,这种笔是用公鸡脖子上的长毛制成,特别柔软,浸水后弹性差,用这种笔作画,很难控制笔锋,如无深厚功底,是难掌握好的。然而,松年不仅用得得心应手,还把此笔易吸水、不露锋的特点充分发挥出来,用这种笔勾画出的线条,外似柔软,实则筋骨内含,转折处圆浑有力而毫无霸悍之气。以此作皴染则画面干湿自然,秀润明快,充满灵气,使整幅作品显得清秀而浑厚。

在松年的作品中,元书纸作画占有很大比例。据说这与他独特的创作习惯有关。传说松年在当知县的时候,每次外出察访民情或是出游,将笔墨和元书纸置于轿中,一有空闲,便挥毫作画,随即被索画者拿走。松年更是不论"贩夫牧竖"从不拒绝,实可谓"轿里乾坤"。

他的《颐园论画》一书在中国画论中占据重要地位。书中还对绘画与学养见识、文化结构的关系作了精辟的说明。民国十四年(1925),美术史论家俞剑华曾为该书作跋。评价其书曰:"此书本为先生画坛盟主时随笔所录,平正通达,不囿于古,不泥于今,专家研求,初学入门,无不适合。"

松年与天津画坛渊源尤深,在津好友甚多,与梅氏、穆氏及刘小亭尤为莫逆。《湖石》立轴是赠天津画家刘小亭(刘陈)的。此画作于清光绪己卯年(1879),上有长题,表明他与天津画友的沟通与情谊。龚望等诸多文人均藏有松年的丹青佳作。《郑菊如先生诗存》有《送松大小梦之山左》,云:"一别津门去,思君情转亲。潞河传旧政,泰岱又新春。漂泊谁怜汝,懿行愧此人。离踪今莫定,为问水之滨。"道出松年离津赴鲁津人对他的怀念。

"章草大家"郑诵先

被人奉为"章草大家"的郑诵先,早年曾居住在天津意租界一座典雅大气的意式风格的小楼内,小楼位于今天的民族路与进步道的交口处,小楼的旁边原是大陆银行河东支行的办公地。

郑诵先(1892—1976)原名世芬,字诵先,以字行。先生精研文史,工诗词及骈、散文,尤擅书法。其书法各体俱能,尤以草书见长,晚年尤喜章草,所作兼取汉碑和"二爨"笔意,苍劲雄浑,气魄宏大,呈自家风范。笔者收藏一幅郑先生的《章草诗轴》,此作运笔多逆锋,增其厚重之感,纤丝婉约,助其生动妩媚之致,波磔间略有隶意迸发,个别字略又纯为今体形,熔古今为一炉,诚为章草开一新生面。

郑诵先是四川富顺人,郑氏为书香世家。郑先生之子郑必达、郑必俊、郑必坚在《忆先父郑诵先先生》中提到,郑诵先从6岁至15岁在县城家塾读书,放学后其父还要面授经史,并督促临习柳、欧。先生18岁时随父游幕广州,在广州育英中学读书,至1911年辛亥革命起,随全家迁沪,入震旦学院文科学习。

1914年因参加进步学生运动被勒令退学,暂依大舅公王秉恩家生活。王家系官宦人家,家藏万卷书,这为正在辍学的郑诵先提供了极好的学习环境。他曾终日流连于王氏书屋,为他奠定了深厚的国学基础,也培养了他终生手不释卷读书不辍的习惯。

郑诵先的一生分为三个时期,一是从政时期,二是在金融界的时期,三是从事书法艺术研究时期。先生曾为张学良秘书。1934年张学良部下王韬出任天津市市长,其为王韬助手,住旧

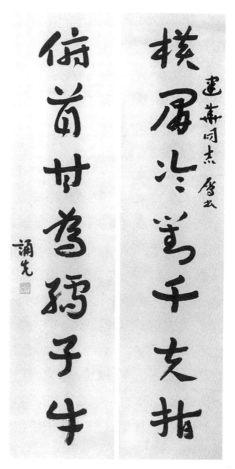

郑诵先章草七言联

英租界47号路一经里2号,后迁至原58号路泰华里8号。1937年转入金融界。1939年任大陆银行天津分行副经理兼河东支行经理并居住于此。1941年起兼任天津银行公会秘书长,1948年筹建天津证券交易所。1956年,在北京与张伯驹等人发起组织"北京书法研究社",任秘书长。

郑诵先不但精于书法创作,而且对书法理论有深入的探讨。在不断讲授书法以及和学生广泛接触的过程中,郑诵先深切感受到青少年对书法艺术的浓厚兴趣和如饥似渴的学习热情,于是写出了《怎样学习书法》《中国书法源流浅说》等专著,将中国历史文化与书法理论和实际融为一体,把中国书法的历史源流变迁加以系统阐述。为了引导书法爱好者去临摹古代经典书法家的作品,郑诵先还专门选编了中国古代著名书法家欧阳询、颜真卿、柳公权、赵孟頫等人的书法集。郑诵先将应得稿费全部交书法社使用,当时虽生活困难却分文不取。他说:"我研习书法一生,晚年能留两本有关书法的书籍供后人借鉴,就足以自慰了。"

自 1934 年郑诵先一家迁到天津后,画家陈少梅与郑先生结识,经常来访,并互赠书画。全国各地很多书画家与郑先生书信往还,只要求字,不管是否谋面必寄去且不计报酬。我有个朋友,是个普通工人,20 世纪 70 年代初通过别人与先生认识,冒昧地向他求字,不想先生竟欣然应允,不久便得到老人家的墨宝。那时候我也很想得到先生的书法作品,只是一直不好意思开口。我收藏的那幅《章草诗轴》是去冬在一次艺术品拍卖会上拍得的,此作实堪为近现代津地书法艺术精华的代表。

张体信"张五爷"

张体信(1844—1911),字翔生,一作象生、艿生。因排行第五,津人称先生为"张五爷"。先世业儒,家境清贫。他自幼聪颖,攻读亦苦,常达旦不寐。年十四五岁已能熟读五经,稍长乃留心于经世之学,可谓学识渊博。其文亦豪迈浩瀚。光绪元年(1875)应顺天乡试,考中举人。曾受聘于天津会文书院,任武清王庆坨镇翠文书院院长,兼办津邑义塾三十余处。光绪二十五年(1899)选为遵化州训导,被聘为中学监督,校风肃然。时值八国联军入侵,途经遵化,误其为州牧,遂被执。然其神色自若,据理力争,洋人无奈,只得将其释放,遵化全境得以保全,故深受当地百姓尊敬,镌碑颂其功德。后授甘肃金县知县。辛亥革命爆发,回归故里。是年病逝于家,终年六十八岁。

张体信书法,由欧颜转而致力于汉魏,自成一家。其书法,用功甚勤,每日晨起磨墨盈盂,无间寒暑。他楷、隶、行各体兼擅。尤长于用鸡毫长锋写大字,用颜真卿笔法写隶书《石门颂》,别开生面。他借鉴传统书法,又不机械照搬,作字"古人腕

张体信四言联

强,今人指巧",毫无造作之态,而完全是个人风格的自然流露。陈哲甫先生曾撰文记载:"一日伏案临书,忽狂喜,呼家人曰:我今日所书得奇笔,如倭瓜之蒂。盖汉隶时有曲笔,君兴来偶得之也。"

对张体信的书法成就,吕铁山先生撰文说:纵观张体信的书法,豪迈之气扑面而来。精湛之用笔,巧妙之组合,浑然一体。究其原因,除受益于摩崖刻石外,亦是其品德修养的艺术再现。张祖翼评《石门颂》云:"三百年来习汉碑者不知凡几,竟无人学《石门颂》。盖其雄厚奔放之气,胆怯者不敢学,力弱者不能学也。"《封龙山》道光二十七年(1847)才由刘宝楠在元氏县访得,书风近似《石门颂》。流利便捷,古趣盎然,为汉隶中难得的佳品。杨守敬评其"雄伟劲健,《鲁峻碑》尚不及也,汉隶气魄之大,无逾于此"。古代书迹,浩如烟海,从中求其佳者而承之,因人而异。张体信的选择出手不凡,他摒弃时俗,法重气魄,大胆探索,不仅敢学,写来颇具特色。故而其品德、气质、修养、文风与古人相合,刻意雕琢绝无此成就。(《张体信和他的书法艺术》)

以鸡毫作书取得大成就、产生大影响的当首推天津的张体信。其以鸡毫作隶前无古人,气韵之生动更启发后学。笔下如金刚杵,墨酣笔畅,高古浑厚,典雅恣肆,荡气昂然,颇具张力,汉碑的体态、气息在其笔下出现了新的生机。张体信曾书"开张天岸马,奇异人中龙"五尺大联,康有为、高耀琳、高凌雯、华世奎、王守恂、刘嘉琛、孟广慧、张寿、王襄、金钺等为之题跋,盛赞其超凡书法的成就和对书法艺术的孜孜以求。康有为评价张氏书法:"根抵两京,意境超绝,世所稀有,江北书家当以先生为巨擘。"

龚望先生对张体信尤为崇敬,收藏张氏墨迹甚多,墙上经常挂着他的字,有汉隶也有行书,称张体信"书法开一代新风,鸡毫作隶前无古人,气韵之生动更启发后学。汉碑的体态、气息在先生笔下出现了新的生机。不多见者张五爷以鸡毫作颜行书,别开生面,雄劲舒畅,震人心魄"。龚先生以鸡颖作隶,其艺术道路是由张氏直接开启的,并从张氏艺术中汲取了丰富的养料。

新农园里一"老农"

20 世纪二三十年代,吴家窑与八里台之间今津河南岸有一座"新农园"(又称"观稼园"),它依傍水面,水中建小岛,环境幽雅。新农园的主人叫管凤龢。陆文郁先生在《天津书画家小记》里说:"管凤龢字洛声。武进人,寓津,家焉。喜书法,又为名诗家。于八里台居住,临水建'新农园'。""与严范孙等组织城南诗社,每当春秋佳日,聚津地内外名诗家于其园中,为吟宴畅游之叙。""洛声和易近人,无名士骄矜之习。卒年七十余。"

管凤龢书"半耕读轩"

管凤龢生于 1867 年,卒于 1938 年,原籍江苏武进。清光绪二十年(1894),管凤龢在营口任事。光绪三十四年(1908)升任新民府知府,编纂成《新民府志》。宣统二年(1910),任奉天高等审判厅厅丞,曾去日本考察司法,著有《四十日万八千里游记》。东北发生鼠疫，他主持防疫事务，采取有效措施，防止鼠疫蔓延。事后，晋升为道员，加二品官衔。次年任劝业道官职。因蒲河连年泛滥，为此设立水利局，引水入运河，开辟沿河低洼荒地为水田，指导当地农民种稻，著《蒲河种稻概要》一书。

辛亥革命后，管凤龢主持天津造币厂，考订古今中外币制沿革，写有专著。又主持顺直河工程，开辟沿海土地三万亩，种植棉花、水稻，使群众长远受益。1914 年他担任直隶第一中学监督。1921 年入城南诗社，与严修等社会名流以诗会友相互唱和，过从甚密。后在城外八里台至吴家窑一带买了一块地，建了一个带花园的农家别墅，取名"观稼园"，人们习惯称之为"新农园"或"管园"。管凤龢常在此举办茶会、酒会。

在新农园，他种植花卉、树木、蔬菜、果树，养蜂、养鸡、养兔，研究栽培和饲养技术，编印《新农园月刊》，并编纂《北戴河志》。陆文郁说，自己曾两次到"新农园"，但见"布置井井，俨然农家也"。据王伯龙撰文称，管凤龢对于饲鸡饲兔，不遗余力，专从欧美、日本订购了数十种饲养类刊物，采用最先进方法和技术。天津最优质的鸡蛋仅此一家，因此，各医院和外国侨民咸来争购。

管洛声还喜欢艺菊，他从日本引进了籽粒种植法和人工授粉技术，使菊的品种越来越多。他经常与城南诗社诗友一起观菊、赏菊、吟菊。其子管思强于 1929 年 11 月 3 日刊发在《北洋画报》的《艺菊谈》一文，专门介绍了新农园艺菊的经验。

管凤龢善书画，常为友朋或商号书写条幅和匾额。大约在民国十五年，有位广东籍商家准备在天津开饭店，因想与德商的"起士林"竞争，取字号为"快活林"。商家知管凤龢大名，于是请他题写匾额。管凤龢以为"快活林"这个字号殊为不当。故对商家说:"诗词中吉祥文雅词句甚多,不如另选。"商家颇以为然。取何名为好?就叫"福禄林"吧!该酒店最终命名为"福禄林"。"福禄林"的大匾一挂出,酒店人来人往,果然生意兴隆。

管凤龢在天津还曾开办过宣传进步思想的书店——利亚书店。这是一家成立较早的书店,所销售的书籍有《海城太守白话报》《唱歌三百首》《新女界杂志》《小学管理法》《中等算术教科书》《日俄战纪本末》《新兵教育》《历代法制史》《新理教科教员用书》等军事、法制等方面的书籍,以及报纸、杂志及教科书等。20世纪30年代,书店由管凤龢接办,并逐渐扩大营业范围,除了销售书籍外,也代售名人字画,甚至是一些古董珍玩。这虽然给书店增添了艺术氛围,但也成为不法分子注意的对象。1933年3月16日的《北洋画报》上就曾报道过《利亚书局之窃案》。案发于1932年10月,作案者是有组织的团伙,先行多次踩点,了解环境,计划路线。作案时以购书为名,吸引店员,趁其不备。另有人便将一只清代康熙年间的瓷瓶窃走,由后门溜出。幸得警方全力侦查,最终破案,将罪犯绳之以法。

晚年的管凤龢赞同中国共产党的抗战政策,支持其侄管彤(张致祥)从事革命活动,以利亚书店作为地下党接头地点,并推销当时的地下刊物《时代》。在其六十华诞之际,严修特作《寿管洛声六十》,赞其品性与操守,开头便是:"我初识管君,去今十五载。朗朗如玉山,照人发光彩。"我曾在艺术品拍卖会一睹管凤龢的书法作品,书风古拙典雅,颇有北碑气息。

天津有个"张美人"

1915年,天津画家张城的作品被选送到庆祝巴拿马运河开航,在美国旧金山举行的万国博览会,代表中国艺术品参展并获奖。

张城生于1868年,字寿甫、受黼,笔名瘦虎。祖籍江苏武进,久居天津。祖父是画家,父亲张翰云也是画家。张城幼承家学,能文善画,一生主要从事绘画事业,对山水、人物均有较深的造诣,尤其擅长仕女工笔画,如他所画的杨贵妃,体态雍容华丽,栩栩如生,从其所画的纱帽缝隙中,竟能窥见贵妃的发丝,手法工致细腻,令人叫绝,固有"张美人"之称。他的作品曾多次参加天津画展,博得好评。

笔者收藏一幅张城的山水画,是一幅"探梅"题材的作品,款题为"壬寅小春月,拟唐六如邓尉探梅图于鹤守庵,以应伯玉仁兄大人之属即乞教正,受黼张城",钤"张城印信"白文印。张城的这幅《探梅图》名为"拟唐六如",即效法明代画家唐寅,然在画面中却表现了画家自己对生活的感受和认识。此图运笔细

227

张城绘《探梅图》

秀,疏简得宜,极有神韵。远处峰峦叠起,虽皴擦不多,而尽得其妙。近景于桃花间画一开敞的厅堂,厅堂内文人雅士相向而坐。几株老梅隽雅生姿。峰峦之后碧水横流,更增添一种淡泊明润的气韵。观此图使人想起明人高启的诗句:"入山无处不花株,远近高低路不知,贪爱下风向气息,离花三尺立多时。""壬寅"即1902年,张城34岁。

张城愤世嫉俗,常常创作一些讽刺社会腐败黑暗现象的作品,发表在清末的报刊上,吸引了众多的读者。其中,最为脍炙人口的就是《升官图》。

晚清时期,吏治敝败,官场黑贪,什么新鲜事都出:天津地方官员段芝贵因以女伶杨翠喜送入皇亲贝子、御前大臣载振的香奁,竟得平升三级,官封黑龙江巡抚,终至被御史赵启霖参奏丢官,成了轰动一时的丑闻。张城画这幅"美人画"就是揭露这一官场丑闻的。

此画一太师椅上坐一盘腿跷脚的美女，手持绘有黑龙江地图的折扇，美女脚下跪一官员，手指着美女用纤足踢给他的顶戴花翎帽。画上落款有"愁父""醒汉"，并画了两方印"时评"和"不要脸"。整幅画面除题目"升官图"外无一处文字说明，但当时人们一看便知，原来此图是讽刺小军阀段芝贵为谋取黑龙江署理巡抚之

天津有个"张美人"

职，献名伶杨翠喜贿赂皇亲贝子、农工商部尚书载振的丑事。《升官图》送到《醒俗画报》，社长温小英、主笔陆辛农十分赏识，就在画已印出准备随刊单页派发时却遭扣发，引起争执后，陆、温愤然辞职。张城由此得"愤世嫉俗"之名。

张城还曾为天津文美斋南纸局画过花笺行世，亦为天津士

林所欣赏。惜生不逢辰,1922年张城病逝,年仅54岁。

张城的儿子张肖虎是我国著名的音乐教育家、作曲家、音乐理论家和指挥家。1914年出生在天津,自幼进取好学,有广泛艺术兴趣。1926年考入南开中学,除各门功课均属优秀外,还进一步发展了他在艺术尤其是音乐上的天赋,拉二胡、弹钢琴、吹竹笛、唱昆曲,并学会了六弦琴、萨克斯。在南开五年,他深受五四新思潮和黄自、赵元任音乐思想影响,树立起科教救国、艺术救国的强烈社会责任感,在几十年的艺术生涯中,他坚持不懈地把自己的艺术同国家民族的命运联系在一起,倾毕生心力与才智,求索、耕耘、开拓、创造,为我国音乐教育事业和民族音乐文化的发展作出了杰出的贡献。

张肖虎生前历任原国家教委艺术教育委员会委员、中国教育学会音乐教育研究会理事长、中国音协音乐教育委员会副主任、九三学社北京市顾问委员会顾问、清华大学音乐工作室教授、中国音乐学院作曲系主任、北京师范大学音乐系主任等职。

天津的最末一位翰林

高毓浵是天津最末一位翰林,在翰林书法中他是颇受人们青睐的一位。高毓浵生于清光绪三年(1877),字淞荃,号潜子,静海人。光绪二十八年(1902)乡试解元(第一名),光绪二十九年(1903)连捷中进士,选庶吉士,散馆授翰林院编修,并兼任京师大学堂教习。光绪三十三年(1907)被派赴日早稻田大学留学,学习西方数理化等科学。回国后在京师大学堂讲授西方文化、历史。清亡,一度担任过江苏省督军公署秘书长。旋辞职,游历南京,又到上海。在上海寓居十年后回北京,1956年去世。

高毓浵自幼聪颖好学,未至十岁便读完五经,过目不忘,后拜刘晓山为师,研读"四书",继续学习写作八股文和"试帖诗"。11岁又从师研读《春秋三传》,始习考证之学。是年,高毓浵之二伯父高崇基出任广西巡抚,此时高崇基在沧州的公馆由其子高令详(字理卿,行二)留守,高毓浵为高令详六弟,遂被召纳寄宿于馆内,且供给食用之费。高崇基的书斋中藏书甚丰,高毓浵便设榻于斋内,通宵达旦,遍览群书。由是,高毓浵大开眼界。

永嘉老子貌温如破帽蒙頭禮數踈辟拍十方歸硯
顲聯頭千衲護鍾魚雲瓢仃坐蘆花絮雲層巘
貝葉書古澗長松傳芙蔭肓令藤蓴滿階除

象賢仁兄大人雅正

高毓浵

高毓浵行楷

高毓浵自称:"应试资斧,皆出理卿伯兄所助。"

1912 年清廷退位,翰林沦落草野。自清朝灭亡翰林院解散后,在近 50 年的时间里,高毓浵除任过一段时间的江苏省督军公署秘书长外,其谋生方式和其他多数翰林遗老一样,基本上是以卖字为主。20 世纪 20 年代,在上海时,高毓浵的润利并不高,合作的纸店纷纷要求他提价,他不为所动,常常谦虚地说:"论我的字,本不值这么多钱,他们买的只是我的翰林图章。"其实这不过是谦虚。

高毓浵的字确实非同凡响。曾见其楷书八言联,联语为:"疏性儒风厉精朴学,含怀国论锐志朝英。"上款"仲藜仁兄大人方家正之",署名"潜子高毓浵",钤"高毓浵字潜子"白文印、"癸卯翰林"朱文印。所书颇有初唐虞世南楷书的气息,用笔含蓄,内含刚柔,于圆润中透出一股灵气。略带行书意趣,则有王羲之《圣教序》的风神,自然流畅,古茂多姿,一扫"馆阁"习气。定居北京时,高毓浵的书法多为天津荣宝斋收购,荣宝斋出过高毓浵书扇面集。中华人民共和国成立后,夏衍任原文化部副部长时,曾对高毓浵书法大加赞赏。原文化部还把将要颁发的奖状交由高毓浵书写。在近年来的艺术品市场,他的书法作品愈加受到人们追捧,价位逐年提升。2021 年夏季天津的一次拍卖会上,他的一条三平尺的立轴已拍得两万余元。

高毓浵喜作诗文,后半生多在吟咏唱和中度过。他国学功底深厚,写诗用典随手拈来。友人周贵麟先生曾提道,1951年,其叔父周汝昌先生因涉及"红学"与张伯驹先生结识交往时,请张伯驹先生所创庚寅词社征题,题目是《咸水沽旧园》,汪鸾翔、陶心如、张琢成三位名家为此绘制《咸水沽旧园图》。一时诗人墨客纷纷题咏,当时参与题咏的都是清末民国的著名词人和学者,有汪鸾翔、夏枝巢、胡先春、陈宗蕃、邢端、黄娄生、张伯驹、张轮远、姚灵犀、黄君坦、唐益公、启功、谢良佐、李石孙、周学渊、寇梦碧等。周汝昌先生说:"静海的高毓浡先生号潜子,'一口气'就作了四首七律,十分精彩!"其中第一首是:"云连海气润琴书,乔木森森荫有余。福地直疑仙岛近,诗人合在辋川居。芳园两过寻调鹿,远浦潮平看射鱼。须觉桃源非世外,问津可有武陵渔。"

高毓浡多年萍踪于外,始终不忘故里,曾在静海留下不少墨宝。如为静海县城文庙题写过"大成殿";为唐官屯文昌阁题写过"文教昌明";为沧州青县高家公馆题写过"光禄大夫第"匾额,等等。其中,唯"大成殿"匾额没有署名,并告诫后人题写"大成殿"匾额不可署名。1929年至1934年,高毓浡还曾应邀任《静海县志》总纂。

我收藏一件高毓浡书法刻铜墨盒,长宽各6.8厘米,高2.8厘米,民国时期所制。雕工精美,铜质上乘。正面刻五言诗一首:"宝册琼瑶重,新庭松桂香。雪消春未动,碧瓦丽朝阳。"款曰"兰桂轩主人雅正,潜子高毓浡"。书法平和典雅,灵动美丽,书写者身份亦非同一般,这白铜墨盒便也成了人们收藏把玩的宠儿。

遒劲透逸"铁钩王"

笔者收藏一副行书五言联，上下联各长 63 厘米、宽 15 厘米，上联是"春风新燕子"，下联是"香月古梅花"，书法遒劲透逸，实堪一绝。书写者乃天津乡贤、一代书家王维珍。

王维珍，字颖初，一字席卿，号莲西，一号莲溪，又号大井逸人，生于清道光七年（1827）。咸丰十年（1860）进士，官通政司副使。著有《莲西诗赋集》。笔者存有《清朝进士题名录》，在"咸丰十年庚申恩科"中查到了王维珍，他是第二甲第二十三名（二甲共计八十名），《题名录》上标明他是"直隶天津府天津县人"。从其诗赋集里的作品来判断，王维珍晚年患腿疾，约卒于光绪十年（1884）。

王维珍学识渊博，诗词歌赋无所不能，写过不少反映天津社会现实的诗。《津门大水》云："水挟风云气，奔流迹莫寻。势摇沙岸坼，力啮戍台沉。倒撼星辰落，低涵天地深。田庐泣老稚，谁抱楫川心。"此诗真切描述了同治十二年（1873）天津发大水的情景。他还写过许多反映天津风景民俗的竹枝词及杂诗。

《沽上》云："夕阳红到篱根,树影绕墙有痕。渔家炊烟直上,一湾流水柴门。荻花三亩五亩,清溪一湾半湾。七十二沽风景,惜无点缀青山。"《即事》诗前小序说："湖州某,习申韩之业,游幕畿南。后以劳绩权天津海关道篆,纵横自肥,民为罢市者五日。"记述了当年天津人民与贪官斗争的坚定决心。

王维珍的书法成就极高。《清朝书画家笔录》称其书法学唐代欧阳询,参以宋代的米芾和明代的董其昌。他的小楷尤为出色,遒劲透逸,有"铁钩王"之称。写于癸酉年(同治十二年即公元 1873 年)的行书轴颇能代表王维珍的书风。此书流动飘逸,笔意自然,点画肥瘦适宜。

王维珍行书七言联

体势宽博,圆劲而有韵味。其字势与行式略有偃仰倾仄,从而增添了纵逸豪放的气氛。在通篇的行书中,兼参草法,字不相连。用笔或毫尖,或笔肚,时而轻提细勒,时而重按。结体随机应变,疏密大小,俯仰顾盼,庄重典雅,富有节奏,给人以清奇新颖的感觉。

　　王维珍不但字写得好,而且对书法创作也有独到的见解。他写过一首题为《醉后草书》的诗:"醉草原知规矩难,纵横挥洒地天宽。竹根半截松枝瘦,抹上长笺作字看。志气消疏不着尘,天然翰墨自无论。国初诸老称仙笔,不信而今少替人。"他还写过一首《作大字》:"掷笔拍案狂笑,著指松烟起棱。字大高人数尺,瓦盆倒墨三升。"从中可看出他对书法的挚爱、他的艺术主张和取向。

　　王维珍书法颇为艺界所赞誉。清末刊行的《津门闻见录》称:"王莲溪,字体绝佳。"朝鲜贡使曹荷江光绪九年的赠诗有:"世世王家传八法,笼鹅风味即吾师"句,对王的书法给予高度评价。王的作品曾入选日本出版的《书道全集》。

　　近年来,随着书画艺术品收藏升温,王维珍的书法也在拍卖会上亮相,深受买家青睐,竞拍现场常常是你争我夺,成交价频频上升,由此也反映出这位书法大家在人们心目中的地位及其作品的艺术魅力。

　　2016年6月,杭州西泠印社拍卖有限公司推出的《萃古熙今·文房古玩专场》,其中有清光绪年间唐云旧藏王维珍铭盒亿年无疆瓦当砚。铭盒内容为:"光绪庚辰,磨砻汉瓦精而良,以之为砚宜文章。刚俚笃宾散辉光,奚问长乐与未央。莲西铭。珍(白文印)"。标有作铭者简介云:"王维珍(1827—1884),字颖初,一字席卿,号莲西、莲溪,又号大井逸人,天津人。咸丰十年进士,官通政使司副使,掌接各省题本与臣民建言、陈情、申诉等事。同治十一年以事忤慈禧太后,被议处。工诗文,善书法,书法学欧阳询,参以米芾、董其昌法,行书任意纵横,淋漓痛快。著有《莲西诗赋集》。"

清代中期金石学大兴,砖瓦古玩风靡一时。文人匠心独运在瓦背,略施研磨使其变成瓦砚,从而进入古玩雅堂。此件圆形瓦当范模阳文,质地坚硬细密,包浆自然厚重。瓦当造型庄重大方,中间有乳,周边连珠十二颗,双重界格,内区篆体吉语"亿年无疆"四字。在光绪年间,由王维珍打磨制成,配有红木老盒,加以铭文,后为唐云所得。

丹青不老"八百寿"

在我收藏的民国名人书画中,有一幅彭昞的青绿山水。此图描绘秋季山水景色。画中,远山如黛,连绵逶迤。山腰,云霭蒸腾,缠绕盘桓。瀑布奔泻而下,汇成一道溪流。溪流边,红树怪石,小桥茅舍,令人心旷神怡。画家通过秋天山水的色彩体现季节特点。山以石青、石绿为主,参以淡墨,树为"双勾夹叶",有红有绿。山水刻画的笔墨细致精微,着色既体现了青绿山水的金碧辉煌,又不乏"文人画"的雅致之趣。画的右上题款:"辛酉初夏蜀南丹棱山民彭昞春谷作。"钤"丹棱彭昞字春谷书画"朱文印。"辛酉"为1921年。

彭昞,字春谷,号丹棱山樵。四川丹棱人,久寓天津。对中国传统画花卉、山水、人物、蕃马、写意、工笔无所不能,"点染流丽,生动尽致,洵一时能手",是一个颇有建树的画家。尤擅青绿山水,上溯唐宋诸家,下继上官竹庄,对于文徵明、唐伯虎、仇英的作品,更是临摹效法,且学之有成,独帜特色。人称"清末民初青绿山水画之集大成者"。

彭旸何以千里迢迢从四川来到天津,并长期定居津门呢?据称,1915 年 12 月,袁世凯称帝,宣布次年改元"洪宪",彭旸以画名应邀赴京,绘制"洪宪瓷"。但袁不久即病死。彭旸转而寓居天津,并在寄鹤精舍(又称寄鹤山房)开始他的绘画生涯,成为京津画派的著名画家,彭旸在天津以卖画为业,在天津留下了数量可观的绘画精品。此人不事张扬,创作一丝不苟,每幅画都是严谨周密,刻画入微。除青绿山水外,尤擅人物事

彭旸绘青绿山水

故。墨笔勾勒处笔法细劲俊逸,风格古雅典秀,颇见功力。笔者经常在艺术品市场见到其作品。从 1919 年至 1940 年,每年的画作都有,而且件件精美。在一幅青绿山水中,作者题款:"似仇实父三笑图大意,丙寅嘉平月中浣蜀南丹棱山樵彭旸客于津门,时年六十有七。"丙寅年即 1926 年。彭旸 75 岁那年,还精力充

沛地精工细笔创作了一幅人物故事《张敞画眉》，造型准确，设色淡雅，出手不凡。还有一幅《仙山楼阁图》，款题"时在庚午春三月既望，丹棱山民春谷彭旸写于津沽"，庚午年是1940年，这一年彭旸已81岁高龄。再按此推断，其生年当在清咸丰九年即1859年。他有一枚闲章为"丹青不知老将至"，以志健寿。还曾在书款中自诩"八百寿后裔蜀南丹棱山樵"，所谓"八百寿"即传说的彭祖故事。

彭旸曾与陆辛农及其弟子在中原公司（后来的天津百货大楼）六楼组织"中原画友会"，每星期集中一次，津中画家一时多往从之。其成员除彭旸及其弟子郑瑞阶、陆文郁等，其他画家如陈少梅、黄耘石等也都曾参加画友会的活动。据陆文郁先生说："每星期集画一次，津中画人多往从之。"现代著名画家赵松涛便出于其门下。但这样一位勤勉多能高水平的画家，以往却知者寥寥。《中国美术家人名辞典》仅记27字，《近代字画市场辞典》则无见其名。

按照通常的说法，所谓青绿山水是用矿物质石青、石绿作为主色的山水画。有大青绿、小青绿之分。前者多勾廓，少皴笔，着色浓重，装饰性强；后者是在水墨淡彩的基础上，薄罩青绿。我收藏的那幅彭旸青绿山水，工细秀雅，色彩清艳，人物、小桥、房舍刻画入微，严谨至极，堪称小青绿山水画的精品，当是彭旸山水作品的代表。

不以无人而不芳

兰花被视为幽谷中的"君子",在绘画中多表现高洁。笔者藏有一幅清末民国时期尹湉所作《兰石图》,画面上,清劲气爽的兰花从峥嵘的岩石的缝隙里长出,如高傲的君子,顽强而潇洒。兰石伴着淙淙的流水,衬托出一种清雅与高贵。它使人想起《家语》里的话:"芝兰生于深林,不以无人而不芳,君子修道立德,不为困穷而改节。"

尹湉(1855—1922),字澂甫,天津人,居西头吕祖堂附近,向以画兰著称。自幼极具艺术天赋,八九岁时在附近的庙宇修建中已能彩绘图案。成年后的尹湉更潜心于翰墨,其兰石尤佳,亦工山水。《清代画史补录》《清朝书画录》说他"善画兰竹"。《增广历代书史汇传补编》称:"善画,尤工墨兰。"《津门杂记》称,尹湉"擅兰竹,临池寄兴,高致绝伦"。

另有记载说,尹湉是同治癸酉年(1873)科举人,与华少兰、展春荣、沈土镛、高凌霄为同科,出任浙江某知县。曾经供奉如意馆,在宫中为皇帝服务。归林后以鬻画为生。与梅韵生、刘东

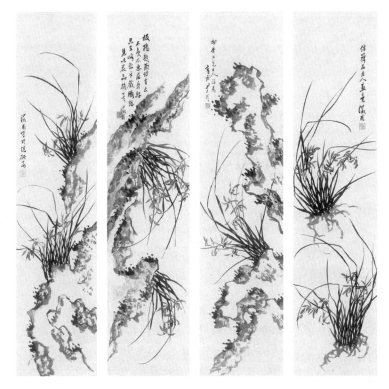

尹湜兰花四条屏

皐、穆楚帆三先生诗画往来,时人称为"津门四皓"。

他的墨笔兰花有蒋予检意,且有抒情怀,临池寄兴,高致绝伦,传世的兰石作品较多。陆辛农尝言:"澂甫馆名说砚斋,曾见其仿诸羲庵兰石,书卷之气盎然。亦善山水,不多作。"不仅如此,尹湜更以书法见重于时,他工行善楷,极具功力,尤其行书,笔力恣肆开张,不主娇美,有黄山谷之笔意。在今天的艺术品市场,既能见到他画的兰花、山水,也常见其书法翰墨之作。

尹湜与近代教育家、南开"校父"严修为挚友,多年为严修做"参谋"。从严修《祭尹潋甫先生文》可知:1875年前后,严修正在准备科举考试,严修的父亲严克宽为督促严修学习,招募尹潋陪读。后来,严修考中进士,成为翰林院编修,而尹潋却止步举人。严修出任贵州学政,是尹潋陪着他去的。在贵州学政任上,作为严修的幕僚,尹潋曾陪严修外出监考、批改庠生的卷子、帮忙批阅文件等。严修日记载:"折稿写一通,自己正至申初毕,复请澄兄审定,是日凡客,皆谢不见。"说的是这个极其重要的奏折,严修经多方考虑,终于下笔,写成初稿之后,请他的澄兄审定。可见尹潋当时在严修身边的重要作用。

尹潋喜编写通俗戏剧,内容常取材于《聊斋志异》。他是20世纪初天津创作"新剧"的干将。由他创作的剧本《珊瑚传》《二烈女》《因祸得福》等,经北京"奎德社"在京津公演时轰动两地。

尹潋的四个儿子也都是书法绘画的高手。长子尹承纲,字劭询,工书,集唐宋各家之长,尤娴于苏黄。晚年作字,益臻纯熟。榜书则朴素安闲,行草则盘行飞舞,入于化境。他曾长期担任南开学校管理课长,是新剧团的主要成员。1915年和1916年,他多次与周恩来同台演出。次子尹承绶,字劭诚,善画兰竹,亦有山水传世。三子(名字不详),工于篆刻。四子尹承维,字劭诘。善山水,由麓台(王原祁)入倪(倪云林)黄(黄公望)之室。丘壑在胸,笔墨淹润。他的兰草也非同一般,从传世作品来看,水平不亚于他的父亲。据津人胡佑青先生言:"所作水墨扇件,下笔轻快,索者可立待而得。"

四人艺术成就的取得与尹潋的督促诱导有关。以笔墨丹青而言,尹潋认为尹承绶是较好的继承者。承绶自幼耳濡目染,深得其父兰石、山水之精髓。画技成熟后，尹湛常与他合绘，相得益彰，甚或承绂画毕，再由尹湛题款钤印。如此一来，子辈艺事更进，在画风上也是一脉相承。

"江北才子"曹鸿年

曹鸿年(1879—1956),字恕伯,晚年改号宏年,别号如心居士,书斋馆名"松寿轩",天津人,回族。1879 年 7 月 11 日出生在一个小商人家庭。幼年好学,受教于顾叔度先生,学习诗、文、书法,后在严氏学塾就学。19 岁又从王鼎平学国画。1900 年在家设馆,招生授课。

曹鸿年是近代著名教育家,也是一位著名书画家,对书法、绘画、诗、词等均造诣甚深,又擅长金石篆刻。作画喜作长题,仿明代画家董其昌风格,在落款上书不题"恕伯",画不题"鸿年"。因与其父均属龙(小其父 24 岁),故又号"子龙",有时作画自题"曹子龙",晚年名号统一,一律写曹鸿年。民国时,《湖社月刊》曾多次刊发他有关碑刻的文章,足见其在艺术界的影响。

曹鸿年在艺术上的成就也传到南方。创立上海书画会的钱云鹤,慕名向他征求书画,他寄去竹、兰等作品,刊入《神州吉光集》浙江嵊县郑昶所著《中国画学全史》一书也有所涉及其艺术作品。

曹鸿年绘画

1924年,曹鸿年选出各体字、各种画共12帧,论书法、论画法、论篆刻等著作,历年所作诗、词、楹联,论教育的文章,以及有关他个人经历的文稿,编为《松寿轩第一集》出版。天津教育界前辈严范孙以七律一首为之序:"吾邻画手两曹氏,前有香士后恕伯。水云先生去已久,松寿主人今赫赫。水云第以画竹名,松寿于画无不精。况兼诗字擅三绝,未免前贤畏后生。"诗中所称"香士"乃天津清代画家曹香士。香士先生,回族,善写竹石,有逸气,高额曰"水云山庄"。松寿主人即曹鸿年。作序的还有吴兴的钱云鹤、天津的刘孟扬。

　　著名书画大师张大千先生居津时,常与曹鸿年往还。曹鸿年曾参加张大千在西安组织的一次全国书画家作品展览,受到大千先生好评,其评语是:"先生诗、书、画三绝,足为北人吐气。"大千先生还赞曹鸿年是"江北才子"。凭着自己的才能,曹鸿年在艺术界早已争得一席之地。求书画的人渐多,常有"笔债如山,门庭若市"之时。

曹鸿年致力天津教育事业二十年,曾赴日本、朝鲜等国考察教育。作为小学校负责人,曾荣获教育部三等奖章。从1921年起,因种种原因,他辞职离校,以"笔墨"为生。据曹鸿年的子女说:"这是一种很不可靠的谋生方式,尤其是在开始阶段。他把润单(价目表)放在了南纸局,有人想要他的字画,由南纸局把纸送来。最初生意淡旺无定,生活经常处在紧张的状态,甚至把皮袍子送进当铺。稍后渐入佳境,加上我们已能自立,勉强可以度日。到抗战爆发,我们的生活又陷于困苦之中。"天津沦陷时期,曹鸿年含辛茹苦,坚持晚节。中华人民共和国成立后,他担任天津文史馆馆员。平生著有《松寿轩诗稿》《考察日韩江浙教育记》《教育管见》《实际小学管理法》《新式体操》等。

我曾收藏一幅曹鸿年的《君子相会》大中堂。此图将竹、兰、菊、芝石合绘,表现一种君子之风和坚韧高洁之气。此画右上有曹氏自作七绝一首:"日月雨风底事忙,光阴难再叹沧桑。续貂不避方家笑,双手成图翰墨香。"诗后题曰:"民国九年十月之间,姑丈刘小亭先生画芝石,前辈梅韵生先生画竹,尹澂甫先生画兰,吾师王铸九先生补花卉,严范老题记,为津门五老合笔之作。求者接踵,颇极一时之盛。未几,而尹公、刘公、梅公、范老相继仙逝。而同乡之委余仿作者极多。二十二年,吾师铸九先生亦归道山。真是日月如梭,光阴难再。每追昔成图,曷胜沧桑之感,题诗腠画,难禁身世之悲。"最后落款:"二十五年二月六日,仲奇仁兄先生顾正,沽上松寿轩曹恕伯左手画芝石,右手写竹,并题。"钤"子龙"朱文印一枚。

从此画题款中,可以得到以下信息:其一,民国九年(1920)

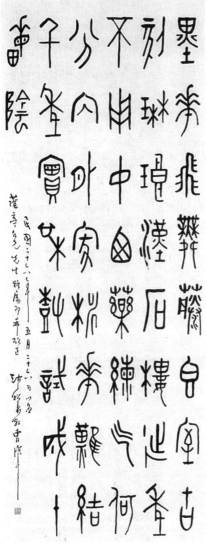

曹鸿年书法作品

农历十月间，津门画家刘小亭、梅振瀛、尹湉、王铸九和严修曾合笔作画，刘画芝石，梅画竹，尹画兰，王画花卉，严题记，看来此事为当年盛举，在津门书画界具有一定影响。其二，透露出几位书画家去世的时间。此画面世不久，尹、刘、梅、严四人相继去世。民国二十二年（1933）王铸九去世。其三，王铸九（即王鼎平）是曹鸿年的老师。王学画于孟绣邨，张兆祥亦学画于孟。可见他们的师承关系。其四，曹的这幅《君子相会》作于民国二十五年（1936），是追忆当年"五老合笔之作"而画，且左手画芝石，右手写竹花并题款。这当是与"五老合笔之作"的不同之处。

"大写家"张志潭

著名作家、"乱世才女"张爱玲有一位伯父叫张志潭,长期居住在天津,他虽为民国政要,却以精湛的书艺而闻名于世。

张志潭(1877—1936),字远伯,河北丰润人。他是清末重臣、李鸿章的女婿张佩纶的侄子,前清举人。曾充陆军部候补郎中。1914年任绥远道尹。1917年任内务部次长。同年段祺瑞执政时,任国务院秘书长,不久出任参战事务处机要处长。1919年任陆军次长。1920年任内务总长。1921年任交通总长,财政整理会会长。皖系失败后,隐居天津英租界。

张志潭酷好书法,寓所楼下专设写字间,每天必练书法。他写大字时,常将纸铺在地上。张与著名书法家华世奎友善,华常到其寓所切磋书艺。

张志潭所书多为行楷,其书有颜的味道,也可见二王的潇洒与蕴藉。偶尔也写隶书,书风大都圆润厚重,结体方正。在现今艺术品市场仍可见其所书对联、扇面。天津老字号"登瀛楼"匾即为张志潭所题。据称张喜好美食和京戏,常请四大名旦梅兰芳、荀慧生、尚小云到家里做客,请他们吃鱼翅全席,听他们清唱。晚年喜欢昆曲,与著名昆曲艺术家韩世昌、白云生有来往。张志潭对美食很有研究,对鲁菜情有独钟,他是津沽名店登瀛楼饭庄的常客,和店里的人很熟。1924年,登瀛楼迁南市东兴程砚秋、大街新址,1931年又在法租界滨江道上设立两处店堂,这是登瀛楼的全盛时期。登瀛楼经理知其书法好,便请张题写店名。张志潭写字题匾既不留名也不钤印,题匾的交换条件是该楼的名厨师要将做全桌酒席的技艺教会其三夫人。

张志潭的父亲张佩绪是张佩纶的弟弟,长年居住在宁河县芦台镇,人称"张九爷"。张家在茶淀一带有许多土地。1938年,日本人在此建钟渊启明农场,曾一次从张家征地7万多亩。张家在芦台的堂号为"张凤叶堂",包括五间厢房、马号、祠堂等,其母住在那里,每年收租。2006年拆除的芦台火车站老天桥,是张志潭任交通总长时修建的。据说其母张九太太去北京,乘坐火车横穿铁路时,不小心扭伤了脚,于是埋怨贵为总长的儿子,为什么不修座天桥。张志潭于是遵照母训,就批准在芦台火车站建了

张志潭行书立轴

这座天桥。

张志潭和张爱玲的父亲张志沂是堂叔伯兄弟,1922年,张爱玲的父亲张志沂便是通过张志潭谋到津浦铁路英文秘书的差事,全家迁居天津,住在英租界一处花园洋房里。张爱玲在这里度过了快乐的童年。她在《小团圆》里写道:本地的近亲只有这两家堂伯父,另一家阔。在用人口中只称为"新房子"。新盖的一所大洋房,里外一色乳黄粉墙,一律白漆家具,每间房里灯罩上都垂着一圈碧玻璃珠穗。盛家这一支家族观念特别重,不但两兄弟照大排行称十一爷、十三爷,连姨奶奶们都是大排行,大姨奶奶是十一爷的,二姨奶奶、三姨奶奶是十三爷的。依次排列到九姨奶奶"全"姨奶奶,绕得人头晕眼花。十一爷在北洋政府做总长。韩妈带了九莉姐弟去了,总是在二楼大客厅里独坐,韩妈站在后面靠在他们椅背上,一等两个钟头。隔些时韩妈从桌上的高脚玻璃碟子里拈一块樱花糖,剥给他们吃。这段描述就是张爱玲在堂伯父张志潭家的生活片段。

1936年,张志潭患半身不

张志潭隶书联

遂,请日本医生治疗,租李善人花园房子养病。八月十五回家过中秋节后病情加重,五天后去世,享年 52 岁。张志潭故去后,其弟张志徵于 1937 年编辑出版《蟫园遗墨四种》,请华世奎题签,以为纪念。《张远伯手写金刚经》即《蟫园遗墨四种》第一册,该书由陈三立题签,扉页为徐世昌所题行草"参悟如来"四个大字,书后附有邵章、徐世章、华世奎、杨昭俊等名家的跋语。第二种为《张远伯临五圣教序册》,溥儒题签;第三种为《丰润张子隶书朱柏庐治家格言》,戊寅季夏蒲圻张国淦题签;第四种为《张远伯篆书楹联集句》,陈夔龙时年 82 岁题签。

笔者存有张志潭所书七言楷书联一副,是用红蜡笺纸书写,上联是"凤凰麒麟在郊薮",下联是"云璈琴瑟为太和",落款"张志潭",钤印三枚:"觉晓斋"(朱文)、"志潭长寿"(白文)、"蟫园"(朱文)。端庄而流美的笔致,明显展露出他书法的个性特征。

他与李叔同师出同门

姚彤章,字品侯,号研曾、苏斋、布帆,行五,时称姚五大爷,生于清同治十三年(1874),天津人。姚家为天津的官宦大户,人称"世进士第"鼓楼东姚家,与军机大臣、大学士、同治皇帝的老师李鸿藻,咸丰末年八大"顾命大臣"的焦佑瀛,同治进士、曾任吏部主事的李筱楼(李叔同的父亲)等,多是亲上加亲的关系,与天津严家、华家、梅家、徐家、朱家等大家族之间往来十分频繁。笔者藏有姚彤章书写的行书四条屏,从中可看出此人的师承、学养和他与李叔同的同门之缘。

姚彤章是长芦纲总姚学源的长子(过继姚剑泉为嗣)。监生出身,与乡贤李叔同同出于近代津门"四大书家"之一的赵元礼门下。工诗文,善书画,多才多艺,他还能将书画用于刻瓷。其刻瓷作品,布局新颖,刀工流畅,山水人物,花鸟鱼虫,栩栩如生。清宣统年前后,曾宦游鲁西南,历任山东知县、直隶州知州,署曹州府知府。民国初年,任天津营务处承审。轰动津城的宫北大街春华茂银号的大抢劫案,由他与朱承审结,抢劫犯戴魁一被处决。1917年天津闹大水,他任河务局长。后被先后调至唐山、青岛。

姚彤章平生酷爱金石,收藏文玩、书帖、字画颇丰,鉴别能力甚强,所藏古砚最为可观,他如宣德炉、鼻烟壶等多为精品、绝品,至于古泉,所收亦夥,有燕明刀拓本册,亦洋洋大观。所著《烟壶答问》,著录其所藏鼻烟壶数十件,并作深入的考证、研究。

姚彤章诗稿

姚彤章是位博物馆学家。他曾在北京任团城古物保存会委员,在天津任河北第一博物院副院长、广智馆馆长、董事等,为天津的博物馆事业作出了突出贡献。1935年3月,严智怡病故,河北博物院由副院长姚彤章代理院长职务。同年广智馆馆长李琴香出任河北省教育厅厅长,广智馆长亦由姚代理。1936年,广智馆开董事会,姚被任命为馆长,且于偏院"枣荫庭"兴建罩棚以扩大陈列馆面积。天津沦陷后，日军强占河北博物院，藏品几乎被劫掠一空，在极端艰难的境况下，姚彤章苦苦维持，于1939年与赵信臣、俞品三等在河北宙纬路恢复重建，直至病故。他在博物院任上，特别留心于乡邦文献，征集到津人樊彬遗著《畿辅碑目》等，为之排印行世。他曾多次向博物院捐献文物，化私为公。1937年2月，他一次就捐给博物院珍贵文物九件，其中有明代澄泥砚、清光绪二十五年（1899）华金寿谢恩折、历代舆地沿革图、古代鞍鞯等。

姚彤章与李叔同交情深厚。姚彤章年轻时，姚家请赵元礼在其家教家馆。因李叔同的二嫂是姚家的姑奶奶，李叔同常去姚家，于是也拜赵元礼为师，主要是向赵学习古典诗词。同列赵先生门下的也有姚彤章和他的弟弟姚彤诰，另外还有李鸿藻的三子李石曾和朱易谙（朱宪彝的父亲）等人。姚彤章比李叔同

姚彤章自题缩临兰亭

年长6岁，两人志趣相投，甚为要好，李叔同皈依佛门后仍不忘旧情，1932年曾写信托其俗侄李麟玺将一部《梵网经》转赠姚彤章。1941年春，姚彤章给在闽南的弘一法师寄去一首祝寿诗：

"仙李盘根岁月真,千秋事业有传薪。残山剩水须珍贵,稽首慈云向永春。"诗中称赞弘一的才气和对佛学的贡献,表达了他对这位契友、高僧的仰慕之情。

我收藏的姚彤章书法四条屏用的是虎皮宣,其所书各是一首七言绝句,有的为苏东坡诗作,有的为自作诗,是姚彤章于丁丑年(1937)中秋节前所写。他的一首诗写道:"鹤作精神松作筋,阶庭兰玉一时新。愿君且住三千岁,长与东坡做主人。"可知姚彤章诗学东坡。而赵元礼当年教李叔同学诗也是以苏诗相授,从李叔同年轻时的诗作中确能看出苏诗的影子。在这一点上,颇见他们之间的暗合。

从书法上看,这四条屏也具有赵元礼"苏体"味道。赵元礼学书最初师法柳公权,后涉猎百家,尤醉心于苏东坡的书法艺术,功力"非一般人所能及"。姚彤章的行书天真烂漫,雅逸婀娜中展现一种隽永和刚健,深得苏门法书遗意。众所周知,李叔同早年书法师从唐静岩,取法汉魏六朝,但他"转益多师",有时在他的行书中也展露一些"苏体"韵味。这又是一种"相通"。

"沽上余生"黄山寿

笔者收藏有一幅黄山寿所绘《山居图》，为青绿山水之作。近景松树如龙蟠凤翥，石台土坡之上，书屋三间，文士低吟闲唱，轻鹤起舞。中远景峰陵起伏，白云出谷，闲逸舒畅；松柏深处，危楼拔阁，描绘出一派青山绿水的美丽景色。在运用技法上，以青绿敷色，以勾云法填粉绘云，墨笔勾勒处笔法细劲俊逸，使画面产生了较好的视觉效果和一定的艺术性。画家于此图右上角行书款识："光绪丁酉日武进黄山寿写。"印鉴："黄氏久庵"（白文）、"沽上余生"（白文）。

黄山寿（1855—1919），原名曜，字勖初，号丽生、旭迟老人，江苏常熟人。官直隶同知。他书法得恽寿平规范，善绘画，十余岁即能画人物、山水、花卉，尤擅长绘墨龙。所绘人物仕女，喜用工笔重彩，风格古雅典秀，有改琦遗韵。山水多为青绿，颇见功力。双钩花鸟，工致而不刻板。

黄山寿居津甚久。陆辛农《天津书画家小记》说："清光绪庚子年（1900）八国联军攻陷天津时，勖初正在津，固有印章曰

加官晋爵

黄山寿绘人物

'沽上余生'"。"曾为同文仁记画花笺,名花百种,极尽其能事,惜同文雕板之技,不如文美,印刷亦逊。"《津门纪略》说他善"山水、人物"。《寒松阁谈艺琐录》说他"作《押髻图》两幅,古雅妍秀,玉壶,渭长之后所仅见也"。

黄山寿在津期间,创作了大量的绘画作品,山水、人物、花卉无不涉及。人物多取吉祥寓意,如《天官赐福》《八仙祝寿》等,配以松柏、仙鹤等。花卉草虫也是黄山寿常画的题材。此类作品大都笔意俊秀。曾见其作于清光绪二十九年(1903)的《秋菊》,墨色清润,花、叶有正反向背之态,黄、白、粉菊花如簇,叶脉勾以重墨,更令画面增添一股冷香清艳之气。画上题诗一首:"素娥青女催秋老,金粉红衣正少年。最爱花丛游赏日,已凉天气未霜前。"画的上方有津门画家所题诗堂。说明此画是在天津所作。

黄山寿常以青绿设色的艺术表现技法绘写层峰叠翠的景

色。他的山水画和人物画尤为天津人所喜爱。2014年秋季天津国拍"天津文物"专场拍卖他的山水画《红绿清溪》，此作长146厘米，宽40.5厘米，上题"红叶冷风处，清溪欲暮时，夕阳光景好"等句，底价为7.5万元。

黄山寿五十岁以后去了上海。在上海，他参与了海上题襟馆的活动，且以卖画为生。题襟馆藏龙卧虎，人才济济，是清末上海一个规模较大的书画金石团体。会员们经常将自己收藏的珍贵书画印章拿到馆里陈列，彼此观摩研究。书画掮客则拿着许多书画金石古玩到馆里兜售，题襟馆也替会员经常办书画金石作品的销售事宜。黄山寿因此也融汇于海派画家群体之中，成为一位海派画家。

笔者收藏这幅《山居图》作于清光绪二十三年（1897），嵌有"沽上余生"之印，此画亦当绘之于天津。

高荫章开设雪鸿山馆

清朝末年,高荫章以诗书画印融为一体的高水平创作,带动了杨柳青年画的艺术水平向更高层次发展。高荫章,字桐轩,杨柳青人,生于 1835 年。他自幼聪慧,曾入村塾学习,八岁就能将《百家姓》《千字文》《三字经》等背诵如流,被视为"神童"。高荫章在绘画上有超人的天赋。课余时间他常到街后的车厂、木作坊暗习匠人刀锯斧凿诸种操作。13 岁时,就能画出舟、车、屋宇,并用竹头、木屑按图制成活动的车辆、船只和梁枋俱备的亭台馆榭。15 岁时,他将路边见到青蛙捉回家,将青蛙的正、侧、俯、仰等各种姿势一一描绘,惟妙惟肖,生动传神。他虚心向杨柳青年画的老画师学艺,学到老画师的一套传真技巧、年画画法。印行于光绪二十四年(1898)的《津门纪略》(署名羊城旧客)卷八中,仅列津门画家九人,其中就有高荫章,称他以"写真"见长,可知高的人物画在当时已深为世人所重。

高荫章久居天津杨柳青,那里的名画作坊和画工甚多,有此之便,他广开眼界,且又好搜集古今名画,不断拓展自己的绘画

技巧和知识范畴。荫
章为人严正坦荡，自
奉菲薄，闲时喜与农
夫渔叟交往，平日则
握笔作画。他不仅画
人物，山水画也有相
当水平。我曾有幸一

高荫章绘年画《庆贺元宵》

睹其三十多岁时画的一幅山水作品，笔墨雄浑，构图新颖，颇见
石涛气息。他著有《墨余琐录》，对绘画创作多有见地，亦见其
品位之高。

　　1866 年，三十二岁的高荫章被召入清廷如意馆，专为慈禧
太后画像。据称，为了描绘画像背景，他随当时内廷如意馆总管
管劬安游览过禁中三海（中南海、北海和后海）胜迹，这对他以
后年画绘制的景物布局产生了重大影响。其间，高常往来于京
津，为人画肖像及行乐图。他曾陆续绘成《追容像谱》一册，共
画人像二十页，其中人物甚多，排场繁闹，工巧精练，堪称经典
之作。

　　高荫章六十岁时在杨柳青开设"雪鸿山馆"画室，集中精力
绘制年画。他独自创作年画稿样刷印出售。所绘人物生动、细
腻，构图雅致，兼具诗词，独具一格。其《瑞雪丰年》《荷亭清夏》
《踏雪寻梅》《庆贺元宵》《三顾茅庐》《潇湘清韵》《榭庭咏絮》
《春风得意》等作品，景物布局几乎都有庭榭回廊，或朱栏粉壁，
或镂雕花墙，山石树木错落有致，在月亮门、透窗墙的庭院中，人
物置于其中。对历史故事画尤其重视情节的描写。1903 年，他

创作的《文姬归汉图》中,画出了雁横秋空,霜林叶落,文姬骑在马上掩面哭泣,回首与儿女生离死别依依不舍的感人场面。骆驼驮旅途用品,汉使回马催行的细节,也都刻画得精细入微,艺术水平不亚于古代同题材佳作。

高荫章受宫廷艺术的影响,也吸收文人画之长,以传真画像的写生方法作画,尤为重视点景布局。曾见高荫章所画《同庆丰年图》,此作为横幅,几位农民正在场院扬场,妇女、童子在一旁观看,作者注重人物内心的刻画,且"能变旧法粉脸为水色,益觉润脱像生"(津人胡佑青先生语);同时巧妙地将自然景物依照画意以写实手法运用于画面,近景为柴扉老树,远景为村舍及起伏的山峦,色彩较为浓艳而又典雅不俗,整幅作品洋溢着丰收和谐的喜气。画的上部以四字隶书"同庆丰年"揭示主题,以行书题诗,钤印两方。像《同庆丰年》这样的作品,既为平民百姓所乐见,也受到宫廷及文人墨客的喜爱,加之高氏作画严谨缜密,一丝不苟,他的一些作品被送入宫中,有的还被北京药铺、颜料店临摹于店堂的墙壁之上。

高荫章的创作实践为杨柳青年画注入了新鲜血液。有人说:"以钱慧安、高荫章为首的以诗书画为一体的高水准的年画成为光绪时期杨柳青年画的重要特征。"高荫章不仅提升了杨柳青年画的品位,为杨柳青年画的发展作出了可贵的贡献,也在中国美术史上留下重重的一笔。

闲来无事观螃蟹

民国时期,出生于河北冀州伏家庄的书画家胡宗照,在津寓居 16 年,其书法骨肉相济,神气活现又余韵无穷,被誉为"张裕钊第二"。天津交通旅馆的匾额即为胡氏所书。此人亦精于绘画,当年旅居京津的一些外国商人常以重金购买其所书条幅和绘画作品。

本人收藏一件胡宗照所作扇面,为水墨画,画面上有两只螃蟹在水草间爬行,栩栩如生,颇见神气。整幅作品用笔遒劲浓重,墨色酣饱,如屋漏痕,似锥画沙,体现了作者作画笔笔写出的特点。款题为:"庚辰夏六月,以奉荫东仁兄又属即正,耐翁胡宗照写意。"

胡宗照(1884—1943),字峰苏,号耐翁。胡宗照毕业于保定优级师范学堂,在家乡冀州高等小学执教席 17 年。其间,屡次赴北京,上保定,下济南,遍览古今名家金石墨迹,搜寻历代著名法帖和金石拓片,并师从著名书法家张裕钊,声闻日彰。

1928 年,胡宗照 44 岁时辞教席游学至天津,初未知名,寓居

胡宗照书法

东南城角华锦城灯扇字画店后院,有三间北屋,两间西屋,以书画为业。华锦城经理刘瑞臣与宗照同邑,特为胡宗照设书画展售柜。此后,恰逢买办高星桥创建的"天津劝业商场"及隔街与之相望的"交通旅馆"相继落成。劝业场的牌匾已邀华世奎题写,其榜书遒劲,端庄雄伟,闻名遐迩。为了与华书牌匾衬映生辉,旅馆经理煞费苦心,乃以一字百元的重金征求"交通旅馆"的匾额。一时应征者甚众,胡宗照脱颖而出,一举中鹄。人称其所书"交通旅馆"四字,方圆相融,刚柔兼济,有金镂石雕之风致,与华世奎书匾相得益彰,顾盼生姿,此匾至今犹存。从此,胡宗照在津声闻日著,又先后应聘为惠中饭店、龙泉澡塘、东马路希古斋书店、华锦城灯扇字画店、文渊阁南纸店、宝丰饭店、华信栈百货店、五和线店和北马路锅店街裕兴文具店等商号书写了店名。

胡宗照治学严谨。据曾在他身边工作过的邢子兰老人回忆,胡先生所书虽有一挥而就的即兴佳作,但大多数字画都经过细心构思和几次试笔,即使一帧小小商标,他也要试写数次。至于条幅的撰文,书写更是刻意求工,力求文、字双优,否则是不肯署名、钤印而出手的。子兰老人说:"胡先生试笔、书写常至深夜,不曾虚度一日。"从子兰老人历经艰辛与风险而珍存下来的百余幅试笔而未署名的胡先生手迹来看,其刻苦与勤奋是不言而喻的。

胡先生还精于诗词,善画竹子、兰草、鸡、鸭、蟹、鱼及山川景色。他创作的画,笔笔传神,赏心悦目,给人以心旷神怡之感;画面常配以含意隽永、秀丽清新的诗词,启迪人们热爱生活、热爱家乡、反抗侵略。日寇侵华和国民党统治时期,先生多画螃蟹,并配有"闲来无事观螃蟹,看尔横行到几时"等诗句。笔者收藏的那件墨蟹扇面,画于1940年的夏天,正是日本侵略者统治天津之际。胡宗照画的这两只螃蟹颇有讽刺日寇之意,画此画两年后他便去世了。

1937年日寇占据津门,当时的天津市市长温世珍慕胡先生盛名,一日偕随从请胡先生。温说:"先生挂个官衔,月俸大洋千元。"先生斥之曰:"父母供养读书求学,是为治国安邦。我不能治国安邦,当汉奸、欺压百姓的事,是不会干的!"温走后,他对在座的堂侄胡继尧说:"这没血性的民族败类,不会有好下场! 他学工业,不办工业的事,当汉奸、卖国,还想拉我上贼船!"

胡氏著有诗文集、书法论著若干卷,惜未刊刻,其书丹之碑文真迹经拓印,作为习字范本在民间广为流传。

效周画作喜获金奖

　　曾见津门乡贤石承濂先生所画花卉四条屏，画风秀雅，艳而不俗。款曰："克荪仁兄大人雅属，效周石承濂写于如松轩。"钤"石承濂印"和"效周长寿"。潇潇风骨，高致绝伦。

　　石承濂，字效周，"如松轩"是其斋号。天津人。清光绪十四年（1888）农历腊月生，1951 年 4 月去世。毕业于直隶第一师范学堂。擅长工笔花鸟画。其名并不十分显赫，然当年他的作品在"万国博览大会"上荣获了金奖，扬了国威，长了志气。

　　石氏绘画得到如此殊荣亦非偶然。他是津门近代著名花鸟画家张兆祥的亲传弟子。张兆祥（龢盦）善画没骨花卉翎毛。作画注重写实，师从孟毓梓，取邹小山、恽寿平诸家众长，形成其独特风格，亦能书法。石承濂颇得龢盦先生绘画真谛，传承老师对景写生的作画方法，亲自种树养花，喂养过各种禽鸟，反复观察枝叶蓓蕾生长规律，仔细捕捉禽鸟动态情趣，故所画花鸟形态精准、色彩鲜明、栩栩如生，得其神韵。

　　石承濂与津门著名书画家华世奎、孟广慧、王仁安、赵元礼、

石承濂绘花鸟

穆寿山、曹鸿年等多有交往,与陆辛农、李采繁为师兄弟。其花卉条屏于1914年6月至8月间在天津举办的参加巴拿马赛会直隶出品预赛展览会上脱颖而出,被选拔为正式参赛作品,1915年2月在美国旧金山举办的"巴拿马太平洋万国博览大会"上展出,展期一年,并荣获金牌。

石承濂是一位教育家。毕生从事小学教育。清光绪二年(1876),即受聘于天津慈惠寺小学堂任教员,担任全校图画和手工劳动课。1928年任慈惠寺小学校长。有资料说,他选聘教员要求素质高、有专长。在小学中较早地招收女生、聘请女教师。还率先创办幼稚班开办学前教育。他注重教学质量的提高,为学校购买多种标本、模型、挂图等教学用具,直观可触的教学仪器大大提高了学生的学习兴趣。他鼓励学生积极进取,努力学习。每到学期末，他都会亲自给品学兼优的学生颁发纪念品，或是亲自作画，装裱后奖励学生。有时还奖励给学生自己亲自题写上"学无止境""不进则退""努力学习"等鼓励性语言的白瓷茶碗。

中华人民共和国成立后，石承濂任第五小学校长。在校园建设上，他以一位画家的眼光，在校园内栽花种树，修建六角亭，亭内养鸟养兔，修建水池养金鱼，校园有如花园。他授徒认真，口传心授，谆谆教导，爱徒如子。

石承濂的绘画作品并不多见。我存有石氏绢本花鸟横幅，乃以兼工带写手法刻画茶梅与禽鸟。枝叶掩仰不乱，花朵昂俯不繁。禽鸟羽毛丰润，神形俱佳。地上草丛里是三只嬉戏的小鸟，落在枝干的一只小鸟与这三只小鸟相互顾盼，活灵活现，充满灵气。上追宋元而绝无近世俗态，绚烂之极而又典雅之致。

王钊与甲骨之缘

　　王钊生于 1883 年，初名衡，字燮民，一字雪民，号乐石居士。青年时即从其兄甲骨学家王襄研究金石文字、书法篆刻，且喜好古玩，精于鉴赏。作为天津乡贤，他与穆云谷、张朴并称为民国"津门三印人"。

　　王钊在篆刻艺术上颇有建树，王钊是最早将甲骨文入印的篆刻家，有"甲骨入印第一人"之誉。有《王燮民先生印谱》《雪民印谱》《雪老遗作》传世。天津印人齐治源等皆出其门下。1918 年王襄写成《簠室殷契类纂》初稿时，即将所释甲骨文字别录成册寄雪民，备治印所用。

　　王钊何以与甲骨结缘？这话还得从清光绪二十五年（1899）的秋天说起。那年农历十月的一天，天津马家店来了一位叫范寿轩的古董商，此前一年，范寿轩来天津，说河南安阳出土"骨版"之事，孟广慧请他带来一些。这次他带来一种状如兽骨，上面雕有奇怪字样的东西。对金石考古具有极深造诣的王襄、孟广慧得知后即刻赶往马家店，经分析辨认，遂将那些不知名的东

269

王钊为华世奎治印

西断为殷墟商代卜骨。这是最初与甲骨的"见面"、购藏与探究。当时在场的共有四人，除王襄、孟广慧外，还有王襄的弟弟、正值风华之年的王钊，另外还有书画家马家桐。

王襄和王钊兄弟都倾心于甲骨。陆辛农先生称王钊"金石甲骨文字之学，不让乃兄纶阁先生"。王襄主要是通过甲骨来研究殷墟文字，而酷爱篆刻的王钊则更多地将甲骨当作了治印的借鉴。王襄在《雪老遗作册子序》中云："弟伭偫一生，不与时谐，托治印以老，举周、秦、两汉之玺印，皖浙各家之印谱与夫契文、金文、古陶、封泥、元人私押，规貌取神，心契手摹，兴至之作可以上抗古人。而于汉人缪篆之法，白文之印尤有独到处。"由于王襄在后来文字研究方面与其弟王钊有诸多相通之处，在王襄的著作中多次谈到其弟治印成就，并为王钊的著作作序。

王钊一生，治印四十余年，数将逾万。为天津书画家、学人治印尤多，若刘嘉琛、严修、马家桐、王守恂、华世奎、孟广慧、姚彤章、陆文郁等。20世纪70年代，津人杨鲁安（后来去了内蒙古呼市）极力搜集王钊的篆刻作品，钤有《王雪民印谱》。

王钊为艺术大师张大千刻印尤其为人称道。民国二十二年

（1933）张善孖、张大千兄弟来天津永安饭店举办画展。大千先生得悉天津有位篆刻家王钊，慕其大名，特辗转托人求其制姓名印和斋号印。王钊以为给书画家刻印先要看作品，于是专程去永安饭店参观张氏画展。其中有一幅中堂（兄弟合作），背景一座金色山头，山下有一红缨白马飞奔。有人以为"金色山头不合传统，古代是石青大绿"。王钊对这幅画再三审视。他说："金碧山水，深得古法，名家也！"归来后精心为大千治印两方，一方是"蜀郡张爰"，另一方是"大风堂"。

"蜀郡张爰"是白文仿汉官印。"大风堂"是朱文仿秦篆。"大风堂"印尤其煞费苦心，修订布局，拟出篆法，数易其稿，最后决定采用秦篆朱文，一边是"大风"，一边是"堂"字，此乃王钊的得意之作，也是张大千较为满意的印章。

笔者存有王钊朱文印两方，亦可窥其篆刻之风貌。一方印文为"子申五十后所作"印。此印章法挪让穿插有致，匠心独运，有古朴坚实之感，富清秀流畅之韵，平淡但不平庸。细品这方印，"子申"二字线条活泼，动感强烈；"五十"二字化作一字式布局，"十"字中间饱满的朱圆点与其下"后"字的一串"白泡"形成鲜明对比；"所作"二字线条多作交叉，角度参差，穿插有序，似两手交叉，又有呼应对称之美。从文字的安排上隐约可见甲骨文那舒美和谐的布列，显然是从甲骨中吸取了精华。

另一方印为"通文所藏"，印文不是取甲骨文，但有甲骨文边款"癸酉三月拟秦官印法"。其印文章法严谨而富于变化，颇能代表王钊的篆刻格调。尤其是甲骨文印款，更是前无古人，独树一帜。

在中国流派篆刻史上,赵之谦吸收魏晋碑版造像等精华,黄牧甫将钱币、灯、镜的铭文熔铸于心间,吴昌硕将砖瓦、权、诏驱之腕底,各自创作出极富个性和时代面貌的篆刻作品。王钊则独辟蹊径,以甲骨文入印,可谓史无前例。他的成就固得益于他最早见识甲骨的机缘,而大胆超越前人的独创精神无疑是使他成为"甲骨入印第一人"的主观因素。

青山又伴王章武

于右任被人尊为近代书法一代宗师,但他平生最为服膺的书法家竟是天津书法家王世镗。"古之张芝,今之索靖,三百年来,世无与并。"这是于右任先生对王世镗的评价。

王世镗(1868—1933),字鲁生,号积铁老人,生于天津一仕宦人家。他精研书法,喜摹龙门造像石刻,尤擅章草。因在科举考试中,其所作策问、条对、天文、算学皆详,竟被疑为"新党"而遭贬抑。后来他去了陕南,投奔在兴安(今安康)为官且又能书善画的从弟王世镆。曾任褒城、西乡、镇巴知事,以后便定居汉中。

于右任与王世镗相识,始于一桩"离奇章草案"。20世纪20年代,王世镗在任镇巴知事时,鉴于旧时《草诀歌》多有讹误,便将其改订为《增改草诀歌》,以章草手书上石,但因石劣工拙,正文脱至140字。后来镇巴有人觅得王世镗旧稿,补刻缺字,虽与原石刀法有别,终成完璧。王世镗居汉中期间,又重新修改,并加注释,其正文从旧帖中集字,注释则由汉中书界同道9人,用楷、行、隶三体分别书写,署曰《稿诀集字》,1928 年由汉中道尹阮贞豫主持刻石,嵌于宝峰山道院墙上。

当时,有个叫卓君庸的福建人,不知从哪儿得到一套刻于镇巴的《增改草诀歌》补刻本。他将这套刻本去掉标题款识,用蓑衣裱重装成册,伪托旧藏明人所书,以珂罗版印行出售,并在余、罗等人题跋中,反诬王世镗将"晚明人书改易数十字遂窃为己有"。王世镗闻知此情,非常气愤,却一时无法申辩。

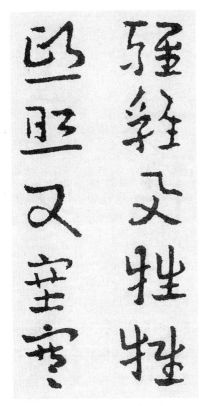

王世镗书章草

王有个侄婿叫周伯敏,周恰是于右任的外甥。一日,周将卓氏印本拿给舅舅于右任看。于细细观赏,但见书者行笔劲健,气势相连,凝重含蓄,且取法于《月仪》《急就章》《出师颂》及二王法书,下笔有源,趣韵高古,竟爱不释手,连声叫绝。当他得知此实为王世镗所书而王又受诬莫辩时,即告周伯敏致书劳问,不久又电邀王世镗赴南京一晤。

王抵达南京,于相见恨晚,尽出所藏,供王研究,并广为称誉,一时金陵名士,争欲一见。王也因此得以纵观近代新出土之汉晋竹木简流沙遗文,融之于笔端,使其书法更臻妙境。他曾为于手书《先伯母房太夫人行述》,融会古今,淋漓酣畅,为其生平力作。又为于手书《重定章草草诀歌》六章,稿成之日,叹曰:"持此足以报于公之知遇矣!"

不久,"离奇章草案"真相大白,曾为卓氏印本题跋的余、罗二人,觉得当初有污王先生之名,深感不安。有人劝王世镗对卓氏提出诉讼,王笑曰:"此斯文之事,奈何对簿公堂,且如无此印本,我亦无缘得会于先生。"于右任深为王世镗之高风大度所动,遂赋诗一首:"多君大度迈群伦,得毁翻欣赏鉴真。一段离奇章草案,都因爱古薄今人。"

据笔者所知,于右任礼聘王世镗还有另一种说法。1933年春,于右任在南京瞻国路的一家古董店见到一本《章草千字文》字帖,认为此帖至少是宋朝人所写。但店主张熙园却告知此为"中华民国十年九月,陕西省汉中道镇巴县知事,津门王世镗书"。于右任表示愿以师礼邀聘此人,并委托张熙园亲赴汉中,携手书及赞礼代为邀请。店主张熙园到达汉中莲花池畔王世镗住宅,把王接到南京。于右任亲自把王接进他的公馆,盛宴款待,口称王世镗为老师,并荐举王世镗为南京国民政府监察院秘书。王任职数日后,甚感不便,每月只到监察院去几次。于常与王谈诗论文,交流书法,结为挚友。

当年王世镗曾提出"初学宜章,既成宜草"的高论,下苦功研究从章草到今草的演变趋势,写出《急就考证》《论草书章今之故》等大量著述,阐发了文字向简易发展的规律。于右任在王的基础上进一步推进标准草书,追求以简便美观为标准的通用草字,并编有《标准草书千字文》等行世。有人断言:"现在所使用的简化字方案,虽未全部采用他们的简化方案,他们的探求苦心,终是功不可没的。"

1933 年 11 月 4 日,王世镗先生在南京病故,终年 65 岁。于右任为失去他所推崇的知音和挚友深为痛悼,特作挽诗一首:"牛首晴云掩帝京,玉梅庵外万花迎。青山又伴王章武,一代书画两主盟。"章武是天津地域的古称,"王章武"点出了王世镗,也道出了王的家乡——天津。

冯俊甫"尤精指画"

冯俊甫,本名冯学彦,字俊甫,河北涿州人。清光绪十一年(1885)举人,城南诗社社友。他的诗作清雅畅然,名重一时。但其绘画成就却一直未被人们关注。他的指画,爪痕墨晕,浑然大气,甚为奇崛。笔者藏有他的一幅指画立轴,题为《璧合珠联》。此画以指尖勾勒一枝老梅,枝干盘虬,纵横交错,梅花或密集,或疏朗,尽情抒发胸中逸气。以指肚作牡丹,清新典丽,高洁与富贵"珠联璧合",坦荡之意一如君子。指书"介清五弟雅玩,兄俊扶指画",亦见作者功底之深。

冯学彦生年不详。民国十三年(1924)编印出版的《城南诗社集》,书中所载作者系"以年岁长幼为序,同年者则以生日先后为序",由此共列出63人,冯学彦排在第七位,严修则排在第十位,据此冯当长于严修(严修生于1860年)。冯学彦是城南诗社早期成员,也是该社的主要发起人之一。据杨传勋《蟫香馆诗钟跋》云:"民国十年,天津耆儒严范孙先生归自美国,一时名宿如徐友梅、冯俊甫、王仁安、赵幼梅、孟定生、陈筱庄、吴子通诸

冯学彦指画《璧合珠联》

君,欢迎醵饮于河北省立图书馆。酒酣发兴,作为诗歌,此城南诗社所由起也。"另据吴寿贤《蟫香馆诗钟序》云:"城南诗社,始于民国十年辛酉暮春,为严公范孙、冯公俊甫、王公仁安、赵公幼梅、李公琴湘、王公纬斋及范老介弟台孙与鄙人等所并设。"城南诗社作为严修、冯俊甫、王仁安、赵幼梅、李琴湘等人在天津创办的文学社团,其最早的活动当应出现在 1921 年 5 月间。冯在当时是"主力队员"。1923 年旧历三月二十三日《严修日记》有"与同仁赴冯宅公祭冯俊甫"等语,可知冯俊甫于这年的旧历三月离世,从此城南诗社雅集中再也没有"冯俊甫"的名字。

民国十三年(1924)五月出版的《城南诗社集》收冯俊甫诗三首。一首题为《范孙先生惠诗过蒙奖借勉和一章叠前韵》;一首题为《辛酉立夏后邀子通定生绩臣江孙昆仲小酌定生不至翌日奉子通之作并仿东坡寿星院寒碧轩体》;一首题为《壬戌七月初六日城南八里台泛舟以"荷叶似云香胜花"分韵得荷字》。其诗云:"城南八里台西路,乘兴来游乐若何。

冷食充肠饶野趣,清流濯足戏秋波。篙拖蔓叶捞菱芡,船入陂塘乱芰荷。日暮归途犹未晚,小诗赋就当狂歌。"时人评论:俊甫"诗文、词曲,各擅其长"。

至于冯氏绘画,文献亦有零星记述。《增广历代画史汇传补编》说:"花卉宗南田""尤精指画"。陆辛农《天津书画家小记》说:"冯学彦,字俊甫。涿州人,家于津,善花卉。"据称民国书家李钟豫就向冯学过书画。李是江苏扬州人,居于天津,曾为梨园界编京剧。工书法,行笔流畅,意足神完。京城商号市招多出其手。这也得益于冯俊甫的指授。民国年间发行的《湖社月刊》即刊有冯俊甫的指画作品,可见当时对冯的推崇。

别具心裁　堪称独造

我收藏一幅纵 134 厘米、宽 45 厘米的花鸟画《喜鹊登梅》。其梅花用的是没骨法，信手点染，不失法度。设色绚丽清新，格调高雅。梅干用笔苍劲，纵横雄健。双勾绿竹与红梅相得益彰，层次分明。梅枝上的两只喜鹊相互顾盼，形肖神现，咄咄有声。

《喜鹊登梅》的作者是侯维均，字秉衡（以字行），清同治四年（1865）出生在静海县（今静海区）独流镇二道街侯家胡同一个亦官亦农的家庭。侯秉衡擅画花卉、人物，尤长于牛。伸纸运笔，解衣当众挥毫，人皆羡之。年逾古稀，步履轻健，善言谈，亦能诗，多真趣。民国二十六年（1937）静海闹大水，他携全家搬迁到天津芥园大街宝义里居住。闲暇之时，经常与华世奎、赵元礼等津沽知名人士及书画家切磋技艺。

有资料说，侯秉衡的二世祖侯元泰曾于清乾隆五十四（1789）年考中己酉科武举人。他还有位祖先做过朝廷的二品官。因为侯氏家庭的富有和显赫，独流一带曾有"南侯北张"之说。侯秉衡是独流侯氏家庭的第九世传人。到他出生时，这个家庭的社会地位和家业已显衰落。为了振兴家业，他冀望考取功名。但是，机遇之神却和他擦肩而过，使他的功名梦化为泡影。为了弥补功名难就所带来的精神失衡，他便每天以书法绘画浇愁。不知不觉竟和绘画结下不解之缘。

侯秉衡曾遍寻绘画名家，用很长一段时间游历江南名山大川。光绪年间后期，慕名找到寓居上海以卖画为生的大画家任伯年，二人一见如故。任见侯在绘画艺术上是可塑之人，欣然收他为弟子。此后，侯秉衡在任伯年的精心培育下，绘画水平，尤其是花鸟艺术有了一个里程碑式的飞跃。

侯秉衡六十岁时，绘画水平炉火纯青，渐入佳境。他的作品深受社会各界人士欢迎。翻开《北洋画报》便可发现，早在20世纪30年代其大作《斗鸡图》等作品已见诸报刊。他的绘画作品经常在天津美术馆和《湖社月刊》上展出和刊登。侯秉衡长期生活在天津，随着他的绘画名气不断升高，世人对他的褒扬也屡见于天津报

侯秉衡绘《喜鹊登梅》

281

端。民国十九年（1930）2 月 7 日《益世报》刊登一篇文章，说："侯维均，字秉衡……工花卉翎毛，以菊花、牡丹擅长，设色别具心裁，堪称独造，每一幅非三五十金不作。尝与大元帅张作霖画十六幅连景菊花，枝叶扶疏，种类毕陈，大元帅大为嘉奖。"

侯秉衡于民国三十五年（1946）在天津病逝，终年 82 岁。侯氏画作尚有精品存世。几年前，我曾在友人尹君处一睹侯秉衡的十二条屏，有飞禽，也有走兽，有花卉，也有松竹，构图不落俗套，技法颇为娴熟。但见粗放处大笔挥洒，豪放而且酣畅，细微处惜墨如金，一枝一叶皆守法致，巧手安排，精心设计，不禁啧啧称赞。我还见到一幅侯秉衡画的《东篱佳色图》。此图以水墨表现菊花的理、情、态，枝叶掩仰不乱，花朵昂俯不繁，形态各异，整幅画笔简墨洁，颇有东篱华茂的艺术效果，表现菊的隐逸清高和傲霜凌秋的风骨。此为侯氏绘画的另一种格调。我的那幅侯氏作品款题为："戊寅秋八月，抚南田翁笔意，秉衡侯维均写于会川修竹斋。""戊寅"即 1938 年，为侯氏晚年之作。

王砚何出筱舫家

前不久,在天津近代历史文化博物馆的展览中,见到有一方著名金石考古学家、甲骨文专家王襄先生用过的砚台。该馆创办人车志强对我说:"这砚台得之于津门乡贤樊荫慈的家中,是樊先生的遗留之物。"王的砚台怎么会留在了樊家?这里有一段鲜为人知的故事和渊源。

在天津近代书坛画坛和津门的文化先贤中,樊荫慈确是一位值得一提的人物。樊荫慈,字筱舫、小舫,号竹南,又号笑方,室名纯一室。陆辛农《天津书画家小记》说:"善写兰石,寥寥数笔,殊有风致。又能工书,诗亦清新可诵。"《津门纪略》称"行书"。曾见樊与李采繁所作书画双挖四条屏,上为樊荫慈行书,钤印"荫慈"和"小舫六十八岁所作",李为清末民国时人,樊自然也生活在清末民国。

樊氏家住天津城东南斜街,与殷墟文字研究专家王襄先生的父辈交往密切。王襄在《题樊筱舫书楷模》中云:"樊筱舫名荫慈,从先君与先叔学,故所书颇有先叔意法。"王襄的父亲王恩

樊荫慈楷书八言联

瀚,字桂生,号西生,晚号叔诚。光绪乙酉年(1885)科举人,第二年考取觉罗官学汉教习,授文林郎,封朝仪大夫。"善书画,善写兰,随意扫笔,不拘绳墨。"(《天津书画家小记》)王襄的叔叔王恩澍,名香溪,号筇笙,又号石珊。光绪己丑年(1889)科举人,庚寅年(1890)考取国子监学正。王恩澍工书善画,名重一时,原天津历史博物馆藏有其行书对联一副:"好作新诗寄桑苎;相当逸气吞江湖。"字体苍劲,气势不凡。王恩澍多年在樊荫慈家塾执教。王襄 11 岁那年随王恩澍在樊荫慈家塾读书。王恩澍殁于 1900 年。既从王恩瀚学,又从王恩澍学,樊荫慈善写兰石、工于诗书,"所书颇有先叔意法",并非偶然。而王襄少时即在樊荫慈处读书写字,他使用的文房器具留存于樊家也是很自然的。

民国时期,樊荫慈曾与他人主办慈善组织积善社和积善小学。积善社在城里鼓楼东大费家胡同后门牌八号,办公处借水月庵房数十间,主要从事恤嫠、施药、临时冬赈等。1930年宋蕴璞辑《天津志略》里说,积善社前身为南善堂,"民国十七年春,因南善堂停办,即由津商学界樊荫慈、雷元桂、李大义、阎绣章、武燮枢、赵元礼、沈观保等接办改组,遂易今名,即是年成立。"

樊氏经商且又行善,更以书画诗文而为风雅中人。清末至民国年间,天津有"津门九老"一说,这"九老"中就有樊荫慈。"津门九老"乃清末民国时天津的同年名士,他们是辛寿培、王少云、刘韵生、孙雪堂、叶仰波、胡峻门、樊小舫、韩硕甫、孙梦吉。九人皆能书善画。

笔者存有一幅樊氏所作兰花中堂,蕙兰生于石上,姿色秀美,尽显幽野之趣。兰叶笔意连绵,气韵生动,构图简洁而不空乏。题款"迥风,笑方写于纯一室之北轩",钤"竹南长寿"四字朱文印。

樊荫慈去世后,天津闻人、老一辈教育家郑菊如先生作挽诗云:"海上仙山驻鹤骖,拈花笑我俗尘贪。诗文格调赵瓯北,兰石清奇郑所南。去岁蒲榴同抱恙,今春风月与谁谈。阿咸交与贤郎契,青出于蓝却胜蓝。(《郑菊如先生诗存》卷二《挽樊小舫》)

"阡表"引出张君寿

2017 年新春伊始，崇化学会老前辈李炳德先生打来电话，说有位张宾茗老太太想见我，张宾茗是张寿先生的女儿，是李先生的老同事。我说"好啊"！张寿在天津可不是等闲之辈。先生名寿，字君寿，号铁生，生于 1877 年。张寿旧学颇有造诣。庚子事变后，绝意仕进。曾被选为天津县议会议员，力辞未就，闭门读书。后与陈荣甫创办《醒华画报》，意在开发民智、唤醒中华民族。又与高凌雯、王守恂等致力于修纂家乡文献。先生卒于 1947 年。时至今日，我真没想到能见到这位津沽乡贤的女儿。

一天，我应约到家中拜访张宾茗老太太。老太太年逾八旬，但思维敏捷，精神矍铄，她说她是张寿的小女儿，就职于崇化中学，早已退休。我问："您是怎么知道的我?"老太太说："2016 年12 月 28 日《今晚报》'三家谈'有你写的一篇文章，题目是《陈宝琛写阡表》，里面提到《许氏新阡表文》的撰述者和书写者是陈宝琛，碑额则是天津书家张寿所题。我知道你对我父亲很了解，一直想和你见见面,聊聊旧事。"老太太对我如此看重,让我惶恐不已。

张寿是近代书坛、文坛的大家。先生书法尤为精妙,后人评价他"于历代碑帖,及甲骨篆无所不窥,尤擅汉隶,又从《张迁表颂》以及孔庙三碑中汲取营养,将后者的朴茂、遒丽纳于前者的雄强之中,融会贯通,别出新意"。张寿篆书碑额,书风典雅,恢宏古朴,展现了一代大家深厚的金石文字功底。天津著名的《南皮张氏两烈女碑》,由徐世昌撰文、华世奎书丹,张寿篆书碑额,津人称为"三绝",现仍矗立在河北区中山公园碑亭内。

我珍藏有张寿 1940 年书写

张寿书法

的两条屏。一条为八分,字画遒劲,法度严谨,其笔致明显源于北碑;另一条为行草,款题"临晋元帝尺牍,见《淳华阁帖》",飘逸洒脱,既得帖学精髓,又具古拙之气。其广采博取、融会贯通及书法功底之深,由此可见一斑。我见张宾著少有其父书法,便对老太太说:"有时我在艺术品拍卖会上还会见到您父亲的作品,一旦发现我就打电话告诉您,你也可以让您的晚辈前去看看,家里尽可能收藏一些。"后来我果然见到几件,都一一告知。

张寿善诗,有《津门百美图咏》石印本行世。尝选辑清代各家绝句,结成《国朝万首绝句》。又精熟词曲递变源流,有《词源校记》二卷,被人誉为"图表犁然,淹通贯串"。于经学亦颇有研究,曾为其父张煦林整理了《解经》与《古礼释》二书。其《字说辑佚》一书乃是对王安石佚书的钩沉所得。

张寿富于收藏,又兼擅金石考证之学。李漫公先生说,他珍藏一部张寿的《精金集》稿本。此书成于光绪二十年(1894),时张寿年仅17。全书共拓秦汉印67方,均为张寿所亲拓。序中自言"自垂髫(7岁)以来,即好古印,搜罗共得若千方",这些秦汉印便是在其藏品中选择出来的。印文排列顺序为:古玺开先,官印次之,私印又次之,缄封诸印又次之,不识阙疑者殿末(自序)。书中每方印后,均附释文,并标注尺寸、纽制,考证文字更列于其后。《精金集》封面右下角处,有小字一行,曰:"捧石巢金石文字之四即捧石巢印谱之一。""捧石巢"当是张寿当年书斋名。从这行小字看,张寿金石文字之著,尚有另外三种。

张宾茗老太太对我讲,早在民国初年张寿就曾任天津普育女学讲席,后又创办礼遗女学。他还曾在直隶省立第一中学校颜李学会参与管理工作,与陶淑修女士共同联络亲朋中志同名士组建董事会,筹集资金创办全日制淑修小学,聘请有教育专长的教师任教,以低廉学费辅助公立学校及少儿教育。张寿被校董事会推举为董事长,陶淑修女士为校长。后陶校长去世,张寿兼任校长数年。1946年因病退任,由文字学家王襄接任校长工作,办学效果显著,颇受民众拥戴。新中国成立后,该校改为公立小学。

张宾茗老太太还说,她家原住在南马路临街坐北朝南的院落,与法院及柳家大院相邻。父亲善于广交益友,有求拜师者无一拒之,如冯星伯、刘锡章、龚望、王颂余、林向之、荣方震、朱学涛等均成天津良才,并结拜华世奎、黄松延、孟广慧、陈恭甫等著名书画、金石、篆刻家共同切磋,相互题跋,于当年翰墨画苑中争奇斗艳。

冯星伯先生在世时对我讲:"我从14岁起拜君寿先生为师学习三代周秦文字和古文书法,我早年刻意于两汉魏隋碑版,兼研训诂,无不得意于张君寿的教诲与引导。"

襄阳石癖传新谱

20 世纪 80 年代初,吾师张牧石对我说:"天津有位叫张轮远的老人,平生专爱收藏名石,并且根据藏石的文色,惟妙惟肖地赐以佳名,使藏品充满了诗情画意。"先生之言立即勾起我的兴趣。我一直想访问这位著名的藏石家,亲耳聆听他对名石鉴赏的高见。遗憾的是,我尚未来得及拜谒,老人即已仙逝,享寿八十有八。幸而老先生有《万石斋灵岩大理石谱》留给了后人。

郑逸梅先生生前曾在一篇文章中写道:"海内藏奇石,有北张南许之称。""南许"是上海的许问石,"北张"即天津的张轮远。

张轮远,天津市武清县(今武清区)人,生于 1899 年,卒于 1987 年。先生幼而好学,曾考入天津南开学校,与周恩来是同学,当年师生的合影,现藏于周恩来同志青年时代在津革命活动纪念馆内。在校期间,常为周恩来主编的《敬业》学报撰稿,后任《南开思潮》总编。毕业后,被保送金陵大学,后转考北京大学法律系,又师从国学家黄侃、吴北江。后考取司法官,曾任天

津高级法院推事等职，
与同僚金石书画家余
绍宋相友善。

张轮远藏石得之
于其家乡王庆坨的老
一辈藏石家王猩酉的
启迪。王先生对雨花
石有特殊的癖好，数十
年收藏雨花石 500 余
枚，曾撰《雨花石子
记》一卷，详记其石。
王猩酉对张轮远颇为
器重，授以诗文之余，
常谈到藏石的妙趣；加
之张的大哥志瞻也有

1948 年出版的张轮远《万石斋灵岩大理石谱》

同好，志瞻与猩酉相继辞世，两人藏石均归张轮远所有。

此后，张轮远对雨花石的兴趣益浓，继原有之藏石，他又亲
至南京等地高价搜求，存雨花石达 3000 余枚。他将满目琳琅的
藏书室命名为"万石斋"，与其能诗善文的妻子李淑云朝夕品评
欣赏。除了收藏大量雨花石，他对大理石也情有所钟，广事庋
藏，共存大理石屏百余方。他不仅藏石，而且对雨花石和大理石
的产地、矿物成分、成因进行翔实的研究，深入探讨两种藏石的
形状、色彩、纹络以及鉴别、保管方法，著成一部研究和鉴赏雨花
（灵岩）石和大理石的专著——《万石斋灵岩大理石谱》一书。

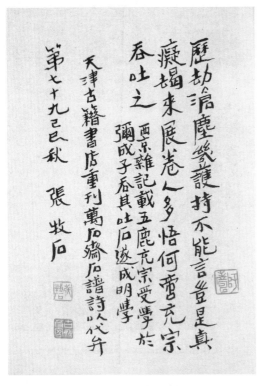

历劫湮尘鬖护持不能言登是真
癡顽来展卷人多悟何肖克宗
吞吐之 西京杂记载五鹿克宗受学於
弥成子吞其石后遂成明学
天津古籍书店重刊万石斋石谱诗以代弁
第七十九己巳秋 张牧石

张牧石先生为重新刊印
《万石斋灵岩大理石谱》题诗

先生学养深厚，他爱书藏书。曾藏有《四部丛刊》《四部备要》各一部。其他诗书杂记不可尽数。藏书被装在紫檀抑或红木的柜子中，分门别类。先生世居和平区岳阳道，所居三层小楼被友人称为：此地有山皆入画，一楼无处不存书。中年致力于音韵之学，曾有"癖似元章惟爱石，老同高适始为诗"之句。

并与当代诗人刘云孙、张元骥、张一桐、李一庵、李石孙、寇梦碧及民国著名小说家刘云若、姚灵犀等辈相唱和。晚年被聘为天津文史馆馆员，著有《余霞集》一书行世。其友人诗家李石孙赠诗："襄阳石癖传新谱，玄晏书淫见此人"；友人李鸿文亦有诗云："藏书藏石两兼之，石可称兄亦可师。坐据书城容啸傲，孤踪那许流俗知。"

十年浩劫中，张轮远身受迫害，其家数度被抄，诗文、图书、大理石均损失殆尽,只有雨花石因置于垃圾中而幸免于难。1979年,他毅然割爱,倾囊倒箧,将毕生所藏雨花石全部捐献给地质部北京地质博物馆。

老人临终前一月,南京雨花石协会来函称:得悉北张为藏石巨擘,拟征求石谱一书为盼,并聘为名誉顾问。时老人虽已病近弥留而神志清醒,颇感兴奋。石谱一书寄出后,惜聘书到达人已故去。老人临终留《绝命词》一首:"渺渺茫茫万里云,亲朋不复得为群。平生自问无他扰,惟有《余霞》一累君。"

《万石斋灵岩大理石谱》原书1948年刊印,1989年由天津古籍书店影印出版。张牧石先生以诗代序:"历劫沧尘几护持,不能言岂是真痴。揭来展卷人多悟,何啻充宗吞吐之。"注曰:"《西京杂记》记载:五鹿充京,受学于弥成子,吞其吐石,遂成明学。"

格调高古　朴茂雄强

　　臧颀,人如其名。他身材颀伟,面目白净,我曾在文史馆的一次会上见到他,后来便只拜观他的书画作品、拜读他刊登于《天津文史》上的文章了。我曾撰写一篇题为《师承虹叟仰慕缶翁》的文章,对他的一幅山水画发出赞叹:"一种郁勃澹宕风光无限的意境,一幅极富意象化神采的山水佳构。近景树石曲径,书屋楼阁楚楚有致,小舟行于江上,中景、近景云起山高,层峦叠嶂,线条肌理笔墨团块交叠渗化,沉厚而通透,章法繁复空灵,变幻无端。"

　　臧颀,号颀公,一字衣白,斋名墨芙蓉馆,1924 年生于天津。臧颀学有渊源,家藏碑版图籍甚富,其父善书法,他秉承家学,自幼摹写碑帖。17 岁进天津美术馆学习国画山水兼习人体素描。19 岁入北平艺专研习中国画,并问业于黄宾虹先生。作为一代大师,虹叟向他授以"五笔七墨之法"(五种笔法、七种墨法),同时也强调,在对景物进行艺术再现时不追求完全忠实于自然的刻画,要以"绝似又绝不似于物"的理念从事创作。臧颀遵从师教,在笔墨技法的运用上,大胆采用积墨、宿墨等法,让墨色层层深厚,使画面产生出黑、密、厚、重的视觉效果;后又尝试进行一些变法,以篆籀之笔入画,用长锋大笔创作,渲染秀润,使其山水画愈加浑厚华滋,天真纯浑。虹叟移居江南后,他多次赴江南求教。他还曾两赴上海拜访吴湖帆、郑午昌诸先生。吴先生以"绘画之余要熟读文史,还要观摩学习各种流派艺术,以滋养画境"勉之,臧颐一直默记于心,并付诸实践。

臧颐书法,初学唐楷,后及篆隶,于《散氏盘》《琅琊刻石》尤为属意。从20世纪60年代开始,他专攻石鼓文。他对吴昌硕钦佩有加,其所书金文、石鼓文颇得吴昌硕艺术真谛。1999年书写的杜甫《望岳》诗,乃臧颐借鉴金文与刻石书体融入篆书创作的代表,书法婉转流畅,恣肆郁勃,稳中求奇,天趣横生,从其老辣的行笔、古朴

臧颐篆书

的书风中可见他对吴书的领悟及对金文、石鼓的精深造诣。20世纪 90 年代,他与梁崎、谢梦在天津艺术博物馆联袂举办书画展,博得参观者一致好评。

臧颐是位学者型艺术家,他精研天津地方历史,对水西庄研究与复建倾注心血。他对文字学、金石考据等方面的贡献尤其令人称道。为探求石鼓文字的渊源,他收集了自唐宋迄当代 137种有关石鼓文的著作,参稽得失,兼述己见。他编著《秦石鼓文概述》一书,用时七年,六易其稿,中国文字专家陈邦怀先生亲为点校,许为考证精详,为集石鼓文之大成者。他著文《石鼓文简述》,从石鼓的时代、拓本、迁徙、书法四方面勾画出石鼓刻石的基本轮廓,认为"石鼓文既不是金文也不是小篆,是一种一个时期在一定国土上的特定文字",将石鼓文的书法风格概括为"格调高古,朴茂雄强"八个字。他还对古纸、古碑拓等作过深入考证,撰写论文二十余篇。其《侧理纸商兑》详尽考查侧理纸的称谓、历史和制作,指出"侧理纸是'蒙翠而长数寸',又名'石发'的水(海)苔所造",进而纠正种种误断。

臧颐先生不事张扬,为人低调,多年来深居简出。他念念不忘黄宾虹"大匠不示人于璞"的教诲,对于书画从不以草率应酬他人。他说:"我从宾老学习了作画的内涵,更学习了做人,论画当以人品为上,画品次之,然人品不高,画品奚有?"

当代书画家臧克琪是臧颐先生的侄子。我常去梦心草堂臧克琪先生画室一睹臧颐先生大作,赞叹其书画所彰显的大家气度。听臧克琪介绍,臧颐先生一生勤奋,他每天先写若干篇石鼓文、金文,然后作画,常年如此,从不间断。臧颐晚年受上海书画出版社及浙江省博物馆之托,殚精竭诚编审《黄宾虹文集》,逐一检校,为文集的问世用尽了最后的心力。有人劝他稍事休息,他动情地说:"审读宾老文集,作为师弟渊源,责无旁贷,况历史又一次赋予我更加深入地向宾老学习的机会,这是因缘再续,人生难得。"

臧颂先生2000年去世。后人有联悼之曰:"师承虹叟,据德依仁,编审文集多慰藉;仰慕缶翁,追源索本,重修石鼓几艰辛。"克琪兄曾赠我《黄宾虹文集》精装六册,书前所列"顾问"和"审读"中均有臧颂先生大名。手捧沉甸甸的文集,更使人想起黄与臧的师生之情和臧颂先生对一代大师黄宾虹的仰慕与崇敬。

虚怀与世　和气当风

前些年,我在鼓楼北街的一家画店偶然见到一副七言楹联,上联是"虚怀与世清于竹",下联是"和气当风静若兰"。笔墨敦实厚重,貌丰骨劲,深得颜鲁公之神韵,非书坛高手绝难为之。再看落款,方知是郁美庵先生的大作。说到郁美庵,一些老天津人都能记起他书写的牌匾、布告和他那从容大度、端庄精妙的书法风范。

郁美庵(1894—1975),字文秀,祖籍浙江。明朝时期,祖上随燕王朱棣扫北,举家北迁至河北玉田县鸦鸿桥镇西轩湖甸村。郁美庵出生在一个较为殷实的农民家庭,其父郁翰章是当地有名的饱学之士。受家庭影响,郁美庵自幼临习碑帖,文思敏捷,才艺聪颖。19 岁时来到天津,考入直隶高等工业学堂染织艺术系,系统学习染织和绘画艺术。直隶高等工业学堂的前身是创办于 1903 年的北洋工艺学堂,曾为 20 世纪初兴起的天津近代工业和文化艺术事业培养了大批人才。1911 年,从日本留学归来的李叔同先生曾在该校任教。在这所新型学校,郁美庵接受了现代应用美学和西方先进的艺术教育。毕业后，他放弃实业，毅然选择从事书法和绘画。

刚刚踏上艺术道路的郁美庵并不满足已经取得的知识和技能，他又拜在津门书画名家梅振瀛、曹鸿年门下。梅振瀛，字韵生，工诗词，善篆隶行楷，山水兰竹，亦饶雅致。曹鸿年，字恕伯，书画皆能，又精篆刻。在两位先生的教导下，郁美庵的艺术水平进一步提高，书画作品渐为人们所认可。此后不久，他又得到华世奎老先生的赏识，潜心探究华先生的书法真谛，将华先生的书法精髓融入自己的笔墨

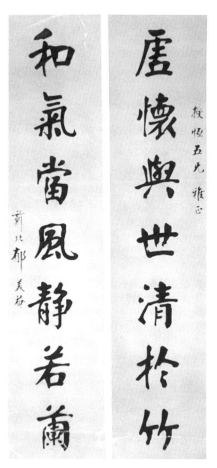

郁美庵楷书七言联

之中。华对他的书法造诣赞叹有加，并同意为其代笔。

郁美庵的影响越来越大，求字者接踵而至。他先后为郭天成铁工厂、山海关汽水厂、达仁堂制药厂、同达堂药店、同仁堂药店、万春堂药店、小剧场、下瓦房影院等上百个企业和商店书写牌匾。1949年前后，市、区法院的牌匾均出自他手。据郁先生

的家属说,铁厂主家郭天成十分感谢先生为他书写牌匾,给他带来了财运和福祉。每年入冬前,他都让人用手推车将一套新烟筒和炉子送到郁家,安装妥当,转年春天再将烟筒和炉子拉走,年年如此。

郁美庵的书法以颜体为主,并参以篆隶的一些笔法,刚劲有力,结构严谨,庄严洒脱,气脉贯通。他对榜书尤有独到见解,擘窠大字见功力,亦善魏碑。当年他为小剧场(延安影院前身)题写匾额,对方认为不错,只是觉得"小"字写得小了些,建议将"小"字再写大些。郁先生说:"'小'字因笔画少,只能写得相对小些,如和'剧场'二字写得一般大,反而不协调了。"剧场采纳了他的意见,牌匾挂出后,视觉效果甚佳。津门书法家杨佐才评价他:"美庵先生对书法痴迷到不离不弃、如痴如醉的程度,想不成功都难。"受过郁美庵教诲的天津工艺美术学院教授王超说:"郁老先生人很好,做学问,心态稳,有定力。他的书法既饱含了传统民族之魂,又扬弃了时代豪洒之风。他的字既有唐楷的工整,又有欧体的简洁和篆隶结字的绝险,在魏碑方面功力浑厚,用笔扎实,是我市不可多得的现代书法大家。"

郁先生绘画,以竹、兰最为擅长。他的画颇具八大山人、郑所南、蒋予检风韵,受津门画家梅振瀛影响尤深,艺术品位颇高。所作兰竹大都题诗。为竹子题诗有:"竹竿入云霄,枝叶更繁茂,片片绿成林,任尔风雨摇。"写兰题诗有:"香生九畹,花茂三湘,兰为王者,四海飘香。"诗句淡雅清新,具有君子之风和文人之气。曾见先生所作兰草,清雅别致,上有长题,诗书画交相辉映,在天津画坛堪称一流。他的书画作品多次参展并获奖。先生之子、书法家郁三阳曾对我说;"父亲 20 世纪 40 年代书写的一幅扇面,上书:'疏雨未息轻寒独,知茶烟普青绿藤,数枝秋老茅屋檐,虫挂丝叶丹苔碧,酒眼悟诗引真抱,和仙人与期其谓,偶然薄言堪思应。'这首诗的意境多么深邃啊!至今仍悬挂在我的画室中。"

新中国成立后,郁美庵担负起为人民法院书写布告的重任。每有布告贴出,市民争相观看,先生庄重典雅的颜体书法在天津市民中留下深刻印象。凡找他写字的单位和街坊四邻,他有求必应,不取分文。1960 年河北省军区请他为刚刚去世的两位大校衔军官书写碑文,他倾尽全部心血,用了一个星期时间将碑文写好。军区方面送来礼品,被他婉言谢绝。

"虚怀与世清于竹,和气当风静若兰。"诚如先生所书之联语,郁美庵用他手中的笔默默耕耘了几十年,不求闻达,不知疲倦,勤勤恳恳地书写了自己无私奉献、无怨无悔的一生。

诗书画印无不精

20 世纪 50 年代，张牧石随冯孝绰（名璞）读书，冯与前清孝廉王新铭是世交，常来常往，张在冯家得识王先生，以后交往益深，对王的为人秉性多有了解。偶或牧石师也向我说起新铭老人的旧事。

王新铭生于 1870 年，卒于 1960 年，字吟笙，别署啸园，因排行第七，津人称他为"王七爷"。他是清光绪丁酉（1897）科举人。后以科举废，从事幕僚，曾随陆锦任事多年。先生早年即参与地方兴学事业，是天津女学创始人之一。1907 年他在天津东马路天齐庙创立民立第四女子小学堂，为继严氏女学之后的天津早期开办的女学，1926 年又经过扩充、改为完全小学校自建校起担任校长二十余年。当时天津小学教育分东、南、西、北、中五区，每区都有负责人，王新铭曾任东区负责人，在天津女学中颇有声誉。1928 年天津设市，次年应市教育局局长邓庆澜之聘，任教育局秘书。中华人民共和国成立后为天津市文史研究馆馆员。

作为近代天津著名教育家，王新铭矢志办学，而其诗书画印亦为世人称道。他的绘画取法明人沈周，构图精致而宏阔。我藏有他两幅山水作品。一幅作于1932年，为描绘秋景的浅绛山水，山势回环，渐入高远。画上题诗曰："秋深老树半枒杈，松竹为邻处士家，远近山光云断续，小桥流水夕阳斜。"读诗观画，秋日禅影，顿入心间。另一幅作于1936年，为描绘雨景的水墨山水。画中山峦起伏，云山雾绕。粗毫皴点，山间雨色表现得淋漓尽致。画上亦有题诗曰："天公欲仿米南宫，一片云烟墨色浓，冒雨人归擎短盖，山斋饱受满林风。"落款为"丙子春二月王新铭吟笙甫写并题"，钤朱文"吟生"印。画美诗亦美，令人心旷神怡。

王新铭的书法，以行楷见长，其擘窠大字尤见功夫。据称，河北省立水产专科学校的校训"忠、勤、勇、毅"四字即为先生所题。他还善于篆刻，辑有《理石山房印谱》。

王新铭书法

当年李鹤年先生的胞弟延年,在其岳父胡翼轩五十寿辰之际,哥俩商定给胡送一堂别致的寿屏。他们用大红描金笺,精细装池,分请四位知名耆宿书写:王襄写篆、孟广慧写隶、赵元礼写行书,就是想不妥楷书当请哪位;考虑到身份名望、书法成就等都须跟这三位相称,于是便求问于赵元礼先生。鹤年先生起先提出求章梫书写,赵元礼复函说:"一山翁(即章梫)屏联极难求,兄前代人求写一竖条,过日促之,答云:'君所委必写,但须十二月交卷'云云……"当时是七月,这意味着求章老写得半年,来不及。最后赵老提出:"细思拟求王吟笙孝廉写之。"不久,赵老即来信说:"吟笙孝廉屏已写来,连前三幅均送上,望点交,了此一事矣!"赵元礼对王新铭的书法极为看重,将其与孟广慧、王襄和赵本人并列,可见王氏书法的功力和造诣。

王新铭与李叔同二人少年时代都生活在天津粮店后街,王比李年长十岁。李叔同在青年时期曾给王刻过数方图章,王一直珍藏并使用。李对王的书画作品尤为珍惜。他在落发出家前有一王新铭赠给他的字扇,多年来他一直精心收藏。1939年李叔同六秩大寿,王撰写了一首长达三十二句的五言诗,倾诉两人青少年时代的友谊,申明他们对金石的共同嗜好和诗书渊源。诗后附言:"辛巳春,小诗奉祝一音大法师无量寿,尚希郢政。吟笙王新铭拜草,时年七十有二"。更是充满了友情与崇敬。

王老在世时,张牧石曾为王新铭整理画稿,找出一幅王所绘绢本山水,上面有弘一法师李叔同所题一首仄韵七绝,王新铭让他用弘一原韵也题了一首书于画上,张先生所题为:"驱使胸中万卷书,鹅溪半幅寻诗去。自家醉墨自淋漓,画到烟岚浮翠处。"

至于弘一法师之原诗,今已无法得见。

王新铭的艺术成就不光得益于他坚实的传统绘书画功底,更得之于深厚的文化素养和诗书渊源。牧石师曾对我讲:"王七爷晚年眼睛不好,视力很差,我为他整理诗稿文稿。老先生性格豪爽,幽默,爱说笑话。记得在他晚年,宇宙飞船升空,恰逢先生中举一甲子,寇梦碧为他填词祝贺,有句'昔年折桂客,真上广寒宫'。他读后'大怒'道'这么冷,他让我上那干嘛去'。那年,我也为他刻了一方印'重宴鹿鸣',以纪念他中举一甲子。"

任君善画盖有神

一把折扇上绘有一百个男女儿童。孩子们三三两两,有的在山坡上放风筝,有的在小溪中戏水,也有的蒙着眼睛在捉迷藏……孩子们那天真的稚气和精神贯注的神情,逗人喜爱。这《百子图》的作者便是津门老画家任子青。《红楼梦》《西厢记》等书和诗人骚客吟赋的许多人物,无不在他的笔下细致深刻地描绘出来,秀娟古雅,意足神到。当年书画家冯谦谦看到他的画,特赋诗一首:"任君善画盖有神,工颦巧笑独传真。妙在落纸呼欲出,写尽人间甘与辛。"一位考古学家说他的画"不但艺术价值很高,而且是当时社会、生活、服饰的形象记录"。

笔者对任子青先生钦慕已久。20 世纪 70 年代我一直想去拜访这位老人,但因公务繁忙,未能如愿。后来与任老的女儿任玉珍相见,多有往还。任玉珍说:"父亲绘画尤以人物见长,兼擅兰竹。他笔下的人物往往头脸工细,衣纹及配景则意笔挥洒,独具一格。父亲一生勤奋,七八十岁仍然不离画笔,时有新作面世。"她还将一幅任老画的竹子赠送给我。

任子青绘扇面《虎溪三笑》

任子青1900年生于河北省文安县李村的一个书香家庭。曾祖父任鹏龄为武进士,祖父任以礼为清朝知名书画家,父亲任惠堂亦精于绘事,曾在天津北大关宝珍斋绘画卖画。任子青自幼遵从家教,学习书画。1928年,28岁的任子青来到天津,以卖画为生。他以国画人物见长,兼及竹、兰、梅、菊、山水。其画受清朝著名人物画家陈老莲影响较大,后又受海派画家任伯年、钱慧安等影响。早期作品,严谨细腻,刻画入微。常与华世奎、陈少梅合作四条屏或扇面。曾数次举办个人画展。1931年的展览,作品销售殆尽,并荣获河北省实业厅感谢奖。1940年在中原公司举办画展,有许多作品被国外人士购去。

任子青早年题写名款多作"任廷楳","楳"即"梅","廷楳"是他以前的名字。曾见其《群仙祝寿》,画上仙人多达20位,以青绿山水作景。款题:"时维甲戌秋初为健齐表兄大人四旬晋四荣庆,表弟任廷楳恭绘敬祝。"钤"庭"白文印和"子青"朱文印。甲戌年是1934年,任子青34岁。今有人误以为任子青和任廷楳是两个人,说明对任子青缺乏真正的了解,也反映出任氏早年画风和晚年画风明显不同。

任子青绘《云气山光》

新中国成立后,任子青曾在天津美术学院任教,并在天津工艺美术厂任职。凭借其深厚的人物画功底,20世纪50年代初,他还从事过年画和连环画创作。年画作品有《向美帝讨回血债》(知识书店出版)《黄花岗》(大众出版社出版)《梁红玉》(民主书店出版)。连环画有《花木兰》《十二金钗》《神奇女史》等。1955年他开办"三友工艺社",主要是做镜面刻花、草帽绘画、印制日记本皮封面。1956年入工艺美术厂从事工艺美术设计。1957年《天津画报》刊登他的《峭壁下的宝成路》为这一时期的国画代表作。他曾撰写《继承中国仕女传统画》《论人物画》《中国古代仕女服装的时代性和传统性》《绘画技法》等多篇论文。

中年以后的任子青一改画风。1977年,天津工艺美术厂、天津市工艺美术研究所刊印《任子青仕女选辑》,乃从任子青百余幅仕女作品中选编而成。该书《前言》称:"任先生幼承家学,刻苦自砺。专攻仕女,兼善兰竹,脱钱慧安画风,而自成一格。其所作人物娟秀多姿,各具神态,用线涩而不滞,润而不滑,饶有余味。"此时他的代表作有《盗仙草》等。笔者藏有他两件作品。一件是陆游《卜算子·咏梅》词意图,款曰:"任子青时年七十有七。"另一件作品《张丽华》,题曰:"南朝陈后主妃,容色端丽,靓妆临轩,宫人遥望,飘若神仙,尤才辨强记。七十九叟任子青。"勾勒简略而人物传神,非同于其他画家,皆为先生晚年之作。

任老的女儿任玉珍对我说,父亲不善社交。1940年前后他与当时的几位书画同仁刘子久、张子绅、华子香、习志远、周子林等过从较密。他们每周都有一天在一起画画,地点是老城里的一座关帝庙(也称福伯庵),召集人叫贯一,此人喜字画,善画兰草。父亲精通古典文学,饱学博识,尤其喜爱李白、杜牧、刘禹锡、王维、苏轼等诗词。他十分注重中国画的继承与发展,在担任第六届市政协委员期间,曾提出设立中国传统画系的建议,被有关方面所采纳。

任玉珍说,我是内蒙古知青,1982年被调到天津工艺美术厂,为的是向父亲学画,可是第二年(1983)父亲就去世了。记得1979年我由内蒙古回津探亲,一次陪父亲参观美展,79岁的父亲体质衰弱,不慎摔了一跤。父亲在养病期间还是没有放下画笔,经过构思,他用两个月的时间完成了一套丹青巨作《百美图》。《百美图》共计100幅国画作品,画的是中国古代各个时期的100位美女,其中有卓文君、花木兰、张丽华、红线女、貂蝉、何仙姑、林黛玉,还有举案齐眉的孟光及唐代女侠聂隐娘等。每位美女形体、穿着各异,且尤能通过其神态表情的刻画突出她们的性情与内心世界,为仕女画的经典之作。

华非的祖父李荷生

笔者藏有一件李荷生所作四幅竹石扇画，或雨中，或月夜，或水墨，或朱砂，构图各异，小中见大，单独看俨然四幅"大中堂"，观者无不赞叹。各图从左至右分别题写"仿梅韵生""拟周铁珊""临张若村""背临墨井道人笔意"，其所题墨井道人为清初大画家吴历外，其余四位均为近世天津本土画家，尤见作者对津沽画家的尊崇及其相互借鉴、一脉相承的关系。

李荷生，名长志，以字行，又作龢笙，室名芸香馆。在天津绘画史上，李荷生是一位成就卓著，值得大书的人物。他是著名画家张兆祥的弟子。陆辛农《天津书画家小记》称李荷生"工花卉，用笔着色，谨守古法"。早年在天津南门附近开画馆，名曰"和荷画馆"，旨在传授绘画技艺。其《荷生画会征求会员》告示云："查近代文化日新，研究美术者日益众多。奈有一班志士，虽抱有热烈欲望与坚决志向，但以苦无门径，致光阴虚掷者有之，或中途灰心者有之。是此为美术之障碍。鄙人为诸同志研究便计，为美术前途发展计，本一技之长不敢自私之义，特设画会于本市南门西大街路北，专门研究宋元派画鸟翎毛。有志斯者请至敞会，甚任欢迎。本会主任李荷生启。"荷生先生是当代书画家、篆刻家华非的祖父。华非先生很早就对我讲过："我本姓李，我的祖父是李荷生。我从母姓，我的外祖父是华世龄，他与书法家华世奎是兄弟。"李荷生有四个儿子、一个女儿。华非先生为其三子所生。由于生计的关系，李荷生带着女儿常奔于沈阳、本溪、济南、烟台、青岛、徐州等地，一去至少半年数月，以卖画贴补家用。华非先生说："这些地方都挂有祖父的笔单。祖父画画认真细致，点叶勾花甚得蒋廷锡、邹一桂神韵，他的作品深受当时人们的喜爱。画价往往超过一些'海派'大家的价位。"

李荷生绘花鸟

　　李荷生的花鸟画设色妍雅，清秀细腻，与张兆祥不分轩轾。笔者还看过他的山水画，也是可圈可点，非同寻常。荷生先生还精于写真。据津门老辈画家刘芷清先生说，早年李荷生乘"胶皮"（人力车）到城里，因路不熟，进到了一条死胡同，胡同太窄，拉车人只得转身往后倒，李与其正好脸对脸，当即抓住此人特征，为他画了一幅像，赠予这位拉车的人，此像惟妙惟肖，一看便知是谁。李荷生先生在人物画、山水画上的造诣为花鸟画所掩，恐与其花鸟画走俏有关。

　　李荷生曾在清宫如意馆画画，颇为慈禧太后所推重，光绪时常为慈禧代笔，并与齐白石等人多有交往。

　　对于李为内廷供奉及与齐白石的关系，最近由来自狮城新加坡的一幅《花魁独占图》得到进一步证实。此画为李荷生、齐白石的合笔之作。题材为牡丹草虫。牡丹花以"勾填"法表现，红、白、粉、紫、黄诸色，大小花朵错落有致；叶茎用色协调，层次分明，向背有法，这一部分出自李荷生之手。螳螂、蚂蚱等草虫，生机盎然，细致入微，为白石之手笔。画上有李荷生题识："名花开放艳阳晨，魏紫姚黄品鹭真，不是天香兼国色，那堪独占洛城春。辛巳（1881）仲春拟瓯香馆主人遗意，章武李荷生写于芝罘。"钤印"章武李氏"（白文）、"荷生长寿"（朱文）。又有白石题识："觉民仁先生得先乡贤李君荷生画，属余补虫。李君昔年曾入内府供奉为皇太后代笔，世罕知之。癸亥（1923）齐璜并记。"钤印"木人"（朱文）、"齐大"（白文）。齐白石补虫并作题识之时，声名尚不十分显赫，其书法学金农。他对李荷生如此了解，据华非先生讲，主要是由樊樊山（名增祥）的原因。樊樊山早年出入宫闱,悉知李荷生供奉内廷之事,也有说李入内廷是樊樊山所举荐,而樊樊山又与白石友善,其所用印章均为白石所刻,齐对李的了解正是通过樊樊山的关系。从此画的题跋上看,齐对李是心仪已久的。

"津门五老"话子清

天津市民族文化宫重建项目竣工,让我想起六十年前曾参与策划和建设天津民族文化宫的回族老画家刘芷清先生。

刘芷清生于1889年,名仲涛,又字子清,号梦松、韬园、四不老人,天津人,世居西北角城隍庙街一号。初学花卉,翎毛学于王铸九,又学山水于刘小亭,造诣精深。草书宗李北海,汉隶宗张迁碑。国学功底深厚,擅长诗词。20世纪30年代,他与刘奎龄、陆辛农、刘子久、萧心泉并称为"津门画家五老"。

我最早与刘芷清先生相见是在50年前。彼时我就读于天津四十八中学,学校请来了刘子久、萧心泉、刘芷清几位先生,现场作画,为我们讲书画知识。记忆中的刘芷清身着白衫,脚蹬布履,面目清朗,须发飘然。据说这几位先生是应学校的语文老师赵维柏先生之聘而来。赵老师也是位书法家,他与天津的许多书家画家如吴玉如、张牧石等都有交往。当年赵老师向我介绍刘芷清称先生为"刘子清"。

据说子清先生早年从事新闻工作,为传播文化、发扬国粹而奋笔。1926 年,他创办的南宗山水画传习社,是天津最早教授书画技法的画会之一。很多人慕其人品和精湛的艺术前来学画。抗战时期,汉奸及日寇以各种手段威逼利诱他为日寇作画,先生以腕疾为由断然拒绝。直至抗战胜利,他才恢复绘画。因而他被人们赞为津门"忠贞画家"。中华人民共和国成立后,他受聘为天津市政协第二届、第三届委员,为民族团结做了大量工作。

1957 年 12 月,天津老城厢西北角地区,一座具有里程碑意义的宏伟建筑在这里拔地而起,这就是新中国第一座民族文化荟萃的艺术殿

刘芷清山水作品

堂——天津市民族文化宫。民族文化宫的建立也凝聚了子清先生的心血。筹建期间,他接受时任天津市民委副主任干一(王富顺)的邀请,参与策划、建设,并受聘为顾问。他曾用 3 年的时间复画 30 米长卷《富春山居图》,由国家文化部送往国外参展、巡展,受到好评。

先生早岁，山水宗法宋元，延娄东一脉，功力颇深。我曾一睹先生所作山水四条屏，或题"用元人笔意"，或题"拟黄尊古老人笔"，实乃借鉴清代黄鼎（"娄东派"嫡传）等人的艺术表现技法描绘春、夏、秋、冬四季景色。图中描绘了柏叶松花、茂林修竹与隐居其中的傲逸之士，群峰苍秀，山势峻拔。笔法秀逸，渲染明净，深得清人黄鼎"浓不伤痴，淡不嫌寂"之旨。款题"丁卯秋月"，可知这四条屏作于民国十六年（1927）。其晚年画风一变，多写真，尤喜画黄山松云峰，苍秀温润，精湛绝伦。冯骥才、姚景卿等师从其学画。我存有一幅先生所作黄山立轴，风格华滋浑朴，既有写生的味道、强烈的光感，又有中国画刚健的笔道、浓厚的墨韵。画的左上角作者自题："山中一夜雨，树杪百重泉。戊申夏月刘芷清时年八十。"此画作于1968年，与早年作品相比，显得流转酣畅，更富时代感，明显看出作者对创新的追求。

子清先生不光画好字好，且著有《乐寿庐话画》《韬园画絮》《书法源流》等。他撰写的《津沽画家传略》对清代以来88位天津书画家的生平和艺术特色做了介绍。多为作者所收集并加以整理。其中对有的书画家有较为详尽的记述，亦有其亲见亲闻，为后人了解津门书画家生平提供了生动具体的资料。

子清先生于1973年在津归真，享年84岁。

316

"很有本事"的李昆璞

老画家姜毅然的老伴儿去世后,我总想给孤苦伶仃的姜老找个老伴儿。一天我想起了去世多年的李昆璞先生,李老故去后,他的老伴儿一直寂寞地一个人生活。姜、李是多年老友。我打算给姜和李的老伴儿说和说和。征得姜老同意后,我便来到东门里双立园胡同的一个小院内,见到了李昆璞先生的老伴儿。好说歹说,老太太未能同意。最终姜老被他的干女儿蒋三姑接去,自此有了照料。这件事没有谈成,老太太却向我说起不少李昆璞的事。不久我又见到了李的弟子、画家周俊鹤先生。周也和我谈了一些关于李的绘画特点和艺术成就。根据我所掌握的情况,我撰写了一篇文章,题目是《留作丹青化春雨——纪念国画家李昆璞》,刊登在1982年12月29日的《天津日报》上。文章的开头便说:"国画家李昆璞离开我们整整八年了。这位毕生致力于国画创作和研究、热心于美术教育事业的艺术前辈,是在林彪、'四人帮'的残酷迫害下,满怀愤懑和不平离开人世的。"在当今画坛,年轻人知道李昆璞的恐已不多,但在半个世纪前先

李昆璞绘《松鹰图》

生早就名声在外了。诚如一位老友所言："津门出奇人异士和世外高人，清嘉庆时期天津画家张学广名声不著，但此人备受吴昌硕推崇，在画迹题识和书信中提及此人，在天津画界极少有人知道。"昆璞先生未尝不是如此。

李昆璞（1910—1974），宁河人。少年时拜东丰台民间画家艾漱石、朱子德为老师，从宋元入手，脚踏实地学习中国传统山水画和工笔重彩花鸟画，悉心钻研陈白阳、陈老莲。20世纪30年代，移居天津市，靠卖画为生。至40年代末画风骤变，前后判若两人。新中国成立后，他以满腔的热情，通过牡丹花、梅花、松树、白鸽等绘画题材，歌颂社会主义新中国和人民当家作主的新生活。1962年，李昆璞与天津其他六位画家一道赴粤桂写生，踏遍奇峰异水、莽林石洞，饱览桂林之美、羊城之胜，更加丰富了他的创作思想。他从自己对自然景物的感受中，创作出很多有声有色、富于时代精神的作品。当年的李昆璞是中国美术家协会会员,曾任天津国画研究班教员,天津国画研究会秘书,美协天津分会创作干部。作品《蕙兰》《雨后》《八哥红叶》等,被天津艺术博物馆、辽宁博物馆收藏。历届美展均有作品参加,1962 年在美协天津分会的支持下,举办了个人画展。当时的报纸杂志多有作品发表。先生于工笔重彩、小写意点染、重笔浓墨的大写意无所不精,虽以花鸟画为主,但于山水、人物、走兽均有涉足。尤其是大写意梅花、孔雀,色彩鲜艳夺目、笔墨精到。而最有特色、最能代表风格的作品当数泼墨大荷花、木棉八哥等。我曾将先生的绘画特点概括为三点:首先,他打破了旧时陈陈相因的构图方式,力求空白中有景物,繁密中见空灵。其次,在用笔上运腕扎实,行笔自如,而且善于从清高冷落的境界中跳出来,以豪放的大笔泼墨表现出豪迈的气势,以工整而轻巧的用笔勾画出自然界的千姿百态和无限情趣。第三,他吸取西画的透视作用及水彩画特点,创造性地运用渲染和烘托手法来表现景物,使其意境更加深远,画面更有厚度;同时以简雅的设色与所表现的对象统一起来,以独具一格的"淡色画"著称。李昆璞是一位有多方面艺术修养的画家。他热爱祖国的艺术遗产,专心于金石书画之学,博览名画和古今艺术资料。同时,他又善于从古代的艺术中吸取精华,敢于突破藩篱,独辟蹊径。尤其是在中国画的构图、笔墨和渲染上,更有其独到之处。李昆璞的一位弟子回忆说:"昔年笔者童稚时,去先生家聆听教诲,观他绘画,屋内悬有大写意风格的绘画,也有写生归来的山水画,都各具特色,尤其画工笔孔雀,用真金十二碗(薄薄一层贴在酒盅内),色彩鲜丽夺目。当时出版社以年画形式发表不少他的工笔花鸟画作品。"我曾数次去先生家,但见其房内,古陶、造像陈之于桌案,甚为古雅,《美术丛书》等大部头线装古籍盈盈于箧,彰显着主人的高雅气质。

20 世纪 80 年代初,天津艺术博物馆举办李昆璞遗作展。遗憾的是先生早已作古。家人将全部遗作均捐献给天津艺术博物馆,留与后人品评。为先生举办展览时,卢沉、周思聪伉俪来馆,观其作品甚为赞叹。80 年代有位天津人去北京,见到了李苦禅先生。李老对这位先生说:"你们天津有个叫李昆璞的,为你们东站画大画,有好几丈长,很有本事。"可见很早先生之声名已跨越津门。张桐瑀先生在《拂尽尘封始见金》一文中说:"20 世纪 80 年代黄秋园、陈子庄的'被发现'曾在中国画坛引起巨大震动,同时也引发了众多深入的思考。事实上,回顾刚刚过去的 20 世纪中国美术,我们会发现,或因一生僻居乡里,或因本人不求闻达,或因与其时主流画风的格格不入,尚有众多本该进入公共视野的人物由于种种不同的原因而为历史所遮蔽,这无论对于其本人还是 20 世纪中国美术都是莫大的遗憾。"如今每次和青年提到李昆璞三字,听者茫然,不知言之为谁;而现世的书画家,无论水平高下,个个声名大噪,这难道不值得我们深思吗?

乡贤著书网罗勤

金钺（1892—1972），字浚宣，号屏庐，天津人，著名藏书家、刻书家。清末曾任民政部员外郎。辛亥革命后，赋闲家居。曾与严范孙等人筹设崇化学会，任崇化学会董事。一生编刻天津地方文献数十种，对桑梓文化的保存和传播作出贡献。20 世纪 50 年代初，他将自己的书籍捐献给国家。

我曾在龚望先生家中见过金钺，先生排行十五，人们叫他"金十五爷"，我

晚年的金钺先生

也跟着叫。那时先生已老态龙钟，身体状态颇为不佳。老先生一生刻书印书，对天津文化事业的贡献无人可比。

金钺是峰泽堂金氏的后代，其家族亦儒亦商，著名文人辈出。金钺幼承家学，喜好看书藏书、编书刻书。尤喜好乡里文献，一有空便多方搜求。津人高凌雯在《志余随笔》中说："天津有藏书之家，无刻书之人。近惟浚宣喜为此，网罗旧籍，日事铅椠，十余年未尝有闲。由其先人撰述推及乡人著作，近刊行二十余种。"金钺编刻的书主要是津门乡里文献，除了我在前面提到的《屏庐丛刻》外，还有《天津诗人小集》《许学四种》《金刚慇忠表忠录》《金氏家集四种》等。这些书均为金钺个人出资刻印。近代天津学者王守恂的《王仁安集》先后刊刻四集，皆由金一力承担。金钺对刻印《天津县新志》尽力甚多，且亲自参与这一方志的搜集与校勘。伦明在《辛亥以来藏书纪事诗》中对金先生倍加赞颂："乡贤著书网罗勤，铅椠连年自策勋。韵事鲍金今再见，共惊空谷足音闻。"

从金氏刊印乡邦文献中也可看出他为保护天津文化遗产所付出的心血。《书法偶集》为书学著作，成于清乾隆时期。作者陈玠，号实人，工诗善书。金钺《屏庐丛刻》第五册中录《书法偶集》，该书底本借自朋友张寿的手录本。金钺做了认真整理，删去二十三条，保存七十三条。保留下来的内容，"或采旧说，或抒己见，皆精要。可传先生书迹"。1920 年，金氏刊本《天津文钞》乃是天津籍人士撰写的文集，对研究天津地方文化和文学创作及清代天津文人学者的生平具有重要价值。该书是在华光甫所辑《津门文钞》抄本的基础上刊印的。据《天津县新志》载：《津门文钞》因《津门古文所见录》而扩充之，复收道光以来后出之作，遂增多至两倍，竭一生搜罗之力以成此篇，与梅成栋《津门诗钞》并行于世，俾乡前辈文章风雅存弗朽。嗣后，光鼐之子铎孙略加编次，由杨光仪、梅宝璐详定，徐士銮校字。不久，陈垲赴广东做官，铎孙携此稿随同前往，陈垲欲捐资付梓未及，即被罢官归里，铎孙旋殁，此稿遂为铎孙之子墨斋所收藏。民国初年，此稿本被金钺发现，决定个人出资刊印。他补入华氏《津门文钞》所不备的作者传略，又于书后作跋，易其名曰《天津文钞》，使数百年来的津人文章得以留存。

金钺先生编辑刊印的天津地方丛书《屏庐丛刻》

　　本人尤其珍惜金钺刊刻的书籍,藏有《屏庐丛刻》《金氏家集》《天津文钞》等,大都是我在北京海王村中国书店购得的。这些书所涉及的诸多天津乡土文化是其他典籍所没有的,为我们研究天津地域历史文化提供了莫大帮助。比如《王仁安集》,没有金氏的刊印,很多重要历史资料,人们是无法得见的。王曾任钱塘道尹,与李叔同多有交往,文集中的一些诗文都提到李叔同,尤其是李叔同出家前后的心态,这对我探讨李叔同的人生轨迹和思想大有帮助。

　　金钺作为近代藏书家、刻书家乃当之无愧,其实先生也是一位卓有成就的著作家,寒斋亦收藏其著作多部。金钺30岁以后,诗文创作日趋活跃,并常与严修、章钰、赵元礼、王守恂、高凌雯等津门学者诗文往还,不断有著述面世。民国七年(1918)他完成了《戊午吟草》,民国十年(1921)完成《辛酉杂纂》《偶语百联》,后又相继完成《屏庐文稿》《屏庐题画》等。其中《屏庐题画》为金钺自画题词之书。《偶语百联》是一部集联的著作,章式之先生为之撰写《金浚宣偶语百联题词》云:"操觚之士为人心风俗计者,知必于此取资也。"其《辛酉杂纂》最能反映他的学识、思想和抱负。该书包括《漫简》《屏庐臆说》等,"所论不一,皆身心义理之学,读书有得之语","非好学深思、澹泊宁静者乌能道其万一"。

　　金钺文化品位甚高,他书工八分,画善墨竹,清雅孤秀。劝业场楼上他曾题匾一块"毓文商行"。他收藏的《魏皇甫驎碑》曾被罗振玉辑入《六朝墓志菁英》一书。此碑原系清咸丰年间在陕西鄠县出土,后归端方,最后由金钺收藏。1952年金钺将此碑连同其他珍贵收藏品捐献政府。天津市人民政府文化局向金钺发了"褒奖状"。金钺先生晚景不佳,"文革"后,家中甚至连笔墨纸砚都成了稀罕物。他用毛边纸画几竿竹子,却没有印章。还是龚望先生为他刻了数方,他才有印可钤。

"好胜,好负气,好多说话,好遇事逞才,都是好寻烦恼;能忍,能吃亏,能装糊涂,能虚心受善,自然能得便宜。"这是金钺撰写的一副格言联,讲出其为人处世的哲理,同时也反映了他的一种心境,一种对人生的感悟。

"梦里鱼乡"金梦鱼

　　天津有一位"与张大千半师半友"的画家,他就是金梦鱼。梦鱼先生名嘉会,梦鱼是他的字。我与先生从未谋面,但通过他的女儿金森和弟子刘皓口中得知先生的为人和他的艺术成就。我认为金梦鱼在津门画坛是一位了不起的人,他在天津美术史上应占有一定的地位。1948年张大千弟子巢章甫、陈从周等人编辑《大风堂同门录》,金梦鱼名列其中。

　　金梦鱼1903年生于天津,早年供职于寿丰面粉公司。其家为书香门第,代有名人。其先祖金芥舟、金岭云、金恭寿、金野田等,不是诗人、学者就是书家画家。从天津地方志来看,津郡画家唯金氏独盛,自芥舟以下六七世,代不乏人,人才辈出,画风别具一格,民国年间天津画坛已有"金派"一说。金梦鱼的祖父金龙节,绘画"递传家学,能别开生面,不入四王窠臼"(《天津县新志·人物》)。其山水笔墨淋漓淹润,树石清劲有法。梦鱼的父亲金菊舫亦画山水,尤擅金鱼。梦鱼当年藏有祖父金龙节所作堂幅,高五尺,丘壑森严,墨气溶蔚,款识中叙其世系及能画者,称："吾家以画传者,自吾曾祖芥舟公、伯祖永公、岭云公,堂伯芥孙公,堂兄润田,堂侄孙恩荣,亦知顾、陆、张、吴诸法。"

金梦鱼克绍箕裘,自幼与书画结缘。金氏收藏甚富,藏有明蓝瑛、清石涛、任伯年等大量名家真迹,金梦鱼耳濡目染,获益良多。他潜心临摹宋元名画,尤倾心于明四家作品,后又对张大千绘画产生兴趣,其画与大千画风极为相近。20世纪30年代,张大千来天津,住在惠中饭店,见到金梦鱼及其作品后,大加赞赏,连说:"这画像我!这画像我!"金梦鱼要拜大千为师,大千对这位"名门世家"人士"高看一眼",不肯收他为徒,由此两人便成了"半师半友"的关系。

金梦鱼绘《观江图》

金梦鱼常说:"知梦鱼者大千也。"的确,在绘画生涯中,他既得到了张大千的帮助,又为张大千所首肯,二人确属艺术上的知音。据金先生的女儿金淼老太太讲,张、金二人相识后,金梦鱼曾专程赶往北京,聆听大千指点,观看大千作画。当时张大千住在颐和园,与金梦鱼一起跟随大千身边的还有梁树年。此次金梦鱼在张大千那里住了一个多月,分手时大千送给他照片作为纪念。金梦鱼还几次到苏州等地与张善孖、张大千昆仲会面并求教,回来后说:"善孖先生的园子里还养着老虎呢!"对于金梦鱼,张大千一向另眼相看。他说:梦鱼眼界开阔,功底厚,起点高,能诗善文,能书能画,他的画沉郁苍秀而清雅,颇有华滋的气韵和开张的风格。

与张大千有着"师友"关系的金梦鱼,在行止及理念上也有诸多与大千相通之处。当年张大千辟出园林专供画友雅集,金梦鱼则将自家园林———环青园(新中国成立前曾作地下党藏身之处)腾出,邀请刘君礼、李文渊(均为张大千弟子)等人到园中小住,在清雅的环境中读书作画。其后,他又与夫人王同仁(邓颖超的老友,20世纪20年代与邓大姐同在达仁女校任教)商定,将环青园改为学校(后并入中营小学,成为该校宿舍)。自上世纪五六十年代,金梦鱼的山水画愈加空灵苍劲,与张大千画作难分轩轾,而且着力创新,常有描绘现实之作,如1965年春所作《深山红旗展》,令人耳目一新。

他先后收刘利仁、刘绍启为入室弟子,居家授徒,不收分文。数年后,刘利仁支援边疆,临别时依依不舍,金先生特以画作相赠,款识中谆谆而言:利仁学业期满,将赴远方,今后要"写尽宇宙境界,成学画之良脊也"。刘绍启后更名刘皓(字衍成),成为当代著名实力派画家。刘皓先生多次深情地对笔者说:"我14

岁时经别人介绍,拜金先生为师,先生以诚待人,我每星期都在先生家,看他画画,先生亲自给我改画,不厌其烦。先生强调,画山要有'真山',要有'个性',要有'儒家中和之气',并且常告诫我说,学画定要有'书底子'。这些教诲,我一直铭刻在心。"

1973年的一天,金梦鱼先生溘然长逝,年70岁。逝世前一天,他留下遗嘱:"我即将离开人世,我死后不要发丧,把门关上,把窗帘挂上。我们家在困难时,幸亏得绍启他们的帮助,此种友情没齿不忘。我殁以后,看待他们要像家人一样。"先生辞世多年,刘皓始终与先生家人情同手足,其绘画艺术成就斐然,硕果累累,这也足以告慰金梦鱼先生的在天之灵了。

2017年,刘皓先生去世。转年11月,"梦里鱼乡——金梦鱼、刘皓及弟子书画作品联展"在张大千美术馆举行。此次展览共展出金梦鱼先生与刘皓先生及其弟子优秀书画作品90余件,展示了大风堂门人在继承中华民族传统文化艺术的基础上所创造出的艺术辉煌和大风堂画派薪火相传、后继有人的艺术传承精神,彰显了中华优秀传统文化的永恒魅力。

湖社传灯继往来

世人多知张牧石先生为诗、书、印一代大家,但很少有人知道先生的夫人张静怡也是位颇有造诣的丹青高手。我一向称牧石先生为"伯父",先生的夫人我则一直称她为"伯母"。伯母多画山水、仕女,观其画可见"湖社"遗风,极具"北宗"气息。她曾赠我一幅她画的《郊栖图》,画面上的"我"正在一茅屋内读书,草木环于屋外,优雅至极。张伯驹、寇梦碧、张牧石诸先生均在画上作了题跋。萧劳先生特为其题写诗堂——郊栖图。

伯母的画绝非"无源之水",她师从于湖社老前辈黄士俊。有时我到张先生家,伯母不在,我就想,八成又去黄先生那儿学画去了,过了一会儿,伯母回来了,她带回一些画稿说:"到黄士俊家去了。"牧石先生对一般书画家很少给予夸赞,然夫妻二人对黄士俊则总是赞不绝口,他们常向我谈到他。蓝云之子蓝兴伍先生也向我提起过黄士俊,他也曾向黄先生学画。

黄士俊生于1914年,卒于1970年,原名智千,天津人。为湖社画会天津分会首批会员。1935年肄业于国立北平艺专国

黄士俊绘山水四条屏

画科(修业 2 年),后师从刘子久、陈少梅,专攻北宗山水,其画风远追马夏,近抚仇唐,笔意劲俏,风尚清隽。1937 年天津沦陷后,素以倡扬传统书画艺术著称的杨昱昆将原来的楷学励进社更名改组为尊古书画学社,在原书法科的基础上新增国画科,黄士俊在国画科任教,教授山水、人物、花鸟。20 世纪 40 年代黄士俊曾以卖画为生,并先后任工商学院家政系国画讲师、津沽大学文学院国画讲师、私立木斋中学美术教员等。一度在英租界太古洋行教外国人画中国画。新中国成立后任天津医学院绘画员,并积极参加美协天津分会的创作活动。

据画家孙长康介绍:黄老的绘画风格是北宗画法,沿着宋朝马远、夏圭的路子开拓创新,他学到马远构图占边据角的方式:峭峰直上不见顶,近山参天,远山无底,强调空间感;同时受夏圭的简洁豪放、典雅清劲绘画手法影响。深得"马一角""夏半边"的韵味。

黄士俊先生以发展祖国优秀文化为己任,曾在和平、河西文化馆等处教授北宗绘画,孙长康、胡嘉梁、关尚卿、黄枕石、徐荣君、魏景明等都是他这一时期的弟子。先生治学严谨,对学生明以画理,授以技艺,谆谆教学,令人感动。其弟子关尚卿说:"只要学生有画(作业),先生就一幅幅解析、修改,不管多长时间总是那么耐心。北宗山水斧劈皴较多,黄先生中锋笔画小斧劈是北宗画法一绝,他习惯蘸墨后把笔咬扁后再皴,为学生改画往往弄得满嘴是墨,甚至有时一着急,抹得嘴外一圈黑胡子,引起学生哄堂大笑,他幽默地说,墨可是宝贝,墨中含八十多种中药,能治病的,然后哈哈一笑。"而今,先生培育的学生,均已鬓生华发。追忆黄师,情动于怀。先生之历历往事,恍若昨日,倍觉思念。孙长康说:"黄老是一位敦厚的长者,不图名利,乐于助人,诲人不倦,虽然他已逝世多年,在画苑中依然留下若许芬芳在人间。"

有人从中国画的发展脉络和湖社绘画的优良传统上对黄士俊给予评价:北宗画风在历史的激流中,曲曲折折,大起大落。自明董其昌南北分宗,崇南贬北之风日渐兴盛,四百年来,北宗画风日渐衰落。民国初期,金北楼以"精研古法,博采新知"为主旨,与陈师曾等人成立"中国画学研究会"。教学中摒弃宗派陌识,发展民族文韵,培养了陈少梅、刘子久、秦仲文、惠孝同等多位"北宗"大家。陈少梅、刘子久主持湖社天津分会之后,坚持中国画的传统精神,重振北宗画风。会员之画作,笔墨精妙,意境深邃,学者日增,声名远播。黄士俊先生就是分会之中的佼佼者,被称为"少梅麾下北宗第一人",实可谓"湖社传灯继往来"。

2017年12月16日,"丹墨流觞——纪念黄士俊先生诞辰一百零三周年师生作品联展"在天津市西洋美术馆开幕。展览前言说:"今值先生一百零三年诞辰,受业与再传弟子举办师生作品联展,以慰恩师。"

周绍良：“不是客人的客人”

周绍良先生

20 世纪 80 年代初，笔者因天津佛乐事得识著名学者周绍良先生。周先生讷言寡语，却是满腹经纶。当时我知他来自北京，也深知他对文史、佛学的造诣，记得那是春季的一天，我赶往大理道 66 号的市委第二招待所（今和平宾馆），与这位“不是客人的客人”相晤。

我说周老不是“客人”，是因为他原本就是天津人，是天津的一位乡贤。周氏实为天津的名门望族，今和平区澳门路与郑州道交口处的三多里即有周家旧宅。先生 1917 年 4 月 23 日生于天津周氏的三多里宅第，青少年时代便生活在这里。他于 1923 年入私塾，随开蒙师姚慎思读书,为他日后从事学术研究打下良好的基础。1935 年,又分别随古文字学家唐兰和文史学家谢国桢学习古代文史,并曾多年在天津工作。说他是"客人",是因为那时先生住在北京,他的职务是中国佛教协会副会长兼秘书长,北京佛教音乐团团长,中国佛教文化研究所所长。

周老此次来津是为发掘整理天津佛乐、成立天津佛乐团之事。我则是因工作关系特来"二招"拜会周绍良先生的。

佛教音乐在天津有深厚的基础。清代天津"八大家"等富户人家,每逢家中忌日,都要请僧尼到家中放焰口,吹奏梵音,使其在佛门外流传。后因"废庙兴学",走出庙门的出家人以买卖式经忏应酬为生,天津佛乐也随同这批僧人流入民间。

20 世纪 80 年代,为了抢救零落民间几近断绝的天津佛乐,在政府有关部门和民乐、佛乐研究专家的努力下,在得到佛乐真传的还俗僧人和通晓佛曲工尺谱的民间乐师的帮助下,经反复推敲研究,共整理出 34 首完整的佛乐曲目,能够演奏的佛曲达到十余首。

见到周绍良先生,我向他报告近两年整理佛乐的情况,先生颇为兴奋。他说,佛教音乐是佛学文化、民俗文化和中华民族传统文化的重要组成部分,它保存了古代民间音乐的许多精华,对深入研究民族史、文化传播史、音乐史、宗教史、风俗史有重要意义。

先生虽已年逾七旬,但对天津的人文旧事依然如数家珍。他认为,天津大悲禅院是中国北方佛乐极为活跃的寺庙之一,也是天津佛乐的一个重要发祥地。对于在大悲禅院成立天津佛乐

周绍良先生著《蓄墨小言》

团，先生十分赞同。接着他又对如何进一步抢救濒临失传的佛教文化遗产和天津佛乐的巩固发展提出许多建设性意见。自此以后，先生又几次来津，对天津佛乐团给予有力的指导。

在周绍良及中国艺术研究院音乐研究所所长田青等人的支持下，天津佛乐团举行了多场成功的演奏。1988 年有 12 首佛曲由天津人民广播电台录音播放，称之为"津沽梵音"。1989 年中国音像大百科编辑委员会委托上海音像公司录制出版《津沽梵音》录音带，收入《音像大百科·宗教音乐系列》，面向全世界发行。

1993 年 10 月，天津佛乐团先后在英国伦敦、苏格兰、威尔士和荷兰的阿姆斯特丹、海牙、莱顿等地进行巡回演出，还在伦敦大学、约克大学进行学术性展演，为中国传统音乐赢得了崇高荣誉。拙著《古刹大悲禅院》有"《津沽梵音》传佳话"一节，专门叙述当年演出的盛况，并说"这自然也包含着周老的期望和心血"。

周绍良是周馥的曾孙。其祖父周学熙是对近代天津工商业崛起具有重大贡献的著名实业家。父亲周叔迦是著名佛学家，1940年，在他创办中国佛学院之际，积极促成天津大悲禅院的修建与复兴，捐款千万元。周绍良长期从事敦煌俗文学及小说文学的研究，所集各种版本的各类章回小说逾万册，一并捐给了天津市图书馆。晚年的周绍良依然关注天津佛乐的抢救和挖掘，"大理道二招的会晤"足可看出先生对津沽文化的珍重与情怀。

周先生性喜收藏，尤爱蓄藏古墨，数十年间集中搜罗清代具有年款的墨，并用余力旁及其他种类，收藏既富，考证甚勤，有所得往往记以短文。他说："自来讲墨多喜欢谈明墨，犹如讲藏书多喜欢谈宋元本，其实时至今日，明墨传世的已如凤毛麟角，就是偶然碰见，价格也使人难以问津，搜罗起来是极不容易的，而清代二百六十多年间造墨名家辈出，其中精品绝不下于明墨，况且传下来的东西也比较多，花上一定的工夫就可以很有收获。"本人即有先生《清代名墨谈丛》一书。书中所列举的一百多种墨，都是他的自藏或亲见的清代墨，且以短文记叙并附墨之拓片，其见解亦非同一般，实为研究清墨之力作。1999年4月，北京燕山出版社又出版了他的《蓄墨小言》，所收亦为清墨，"书中墨影，全属原拓"。周珏良特为作序，称："他这本《蓄墨小言》大可以称作墨跋，里面多第一手材料和独到的见解，对好墨者有很大参考价值。"

有人说："周家的教授多得足能办一所大学。"周叔迦、周一良、周珏良、周绍良自不待言，就我所知，居住在五大道的大藏书

周绍良先生所藏清墨

家周叔弢、著名戏曲史专家周明泰及天津的文史学者周慰曾、作
家周骥良、天津市建筑设计院副院长周艮良、南开大学生物系教
授周与良……周氏家族的这样一批文化精英便也足可称道了。

陈钟年书法"当今巨擘"

陈钟年,字罴洲。天津人,清末庠生,曾留学日本学习艺术,归国后,在津省立女师等校任教,20世纪30年代为天津国学研究社讲师,教授书法。对学员培育因材施教、循循善诱,故深得学员敬佩,时有"书法学罴翁"之论。

崇化学会老前辈李炳德与陈先生同事,都曾执教于崇化中学。李炳德先生曾对我说:"1947年至1950年,陈钟年在崇化中学教生物、生理卫生。我1950年学生毕业证上记录的年龄,证明陈先生确为1880年生人。先生为崇化中学题校训'弘毅'(隶书),挂在文庙(崇化中学曾借文庙当教室),后被'一切为了祖国'所代替。陈先生当时的住址为南开三马路凤宜里7号路东院。"

陈钟年对书法有精深之造诣。陆辛农先生说,陈钟年"教育家,善书,于魏碑最为致力,一时无两"。李实忱先生称:"其为书也,苍莽沉挚,饶古篆隶神韵,而清奇超逸之致,寓乎其中。"龚望先生说:"师作魏书行笔甚迟,而有时亦甚速,恒以此解迟涩淹

陈钟年写给龚望先生的十二言联

留疾速诸法，其抑扬顿挫，轻重疾徐，一若有节奏旋律然。"其功力之深，与妙造自然之乐，非个中人不易知。刘宝慈先生曾讲述这样一件事：上海有位蒋观云先生，工书善收藏，然不事声哗，人多不知。陈钟年听说后赴沪往拜，适蒋外出，即以号房之蜕笔水墨拾纸留一便条。蒋归见此纸大惊，未入内即驱车回拜，相见甚欢，盘桓数日。蒋曾誉陈钟年先生之书为当今巨擘。

陈钟年与李叔同为青年时代的挚友。二人"同声相应，同气相求"，李在津期间，两人时相往还，常以书法互赠。当年天津大悲禅院"弘一法师纪念室"，征得一件李叔同为陈钟年所书团扇，可见二人之间的交往。团扇书有"五道群生，咸同斯度"八

个大字，上题"鹤洲先生大人正"，下署"辛亥夏，文涛"，钤"叔
同"印，扇面乃用日本纸制造，辛亥年即 1911 年，其所用扇面及
落墨时间背景，说明此件系李叔同由日本返津后，在直隶高等工
业学堂任教期间用日材为陈钟年所写就。陈对李叔同更是钦佩
有加，其珍藏李之书法甚夥，其中多为李之亲赠。他常将李叔同
的作品向弟子们展示，赞不绝口。在李叔同离世后，陈先生仍不
断向人们讲述他与李叔同之间的情谊、李叔同精深的学识及李
在书法艺术上的巨大成就。

1932 年至 1938 年，陈钟年在天津国学研究社附设的书法会
主讲书法，六年间培育出大批书法人才，龚望、王坚白、余明善、
冯谦谦、陈荫佛、周与九、陈棣生、胡定九、陈隽如、李邦佐、于志
秋等诸多书法大家皆出其门下。陈曾将书法讲义编成《书法》
一书，于 1935 年出版。该书综合古人成法，结合其平日心得，阐
微发奥，切实简明，时人称之为"学书之门径，文化之津梁"。龚
望先生特撰文回忆陈先生当年讲授书法的情景，并将当年陈在
他习作上的批语精心装裱，请多人题跋，视若拱璧，足见老一辈
书法家对陈钟年的敬重。龚老曾赠我此幅之复制品，我亦将其
装裱起来。

陈钟年讲授书法深入而独到。龚望先生回忆：凡新来学员
必先看其所有文字，然后确定与其所书字相近之帖，为之介绍。
版本不拘一格，不限一体，唯所选之帖必与作者笔致兴趣相近，
以期收事半功倍之效，但必取法乎上，力戒习近人书。如写何绍
基，即令改写《大麻姑仙坛记》；写金冬心、郑谷口、朱导江、翟云
升、杨见山等，即令直写汉碑；写苏东坡、黄山谷，即令改写《马鸣

寺》《瘗鹤铭》,写赵之谦、张廉卿、陶心云,即令写魏志造像等。写明人草书总不如写"二王"、《论座》《祭侄》等,爱刘石庵字,即直学《文殊般若经碑》、钟元常;以刘字可谓集帖学之大成,种种妙境,不可思议。但学其字者,多不寻其来源,与其所以妙处,只见墨堆,了无神味。学者如法受持,无不兴致勃勃,进益甚速,有欲罢不能之乐。

成立于 20 世纪 30 年代的"墨园书法研究会"亦为陈钟年所主持,在天津有很大影响。1934 年 3 月 2 日《书法研究会》称:"周与九、陈棣生二君,假西门南二道桥梁家胡同志成小学校内,组织墨园书法研究会,由陈鹤洲等担任指导,成绩颇有可观。"1935 年 3 月 5 日《新进书家题名录国学研究社的品题》载,经陈钟年主持评选,参加该社第二届书法展览的李邦佐、冯守谦(冯谦谦)、韩愚、陈召棠(陈棣生)、王锡珩(王坚白)、周与九、赵云天、吴梅浚、任石府(即任石斧)、刘希姜、姚崇实、周孝纶、李邦琦、郑镇、陈宝锦、李文才、李适奇、赵笙雨、靳蕴清、董师贤、崔伯澜、李邦佑、李希聃、王键、宋云鹏、余明善、龚王宾(龚望)、王梦洲、陈学曾、刘福洲、夏炳南等 31 人获奖。

我藏有一幅陈钟年的画像。画中,陈钟年身着长衫,温文尔雅,傍竹而立。上题"夫子大人命作,受业伊睿辰敬绘",画像上方有王襄所作长诗,诗中赞曰:"讲学于今成志影,后生依旧仰先知。"亦可见津人对陈先生的推崇。画像作者伊睿辰,字家楫,天津人。善画人物及宣传画。李炳德先生对我说:"伊家楫 1948 年到 1951 年在崇化中学上学,住东门里大刘家胡同,与王襄是邻居,与寇泰逢(寇梦碧)亦为邻居,父亲干颜料庄,家富有。"据我所知,伊还给王襄画过像。他的作品《吴淞口的晚景》1956年由天津人民美术出版社出版,是伊的代表作。可惜他去世过早。这幅陈钟年画像作于1953年3月。陈先生卒于1964年。

龚望先生曾对我说:"今人多言我津有华(华世奎)、严(严修)、孟(孟广慧)、赵(赵元礼)四家,但对陈钟年、张体信、顾叔度、华文宰知之者不多,实则陈、张、顾、华书作更不寻常。"有人称陈(钟年)、张(体信)、顾(叔度)、华(文宰)为"津门四小家",其实他们(包括李叔同、张君寿)等在书法上各有千秋,各有所重,亦无大小之分。陈钟年先生在天津书法艺术史上足可大书一笔。

陈荫佛写甲骨

陈荫佛先生 1938 年出任河北省立女子中学校长,1943 年又出任天津特别市立女子中学校长,两个不同名称的学校其实都是今海河中学的前身。作为校长的陈荫佛,不仅是天津的教育家,也是造诣颇深的书法家、收藏家和金石学家。

陈荫佛(1893—1950),天津人。本名宝树,字荫佛,以字行,晚年斋名曰默庵、曰万卷于碑百炉十研轩。北京高等师范学校(一说北京大学)毕业。历任天津公私立学校教师、教务主任、校长,长春大学国文教授。陈荫佛酷嗜金石文字,问业于国学大师罗振玉。他工书法,尤其是他书写的甲骨文,足堪一绝。他也善于绘画,然所作不多。

陈氏书法,除了受到罗振玉的影响,主要还是得益于津门耆宿陈钟年的指授。钟年先生 20 世纪 30 年代初在天津国学研究社主讲书法,主张书法教育应使书者展现天赋个性于纸端,不宜以师之好恶而使学书者囿于某家某派。并且认为必多见然后可以开眼界,在钟年先生启发下,陈荫佛发挥其金石考古之长,对甲骨文及《石门颂》用力尤勤。龚望先生说，当年国学研究社每年开书法展览会一次，陈荫佛所展示的即是"甲骨金文"，"远近观者，无不惊叹"。陈荫佛常作甲骨文集联，如"从甲骨文字集《诗经》句"等。笔者藏有陈氏甲骨文八言联，从中可窥见其甲骨文书法之一斑。所书典雅流畅，既具甲骨刀刻古趣，又具笔墨韵味，与罗振玉甲骨文联相比更显活脱遒劲。款题"丁丑秋九，集甲骨文字"，"荫佛陈树"。丁丑即 1937 年，是其在国学研究社从陈钟年学书十数年之后的成熟之作，反映了陈荫佛甲骨文书法的基本特征。

陈荫佛精于碑版考订，收集汉魏名刻拓本甚夥，兼六朝墓志、造像，且多为精品。如汉《史晨碑》，为明拓整本，唐钟绍书《纪国公碑》，为明拓整本，则系海内孤本。近拓如三原于氏鸳鸯七志斋魏墓志拓本，刘珍年拓《云峰山刻石》42 种，鹤洲和尚手拓焦山《瘗鹤铭》。其中武进陶氏藏魏隋墓志，则是 1922 年以

陈荫佛甲骨文八言联

汪文吉、乾隆墨所拓，钤白文"上虞罗振玉，定海方若，武进董康、陶湘、陶诛同审定"印。皆纸墨精良，字画可人，珍贵不让旧拓。敦煌石室所出唐人写《妙法莲华经卷》，白纸本，首尾完具，书法俊逸，后归杨鲁庵所有。

我没有见到过陈荫佛先生，但从前辈书画家、鉴赏家口中得知，陈先生的书画水平和鉴赏品位确是非同一般。古钱币收藏家、国家文物鉴定委员会委员唐石父先生在世时曾对我说："我二十来岁时，结识了王襄、陈荫佛等老一辈考古学家，在王、陈二先生指导下，通过金石碑版研究文字源流和书法艺术，我就是从他们那里找到了门道。"已故书法篆刻家齐治源先生在言及天津的古物收藏时说："陈荫佛先生不光藏有碑帖精品，他还收藏了一批古代铜镜、古铜印、古砚，等等。他收藏的宣德炉至少有一百多件，除带宣德年款者，还有'琴书侣'私家款的，这种炉尤为难能可贵。当年我与陈先生多有接触，从他那里得见许多珍稀藏品，真是大开眼界！"书法家李鹤年先生在谈到甲骨文书法时曾说："天津老一辈书法家能写甲骨文的也不多。孟广慧古奥，小大由之。王襄朴茂，多用方笔，字形较工整。陈荫佛峭劲。"这当是客观公允的评价。

陈荫佛甲骨文墨迹今已难得一见，所藏拓本及文玩大多散失。其书法传人，据本人所知尚有任秉鉴先生。任先生先是向王雪民学习篆刻，后又受业于陈荫佛研习书法，其书作中陈氏遗风依稀可见。

海天楼主巢章甫

2013 年我写了一篇题为《"大师哥"巢章甫》的文章,刊登在当年 3 月 24 日的《今晚报》上。文章说:"早年天津,有一位被称为'大师哥'的书画家,他叫巢章甫,乃张大千大风堂及门高弟。现今津门艺界知其者恐已不多,但在 20 世纪四五十年代,他在书画鉴藏圈内却是极有声望的人。"

谁知文章刊出后,巢章甫的女儿巢星初从北京打来电话,说看到了我的文章,很高兴。老太太以为大概没人会想到她的父亲巢章甫这个人了,后来她打听了很多人才获知这篇文章的作者是我。不久,巢星初老太太和她的几位亲朋老友一同来到天津,与我和王振良、赵祥立等几位先生见面,感谢天津朋友对章甫先生的关注,大家聚集一堂,相得甚欢。巢星初老太太不时谈到父亲的一些情况,说章甫先生品高学博、平易近人,人缘艺缘俱佳,可惜他去世得太早了。

在天津的艺术史上,巢章甫确是一位值得大书特书的人。先生生于 1910 年,字一藏,号海天楼主,原籍江苏武进(常州),

巢章甫《海天楼艺话》书影

久居天津。身居诗礼之家，章甫先生自幼聪颖好学，工书画，精篆刻，善山水松竹，且通鉴赏，富收藏，文字折人，蜚声艺苑。他不仅是张大千得意高徒，也是向仲坚、寿石工大弟子。当年于非闇以"闲人"之名在《天津民国晚报》撰文："在平津的大风堂及门诸高弟，我差不多全认识。对于金石书画文词，最使我佩服的，不能不首推章甫。章甫他总是那么温文尔雅的，尤其是长谈起来，非常的博洽，是位多才多艺的作家。"

作为张大千的及门弟子，巢章甫对大千的诗、书、画、印及为人均给予极高评价。他曾撰写《当世才人张大千》一文，在《天津商报画刊》连载，字里行间流露出对恩师的推崇。他时常追随大千先生左右，孜孜以求，深得大千赏识。平津两地的大风堂弟子皆称他为"大师哥"，更因他常为大千先生代拟代缮应酬函稿，大千先生的书画钤印也多由其钤红，故又有"秘书兼监印"之称。我收藏一件1936年1月张大千与张善子等在天津永安饭店举办画展的广告，就是由巢章甫所书写，从头到尾完全出自章甫先生的手笔。

巢章甫的书画染有师意，造诣殊深。其为人有德，作品极具风格，且多次在各报刊、赈灾义卖中展现。曾见书画成扇一件，一面是陈缘督所作《婴戏图》，另一面是巢章甫所书甲骨文，其款识曰："右为丹徒叶玉森沈渔先生集殷墟甲骨文以赠柳翼谋先生者，旋先生又考以赠吾乡王君春渠，刊于当代名人书

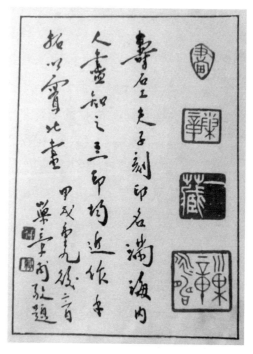

巢章甫为寿石工印拓题字

林中。甲戌五月临呈石工夫子大人钧诲，受业巢章甫。"甲戌为1934年，后钤"巢章甫"朱文印。这显然是赠予寿石工的，字里行间表达其对业师之敬重。其字取行书，刚劲流畅、清秀典雅，融书卷气与金石气于一体。

民国时期，巢章甫一直生活在天津，与天津书画人士多有交往，诸如甲骨文专家陈邦怀，书法篆刻家齐治源、姚品侯，画家刘维良、陆嘉和等都是他的挚友。天津亦留有他的墨迹，也有经他题跋的书画作品。我存有一通巢章甫致陈邦怀信札，其内容是谈诗词和词集付梓之事。信中还称："附呈《词苑珠尘》一轶，乞

349

纳入。"钤"章父小简"白文印。

章甫先生不仅倾心于书画,且多著述。他对天津画界藏界逸闻掌故颇有知晓。其"艺文新语"曾在1948年《天津民国晚报》连续刊载,文章累计近两百篇,记有许多天津书画界旧事,涉及的人物有赵幼梅、严范孙、陆辛农、赵松声、白宗魏、刘子久、张寿甫等,谈金石,论书画,说篆刻,讲收藏。如讲到严修称:"虽宦官,负高名,谦为恳至,皆非常人所可企及。"讲赵元礼称:"幼老晚岁,卜居华利里,与余相距密迩,虽时其文酒之会,然往往奚奴小札,来往传递,情殊不隔……好为人作书,有求必应。"讲赵松声:"尝发愿著松谱,垂成不及付印而死。"讲白宗魏:"鬻画所得,不足赡家,乃坠楼死,遗作遂声价十倍,盖当时玩新画者,以无白作以为缺憾。"其他如《陈诵洛》《王颂予》《陈子羊》《屏庐学人》《姚品侯》《陈少梅画展小言》《甘眠羊与杨佐才》《王梦白质骂风》《同门二虎》等篇,皆"有品有味儿,有情有趣",为津门艺坛留下了第一手资料。

章甫先生于1954年因心疾不愈英年早逝。津门艺界每每忆及,无不惋惜。陆辛农回忆说:"章甫藏有汉印至多,又酷爱南宋铁泉,所收皆精湛不易之品,卒后不知谁属。"笔者未曾与章甫先生谋面,但常听齐治源、刘维良、张牧石、玄光乃诸先生

巢章甫行书

讲起他。齐先生在 20 世纪 80 年代还赠我一部章甫先生的原拓印谱,从印风上看,很有寿石工的味道。华非先生曾对我说,章甫先生藏有张大千绘画精品,后亦不知所归。

2009 年 10 月,人民美术出版社出版《海天楼艺话》,汇集巢章甫 1948 年《天津民国晚报》连载"艺文新语"的文章,以及当年刊登于其他报刊上的文稿十余篇,并收录章甫先生部分书画篆刻作品。但这本书很多天津人都没见到。2016 年 11 月,人民美术出版社又出版《海天楼艺圃》,其大部分篇章记有天津书画界旧事。身在北京的巢星初老太太特将此书寄给天津的几位好友,并约定来津与大家聚一聚。老太太打来电话通知我,但说具体时间、地点确定后再以电话告知。一天中午,老太太突然打来电话说:"就等您了。"原来老太太忘了,她并没告诉我聚会的时间和地点,我没等到第二个电话,又不便问。"去吧!"待我赶到,饭菜都凉了。

"津门郑逸梅"刘炎臣

我与老报人刘书申、刘炎臣、王慰曾、张道梁等均有交集,接触最多的便是刘炎臣先生。刘炎臣生于 1908 年,字基汉,天津市人。历任《天津钢报》《银线画报》《天风画报》《华北新报》《新民报》《建国日报》记者、编辑。除上述报刊外,民国时期,刘炎臣经常发表文章的报刊还有《大公报》《益世报》《庸报》《国民晚报》《北洋画报》《影剧画报》《影戏三日刊》《天津影戏剧目》《影戏春秋》《新天津画报》《剧影报》《华北银线》《东亚晨报》《中国大戏院戏报》《新民报半月刊》《天津新文化半月刊》《天津游艺画刊》等二十余种。1987 年被聘为天津文史馆馆员。老友侯军说他是"津门郑逸梅",的确,郑和刘,一个在上海,一个在天津,两人都积累了丰富的社会信息,又结交许多乡贤宿儒,都是勤奋博览的老报人,但据我看,郑所接触和撰写的多侧重"文化艺术",刘则侧重于"文史民俗"。诚如杨大辛先生所言:"刘炎臣虽然在新闻界闯荡多年,却始终是'草根'记者,因为他任职的报馆或为之撰稿的,多是娱乐性、消闲性小报。"

党的十一届三中全会以后，政协河北区委员会组织机构得到恢复，并建立文史工作委员会。1987年10月，《天津河北文史》第一辑编辑出版。刘炎臣和我都是河北文史的撰稿人，常在一起开会、研究编辑事宜，便与先生熟悉起来。刘老先生个头儿不高，有点驼背，为人和气。先生勤于写作，多年积累下来的"文史财富"源源而出。先后为《天津河北文史》撰写的稿

1943年出版的刘炎臣著《津门杂谈》

件有:《三岔河口炮台遗址今何在》《金汤桥史话》《忆私立"河北中学"》《李实忱天坛说降概要记》《从鸦片战争到八国联军入侵》《河东中学与李荣培》《津门育儿旧俗漫话》《华世奎生平史略》等。先生还给《天津日报》《天津文史》等报刊撰稿，包括《一生热心兴学的林墨青》《赵元礼生平事略》《王斗瞻事略》等。这些内容多为刘炎臣原创，有的乃先生所亲历或亲闻。

如讲天津民俗"由怀孕到婴儿出生"时说:"在天津旧社会，孕妇到快要分娩时，没有医院给检查，一般妇女也不习惯让大夫这样做。唯一的办法是要儿媳母家预先请好了'收生婆'（也叫'稳婆'，俗称'老娘'），名曰'安'老娘。到了孕妇快要生养时，

派人到'老娘'家请她来看看。凭她的'经验'一看一摸,判断出孕妇几时能分娩。"又说:"产妇生下婴儿的'胞衣',要把它埋在院里的地下。掩埋时要在它的上面压上一块石头,还要插上一双红色筷子,表示这孩子'长命百岁',与石头长期存在,更继续'快生子'。"在提到"闹庚子"时说:"八国联军占领天津后,因不了解中国民俗习惯,不许办红白事,不许吹吹打打,不许见面拱手、作揖、磕头。"如此等等。

在与先生交往中,先生亦时时给我鼓励。1990年我在查阅大量历史文献的基础上,写了一篇题为《遂闲堂张氏兴衰记》的文章,将清初"业盐起家、津门豪富"遂闲堂张氏作了剖析,肯定了盐商在天津文化事业和天津城市发展中的作用。此文与刘炎臣先生撰写的《天津便衣队暴乱在河北》一同刊登在《天津河北文史》第五辑上。在一次碰头会上,先生见到我说:"你的那篇文章写得不错,很翔实,也很客观。"随后先生告诉我张氏私家园林的旧址和张家后代的相关情况,使我获益多多。一次我对他说:"我存有一本1943年三友美术社出版的《津门杂谈》是您写的。"先生很诧异,接着谦虚地说:"不值一提了!不值一提了!"其实这是天津较早杂谈天津历史古迹和民风民俗的书,具有极高的文献价值。

先生在该书《卷头语》中写道:"我对于各地风俗掌故,以及名胜,好听人谈论,每就耳之所闻、日之所见之种种情形,加以记述,或发表于报章,或刊之于杂志,所属原随兴之所至而写之消闲小稿。""兹应三友美术社主人之嘱,辑成《津门杂谈》一书,系就我个人平日所发表有关津门各方面之文稿,略加整理而成,内容包括地方名胜、掌故,以及社会各方面之形形色色。"全书共有92篇文章,勾画出旧时天津社会之形形色色。如:出赁一切婚丧仪仗及用具者,俗即统称红白货铺;津市的木匠,约分两种,一种是制作各项木器家具,一种是专拢棺材,后者称前者曰"南木匠",前者呼后者曰"大木匠";以娱乐场所言,有十足贵族化的影戏院、杂耍场、跳舞厅,亦有平民化的吃、喝、玩乐的享乐所在,这些平民娱乐场所,是分布在三不管、鸟市、谦德庄等地方。

1991年,刘炎臣突患脑栓塞,不能外出,我去他家看望他,先生住在粮店街大口胡同。先生以前就说过:"虽是搬了几次家,始终没离开粮店后街左右。"刘炎臣住的地方临近大口河沿,其一旁是清代三取书院遗址,书院有一通碑被砌在一面墙内。先生晚年曾向有关部门交代说,一定要将那碑起出,千万要好好保存,不要毁掉。先生于1996年辞世,那古碑究竟下落如何,我也不得而知。有人说:作为一位老报人,刘炎臣以各种笔名发表的作品,就像散落在大海里的珍珠,很值得我们下功夫甄别打捞。

踏破铁鞋寻故人

2019 年 10 月 23 日是近代新文化运动先驱者、一代大师李叔同诞辰 139 周年。此时我想起老一辈新闻工作者王慰曾先生。三十年前,为了搞清李叔同的家族和交往情况,先生曾多方寻访李叔同在天津的后代和亲友、探讨李叔同与天津的历史文化渊源,为李叔同研究付出莫大艰辛。

王慰曾,天津市宜兴埠人。1946 年在《新生晚报》编辑部任资料员兼校对、写稿、编报。1948 年加入“地下记协”。有资料说:“‘地下记协’成立伊始,便将工作重点放在《新生晚报》,段镇坤先后发展了编采人员贺照、常秉文、王慰曾、马鉴非及经理部的王复礼、董佩玺六人为成员,再加上徐景星、孙肇延,形成该报八人小组。”当年 12 月国民党军焚烧城防外 70 多个村庄,王慰曾采写《火烧宜兴埠》稿刊于《新生晚报》并被多家报纸转载,《大公报》为此发表社论《人民的祈求》,造成一定的舆论声势。

王慰曾谈到他们出版庆祝天津解放《号外》的情况时说道:天津解放前,《新生晚报》已经被天津地下党的外围组织地下记

天津近代人物蜡像馆内的弘一大师晚年僧装蜡像

协控制了,当解放军攻入天津后,《新生晚报》地下记协的成员
就开始准备印刷《号外》。我当时在《新生晚报》负责校对工作,
也参加了地下记协,我记得当时印刷《号外》是由地下记协统一
安排的。由于当时许多参加地下记协或是地下党都是保密的,
所以,当时把任务分配给《新生晚报》时,我们也得保守秘密,解
放后我们才知道有很多的同志都已经参加了天津地下党组织或
是党的外围组织。

天津解放后,王慰曾在《新生晚报》任记者,1958 年改编副刊。曾参加编辑民盟内部刊物《天津盟讯》《文史参考资料汇编》。

1990 年 5 月,天津市李叔同——弘一大师研究会成立,当时我和王慰曾先生都是研究会理事,常在一起开会碰面。先生年逾七旬,身体瘦弱,腿脚不便,但对研究会活动积极参加。我时常与他探讨有关李叔同生平研究的课题。他撰写过多篇论文,包括《李叔同祖籍山西说探源》《陈哲甫与李叔同》《浅析"桐达李家"的破产中落》等。先生的研究都是建立在考查、论证的基础之上,深入而扎实,多为前人所未发。对于李家的破产中落,先生经探析得出结论说:"其过程是逐步的,时限约在 1900 到 1911 年之间,前五六年较缓,后两年急变,特别是在上海'橡皮风潮'后期源丰润和义善源两票号的倒闭而受到大牵连,但亏损的总数不是'百万家资',比百万少得多。若破产中落的时间在 1911 年的辛亥革命以后,则其因素还应包括受辛亥革命和天津'盐务风潮'冲击的影响。"关于李叔同与陈哲甫,先生说:"陈哲甫和李叔同为同时代人,也是天津的乡贤、文士,长李叔同十三岁。从现知的一些史料,特别是陈为李作的《送别》《人与自然界》和《归燕》三首歌词写四段续词的艺事活动,可证陈哲甫和李叔同相知相识,多有因缘。"

在与王慰曾交往中,我感到先生在李叔同研究领域做得最有意义的一件事便是寻访李氏后人,我认为这一功绩直可流传百世。

事情得从 1980 年说起。那年民盟盟员朱经畬教授准备编著《李叔同年谱》,民盟天津市委会秘书长徐景星让王慰曾帮助朱教授到市图书馆和南开大学、天津师大图书馆查阅有关资料;后王与朱共同策划,以求得掌握更多的新情况。1982年秋,朱撰写的《李叔同——一代艺术大师》一文在《天津日报》发表。李叔同的次子李端从中获悉了寻访李叔同知情人的信息,随即派其次女李莉娟找到天津日报社,并与王慰曾等人取得联系。随后,王慰曾经过半年时间的采访,将其所得代李端老人整理出《追忆先父李叔同事迹片段》一文,与朱经畬编著的《李叔同年谱》,同刊在《文史参考资料汇编》(第六辑)中,使李端夫妇并三女的一家五人,最先为外间所知,在李叔同崇拜者和研究者中引起轰动。

此后,王又不断通过访问、通信、去北京寻找和请公安部门函查等,继续寻访李氏族人。到1986年,又先后找到李叔同仲兄李文熙一支住在北京的四代十一人,及李叔同长孙李曾慈、长孙女儿李中敏和重孙女李年等三家(三人是李叔同长子李准的子孙,分住在北京郊县和河北省石家庄市)。意外地还发现李叔同长兄李文锦的重外孙女丁玉芳一家三代四人也住在北京市。而根据过去的记载,都是认为李家的长门一支,是没有子女流传的。

王慰曾采访李叔同家庭后代和亲属中的老者,或单独或与人合作帮助整理成回忆文字的,有李端的《家事琐记》、李孟娟(李叔同长侄李麟玉的长女)的《弘一法师的俗家》、李曾慈的《家事片段》、丁玉芳的《"桐达李家"长门的后代亲属》等数篇,都已刊登在天津出版的有关书刊上。其中李端和李孟娟的两篇文章收入 1985 年出版的《李叔同——弘一法师》一书,后又被福建、台湾等地多部书刊转载,成为编著弘一法师传记的重要依据。

1992 年 9 月,李叔同研究会编辑的《李叔同研究》出刊,杨大辛先生和我为该刊的责任编辑,我们特约王慰曾撰写一篇《寻访乡贤李叔同先生的家族后代》的文章,刊登在第一期《李叔同研究》上。

十多年后,我去气象台路王慰曾先生家中拜访他。先生住在一楼的一单元房,光线不好,先生是老寒腿,怕冷,还患有心脏病,身体每况愈下。我说服他以后不要参加某些研究活动了。他和我谈起天津的一些旧事,着重谈了天津解放前夕,国民党军队为"坚壁清野"放火烧了宜兴埠的情况,我都做了详细记录。这是我和先生的最后一次会面了。

内含刚柔　外呈筋骨

王明九(1913—2001)，原名王旭堂，号明九，笔名王象，室名海晏楼。祖籍浙江绍兴，清中叶先祖宦游至京，卸任后未回归江南故里，而是举家迁往天津，定居东郊范庄(今东丽区华明镇)。其父王秉礼参加辛亥革命，是同盟会员，善书法，喜诗文，也是一位名医，曾供职北京同仁医院，任中国中医改进委员会副主任。王明九幼承家学，淡泊自守，披阅历代碑帖千种，是一位将毕生心血倾注于书法艺术的资深书法家，在数十年翰墨生涯中硕果累累，著述多多。

1986年，河北区委、区政府邀请十余位德高望重的书画家来到机关，共聚一堂，挥毫泼墨，进行艺术创作。当时我在区委从事宣传工作，由此便结识了被邀前来的王明九先生。王先生面目清癯，温文尔雅，一派文人书卷气。

先生在谈到自己的学书经历和体会时尝言：余八龄时，以颜、柳体开笔学书。十三岁时，极喜子昂法书，寒暑不辍者三年之久。之后，改书欧、褚并研书法理论之学，追求古人用笔之法。

初读虞世南《笔髓论》、孙过庭《书谱》、姜夔《续书谱》、张怀瓘《论用笔十法》等诸名贤论书之诀要;继读包世臣《艺舟双楫》、康有为《广艺舟双楫》,始迈入南北朝、两汉碑帖之中。渐而领悟方笔、圆笔运用之别:方笔者,隶法也,圆笔者,篆法也。遂即上溯甲骨、商彝、周鼎、秦碣之源流,广临两汉分隶之正宗。秦权诏版,诚为隶书之鼻祖;流沙坠简,确乃汉代之墨迹。潜心致志,临摹久之,则习章草焉。

王明九学书既得家传,且转益多师,兼收并蓄,融会贯通。早年他特别得到孙嘉礽先生的指益。孙青年时代从军,与傅作义结为金兰兄弟。1938年在台儿庄战役中,率所部官兵奋勇抗击日本侵略。孙乃礽书法造诣深厚,特别是他的北碑,熔秦铸汉,被王国维誉为"集北碑之大成者"。王明九是孙的表弟,每当孙回家探亲,他都找孙求教。孙见他对书法如此痴

王明九书法作品

迷,遂将自己多年摸索总结出来的北碑笔法要领悉心传授给他。

王明九十八岁时告别家乡,游历黄河、长江两大流域,观摩石窟造像、碑林石刻。后客居上海,师从前清太史、书法大家程学川。程是光绪甲辰翰林,其南帖深得二王精髓,王居沪十年,追随程老左右,系统研习经史子集、碑帖版本、考古鉴赏及古文字学等,其综合艺术修养得到全面提高。20世纪30年代的上海,文坛墨苑精英荟萃,雅士云集,王明九与吴湖帆、冯超然、邓散木、金梦石和金少石父子等多有交往,或结社,或雅集,切磋艺事,相互启迪,使其书法创作融入了江左遗风。

纵观明九先生作品,写南帖如行云流水;写北碑如泰山之安;写隶书优智巧于毫芒;写草书似起伏峰峦。王明九的老友、百岁书法家孙墨佛曾赞誉:"明九先生的书法是素精各种字体,纤波浓点抑左扬右。内含刚柔,外呈筋骨,笔画方正,点画匀圆,有锋熠其精神,无锋含其气韵,为当代之大手笔。"

先生曾赠我《唐诗百首书法百种》之书册,此乃先生"用百种墨苑精英之神韵,书写百首全唐诗坛之名篇","在使'文'与'字'达到和谐、完美的高度统一方面,全力进行探索",甲骨文、三代吉金文字、小篆、天发神谶碑书、汉封龙山碑笔势、汉乙瑛碑书风、北魏始平公造像之风骨、北魏张黑女墓志书体、唐孙过庭书谱字、王居士砖塔铭书法直至清人钱南园、张裕钊及近人曾熙等百种书法,争奇斗艳,各领风骚,足见先生书法涉猎之广、功底之深。先生还著有《章草汇编》《草书汇编》《楷书机构规律》《章草千字歌及注释》《五体书新道德三字经》《唐张继枫桥夜泊诗廿种》《王明九书法选》《王明九书古诗文百篇》等。这些著作或讲书法知识和对书法艺术的见解，或为先生书法作品的荟萃，彰显出先生对书法艺术的造诣，为弘扬和普及祖国书法艺术作出了贡献。

王明九多次在国内举办个人书法展，亦有作品多次参加国际性书法展。在改革开放的新时代，先生更是饱蘸如椽巨笔，书写盛世华章。他以诗文的不同意境，选择不同的字体，历时五年，先后潜心创作了呼吁祖国统一的百幅书法作品、歌颂子弟兵的百幅书法作品和弘扬爱国主义精神的百幅书法作品。这三个百幅鸿篇巨制，不仅展现了他精湛博深的书法成就，更体现了他的爱国主义精神和品格。拙著《天津书法三百年》中对王明九先生有"未出土时先有节，到凌云处亦虚心"的评述。这是半个世纪前，津门书法家王明九携幼子王冠峰看望老友、画家萧心泉时，萧当即挥毫所作《竹石图》上的题跋。

虎翁画虎栩如生

慕凌飞(1913—1997),名倩,字凌飞,别署虎翁。张善孖、张大千之高足。出于对两位老师的感激与怀念,特将其画室取名"云起楼",为纪念二位老师之大风堂,并取汉高祖刘邦《大风歌》中"大风起兮云飞扬"之意。慕凌飞 21 岁时曾在青岛、烟台、济南、大连、上海、北平、天津等地举办个人画展二十余次。我曾翻阅民国三十七年(1948)十月巢章甫、肖朴、陈从周同编的《大风堂同门录》,男门人计 61 位,其中就赫然列有:"慕倩(字凌飞),山东黄县人。"

慕凌飞长期居住在天津市河北区,为市、区政协委员。因我多年在河北区从事宣传工作,又是区政协常委、文史和书画艺术委员会副主任,20 世纪 80 年代初,常到慕先生居处拜访。先生身材较高,说话略带胶东口音,他住在北站外建北里的一单元房内,每天在画案前忙于绘画。有时他也给我讲他的艺术创作,我写过介绍他的文章。那时他的《百虎图》长卷即将完成,我建议分段摄影,便请来一位摄影师,带着设备,为他的作品和他本人

慕凌飞绘下山虎

进行拍照,我在一边协助。事后,先生对我说:"我给你画幅画吧!"听到这话,我便给他一面空白扇面说:"您就给我画个山水扇面吧。"先生满口答应。又对那摄影师说:"我也给你画一幅,画什么呢?"摄影师说:"您就给我画一只大老虎吧!"此人确实知道先生的虎画得好,背地里就叫先生"慕老虎"。一个月后,给摄影师的老虎画成了,我的山水扇面却一直没有着落,我也不便去问,后来也就不了了之了。

慕先生画虎确是一绝。他16岁时在上海拜国画大师张善孖、张大千昆仲为师,居师府四载,朝夕恭承师教,吸纳善孖画虎之神髓,秉承大千山水画之气度,画虎学师而不泥师,形神兼顾却不偏颇,笔势刚健灵活而气势豪迈,在虎的神态、造型及布局上取得了重大突破。早年,大风堂大弟子巢章甫曾撰《同门二虎》，称慕凌飞为"母老虎"，称胡爽庵为"公老虎"。文中说："同门胡爽庵、慕凌飞俱以画虎名。凌飞山东人，爽庵虽籍襄阳，然生长齐鲁，操鲁音，俨然同乡也。慕音近母，同学遂称为'母老虎'。爽庵以此幸而为雄，称'公老虎'。凌飞昔尝寄爽庵家，爽庵偶莅津，亦寄宿凌飞处。雌雄会合，固不常有。两虎所工，固不仅于画虎。山水人物，走兽翎毛，无不能之。慕之所长，轻松明朗，秀丽雅艳；胡之所长，沉着痛快，拙厚雄肆。岂真代表其雌雄者耶？凌飞得见此文，幸勿向吾发雌威也。"

慕老画虎多为设色之作。唯独在端午节他用朱砂画虎，不着任何颜色。先生自言，端午节用朱砂画虎是为了辟邪，这一惯例盖得之于先师，而先师端午朱砂画虎得于朱砂画钟馗。友人王占台即存有一幅慕老创作的朱砂虎，我亦有幸观之。虎为上山之状，侧身昂头，怒目咆哮，咄咄逼人，虽朱砂勾勒，却达到了"画虎入骨""画虎画神"的境界。且以朱砂题款："古人每于天中节辄以朱砂写钟馗，所以降福驱邪者也。昔日先师善子、大千昆仲每于是日以朱砂写兽王，亦降福驱邪也。壬申（1992）五月初五写。""天中节"就是端午节，古人认为，五月五日时，阳重人中天。以往确有用朱砂画钟馗者，也有朱砂画竹子、画菊花、画马等等，而用朱砂画虎实不多见，此作尤显珍贵而奇特。

慕老于1982年完成的中国画坛第一幅《百虎图》长卷，轰动海内外，被誉为中国画艺苑中的一枝奇葩、中国的国宝。这幅画卷一尺半高、两丈四尺长，画有98只老虎，以黄色的东北虎居多，还有印度的白虎、福建的蓝虎、河北的黑虎以及非洲虎、南亚虎，真是千姿百态，栩栩如生。百岁老人孙墨佛为长卷题写"百虎图"三个大字。海内名流刘海粟、启功、朱屺瞻、溥杰、董寿平、谢稚柳、何海霞、冯星伯纷纷题跋。国画大师李苦禅盛赞："画虎之形、虎之性，非凌飞大师莫办也。"当时在台湾的张大千看到《百虎图》的照片时兴奋不已，特意在《张大千画集》题词回赠，称赞慕凌飞"艺事大进"。

1989年3月14日，慕凌飞书画展在北京中国美术馆开幕，先生特邀我前往观看。其代表作《百虎图》长卷、丈二匹《蜀山双雄》《引滦入津造福万代》等一并亮相于展览大厅，令人震撼。展览为期一周，观众反响强烈，盛况空前。中央领导同志对慕凌飞在继承和发扬大风堂艺术流派上所取得的成就给予高度评价。4月6日，宋任穷同志在中南海怀仁堂接见了他，并亲笔为慕凌飞作书"虎翁画虎栩如生"，以示纪念。杨得志、黄镇、黄华、廖汉生同志也都在家中接见了他。1999年在喜庆中华人民共和国成立50周年之际，政协天津市河北区委员会文史资料书画艺术委员会、天津市河北区档案馆编辑一部《阳光春雨——党和国家领导人与天津河北》，我受命担当主编。

其实，慕老不光是虎画得好，先生于山水、人物、花鸟、走兽、敦煌佛释等也无不精擅。当年他在张善孖、张大千门下饱览并临摹了大风堂收藏的历代书画珍品。嗣后又随两师游遍名山大川，外师造化，中得心源，集两师之妙笔精墨于一体。20岁时，已全面继承了大风堂的绘画技艺。他的山水画气势恢宏，用笔雄健，墨色清润，讲究法度，追求意境，画风多变；他的花鸟、仕女画，也于章法严谨的工笔、写意中，流动着清新俊逸的气韵。他的作品题材广阔，风格多样。从类别上看，几乎囊括了生活的各个方面;从技法上分,则有写意、勾勒、没骨、工笔、设色、水墨、破墨、泼彩之别。既有大红大绿的工笔重彩,也有寥寥数笔的单线白描,既有气魄夺人的皇皇巨制,也有清新雅逸的斗方册页。然从我个人偏好上,我更欣赏他的青绿山水和金碧山水,这也是我当年向先生求作山水扇面的原因。

文章写到这里,我就得说一说先生的那件山水扇面了。前文提到,20世纪80年代初,先生说要给我画山水扇面,此后便没了下文。后来证实先生并非没给我画。2017年,我在一次艺术品拍卖中,突然发现一件慕凌飞山水扇面,题款中竟然写着"用秀先生法正,壬戌秋月,慕倩凌飞","壬戌"正是1982年。先生信守承诺,"言必信,行必果",赠我的扇面早就画好,想必是先生托人转送于我,被人扣下了,最终也没到我的手里。

气蒸云梦　波撼岳阳

张谦先生生于 1910 年,本名国威,号靖远,天津人。自幼秉承家学,喜习书法。曾受业于天津甲骨文专家王襄先生学习书法。临摹了大量的晋唐碑帖,真、草、隶、篆无所不工,尤其对汉隶下功最勤,他的书法作品中无不体现浑厚的功力和超自然的趣味,特别是在他那传其神韵的行书中表现得淋漓尽致。

1978 年夏日的一天,我在张牧石先生家小坐,张谦先生也来到牧石先生家,经牧石师介绍,我与张谦先生相识。那时我对津人书画艺术颇为痴迷,也早知张谦的书法造诣,便请其赐书于我。当时我只是求先生书一小斗方,意在与其他书家作品裱为一册。不几日,先生便将斗方书就,又另赐四尺大对联一副,上联"落霞与孤鹜齐飞",下联"秋水共长天一色",唐代王勃《滕王阁序》的句子。所书布局苍劲潇洒,气势磅礴,既有大将破阵之声势,又有杨柳摇春之仪态,让我欣喜不已。

牧石先生曾对我说,张谦对近人郑孝胥(号海藏)的书法研究有素,人称"郑迷"。曾藏有郑的书法作品 1200 余件,故取斋号"千郑楼",且撰写《海藏书史》《海藏书典》《海藏印鉴》等多部。在我所藏的民国版图书中,就有一部张谦1941年所著《海藏先生书法抉微》,专论郑孝胥(海藏先生即郑孝胥)书法,包括"海藏先生论书精义""海藏先生课徒评论类辑""论海藏先生四体书法"等。在书的末尾还不忘征集郑孝胥的书件。《郑逸梅选集》里有一

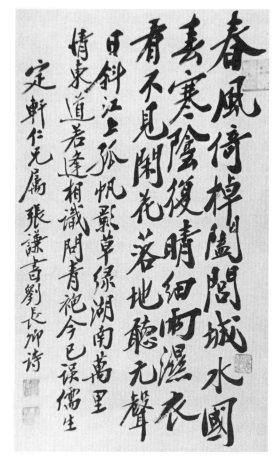

张谦赠作者书法轴

篇《郑海藏之唯一知己》谈到张对郑书的推崇。文章道:"国威津沽名士也,私淑海藏凡十有五载,泼墨挥毫,无日不临摹,久乃得其神韵,所作可乱楮叶,且搜罗海藏手迹,不遗余力。先后所得,记五百余帧,晴窗多暇,辄出展玩,琳琅满目,蔚为大观。"

张谦研习郑书是很有眼光的。郑氏工诗,善画松,于书法造

诣尤深,其书豪放大度,堪称一代大家。沙孟海《近三百年的书学》中称:"可以矫正赵之谦的飘泛,陶濬宣的板滞,和李瑞清的颤笔弊端的,只有郑孝胥了。他的早年是写颜字苏字出身的,晚年才写六朝字,他的笔力很坚挺,有一种清刚之气。对于诸碑,略近《李超墓志》,又像几种'冷唐碑',但不见得就是他致力的所在。最稀奇的是:他的作品既有精悍之色,又有松秀之趣,最像他的诗,于冲夷之中,带有激荡之气。"张谦的书法颇得郑书之堂奥,既有襟度,又有逸致。余明善先生看了张谦作品,感慨良多。他说:"张先生的书法有'气蒸云梦泽,波撼岳阳城'的气魄,像他这样功力的人已经不多了!"

笔者藏有张的几件特殊的书法作品,言其特殊,盖因先生均未按常规方法写就,也可称其为戏作,但这种特殊的戏作却是更见功夫。如先生74岁时的那件作品是他用"先师海藏先生旧有葛陂龙竹笔"书写的,是为白居易的五言诗《问刘十九》。竹笔不过是以竹劈碎使顶端略软的竹片子,古人作书极少使用,偶有所用,亦大字书壁,罕有作于纸上者。张谦先生的这幅竹笔作品则是写在一米见方的宣纸上的,笔姿既美,骨气亦重,字画间不仅显现出筋力和张力,又能见笔锋和笔意,颇似毛颖所致,没有坚实的书法功底实难为之。

笔者还珍藏一部1940年张谦先生双勾《白石印影》一部。这虽是一部线装印谱,但却不是用原印钤拓的,也不是影印的,而是张先生用朱砂精心勾勒的,内有白文"徐悲鸿"、朱文"江南布衣"等齐白石印章作品数十方。张先生在印谱中写道:"仰古斋书肆主人段君得白石先生印痕初拓小册示余,展读一过,爱不释手,双勾故技,拿出一试,遂成此册,亦聊供私人把玩耳。"印谱的后面还钤有几方他人印作。有意思的是,印谱的题尚"白石印痕"和跋语乃张先生左笔书写,与别人不同的是,他是左手书写反字。先生于棉连纸背面用左手书写反字再翻过来,透出来的字便成了正字,而这些字竟然与用右手书写的正字毫无二致。

张谦先生本是大律师。1937 年他毕业于北平朝阳大学,获法学学士学位。嗣后在天津从事律师工作,大律师张国威(张谦本名国威)早已名噪津沽。新中国成立后他任职于天津汇文中学,也曾在天津中西女子中学等单位工作。晚年为天津市文史研究馆馆员,天津市书法家协会会员,天津市老年书画研究会理事。先生学养深厚,待人热情。他的学生金岩说他"编写了大量的书法教材,对广大书法学员耐心辅导,为提高我市的书法水平作出了很大贡献"。金岩在《千郑楼主张谦》一文中回忆说:"凡是求教者,都一一加以指点或当场示范,受到大家的一致称赞,为后人作出了榜样。"20 世纪 80 年代初,张谦在天津市十八中学(汇文中学)举办书法展,用书法表达他的思想观念和道德情操。

我与先生亦多往还,并曾撰写《张谦的几件特殊作品》《千郑楼里一"郑迷"》等文章,见诸报端。张谦先生于 1986 年去世,生前他写给我一件行书小条幅,题"定轩仁兄属,张谦书刘长卿诗",我一直精心保存。

躲进小楼成一统

　　20 世纪 70 年代末,笔者常做客于溥佐先生家。先生一家蜷居在宇纬路大院的一个独间里,地方狭窄,溥佐先生只得搭个阁楼,在低矮的小楼上作画。夫人在屋内做饭,忙来忙去,儿女们在房内转转悠悠。这情景常常让我想起鲁迅先生的一句诗:"躲进小楼成一统,管他冬夏与春秋。"

　　溥佐先生胖胖的,方脸庞,戴一副老式眼镜。那时他给我印象最深的是对其子女们讲的一番话:"你们现在还得多多努力,不能刚学画画就想卖钱。"他对成名成家的态度非常不屑,他给他们留的作业,完不成是不行的。每次去他家,先生就放下手中的笔,踩着小梯子从阁楼上下来,聊一些艺术上的事,言谈中也得知了他和爱新觉罗家族的一些往事。

　　溥佐(1918—2001),满族,爱新觉罗氏,名溥佐,字庸斋,号松堪,系清朝末代皇帝爱新觉罗·溥仪的堂弟。其曾祖父是清代道光皇帝旻宁。祖父惇亲王是咸丰皇帝的五弟,父亲载瀛为贝勒。当他降生在北平惇王府旧宅时,中国历史已翻过封建王

爱新觉罗·溥佐先生

朝这一页七年之久。但溥佐却继承发扬了父兄的书画才能,六岁即有"画马神童"之美誉。1935 年在长春时,除学习日语、英语、理化、史地之外,还借来很多溥仪从故宫里带出的宋元名画真迹,潜心临摹,获益匪浅。其画作远追唐宋,近法明清,同时融合西画的光暗透明诸法于国画中,在长期的艺术实践和探索中,成为爱新觉罗画派中颇有成就的人物。

溥佐先生知我喜爱他的画,一天我去他家,他兴冲冲地从阁楼下来,拿来他给我画的一幅画,画面上,一只绶带鸟栖息于枝头,清和淡泊,雅逸悠然。亦工亦写,工写结合;花卉钩皴点染并用,灵活写意。落款"用秀同志指正,爱新觉罗·溥佐",先生赠画令我兴奋不已。溥佐与其胞兄溥忻、溥僩、溥佺被世人誉为"溥氏四杰"。溥佐在天津美院教书期间,对中国画基本功的训练,提出了很高的见解,是从"前人"走向自由的画家,被启功先生称为"溥氏家族中之艺术全才"。从这幅绘画中可以窥见先生的作品已使"中国画"进入科学境界,在中国画坛和爱新觉罗家族中卓然一家。

爱新觉罗·溥佐先生写给作者的书法作品

溥佐画马尤其受人喜爱。几十年来,他追踪李公麟、赵孟頫等人,以线描为造型的主要手段,设色布局,直入古人堂奥。后结合现实写生,精绘千骑,过眼万驷,更以花甲之年远涉塞北,将内蒙古大草原的群马尽收笔底,将偌大牧场的盛况写入画稿。经过艰辛的探索和创造,他笔下的马风骨清逸,生动浑成,格调古雅端丽。先生爱马画马写马,连书写诗词也常常是关于马的内容。1979 年夏,溥佐先生给我写了一幅字,就是一首唐代杜甫的《房兵曹胡马诗》:"胡马大宛名,锋棱瘦骨成。竹批双耳峻,风入四蹄轻。所向无空阔,真堪托死生。骁腾有如此,万里可横行。"落款:"己未秋日,挥汗学书。庸斋溥佐于津沽。"此作与龚望、孙其峰、王颂余、王学仲诸先生给我写的字幅一并裱成一本册页,穆子荆先生题嵩,为《津沽十二家书景》。

　　溥佐先生一向热心于公益。1988年,龙门大厦在天津站前广场落成。龙门大厦面对解放桥的一侧是天龙饭店。这年春天,我带领区服务公司的同志拜访溥佐先生,请先生为饭店题匾,此时先生已住在河北区宝兴里的单元房。我们说明来意,先生欣然应允。不久由溥佐先生题写的"天龙饭店"横匾挂在饭店的门楣之上。"狗不理""正阳春""老美华"这些蜚声海内外的老品牌的匾额都是出自先生的手笔,老字号今日依然生机勃勃。他的字宗米芾、赵孟頫,淡泊清远,古朴俊逸。

　　在我与溥佐先生接触中,我也深深了解先生的性情和为人。他性情豁达,为人忠厚,心里怎么想,嘴上怎么说,从不装腔作势。几年前,先生的孙媳妇带着"意居·专访"的记者访问我,让我讲讲溥先生的事,此后他们以《章用秀:致敬溥佐——最是难得真性情》,播出了我对先生的回忆。我在讲话中特别谈到先生的宽厚和幽默,谈到1969年溥佐一家被下放到距天津市区60多里地的张家窝公社的事:每天他推着粪车,掏粪、运粪,把厕所打扫得干干净净。先生自称:"有时老乡愿意要,我就给他们画画。我还带过几个老乡给钟表厂画钟表卡,就是一种装饰在小闹钟上的画片,老乡们学得挺认真,还赚了点钱。"多年后,这些事已成了笑谈。

　　2018年8月,有关方面在天津美术馆举办"溥佐百年诞辰书画展"。画展开幕活动后,举行了"纪念爱新觉罗·溥佐一百周年诞辰书画艺术研讨会"。出席研讨会的专家学者一致认为,溥佐先生为人忠厚,不为名利,从皇家子弟的"八千岁"到人民教师,溥佐先生为天津的美术事业作出了杰出的贡献。会上有

溥佐绘骏马

人认为溥佐先生的画属于"宫廷派""院画",我有不同看法。我认为宫廷绘画主要是指围绕着封建帝王生活、行政而进行的绘画创作,以宫廷画家的创作为主体,出于表现纪实场景的需求和满足皇家工整精丽的审美要求,以工笔设色的写实风格为主,作品在表现形式与风格上是格法严谨的。溥佐先生的画则是另一种风貌:贵气、大气、文气、书卷气。

我在发言中说:爱新觉罗氏乃清朝皇室家族,其历史渊源,家学深厚,后世子孙多精于琴、棋、书、画,且名家辈出,族人书画作品被誉为"爱新觉罗画派"。这一画派将中国最传统的书画技法精粹保存并延续至今,正统却不保守,细腻而不失气韵,也有人称其为"爱新觉罗氏艺术家群"。作为当代爱新觉罗画派的主要代表画家之一,溥佐先生的绘画既具爱新觉罗画家因历史背景、家族传承、文化素养、生活环境所孕育出的特有的画风,又表现出继承先人而不断变革、随着时代的发展而造就出的一种超凡的气度,苍润厚重又极具传统功力,给人以清新与高贵相互交融的美感。

徜徉于"胡同文化"

王翁如,生于 1914 年,天津人,王襄之子。文史与民俗学者、天津掌故专家,人称"天津通",1987 年 8 月成立的天津民俗学会,王翁如为发起人之一。1998 年 12 月天津人民出版社出版其专著《天津地名杂谈》。

20 世纪 90 年代初,我因编写《天津河北简史》一事,前往王翁如家拜访。先生年近七旬,体貌清癯白净,当时住在小海地一单元房内。其后,先生数次来河北区政府,与李世瑜、林开明诸先生一起参与《简史》的编纂,提出很多宝贵意见。我因受命担纲本书主编之责,便有了与先生交往的契机。

我曾向先生提过几个问题。我说:"坐落在河北区的曹家花园,当年曹锟在扩建增修中,许多石料来自水西庄等其他园林遗址,据说现在的那对石狮子当初就是水西庄的。"王先生说:"当年曹锟指示其弟曹锐,乘深夜拆毁天津历史名园水西庄的太湖石,用船从南运河经三岔河口到新开河,盗运至曹家花园中。"

李叔同生于河北区,王翁如的父辈是李叔同的故友。王就其所知也曾谈到李叔同的一些事："李叔同出家以后,故乡人很想念这位乡贤,约在1936年到1937年之间,天津地方杂志,曾先后刊出过两篇弘一法师传记类的文章纪念他。其中一篇刊在1936年夏季出版的《天话》,约八百字,是我和舍弟中如共同写的。家严(王襄)和家叔(王雪民)都得到过他的法书。

王翁如撰写的天津胡同地名
大都收入1986年出版的《话说天津卫》中

他给家严写的横幅是'慈悲'两字,另一副对联是佛偈,全文记不清了。李叔同的侄子李雄河(晋章)生前对我说,李叔同曾在一封信中预示过自己圆寂以后可将部分灵骨归葬故乡,但以后没有做到。"

"土室壁立"的马家店是王襄等最早发现甲骨的地方,曾有人认为,马家店就是西马路北段西侧的西关北里一带,王翁如予以否定,他说他曾住在西马路一带,他和他父亲王襄去过马家店,距离西马路有40分钟路程,而西关北里距离西马路走路不足10分钟,从路程判断地点不对。

胡同,是北方街巷的通称,凡用"胡同"作通名的里巷,一般都比较狭窄,人口稠密,两侧多为平房。老北京即"有名胡同三百六,无名胡同似牛毛"之谓。如八大胡同、史家胡同、烟袋斜街、跨车胡同、南锣鼓巷、东西交民巷。天津也有许多老胡同,它见证了天津的荣辱兴衰,更是老天津卫的缩影,但是随着现代化的不断深入,天津的老胡同已逐渐消亡。

作为土生土长的天津人,多年来,王翁如对胡同文化的研究孜孜以求。旧时的天津卫,一个胡同,一个名字,一个故事,先生烂熟于心,化为一篇篇简洁隽永的小文。20世纪八九十年代,先生见诸报端的《天会轩胡同》《梅家胡同》《二贤里》《卞家大墙》《黄家大院》《双井街》等小稿不下数十篇。谈胡同的起源、发展,谈胡同文化的特征,娓娓道来,如数家珍。如讲梅家胡同,先说其地点,后讲乾嘉诗人梅成栋,再讲为何以"梅家"取名。讲黄家大院,说其位于红桥区,靠近西北城角,北起针市街,向南为一条实胡同,今之地铁站即黄家大院一部分。继说黄家兴衰。黄家系昔日天津八大家之一,以盐务起家,黄家盐店名振德店,习称"振德黄"。讲二贤里,说其坐落在河北区黄纬路与宇纬路、二马路与三马路之间。原来这一带是芦苇塘、荒地。光绪二十八年(1902)袁世凯任直隶总督时,开发大河北,以窑洼浮桥向北辟路,取名大经路,即今中山路,直抵新车站。洋行买办梁炎卿设宝星房产公司,购地建房,以二三为巷名字首,如二贤、二报、三多、三畏等。

先生一度就职于天津社会科学院历史研究所，记得那年冬季的一天上午，我去所里看他，恰在路上与先生邂逅。此时社科院附近多是开阔地，还未通公交车。迎着寒风，在去

王翁如撰写的部分胡同地名

研究所的途中，先生向我提起："最近出了一本书，叫《话说天津卫》，里面有我的文章，到所里后，我送你一本。"到了所里，果然见到了这本书。打开一看，书中《天津地名》部分共计68篇文章，皆为先生所写。举凡鼓楼、日升当胡同、贡院胡同、三义庙胡同、官银号、六吉里、元升茶园胡同、大仪门口、户部街、张家大门、镇署西箭道、神机库、官沟街、炮台庄、芥园、西沽、老老店、怡和街、驴市口、北大关、三条石、小洋货街、北园、赤峰道、小白楼、石头门槛、张园等，从老城里到租界地，天津的许多老地方都在先生的笔下活了起来。通过对老街旧巷的记述，有根有据、有声有色地展现出天津这个历史文化名城的历史衍变、昔日风貌和

市井风情。

在先生的办公室，我看到窗台上摆放着几个古代陶俑，使我想起了好古不倦的王襄先生。王襄《簠室古甬》序中有言："古甬之可宝，不第发前人之未见之奇，识古人之葬礼已也，其衣裳冠履可考历朝之服色焉，其跪拜立肃可考历朝之礼节焉，其装饰、其制作可考历朝之习尚与美术焉。有是数者，得之者当如何珍惜也。"王翁如先生珍爱古陶古器，嗜金石考古，考察古巷老街，与王襄先生是一脉相承的，这是王氏家族的文化传承，也是天津的文化传统和津沽地域文化的体现。

周汝昌与爽秋园

1951 年,周汝昌(1918—2012)先生在北京大学期间,因涉及"红学"与张伯驹先生结识交往,诗词唱和。其间,请张伯驹所创庚寅词社征题,题目为《咸水沽旧园》,汪鸾翔、陶心知、张琢成三位名家为此绘制《咸水沽旧园图》,一时诗家词人、名流雅士纷纷题咏,题咏者有夏枝巢、邢端、周学渊、启功、张伯驹、姚灵犀、寇梦碧、张轮远等数十位。

咸水沽旧园就是周家的爽秋园,建于清末民初,园内有藤荫书屋、藤荫斋等。且有一株老藤,几棵拧在一起的枝干,像麻花一样盘绕着爬上架,而其主干的围径和巨瓮相似,这古藤至少已有三四百年,周家视若为家珍,遂为书斋取了一个"藤荫斋"的雅号,牌匾乃南海康有为所题写。周汝昌先生在其著述中多次提到:"寒家早先有一座小园子,题名为'爽秋园'。这是我祖父把一片堆存柴草的地方加以经营改造,居然成为海河下游的一个颇不俗气的小花园。"又说:"周家曾有一个傍河依水的小花园,有小楼,有花木,大树很古老,百花竞放。老人们很爱惜,也

周汝昌赠笔者书法作品

很得意。每年春秋华盛时节，各院年轻的女儿、少妇们盛装打扮，花团锦簇，纷纷出动到园中看花，就如同《红楼梦》里写得那么热闹。"其四哥周祜昌先生亦有《爽秋园》一文称："祖父有花园，原名柴禾园子，堆墙以堆柴草者，庚子后营园亭，筑小楼三楹，上祀魁星。亦曹栋亭魁星阁之风也。"

爽秋园虽是私家园林，面积有限，但人文空间博大，它与天津查氏水西庄、李氏荣园等私家园林一样，也当是一座历史文化园林。正所谓"君子居之，何陋之有"也。周氏是航运起家的文化家族。周汝昌的祖父周铜、父亲周景颐文化品位高，书法亦为精到。周汝昌的兄弟等常在园内聚首弹唱，周氏一门，多有才气。据称，来自京津冀的文人才俊亦有聚于园内者，吟诗填词，飞笺走笔。周汝昌《悼梦碧词人寇兄》提到了津门词学和词人寇梦碧。文中说："吾乡津沽，历来诗家、文家、艺家，代有才人，风骚是领，向无荒凉之叹，唯于倚声，实恨光焰不彰，英华久蕴。以我寡陋所知，平生推服，则梦碧寇兄一人而已。"又说："寇兄则发起兴建'梦碧词社'，我应其号召，入社结盟，唱和之缘，推敲之契，自兹为始。"寇、周等词家常以爽秋园为题，诗词唱和，津门词学之兴亦与爽秋园大有关联。

张牧石先生曾对我说："周汝昌先生说他家在海河边有个园子，如同大观园，我痴心于《红楼梦》正是由我家的这座园子引发出的。"这确是周先生的自言，词家孙正刚、寇梦碧先生也向我说过类似的话。周汝昌先生也回忆说："周家旧事，比如众女儿之年节宴集、爽秋园之花木笙箫，先人创意之勤、子弟败家之痛，以至有望早夭之珠哥、勤于齐家之凤嫂、懵懂尴尬之赦伯、声色纨绔之子侄，下逮村妪葭戚、清客豪奴，与《红楼梦》何其一一相似之极！西院之兄就像书中之贾珍、贾琏；昔日祖父周印章之风致实同棣亭；父亲周幼章谨严方正，正书中之贾政。想到还有比贾蓉、贾蔷劣恶百倍之人，言之腹痛相与，叹息不已。"

更值得一提的是，1948年周汝昌与周祜昌抄写《红楼梦》古抄本，对古抄本的最初探索与研究就在这座园内。那年暑假，当时还是燕京大学学生的周汝昌从校长胡适之先生借得《乾隆甲戌脂砚斋重评石头记》古抄珍本回到家乡，周祜昌全神贯注一笔一画地抄写《甲戌副本》，周汝昌则一个纸条接一个纸条地整编"书稿"。那时，周汝昌正在搜集一切与《红楼梦》一书及其作者曹雪芹有关的文献资料，准备撰写《红楼家世》，这正是日后轰动海内外的《红楼梦新证》一书的雏形。而当年兄弟二人坚持不懈地抄写核校工作,便是二人坐于藤荫之下,闻声看字,口耳相校完成的。周氏的爽秋园正是新红学的重建"发祥地"。

关于咸水沽旧园的艺文旧事,我们还可从前人的诗词中略知一二。老画家汪鸾翔有诗云:"簌簌藤阴覆水凉,游人疑入辋川庄。"张伯驹有《风入松·题周敏庵咸水沽旧园图》云:"故家堂构遗基在,尚百年、乔木栖鸦。"静海的高毓浵也有咏爽秋园的诗,其诗将爽秋园与王维的辋川居、桃花源相比。诗中有"芳园两过寻驯鹿"句,说的是"爽秋园畜鹿"一事:早年周家有位老表亲在吉林经营木材,有一年慨赠周家一对鹿,其中雄梅花鹿一只,另一只却是母麋鹿。这不成对的"夫妻"无法生养小鹿。周汝昌偶然路过乐仁堂的鹿苑,忽发奇想向乐家主人洽商要只小母鹿,没想到乐家慨然惠赠,此事在咸水沽传为佳话。"远浦潮平看射鱼"引清人汪沆"豆子卤亢边夜射鱼",写渔人手执鱼叉捕鱼的场景。咸水沽古称豆子

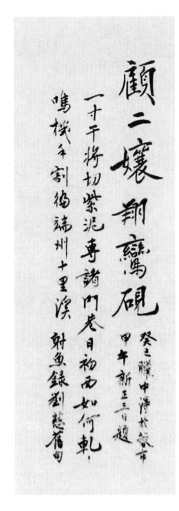

周汝昌收藏的顾二娘翔鸾砚 1

卤亢，周汝昌曾自署"射鱼村人"。高毓浵是天津最后一位翰林，国学功底深厚，诗书俱佳，此人如此赞美爽秋园，也可见该园在文化人中影响之大。

山不在高，有仙则名。水不在深，有龙则灵。既然咸水沽旧园在天津文化史上占有如此重要的地位，《咸水沽旧园图》已不仅仅是一部单纯的文人间赋诗题咏之类的作品了，它的历史文化价值不言而喻。今年春天，随天津历史学学会艺术史委员会同仁一起到北京参观，在恭王府花园内的"周汝昌纪念馆"得见《咸水沽旧园图》，颇感欣慰。这是一本大册页，前有图，其后是多家咏题。据周汝昌先生的侄子周贵麟先生说："回忆叔父周汝

周汝昌收藏的顾二娘翔鸾砚 2

昌先生也曾与我提起这本'大画册',使我心生向往,久欲一观真迹。但因叔父工作繁忙,加之书籍资料堆积如山不易寻找,一直未能如愿。直至2014年,因要将叔父的遗物全部捐献恭王府建立'周汝昌纪念馆',叔父的子女重新发现了'大画册',由建临弟发来照片,我才终于看到了'大画册'的全部内容。"

重九想起了"萧菊花"

己亥重阳节,我又想起精于画菊的津门老画家萧心泉。"品著重阳日,香随露冷中。"这是前人重九咏菊的句子。菊花开于农历九月,在百花肃杀的岁寒之时,傲霜挺立,独领风骚,这真如萧老高洁的品性。

我与萧心泉先生相见于 20 世纪 60 年代初,那是在我上中学的时候,学校重视美术教育,特请来萧心泉、刘芷清等几位老画家与我们见面,为我们做绘画辅导。先生当时住在河北区真理道,离我就读的四十八中学不远。为方便来人探访,他在楼内嵌有一长方形的牌子,上刻有用石绿填色的"萧心泉寓"四字。萧老平易和蔼,在用课桌拼起的"画案"上,现场为我们作画,可惜当时没有留下他的作品。

后来我拥有一幅先生所作《秋菊图》,视作拱璧。此画乃寓物于情之作。几簇菊花黄艳秀雅,绿叶茂密清丽,团簇绽放的花朵与绿叶相互映衬,煞是好看。上题"冷抱冬心客寂寞,淡如人意更缠绵"等诗句。落款:"丙戌清和月之吉日,萧心泉写于沽

萧心泉绘菊花

上耕云馆之北窗下。"
"丙戌"为1946年。

萧心泉,字曼公,号近水楼主,晚年又号老泉,斋名近水楼、耕云馆、寄萍馆等。天津武清杨咀人。生于1892年,幼时念私塾,熟读经史子集,后考入天津单级师范练习所,毕业后以课徒鬻画为业,新中国成立前曾在三条石一带开办"萧心泉学馆"。萧心泉自幼喜爱书画,早年自学,临《芥子园画谱》和各种碑帖。1929年参加天津广智馆附设的"城西画会",拜著名画家张兆祥高足陆辛农为师。善画花鸟兰石及山水,其作品立意新颖,设色典雅,冲淡平和,讲究章法,与刘奎龄、刘芷清、陆辛农、刘子久合称"津门画家五老"。新中国成立后为天津市文史馆馆员。

萧心泉一度在北平徐世昌总统府秘书处供职,参加北平中国画学研究会的活动,在此结交了不少书画名家。这期间,他饱览故宫珍藏,对宋元明清历代花鸟名家如钱选、林良、吕纪、黄荃、陈白阳、恽南田等人的精品进行了系统的研究和临习。与画友一起游历名山大川,大大开阔了眼界,扩大了视野。同时,他创作了一批既有传统又有创新,形神兼备,充满生活情趣的花鸟画。他的画意境清新,格调高雅,用笔设色不拘一格,工致中兼有写意,对比、映衬以及设色和谐自然,表现出花鸟的神态,惟妙惟肖,深受人们喜爱。1930 年,他的作品《玉兰》代表国家参加了巴拿马万国博览会并获银质奖,轰动一时。

据称,1953 年在北京北海公园举办首届中国国画展,萧心

萧心泉花鸟四条屏

泉的花鸟画入选,当时天津画家仅有5人的作品入选,即刘奎龄、刘子久、靳石庵、萧心泉和青年画家孙克纲。1954年萧心泉与刘奎龄、刘子久、刘芷清等老一辈名家及孙其峰、萧朗、梁崎、王学仲、王颂余、孙克纲等中青年画家共同发起组建天津国画研究会,为推动天津国画艺术的发展做出了贡献。晚年的萧心泉喜作水墨梅兰竹菊,尤擅画设色菊花,勾花写叶,设色赋彩,画面点缀小鸟虫草,颇有独到之处,有"萧菊花"之称,时人竞相求之。

萧心泉先生国学功底深厚,通晓诗文,常常自撰诗文题画,作品流露出书卷气。有评论说:"作为陆文郁的学生,张兆祥的再传弟子,萧心泉的没骨花鸟画上溯可至宋代徐崇嗣及清代恽寿平,下至清末于泽九、张兆祥等,学有渊源,笔有出处,融会贯通,自成一家。就连萧心泉同时期的陆文郁、刘奎龄等人的画风,也能在萧心泉画中反映一二。"还有评论说:"他的花鸟画既不同于张龢盦的没骨花卉,也不同于陆辛农的工笔填色,而是二者兼而得之,自成一家。"萧心泉在《墨菊》题诗中有句:"不是花中偏爱菊,迟开都为让群芳。"这正是先生心中的"自我"。

1965年,因突发心脏病,萧心泉病逝于去铁路医院途中,年74岁。先生虽已故去数十载,却留下了"萧菊花"的美名。我在前面提到的那幅《秋菊图》是我十多年前在一次艺术品拍卖会上购得的。

周叔弢的"藏书准则"

　　根据文献,天津最迟在清朝初年已兴起养菊、赏菊之风。康熙年间,天津兵备道朱士杰在距老城五里的南运河北侧的河堤上建"宜亭",这是天津最早的公共园林。园的四周环植杨柳,园内培育的菊花远近闻名。每到农历九月,津城百姓纷纷来此赏菊。诗人张坦曾作《宜亭赏菊》,以"寻菊到宜亭,空郊眼倍青"的诗句,抒写他赏菊酌酒、远离尘世的心境。由于宜亭一带土质好,津西的北辛庄、大觉庵、侯庄子、杨庄子、小卞庄、大卞庄、小园、大园等村庄的菊花格外漂亮,成为津人购买菊花和赏菊品菊的首选之地。

周叔弢先生

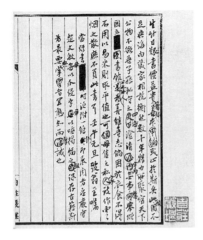

1942 年周叔弢先生手订所藏
善本书目卷首题记

20 世纪 50 年代初,尽管百废待兴,资金短缺,但政府还是投入相应的人力物力培育菊花。时任天津市副市长的周叔弢多次到人民公园指导工作,其《弢翁日记》记下他当年关注园内菊花的情形:"午后偕李、孙二处长到人民公园看菊展";"早到园林处,同宋、安两处长、苏书记到人民公园看菊展";"许琴伯来,同到水上公园一游……到人民公园看菊展,今年品种增多,花与叶俱茂"……人民政府为了让津门百姓欣赏到新颖奇异的各种菊花,决定以人民公园为基地,应时举办菊展。为了这件事,周叔弢曾付出莫大的心血。

周叔弢先生(1891—1984)是著名政治家、实业家、更是一位蜚声海内外的中国古籍收藏家、文物鉴藏家。先生原名暹(xiān),字叔弢,以字行。安徽省建德县(今东至县)人,出身于封建官宦家庭,他幼年住在扬州,后移居青岛,民国三年(1914)移居天津,直至 1984 年 2 月 14 日在天津逝世。周馥、周学熙、周叔弢为代表的周氏家族,是 20 世纪天津乃至中国北方最为著名的实业家族,与南通张謇家族并称"南张北周"。这个家族陆续出了不少文化名人,如收藏家周叔弢、佛学家周叔迦、历史学家周一良、英语界前辈周珏良等。

20世纪70年代末的一天下午,我去天津古籍书店选购图书,碰巧遇见了周叔弢老先生。书店的人都很敬重他,他买了几本影印古籍。离开时,我和老先生谈些藏书读书的事,先生也和我聊了几句。后来我再去古籍书店,书店的老业务员郑先生等也和我谈起周老,更加深了我对周老的认识。

一生与书结缘的周叔弢先生,自幼爱书,十几岁时他就根据张之洞《书目答问》和莫友芝的书目中所载的典籍,开始系统收藏图书。他从南方移居天津后,更致力于善本、孤本的搜求,不惜巨资。一次,上海"来青阁"拿来一部宋版《礼记》,他异常喜爱,竟以万金将其买下。周先生的藏书特点是精而细。他选书有五条标准:一是版刻好,二是纸张好,三是题跋好,四是收藏印好,五是装潢好。故其藏书"不侈闳富之名,而特以精严自励",以富有宋元明三代经史子集善本书而名播海内。然而,就是这样一位嗜书如命的人,却不断地将自己的收藏无偿地捐献给国家。

有一天,他见到一部宋版《经典释文》,为古籍中奇珍,不惜以二两黄金买下,随后便捐赠给北京图书馆。周叔弢尤其重视那些流失于国外的书籍,只要发现,他就想方设法地购回。宋椠《东观余论》《山谷诗注》《东家杂记》等书,都是他用重金从日本文求堂书店买来的。但是,这些珍本他一部也未秘藏于私家,最终还是献给了公家。20世纪40年代他为自藏书目作序云:"数十年精力所聚,实天下公物。不欲吾子孙私守之。四海澄清,宇内太平,应举赠国立图书馆,公之世人。"1952年至1973年,他先后3次将其珍藏的古籍4万多册、文物1000多件无偿捐赠给国家。

周叔弢在捐献珍贵典籍之后，依旧不断地买书。闲暇时，他经常徜徉于书店，流连于书城，遇有好书，如逢知己，欣喜之情，难以名状。古籍书店的朋友对我讲，周老年逾九旬还在他们那里购买《梅兰竹菊画谱》《艺苑掇英》《文学遗产》一类的书刊。有一天，天津古籍书店重印一部宋版的唐人著作《经进周昙咏史诗》，请他写一篇跋。他在50多年前曾在北京书肆见过此书，原以为难得重逢，如今睹物思往，不胜感慨，立即挥毫作跋。他说："这是海内孤本，难得一见，如今复印，可以化身千万，传于后世。过去收藏善本书，舍不得摸，也就难于读了。如今我买的是复印本、铅印本，反倒有了读书机会。"老人还说："上海复印出版我捐献的宋版《王摩诘集》，这部书我过去也是舍不得摸的，现在我买了复印本，就可以细读了。"

周叔弢先生就是这样度过他买书、捐书、再买书、再捐书的藏书生涯。"以一化万"是他毕生的藏书准则。后来我专门写了一篇文章，题目就是《周叔弢藏书"以一化万"》。

我收藏一部天津人民美术出版社1984年3月出版的《周叔弢先生捐献玺印选》，书中叙称：解放之初，弢翁举所有宋元椠本秘籍与夫名人校本、稿本，捐献国家，入藏北京图书馆。十余年前，弢翁又举所藏古玺及秦汉印章数百方捐献天津市，藏天津市艺术博物馆，今遴选周老捐献之玺印四百方，编辑成谱。陈邦怀先生为该印谱作序曰："弢翁不惜以辛勤所聚积者，先后举而归诸公，其风义雅量，倜乎远矣。"捐古印、出印谱、惠及大众，这不也是"以一化万"吗？

老战士成了鉴定家

在天津的古玩行道里，一提起文苑阁的老主任张秉午，几乎是无人不知，无人不晓。张秉午从事文物鉴定数十载。当年，他既身为文物公司的中层干部，也曾受聘于天津市文物研究会陶瓷组任该组组长，同时兼任天津市文化局验关组组员，又是中国古陶瓷研究会会员、天津市钱币学会会员、天津市文博学会会员。

先生在工作之余，笔耕不辍，铢积寸累，先后撰写了《战国黑陶瓷》《典丽的中国古代家具》《古代方桌》等有关文物鉴定文章20余篇，分别发表在《文物》《天津日报》等报刊上，1979年，他还与邢捷合写了《说龙》一书。他为中国陶瓷研究会年会和天津文物研究会年会撰写的《浅谈瓷器款识》《浅谈海河采集的瓷片》两篇论文，双双获奖。

20世纪80年代，张秉午先生在古燕斋古玩店当顾问，因我是古燕斋的常客，遂与张先生结交。从与先生的交往中得知，张秉午本是部队转业干部。20世纪60年代初，当他步入文物经营单位且身负领导之责后,马上意识到掌握文物鉴定本领的重要。为了尽快成为本行业的行家里手,他一面随业务人员一起收购和销售古玩,从中获得感性认识,一面苦读文物鉴定书籍和考古文献。凡《文物》《考古》杂志,他每期必读,写下了许多心得笔记。他还利用出差开会的机会到古陶瓷窑址作实地考察,收集各种瓷片标本2000多片。之后,他又一头钻进古代家具的王国,对艺林阁、文苑阁庋藏的明清家居逐件做了研究。他不辞辛劳,亲临河北农村组织收购,凡家具精品,靡不搜讨,并一一记录。他还与他的同仁在废品库和工厂的旧铜堆里,拣出商代青铜壶、西周青铜爵、战国青铜镜、戈等古代铜器4000多件。多年的追求、艰难的跋涉,终于使这位曾在部队摸爬滚打的老战士成了远近闻名的文物鉴定专家。

改革开放以来,由于中国传统文化影响的日益深入,以及王世襄先生《明式家具珍赏》一书的出版,越来越多的中外人士认识到中国古典家具中蕴藉的深厚的文化内涵极其宝贵价值,形成了风靡世界的"中国家具热"。张秉午先生对明式家具的艺术特色有深入的认识,他告诉我说,当年天津市文物公司购藏的霸王枨两用桌,便是明式家具中方桌的典型代表。这种桌子四足之间不用横枨连接。而是在腿的上部用霸王枨与桌面的底部连接,这样就不会有横枨碍腿,而又能将桌面的承重直接分递到桌的腿足上来,成为一个高腿方桌。如去掉四只腿又可以当炕桌使用,安上四腿可置诸地面,成了八仙桌。可见当时技师们的巧妙构思和高超技术。"霸王枨",取西楚霸王能举臂擎天之意,用来形容远远探出、拉撑有力的枨子,倒是颇为形象的。霸王枨两用方桌传世不多。但方桌却很多。俗称八仙、六仙、四仙。虽大小不一,但形状一样,制作繁简不同。

"我还见到两件比较经典的明式家具",张先生说:一件是明代晚期的黄花梨大柜。这件黄花梨大柜木质坚实,花纹华丽,制作上不用一根金属钉子,全都是榫卯结构,非常坚固,而且构造结合紧密,大柜迎面两扇门巧妙地利用木质的自然纹理组成,从装饰到结构简练利落,功能明确,造型优美,给人以稳重和谐之感。另一件是清代早期制作的鸡翅木多宝格。这件家具从选材到做工、造型都相当考究。多宝格的上部,以大小式样不同的形式分出格子,以便陈设各种文物,格子的边沿透雕出回纹边饰,中间伸出一龙头,形象逼真,使立面装饰富有动感,绝不呆板。

张秉午说:"鉴定古典家具主要是看它的造型、材质、做工、年代、产地及保养情况。"我曾多次跟随张先生鉴定家具,其间也围绕鉴定中遇到的问题聆听到他一些看法。

一天,我们在古物市场的一家小古玩店里见到一件长桌。这长桌并不大,高约一米、长一米多点、宽半米有余。通身为紫红色,而且给人以黑旧之感。做工也很简朴,无束腰。这东西在外行眼里实在太一般啦!难怪常常有人将宝贝当废物了。张秉午并未问及长桌的来历,只是借来一块湿抹布,在桌面上擦了一下,瞅了瞅木材的纹理和颜色,又对长桌上下打量一番,当时没说什么,便离开了那家古玩店。

在回去的路上,我问张先生:"那长桌是紫檀木的吗?"张先生说:"长桌是紫檀的,从造型上看,属于明式家具。"

清代红木翘头案

"为什么呢?"张解释说:"你看我用抹布擦的那块地方,木材是紫黑色的,并有黑缎似的光芒,这是一种皇家的贵气。凭直觉也会感到,那木头质性坚硬,密度极高,黝黑如漆,几不见纹理,这都是紫檀自身的特质,不是其他木材所具备的。你再看那长桌的造型和做工,质朴而得体,线条简练,通体光素,不加任何装饰。桌子为方腿,四面桌牙下装罗锅枨。这种罗锅枨是中部高、两头低的一种枨子,它可使家具更加坚实、美观。这都是明式家具的特征。"

不久,又听说大沽路上的一家眼镜店有一件鸡翅木翘头案要卖。那天我有幸随同张秉午一起去看那翘头案。翘头案是明清时期供陈设用的承具,因条案案面两端装有翘起的"飞角"而得名。翘头案大多设有挡板,并施加精美的雕刻。眼镜店里的这件翘头案长度足有3米,几乎占据了半个店铺,其木材呈紫红色,上有大片明显的纹理,看来确有鸡翅的形象。翘头案的挡板用料较厚,作有镂空雕。张秉午一过目,马上断定为明式鸡翅木翘头案。他又细心观看一次才发现翘头案少了一小块云头牙子,而且个别地方被贴过。于是,当即表示无意收购,匆匆告别了眼镜店的老板。

张先生有哮喘病,几年没见,后来才得知,先生已病逝了。我认为像张先生这样的人也是天津难得的"一宝"。我永远忘不掉先生在文物和艺术鉴赏上对我的启迪和帮助。

读书人的挚友

多年来,由于爱书并且经常不断地购书,也结识了一批经营书籍的老前辈。他们实为书商,却在他们身上看不到一点儿"在商言商"的影子,他们与读书人的关系更像是亲朋挚友。

"买书的离不开卖书的,卖书的离不开买书的。"这是许多书业老前辈的经销理念。在我熟悉的书业前辈中,有一位叫杨富村的老人,旧时在天津开茹芗阁书店,后在古籍书店工作。20世纪70年代,天津古籍书店一度搬到了东门里文庙内,杨在店内卖线装书,我从他那里买到《盘山志》《青云韵注》等数部清版书。杨富村为人机警、谦恭、热情,我一进书店,他便端茶让座,还拿出一些我想要的书给我看。那时我正在潜心钻研篆刻艺术,搞篆刻手头定要备有一些有关金文、缪篆的书籍,以备学习查阅。一次,我贸然向他提出,能否帮我搞到《古籀拾遗》《钟鼎款识》《汉印分韵》三部书(当时没有影印本)。他说:"您等几天,我设法寻找。"几天后我再次来到书店,那三部线装书早已为我备好递到眼前。

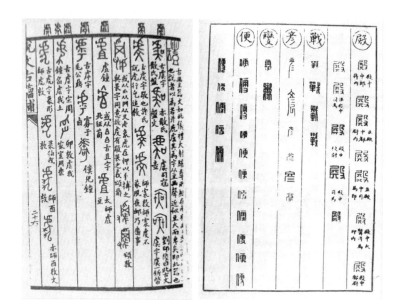

杨富村为笔者找到了当时急需的线装古籍
《说文古籀补》和《汉印分韵》等

杨富村早年便是一位眼高手高的贩书好手。他常夹着布包往来于藏书家和读书人家中收书送书,谁手里有何善本珍籍他心里都有数。据说中华人民共和国成立前他听说章绍亭有一套《二十四史》,便亲去审定。这部《二十四史》,纸质洁白,书品宽大,精刻初印,杨一眼认定为殿版开花纸,当即出资购进。这一全国企足而待的绝罕珍本很快便由杨售予藏书家王西铭。尔后,瑞宝斋主人又由王西铭手中购出,售予恕斋主人陈一甫。杨历年来多经营大部头书,如《四部丛刊》《四部备要》《丛书集成》《万有文库》《古今图书集成》以及罗振玉、王国维、郭沫若、容庚、王襄等人金石书籍、著作。所得善本,如元刊本《集千家注杜诗》二十卷，元刊本《至正金陵新志》十五卷，均售予需要的人。有业内人士说杨富村待人诚恳，"做生意就像做人一样谨慎而有智慧，从不看人下菜碟，绝不做急功近利的事，因而深得客户信赖，彼此关系处得十分融洽，做起生意来，无论是对于买方，还是卖方，杨富村总能比其他老板抢先一步，而且成交率颇高"。

据我所知，书法家、收藏家李鹤年先生也是通过杨富村购得其先师孟广慧收藏的甲骨。"李氏酷嗜金石，因深爱孟氏之甲骨，但恐犯师颜，终未敢开口。孟故后，李氏以重资托杨氏代购之。"这批弥足珍贵的甲骨之所以能得以递藏保存下来，自然有杨富村这位牵线人的功劳。文物鉴定家李先登先生也曾谈道：孟广慧从1899年起共收藏甲骨431片，其中430片真品先是被杨富村先生收藏，后归天津书法家李鹤年所有。1952年，李鹤年将400片出售给文化部社会文化事业管理局，也就是现在的国家文物局，现藏北京国家图书馆。李鹤年把藏品中品质最好、片大字多的30片留下，其中28片在"文革"中被查抄。直至1970年，著名考古专家、中国国家博物馆研究员李先登清理"文革"查抄文物时才有幸发现了这批珍贵的甲骨。

民国三十七年（1948）的一天，北京修绠堂（在上海设有分号）经理孙助廉集取宅门及同业之善本样本（即每书之头本）37种，总值65万元，用蓝布包袱皮将其单衣两件与书同裹一包，携去上海求售，经天津乘飞机南往。孙来津后，即到杨富村的茹芗阁坐了片刻，随后携包去飞机场，谁知在购买机票时那包被小偷窃走。孙急忙找到杨富村。杨立即与两位同行商量办法，随即通知本市同业见到此书即刻扣留。次日，果然有人到茹芗阁持一包求售,包内正是孙助廉被盗之书。经过一番追问,终将书追回。我的老友穆泽是古籍书店的老经理,他回忆杨说:"我的这位师傅浑身上下透着精明与干练,他生就一张白净脸,络腮胡须刮净后直泛青光,衣着总是那么洁净、得体,一双黑皮鞋也擦得一尘不染。就连他平时修整书籍的各种工具,都擦拭得干干净净,摆放得井然有序。"同业王振声说:"杨富村的古旧书修缮技术精湛,天津市前副市长、著名藏书家周叔弢曾经点名要杨富村为其整修藏书。杨富村的'金镶玉'手艺能够为线装古籍增辉添色。"

杨富村既懂版本,又热心为读者服务,使我在与老先生的交往中受益颇深。先生得知我搜集天津历史文献,他特别关注有关天津的书籍,不断提供给我。一次他给我找到一部清人沈兆沄的著作《篷窗随录》一函四册。沈是天津地方史上一位著名学者、书家。清嘉庆二十二年(1817)进士。改庶吉士。道光二年(1822)授编修。为官清正勤勉,归乡后受聘主讲辅仁书院,有著作多部,《篷窗随录》乃其中之一。该书使我获知沈的生平和学识,也从中读得诸多津门的逸闻旧事。先生还曾给我找到一部《水竹邨人集》,为我研究徐世昌提供了很大帮助。当我撰著的《天津地域与津沽文学》《总统画家徐世昌》等书出版时,我总也忘不了杨富村等书业老前辈们。

我曾到先生的住所看望他。先生的家在河北区福安街的一条小胡同内,其身体状况大不如前。再后来便听说先生已于2003年病逝。杨富村的女儿说:"1980年,刚刚退休的父亲应聘在古籍书店装订组重操旧业,还带过施维民等三个徒弟。1982

年,父亲经来新夏先生介绍到南开大学图书馆修补古旧书,同时在一轻局职大讲授古旧书修补知识。一天,父亲在授课时突然中风,从此话语困难,腿脚亦不大灵便,终因心脏病发作而永远离开了我们。"

延国学脉绪　衍华夏文明

　　笔者的伯父章邦宪(浙栍)和笔者父亲章邦宬(溜栍)都曾就学于天津崇化学会章式之(章钰)门下。伯父后来在天津历史研究所工作,是一位历史学家、文献学家。父亲是行政干部,未能从事专业学术研究,却也打下坚实的国学基础。我的父辈与龚作家(龚望)、郭霭春(郭瑞生)等为崇化学会的同学和至交,我与龚、郭诸先生亦多有接触。从先伯父、先父及其友朋口中了解到章式之先生在崇化学会执教的点滴往事。

　　20世纪20年代,欧风东渐,崇洋媚外之风益甚。面对"国运日蹙、国魂日销"的局面,近代教育家严修(严范孙)等创建了以"冀存炎黄华夏文明于一脉"的教授国学的学会团体——崇化学会。崇化学会甫一成立,天津众乡贤便推举寓居于津门的朴学大师章式之担当主讲。出于振兴国学的一片热忱,章式之特为崇化学会订立学程,设义理、掌故、辞章三部。学生既可专学也可兼学。且手书"学海"匾额悬挂于崇化堂。

　　崇化学会课堂最初设于严修家中,每月授课两次,以经史发

章式之

题。后迁至河北二经路，再后迁至文庙明伦堂，授课改为每周三、六两天。伯父和父亲曾对我说："章式之先生讲授经义，析疑辩难，极其认真，学生有问必答，一丝不苟。先生亲自为我们校阅笔记，评判作文，指出缺点和不足。"多年来伯父和父亲一直保存着已经泛黄了的《崇化学会讲习科札记》。这些读经读史的札记，均留有诸如"语有根据，条条通达""改断句处精审"之类的评语和式之先生的判分（分数最高者给予奖励）。1937年春，章式之病重于北平，先生于治病期间还牵挂着天津崇化学会的学生，让到北平探望他的金钺（浚宣）将崇化学会学员的作业课卷带给他批改裁答。

章式之主张国学以"作用人、立功当世"为依归，以"学以致用"为宗旨。在崇化学会，先生遵循儒家"有教无类"的传统，对求学者不分贫富贵贱，来者不拒，一视同仁（先生早年贫寒）。许多有志于国学研究者，特别是一些贫家子弟，在这位硕学通儒那里获得了真才实学。以我父辈而言，出身于没落的官宦人家，先人未能给他们留下什么财产，却给他们留下了传统文化的根基和读书力学的家训。兄弟俩自幼好学，一心想深造，然经济条

丙子(1936)闰春崇化学会师生合影

件不允许,是崇化学会和章式之给了他们机会。他们是通过式之先生这一途径受到了国学的滋养。

　　章式之秉承乾嘉学派笃实严谨的风尚,视"抱残守缺、守先得后、著书立说为学人"为无奈,视"把酒持螯、吟诗弄月之文人"为无聊。龚望、郭霭春诸先生(亦非家境富有者)皆为勤奋务实之人,故为先生所重,得其耳提面命,无不学有所成。由于主讲章式之的渊博学识、诲人不倦及其勖学子"潜力治学,储才备用"的良苦用心,也是由于在崇化学会就读是不收学费的,崇化学会一时盛况空前。宋蕴璞《天津志略》评价其为:"华北唯一中国学术研究团体,即以治古所得论,当亦不难与从前莲池书院,后先媲美,云云。"

　　抱着"延国学之坠绪,衍国有之文化"的意愿,章式之主讲

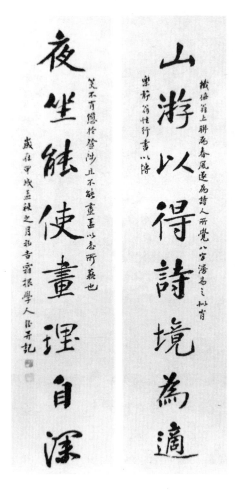

章式之书法作品

崇化学会近十年，为天津培养了一大批优秀的国学人才，成就了许多重大文化成果。据父辈讲，受业于章式之的石松亭（永棽）著有《论语正》，此乃一部罕世奇书。松亭先生遵循式之先生的为学思想，仔细考查了《论语》的版本流传过程，对《论语》文本做了大胆的"解构"和"重建"工作。龚望先生精于六经，长于艺文，不仅书法卓有成就，更对《易经》《尔雅》《论语》等有精深的探讨。当年先生讲《易》，远道而来者甚众。且有《陶渊明集评议》《四宁草堂学术札丛》等传世。郭霭春是著名文史学者、中医文献专家，于训诂、音韵、校勘、版本、目录等专门之学造诣甚深，尤精于文字学和史学，其代表作有《黄帝内经素问校注语译》《中国医史年表》《补周书艺文志》等，曾获国家科技进步

崇化学会讲习科初级讲习学术讲演会主讲董事学生合影

二等奖。

我的伯父章邦宪毕生从事先秦诸子、训诂、文献、目录、辑佚、校勘诸学研究。他每天凌晨两点准时起床,披着棉被写书,几十年如一日,成书数十部。所著《先秦人物综合索引》,手稿就有三十多本,全都是密密麻麻的蝇头小楷。"文革"前该书已完成大部,已与中华书局订立了合同。我曾亲眼看见,合同为铅字打印,开头便有"大著"字眼。书稿一部分在中华书局,另一部分尚在家中。令人痛心的是,留在家里的那部分书稿连同其他手稿及藏书统统被造反派焚毁。中华书局赵守俨先生为此惋惜不已,退休前还一再叮嘱中华书局的人:"这是一部填补空白的皇皇巨著,一定要设法让该书面世。"

章式之是近代藏书大家、校勘学家。先生斋号"四当斋",

取宋尤延之以书籍"饥当肉、寒当裘、孤寂当友朋、幽忧当金石琴瑟"之语。储书万册。另有"算鹤量琴室",聚书两万余册。还藏有拓片、青铜器、石刻、砖瓦等。在式之先生影响启迪下,崇化学会学子大都爱书、校书与集藏。我的伯父即拥有相当数量的藏书,并悉心考订。遇其所需所爱,就是节衣缩食也要设法购得。从他自编的《巽斋藏书目录》和"巽斋藏书""巽斋读校""巽斋所藏""巽斋手稿""巽斋藏书私印""巽斋典籍之印"(巽斋是我伯父的斋号)的印蜕中,便可看出他对藏书的痴迷及其读书、校书之癖。他的挚友龚望既珍藏图书文献,又广为收集砖瓦、陶石、碑版、造像。我在一篇题为《学人的睿智 鉴家的慧眼》的文章中说:章式之先生"是晚清朴学之宗俞曲园的门人,因朴学尚以精审的考据与训诂,且注重文物的收集整理,龚先生很早就热衷于金石考订及文物集藏和审鉴"。我少年时期便由伯父引领向龚望先生学习古文和书法,读《论语》,临习《九成宫》《峄山碑》。每到先生府上,总是为其丰富的收藏所吸引。受崇化先人濡染,我亦痴心于藏书、考订、研史与鉴赏。诚如崇化学会老前辈李炳德先生所言:"太夫子(章式之)出德清曲园门下,时誉为'俞门三章'者。三章,即章太炎、章一山与式之先生。毕生以马班、刘略之学擅场,吾津得衍曲园一脉,此所由也。"

今从家藏的崇化学会师生合影中,看到站在中间位置的章式之老人、两侧的崇化学会学子、我的父辈,既令人感慨,又让人感奋。章式之先生为振兴天津国学和教育事业,为培养国学人才、研究经史古文所作出的杰出贡献,将永远载入天津乃至中国文化的史册。

研究与传播大师精神

"李叔同——弘一大师是一座高耸入云的大山,是一条源远流长的大河。他从天津出发走向世界。他不仅属于海峡两岸的中国人,也属于全世界所有的华人、华裔和一切追求良知追求真、善、美的全人类。"

"李叔同是近代中国文化史上的一等星。李叔同——弘一大师本身就是一座博物馆。可以毫不夸张地说,李叔同就是天津的舒伯特、关汉卿、梵·高、张继,也许他还可以算是天津的玄奘。"

时任天津日报副主编的朱其华在一篇讲话中,深情表达了他对李叔同这位文化大师的敬仰和对弘扬大师精神的一片热忱。

20世纪80年代,当人们对这位大师不甚关注的时候,正在主持天津日报副刊工作的刘书申专程到李叔同嫡子李端家中探访,促成李叔同的后代相见,写下了《李叔同的家》《李叔同子孙五十年聚首记》等文章。当时报社领导就曾表示:"李叔同是中

李叔同书法碑林坐落在天津市河北区宙纬路,1990 年 10 月 23 日市、区领导人及本市、北京等地的专家学者参加了碑林揭幕仪式。

国新文化运动中一位卓有贡献的艺术大师,他是第一个把西洋画引进中国、第一个把西洋音乐引进中国,也是中国话剧的奠基人,宣传李叔同,日报责无旁贷。"

河北区是李叔同的出生地,那时,区里也开展一些活动,纪念和缅怀这位旷世奇才的乡贤。1990 年在纪念李叔同诞辰 110 周年之时,中共河北区委、区政府在大师故居附近修建了"李叔同书法碑林",大悲禅院设置了"弘一法师纪念室"。

河北区与天津日报有"加强李叔同文化研究、弘扬中华优秀传统文化、扩大天津历史文化名城影响"的共同意愿,1992 年,由天津日报社和中共河北区委的负责同志以及几位学者倡议,发起成立"天津市李叔同——弘一大师研究会"。

研究会部分成员合影，
前排第三人为李载道先生，前排第五人为朱其华先生

此时我正是河北区委宣传部的负责人，又曾担任过区里的新闻报道秘书，以往常奔走于天津日报社和区委之间，与报社的领导都很熟。研究会成立前，区文化馆举办一个书画展，我请日报副主编朱其华前来参观，区委书记李载道也到此观看，借此机会，我给二人做了引荐。不久他俩又来到我家，商量发起成立"李叔同——弘一大师研究会"事宜，几个人兴致勃勃，一直谈到晚上，爱人包了三鲜馅饺子，大家吃得津津有味。离别时，朱其华副主编风趣地对我爱人说："饺子真好吃，下次我还来！"李载道、朱其华"老二位"便是这研究会的创始人。

5月25日，研究会宣告成立，有专家学者及有关方面知名人士五十多人参加成立大会，李载道和朱其华分别担任会长、副会长,赵朴初、曹禺、石坚、冯骥才等为名誉会长。研究会的宗旨是:"挖掘整理李叔同生平业绩的文史资料,开展李叔同文化学术研究,开展海内外文化学术交流,并促进和协助政府有关部门修复李叔同故居。"

研究会成立不久,正值弘一大师圆寂五十周年,研究会举办了系列活动,包括:纪念大会、海峡两岸"李叔同——弘一大师文化学术研讨会"、李叔同音乐作品欣赏会、李叔同——弘一大师墨迹及文物展览,并发行了纪念首日封。我代表研究会起草了一份《修复中国近代文化名人李叔同故居的倡议书》,由报社的一位领导在会上宣读,得到与会者的热烈响应。

在这以后,研究会多次举办全国性的学术研讨会和纪念活动,不断加强与海内外研究团体的交流与合作。研究会研究成果显著,包括"大师与天津地域文化渊源关系"的研究、首创"弘学体系"与体系架构的研究、李叔同由儒入释的哲学意味的研究、关于大师学堂乐歌的研究、大师的人生境界与艺术境界的研究、艺术教育和教育思想的研究、早期绘画和戏剧的研究等,出版理事著作《悲欣交集——弘一法师传》《弘一大师篆刻集》等十多部,编辑出版学术刊物《李叔同研究》共七期,收入论文150多篇,论文多具有开拓性创见。常务理事赵大民、李郁文伉俪在国内首次将大师生平搬上舞台。

研究会自成立,即以修复李叔同故居为己任。李载道、朱其华两位会长靠着自己的社会影响,与有关领导和部门反复沟通,大讲修复故居的意义。曹禺、石坚生前亦多方呼吁。天津日报通过各种方式向有关部门建议,组织人员写内参,反映李叔同故居"老屋颓圮，破败不堪"的现状，并引出当年周恩来总理对曹禺讲的一段话："你们将来如要编写《中国话剧史》，不要忘记天津的李叔同，即出家后的弘一大师。他是传播西洋绘画、音乐、戏剧到中国来的先驱。"经过多方论证和协调，李叔同故居终在2008年修复完成。

研讨会合影

我曾是研究会的副秘书长、理事、副会长，为研究会各项活动的谋划者之一。在这二三十年间，我也见证了朱其华等人在传承大师的文化精粹和高尚道德情操上所做的工作。朱其华，我们叫他"朱老总"，对研究会，他事必躬亲。在研究会成立的第二年，他便带领我等编辑出版了《弘一大师韵语》，并为该书作序。1994年，他又组织部分理事参加在杭州举办的纪念李叔同114周年诞辰学术研讨会，我提供一篇题为《李叔同与天津近代文化的渊源关系》的论文，王振德理事提供一篇题为《弘学及其研究体系的建构》的论文。就是在这次会上，我会首次发出建构弘学的倡议。在杭期间，"朱老总"要我借机走访大师的再传弟子、著名音乐家钱仁康教授，通过交谈，我真正了解到李叔同创作《送别》《春游》等歌曲的艺术内涵和文化价值。"朱老总"在百忙中还写过《近代中国第一流印人李叔同》《泉州访菊——追踪乡贤弘一大师足迹》等多篇论文。日报老编辑张仲、罗文华、张京平、宋安娜、陈树林等作为研究会理事、副会长，在对大师研究上也都下过很大心力，亦多有成就。张仲曾投入莫大精力，查实李叔同的出生地，写《寻访弘一法师降生圣地》一文。罗文华深入探讨李叔同生平，翻检僧俗两界对李叔同出家后起居行踪的记载，辨伪求真，写出《"弘一法师亲督紫砂钵"献疑》等文。陈树林潜心探究大师的佛学思想，写出《弘一的华严境界》等文。

研究会是"催化剂"。她促使我由一名活动的参与者成为李叔同的研究者。尤其是天津日报，更是给我提供了一个优越的学术平台。从2004年起，我先后完成《艺术大师李叔同与天津》《天津乡贤李叔同》《追寻李叔同足迹》《一代宗师李叔同》《大德善缘——李叔同师友遗墨品读》《夕阳山外山——弘一大师赠言故事100例》《弘一大师的精神境界》等专著七部，发表《李叔同的籍贯考》《地杰人灵"校士场"——李叔同文昌宫校歌的深层意义》等论文30多篇，其间所开展的签名售书活动、讲座等，媒体均给予宣传和鼓励。还曾将我撰写的《李叔同的爱国情怀》《李叔同与城南诗社》《李叔同津门墨趣》等先后在副刊上连载,更激发起我钻研的劲头儿。2013 年 6 月,有关单位举办"章用秀先生学术研讨会",一位资深编辑在"满庭芳"著文,文中也对我在李叔同研究上的付出予以肯定,说我"以确凿的事实,纠正诸种误传"。我常常在想,没有研究会和朱其华、李载道诸位先生的支持和帮助哪里会有如此结果? 我特别感恩于李叔同——弘一大师研究会,感恩于九泉之下的两位老会长(李载道、朱其华分别于 2012 年、2018 年离世)。

清雅醇正　古拙喜人

20世纪70年代。一天,张牧石师对我说:"天津有一位姓徐的印人,他叫徐嘏龄,徐先生印承古法,清雅醇正,偶作肖形印,古拙喜人。"他鼓励我一定要见一见这位徐先生。听了张先生一席话,我终于推开徐先生的门,拜见了这位以"铁笔"名扬印坛的徐嘏龄。

徐先生住在和平区热河路,旧式小楼,陈旧而逼仄。先生年逾六旬,微胖,为人和气。谈话中得知,先生原籍浙江,1911年8月26日出生于天津,字锡纯,号老蠢,斋号听雨轩,曾就读于天津觉民中学,1930年考入河北省立法商学院,1934年毕业后留校任书记员。历任河北省冀东道公署教育科科员、主任科员,河北省任丘县政府教育科长,天津社会局工商科职员。新中国成立后,在天津市第二胶印厂任职。

徐老对我说,他在家中行三,幼年父母双亡,由长兄抚养。长兄梦龄精于书法篆刻,二兄耆龄擅长绘画。少年时代他便随其兄梦龄学习书法篆刻。梦龄先生辞世后,21岁的徐嘏龄"发奋用功,追继先兄习篆刻石"。书法初学欧阳询,后师习钟鼎、小篆,并潜心研读《说文解字》。他的白文印宗法浙派的方折峭拔,同时融合皖派的婉转流动,刚健、婀娜兼而得之。许多书画家、收藏家十分珍惜他镌刻的印章,认为他的作品文字考究,章法严谨,格调高雅,为书画作品增色不少。周汝昌、王学仲、梁崎、孙正刚诸先生经常使用的印章,大多出自先生之手。诚如红学泰斗周汝昌先生所言:"他的朱文印,不走纤细婉转一路,多取古封泥遗韵,参以己意,于苍厚遒健中别见新的风神韵味。"(《津门治印家徐嘏龄》)

徐嘏龄金文横披

20世纪70年代末,著名画家刘旦宅绘《石头记人物画》40幅,其中有《女娲补天》《元春省亲》《黛玉葬花》《妙玉奉茶》等,每幅皆为佳构。红学大家周汝昌以墨书为之题诗各一篇,每篇用印一两方,印文多与红学有关。周先生特烦请徐嘏龄先生奏刀。当刻好的印章送到周先生手里时,只见方方意态严谨,令人惊叹。《石头记人物画》1979年5月由人民美术出版社出版。其《出版说明》称:"《红楼梦》群钗的造像,《红楼梦》的研究者周汝昌同志配诗,他的书法很有特色,从而增加了这部人物画的文采。"刘旦宅先生的精心画作,周汝昌先生的诗题墨宝,徐嘏龄先生的篆刻作品,交相辉映,令人赞叹,人称"艺坛三绝"。

　　徐氏治印,笔力遒劲,才气横溢,气势豪迈,透出石上。先生有句话,道出了他对篆刻艺术的精湛把握:"意在先,刀在后,细心审,大胆奏。"这一诀窍,大概正是他以刀为笔、落刀成印的潜在因素。我曾多次到徐先生家,亲见其刻印,我发现徐老刻印有一个最大特点,就是不经印稿上石,直接在印面刻就。这种刻印方法,需要刻印者具备深厚的篆刻艺术功底和成竹在胸的创作魄力。一般人刻印大都经过设计印稿、印稿上石、动刀刻印、检查修改等几个步骤。徐老有意简化刻印步骤,说明他对篆刻的篆法、章法、刀法的把握是相当纯熟,乃至达到得心应手的程度。

徐嘏龄为章用秀篆刻的部分印章

　　徐先生曾为我治印十余方,印文有"章用秀印"(白文)、"定轩"(朱文)、章用秀(朱文)、"定轩吟草"(白文)等,方方印都有其绝妙之处。如白文印"章用秀印",字字安排得当,密而不乱,疏而不空,且有大片留红,颇得赵之谦之神韵。朱文印"章用秀"和白文印"定轩吟草","二吴"(吴让之、吴昌硕)优长兼备,在章法和文字的穿插处理上独具匠心。还有一枚极小的连珠印，为朱文"章"和白文"用秀"的组合。这么细小的印竟也是他直接落刀成字，顷刻呵成之作。这几枚印我一直都在使用。先生知我喜爱周汝昌和王学仲的书画，他便将一件周汝昌亲笔书写的一首诗送给我，并代我请王学仲先生画了一幅竹子。我也都精心保存着。

1996年12月，《今晚报》的编辑知我与徐嘏龄先生素有交集往还，约我写一篇徐老的文章，为了了解更多的情况，我又一次来到先生家中，彼时先生一家已经搬到小海地微山里的一个单元楼。据先生的哲嗣徐锴先生讲："家父在恢复名誉后，落在津文史研究馆，并由时任市长李瑞环亲自签字，分配住房，今河西区小海地老三室一厅二楼。"先生向我讲起近几年的状况，还留我吃了一顿晚饭。先生说，他除了刻印，还用寿山石镌刻镇尺、笔山等文人喜爱的文房器具，其上雕刻金文、青铜纹饰，古雅至极。先生最得意是用艾叶绿冻石为周汝昌先生镌刻的一件长方形的镇纸，仿古砖样式，阳刻汉砖砖文，词句为"借玉通灵存翰墨，为芹辛苦见平生"，并阴刻跋文曰："玉老清玩，蠡取汉砖，丁巳暮秋于沽上。"周汝昌十分喜爱，称"蠡老爱好篆刻，屡赠手琢美石，今复特制斯石"，特"谨拜而铭之"。据说徐老构思和制作这件镇纸整整花费了一个月的时间，亦可见两人之间的友情。告别了徐老，我撰写了一篇题为《津门铁笔徐嘏龄》的文章，刊登在1997年2月12日《今晚报》副刊。文章说："岁月的流逝给徐嘏龄老人的脸上又添上几道深深的皱纹，然而，这位向以'铁笔'著称的篆刻家却在时光的磨砺中，铁笔更为老辣、锋利。"

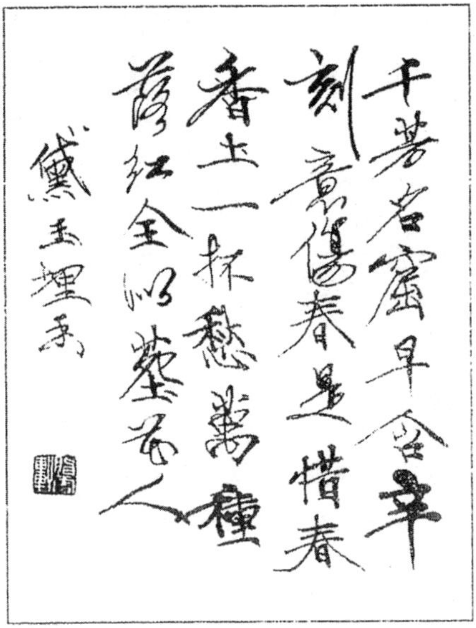

周汝昌题词，徐椵龄治印

后来我又陆续给徐老写了几篇文章，说他“治印不拘一格。凡前辈印家之长，他都能吸收消化，融入自己作品中。晚清以来吴让之的文静舒展、赵之谦的天然错落、吴昌硕的古拙雄强、黄牧甫的挺劲秀雅，均在他的作品中有所体现”。先生的弟子董鸿程也写过一篇《忆恩师徐椵龄的文章》，说“津门篆刻宗师徐椵龄先生是我的授业恩师。在天津书画篆刻圈里是有口皆碑的老前辈，所到之处都尊称他为徐老”。说他“有求必应，不厌其烦，虽然生活拮据，却从未收过人们一分钱的报酬。数十年如一日，洁身自好如此”！董先生特别提到其拜师经过：“徐老与我的书法启蒙老师倪瑞栋先生是挚友。我在倪老家中得识徐老，便偷偷临习徐老的印章，徐老见状也对我青睐有加。此举被倪老得知后遭呵斥一顿：‘你书法还没学成，又要见异思迁去学篆刻吗！’我只好罢手，专心地去学隶书。徐老闻之一笑说：‘你偷着学就是了，别让他知道不就行啦！’此后我边写隶书边学刻印。在徐老授意下我给倪老刻了一方小章，倪老非常满意，和徐老相视一笑，没再干涉。”

　　徐嘏龄先生是中国书法家协会会员，天津画院教授，天津市文史研究馆馆员。他的作品曾参加过全国第一至第五届书法篆刻展、纪念孙中山一百周年诞辰书画展、辛亥革命七十周年书画展、纪念郑成功收复台湾三百周年大型书画展、中日百家印人作品展等。先生于1998年去世。

高古孕育着生机

与王坚白相知，是"未见其人，先见其字"。1978年的夏天，龚望先生送给我书法四条屏，一条是先生自己书写的楷书，其余三条分别是余明善书写的八分、冯谦谦书写的行书、王坚白书写的章草，每条屏都题有我的上款，纸边且粘有一个小红纸条，表明是写给我的。先前我与余、冯二先生均有交集，龚先生更无须说，唯独王老尚未谋面，他的书法作品亦未得一见。

后来得知，这位王坚白先生为沽上望族，居东门里王店胡同，清光绪二十七年（1901）生，名锡珩，字坚白，晚号老坚，斋名镜不惑斋。因排行十三，津人称其为"王十三爷"。曾为天津书法家协会理事。幼学于先师武𤫡枢门下。参加过五四运动。1921年毕业于直隶省第一中学。又从章式之、李实忱、钟蕙生诸先生学，为国学研究社社员、崇化学会会员。从教数十年，人皆称其为良师。晚年，应聘为天津市文史研究馆馆员。王坚白书法，浑厚凝重，流畅洒脱。他习书态度极为严谨，认为学书应循序渐进，力求形与神俱，最忌求形不求神。早年他与龚望等均承学于书法前辈陈鼒洲,陈先生数年寒暑无间,躬自示范,因材施教,其门生多成书艺贤才,王坚白即为其佼佼者。

就在得到王老赠给我书作的当年,我专程来到王坚白先生的住所拜访他,借以表达谢意。先生住在刘庄大街的一座小院内。这是一座老房子,屋内陈设十分简陋,光线也不是很好,一缕阳光射入,依然不很明亮。早先我听唐石父先生讲过,王坚白富于收藏,眼界开阔。他收藏先世所遗图书、碑版、文玩,有安刻《书谱》木刻本为最善,他碑版亦多乾嘉故物。独一角文小章,墨寿山石质,字疑署"所其"二字,细若毫芒,不

王坚白先生

可拓取,乃是珍重。遗稿《书谱考》一卷,存于家。然到先生家中并未见到一件文玩古物,哪怕是一旧拓本也渺无踪影,只有几件家具已陈旧得几乎不堪使用。王先生已年近八旬,平易谦和,气色并不很好,见到我十分高兴。我说先生章草写得好,他说写章草还是得益于陈鼒洲先生。先生对我说:"我早年习'二王',再学钟繇、虞世南。20岁前后,进国学研究社,得拜陈鼒洲,陈先生之门。陈根据每人的发展方向,不强求一致。陈先生曾说:'习草固可也。此只习今草! 然习草书者不知古草,终无根底,

古草者章草也.'从此我以章草为主要发展方向,于是便阅读卓君庸的《章草考》,临松江本《急就篇》、索靖《月仪帖》,越写越有精神,越写越品出其中的独特韵味。"

王坚白章草七言联

王先生以章草为宗法,且从理论上对章草做过深入的研究和阐释。按照一般的说法,章草是早期的草书,始于汉代,由草写的隶书演变而成。章草是今草的前身。王坚白曾精研章草之源流,他认为,"章草之兴,肇自秦前,本与篆隶同源。春秋战国之时,诸侯争长,日寻干戈,简檄相传,望烽走驿,不能从容作篆,遂作救速趋急之书,乃生'章草'。"他说章草之得名,其说有四:一因汉章帝刘炟(公元76—88年)爱好而得名;二曰得用于章奏;三曰急就章为其本名,世人省略"急救"二字,简称为"章";四曰草以章为名者,乃由其具有章法之书。王坚白认为,四说中以第四说最为正确。他书写章草,求章草之形神,且参以出土汉简，极具书卷气和金石味儿，世人评其章草"淳朴浑厚，绕大丈夫气，颇见功力"。

1975年以来，先生虽年事已高，却是格外忙碌。他热心于津门书法艺术，奖掖后进，屡开讲座，其专题有《章草研究》《书谱试讲》《怀素自叙初析》《试谈钟繇及其书法》等，多有自己心得。青年书法爱好者，如造所居请益，不问道途远近，必亲自回访。凡有所求，必有所应。我对王先生的为人和书法成就深有感悟，便挥笔写了一篇文章，题为《章草名家王坚白》，见诸报端，并在拙著《天津书法三百年》（2012年天津人民美术出版社出版）中对先生的书法艺术成就加以介绍和评价。文章说："我曾数次到先生府上拜访，据我看，王坚白虽以章草见长，但其八分、楷书亦有独到之处。他在《宣示表》《月仪帖》《黄庭经》及唐人写经上下过很大功夫。"我存有王先生1975年夏天书写的清人江肇堼的《读诗八首》横幅，其字笔意纯朴，结体高古，章法自然，颇具三国两晋的味道。胡定九先生特写跋语曰："此帧笔意极得《宣示》妙韵，审求所致，实由之求，有汉分、章草功夫，钦佩钦佩。坚白老弟以为如何？"《宣示表》传为三国魏钟繇所书，其字"清瘦如玉，姿趣横生，纯无平生古肥之诮"（清张廷济《清仪阁题跋》）。王坚白书写的《读诗八首》深得《宣示》之长，又兼汉分、章草笔意，既古朴而又灵动，没有深厚的书法功底和对传统艺术的深刻领悟，是不可能写出这样的作品的。

1988年10月，王坚白先生偶患感冒，遽然逝世，享年88岁。有人说："像王坚白这样成就斐然的书法家本应享有盛名，或许是因为他不求名利、不求闻达，只喜欢一味地努力，踏实做学问，默默无闻,致使其艺术造诣少有人知。"其实今人之章草各有其长,如郑诵先波磔间略有隶意,王蘧常方正古茂中的生辣;而王坚白古拙中孕育的大气与生机也是常人所没有的,先生的章草在当代书坛的重要地位是不容置疑的。

他是一本厚厚的书

我和张仲先生（1930—2008）相识于 20 世纪 70 年代末、80 年代初。那时张仲先生在天津日报文艺部当编辑。记得有一次我写了一篇题为《尽驱春色入毫端》的稿件，稿子是记述津门老画家姜毅然的人生和艺术的，当时十一届三中全会刚刚召开，正在拨乱反正之际，在党报上公然讴歌一个旧社会过来的搞艺术的人谈何容易？没想到稿子到了张仲手里，经先生处理后，不久竟赫然刊登在日报的文艺副刊上。

多年来，我与张仲先生常常一起参加研讨活动，也一同就一个专题撰写书稿，共同探讨津沽文化。在长期的接触中，我深深了解仲老的学识和为人。在对历史文化的研究和认识上，他从不随波逐流，不趋炎附势，不追风赶时髦。他直言不讳，表里如一，从不把自己包藏起来。他敢于讲真话，对否定历史、破坏文物的劣行从不姑息，始终保持一个文化人的操守与良知。

仲老治学坚持"学行并举"，一向以实物和实践求证历史和文化。他对天津的历史渊源、社会人文、民风民俗的深入领悟，既源于他对历史文献的多方探究,更得益于他对社会与民间的考察及对实物的收藏与鉴赏。我曾到仲老家中,先生住在同安道的一处单元房,阳面的那间是卧室,阴面的那间书房几乎全是他的收藏品,尤其是天津地方文献文物,大到津人书画、历史地图,小到各类民俗用品,令人目不暇接。仲老对我说:"当初,这类小件瓷器并没有引起人们的重视,往往花十几元几十元就能买到手,如今市场上已真品难寻。"看到仲老的民俗藏品,我想起前段时间我在古物市场曾购得一件白铜制作的物件,圆形,空腔,边缘有一小孔,栓小铜钱,且有一长柄,如拨浪鼓的形状,转一下发出清脆的响声。我将此物向仲老描述一番,问:"这东西是不是卖布人用的?"仲老说:"这是卖颜料的人用的。"仲老真

张仲著作与题字

是眼光如炬！我知道仲老倾心于民俗文化的系列收藏，以器具诠解民俗，文物与历史相印证，碰巧几天后我俩都去参加一个学术活动，借此我便将那物件带去送给了他。2001年，我和张仲、张金明、罗文华诸先生共同承担《古玩集藏丛书》的写作，四人各写一本。张仲先生写《古玩商的生意经》，我写《收藏家藏玩手记》。仲老的《古玩商的生意经》将传统古玩界的行规、经营方式等，甚至包括古玩行的内幕，和盘托出。没有深入内部的调查和切身的体验是绝对写不出来的。

仲老是弘一大师李叔同的崇拜者。他一直致力于李叔同的学术研究，是天津市李叔同——弘一大师研究会的理事。对大师生平的研究，有一件事尤其让我印象深刻。大家知道，李叔同出生的地方不是后来的粮店后街60号的那座田字形大宅院，而是地藏庵附近陆家竖胡同2号院。为了搞清此事的来龙，自1957年起，张仲先生多次来到地藏庵一带调查这座小庙的历史沿革、具体位置和李叔同出生地的确切地点。在此地，他访得"毛五爷买的李善人的房子"。他说：在弘一法师俗家后人风流云散情况下，其他途径均难以求证，唯有找到毛五爷所购房屋，始可觅得李叔同最初的"家"。这一带所说"李善人"即指李叔同家，也就是后来的陆家竖胡同2号院。经过细致的考察，张仲先生彻底弄清了这座院子的布局、房屋结构以及后来的变化和归属。仲老对我说："2002年8月28日，我再一次走进陆家竖胡同2号院，想探视一下李氏故居现状，有三尺童子两名正在对弈，不问来访因由，抬头便说：'这是李叔同出生的地方！'"就在这年，张仲写了一篇《寻访弘一法师降生圣地》的文章，在"天津市纪念弘一大师圆寂六十周年学术研讨会"上作了发言。作为《李叔同研究》学刊的执行主编,我将仲老的这篇文章收入2002年10月刊行的《李叔同研究》中。

仲老治学最讲实事求是,从不道听途说,人云亦云。对那些老调重弹、毫无见识、将别人研究成果窃为己有的行为,他称之为"炒冷饭""捋叶子",嗤之以鼻。一次,他向我提起一位叫萧二爷的人,此人是箍笤的,头上留个"马子盖"(头型像块瓦,背在脑后,清末民国时有人留这种头)。他说"萧二爷住的地方就在你家不远处"。我很吃惊。那萧二爷确是我家的老邻居,不过萧二爷是个极普通的人,仲老的居住地又在很远的地方,他怎么会认识这位萧二爷呢? 我问"您怎么知道得这么清楚"。仲老说:"我和萧二爷很熟,我主要是向他了解旧时箍笤这一行当。"莫怪仲老对天津旧事如数家珍,原来他掌握的都是第一手资料。2004年,天津设卫筑城600周年。天津古籍出版社出版一套《天津建卫六百周年丛书》,来新夏先生担任主编。总共六册,分册撰写,作者有张仲、李世瑜、杨大辛、罗澍伟、郭凤岐等,我也忝列其中。我写《天津的园林古迹》,张仲先生写《天津早年的衣食住行》。仲老的这本书将天津人的服饰、饮食、居住、交通,包括岁时节俗、人生礼仪中的衣食住行,乃至衣中的葬服与丧服、食中的特殊行业、住宅设施中的天棚、与行有关的特殊行业——脚行等,方方面面,讲得头头是道。这些生动具体的内容正是他数十年对各色人等、三教九流不辞辛苦寻觅走访的结晶。该书面世后,先生特赠我一本,在扉页上亲题:"用秀贤弟存正,小兄张仲,甲申秋,时年七十五岁。"这本书是我学习的范本,也成为我永久的纪念。

我与仲老最后一次见面是在有关中山路历史及为中山路的发展建言献策的讨论会上,先生和我都发言了。会后他对我说:"胃部做了手术,见好,没事了。"谁知不到半年,先生竟乘鹤西去。

"京津二雷"说梦辰

在北京和天津书业界名人圈子里,各有一位姓雷的古籍专家,他俩是同胞兄弟。哥哥雷梦水从业于北京,著名古籍版本目录学家,曾担任中国书店古籍审读组审读员、业务顾问会成员、北京市政协文史资料研究委员会委员,被称为中国"古旧书业研究开拓者"。弟弟雷梦辰从业于天津,天津古籍版本目录学家、版本学家,毕生以售书为业,同时兼顾搜集资料,撰文著书,被称为"勾勒津门书业文化史第一人"。

本人酷爱读书、藏书,是书店常客,对图书行业和古籍版本格外关注,与老一辈业书者和古籍专家颇多交往。20 世纪 90 年代我准备写一部叫《珍宝文玩经眼录——鉴定专家谈鉴定》的书(天津人民出版社 1995 年出版),其中有一部分专讲古籍版本,于是我便来到"在津业书数十载"的雷梦辰先生家,与先生做了一次长谈。

雷先生住在北辰区宜兴埠的一条小胡同内,独门独院,进得院门,右首北房,两明一暗,平日里雷先生校书、写作都在西面的那间小屋内。不利的是，房后就是铁道，路基很高，好在是条支线，经过的火车不多，只要不过火车，倒也安静。我去先生那儿，先生正在整理图书资料。自打从古籍书店退休后，他很少出门。当年他在书店库房值班中了煤气，落下说话不清的毛病，但头脑清晰。他向我讲起他的人生经历。

"我生在河北省冀县谢家庄村，父亲是晚清廪生，幼

雷梦辰先生

年时看到父亲伏案阅读古籍，受到熏陶，我和哥哥都喜爱读书。我在公立学校读了五年书，后来我们兄弟俩都是因为家庭生活艰难而不能继续上学。1936年，15岁的梦水哥听从家人安排去北京琉璃厂，在舅舅开办的通学斋书店学徒。1944年，也是15岁，我被舅舅安排到琉璃厂富晋书社，一年后舅舅又介绍我到隆福寺东雅堂书店学业。由于勤快好学，博得掌柜器重，却由此遭到大师兄的嫉妒，不便工作，我就去了天津茹艻阁书店继续古书生涯。学徒期间，对店里的线装书都设法一睹为快，罕见之书便随笔记下，以备查考。四年下来，我对古版书的知识积累很多。后来因茹艻阁停业，我就在天祥市场二楼自设梦辰书社，专门买卖古版书籍。公私合营时，我的书店并入天津市新华书店古籍

门市部,自己成为一名营业员。古籍门市部独立后,改称'天津古籍书店',我便担任收购员。"

雷梦辰说:"我从事古旧书业50年来,凭着自己的眼力,收集了一大批富有价值的古代典籍。20世纪40年代末,我到山东收购古书,在书堆里无意发现一本稿本。我从墨迹、纸张、装帧几方面进行分析鉴别,断定为《聊斋志异》作者蒲松龄手写的原稿,当即将它买下。稿本分为两种,一是作者手写原稿,二是作者撰完后由别人誊清的本子。稿本又有已刻稿本与未刻稿本之分。蒲松龄的这个稿本,既是作者本人的手迹又在当时尚未刊刻,更是异常珍贵。"

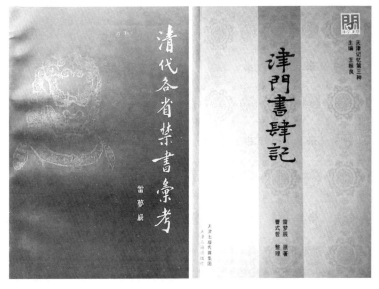

雷梦辰先生作品

因为时间的关系,此次我和雷先生的谈话暂时终止。数日后我又多次去雷家,继续谈,雷先生又向我说起他售书的一些事。

"搞学问的离不开卖书的,卖书的离不开搞学问的。"他说:"卖书的必须懂书,并且窥知读书人的心理需要,主动提供图书目录和线索,介绍有价值的学术资料,使读书人受益,这才是高层次的书商。"他说他从不把自己与读书人之间看作是一般的买卖关系,而把读者尊为师长与朋友,以诚相待。有些京、津、冀的专家、学者都成了他的知心朋友。他同南开大学图书馆的老馆长冯文潜关系密切,数年间,先后为南大送去七八十种清代版本的地方志书。有一次,他从山东买来清朝一位亲王写给皇帝的奏折,内容涉及义和团,有人想出高价买走。但他想到,南大冯馆长曾为大学生研究这一课题寻求过这类资料,于是,特意登门看望正在病中的冯馆长,并献上"奏折",冯文潜先生异常感动。

雷梦辰过眼经手的古籍善本有上千册之多,他坚持把握不是谁给钱多就卖给谁。他把善本书卖给真心需要它、保护它、收藏它的人。对有收藏价值的文化典籍,外国人给多少钱他也不卖,只把它卖给国家图书馆与有关学术研究部门。在新中国成立后的五六十年代,他先后为北京图书馆、南开大学、天津大学、历史博物馆、群众艺术馆,采购了数以千计的图书资料。直到如今他儿女手中还保留着一些图书馆寄给他的表扬信。

雷先生还向我谈到版本鉴定的问题。他说藏书,鉴定版本至关重要。无论是对售书者、藏书家,还是读书人,莫不如是。什么是好的版本呢?得从三方面看。一是它的历史文物性,二是它的学术资料性,三是它的艺术代表性。雷梦辰认为,凡精加校勘、错误较少、刻印精工、时代较早,而且具有一定学术资料价值的图书,均值得藏家收藏。其中只要是足本,均可作为善本对待。雷梦辰先生保存的几种书刊,虽年代较近,但很有特点,他特意取出来给我看。其中民国年间的《犹吁酬唱集》为朱印,内收向迪琮、郭则沄、高凌雯等人唱和的诗词。还有一本书,书的封面题为《老残游记》,翻开封面,总共 60 页,前几页是《老残游记》一书的目录,目录之后照录《老残游记》第一章的部分内容;再往后却是另一套目录,充满革命色彩,令人耳目一新。目录后载有新华社社论《庆祝济南解放的伟大胜利》《粟裕将军谈胜利的原因》等,共计 19 篇文章。雷先生说:"这叫伪装本,书的封面一个样,书里的内容与封面毫不相干。这本所谓《老残游记》的封面只是个伪装,里面的 19 篇文章都是共产党、解放军的宣传品。这种伪装本在过去只是为了蒙蔽敌人,实际上是利用它秘密地向人民群众宣传革命道理。类似这样的书刊,虽不算是古老的典籍,却也属于不可多得的收藏品。"

多次与先生交谈,我写了一篇长文《书林有路学海无涯——雷梦辰谈古籍版本鉴定》。雷梦辰先生作为津门著名的版本目录学家和藏书家,平生著有《清代各省禁书汇考》《津门书肆记》《天津坊印本书籍见录》《天津三大书肆记》等多部著作,他对古籍版本的研究备受学术文化界的重视。我曾将雷梦辰的事向北京琉璃厂中国书店的人讲过,他们听后很感兴趣,在我的引荐下,他们与雷先生见了面。后来我在网上看到一篇文章,叫《雷梦辰谈古籍版本》,但未署名,或署他名,其实都是我文章里的内容,这是否叫"盗版",我也不得而知。唯让我欣慰的是,先生真的是名声在外了。自打带北京朋友去先生住所后,我便没再和先生见面。据先生哲嗣雷向坤讲："为了搜集资料并做查证、核实，父亲不但到天津市档案馆查阅相关名册、统计册、报告表，而且写信求助或亲自走访那些已经改行或没有改行的书业同仁，以及诸多了解津门书肆史的老主顾、老读者。

"1990年退休后，父亲一边整理搜集到的资料，一边开始撰写《津门书肆二记》。遗憾的是，在完成了《清代各省禁书汇考》并其他文章后，父亲的体力、脑力已大不如前，而这又与1987年冬季在古籍书店南门里书库煤气中毒的后遗症有关。1995年夏季，母亲患肺心病去世，此事对父亲打击很大，他好像一下子就垮了，没心思写作了。21世纪初，父亲又患脑梗一次，未能痊愈，可谓雪上加霜，从此健康状况日下，不得不最终搁笔，直至2003年患肺癌去世。"

意淡趣古　书画兼擅

冯谦谦

旧时津人多将老辈乡贤称"某某爷",以示尊敬。如华七爷(华世奎)、赵五爷(赵元礼)、王二爷(王襄)、王六爷(王雪民)、李十爷(李择庐)、金十五爷(金钺)、王十三爷(王坚白)等,这是按家族的大排行叫的。早年天津文化人的圈子里有两位被称为"冯四爷"的人,一位是粮店后街大狮子胡同的冯孝绰,一位是西头南头窑的冯谦谦。本文所要讲的是冯谦谦冯四爷。

冯谦谦,名相,字守谦,号谦谦,晚号老谦,别号老蟾。生于1909 年。世居津门。天津市文史研究馆馆员、中国书法家协会天津分会会员。青年时代赴北京求学,中国大学(1913 年孙中山等创办)文学系毕业,以后又学习英文和土木工程。曾为天津海关督署职员、河北省烟酒税十区分局秘书,后来又做土木建筑工程管理等工作。他自幼酷爱诗文书画。早年即从徐和銮(释和銮上人)学习书画。20世纪40年代初,他边工作边学习,与王坚白、陈隽如、龚望等入李实忱主办的国学研究社,攻读经、史、子、集,从陈嚣洲先生学习书法,从刘子久先生学习山水画,从陆辛农先生学习花鸟画。学有根基后,又上溯徐青藤、陈白阳及"扬州八怪",探究文化艺术精髓。在书与画两个方面,他能相互融通,且与其诗文相互映发,形成意淡趣古的自家风貌。龚望先生评价他是"津门第一大手笔"。

冯谦谦画拓器匋罍补梅花图

1982年秋,和平书画会准备为冯先生举办个人书画展,我打算就先生的这次展览撰写一篇稿件,遂先期来到冯的住所拜访他。先生住在南头窑大楼一旧单元房,面积不大。冯先生胖胖的脸盘,说话直来直去,大大咧咧,没有一点虚假文人的那种穷酸、矜持和做作。早先就听说冯四爷这个人"性格豪放,嗜豪饮,喜鱼肉,每当酒后作书作画更有佳构频出,令人心爽神怡,叹为观止"。这次见到先生,果然如此,只是后悔没给先生带上一瓶好酒。先生向我讲起他的人生和艺术。

"退笔如山未足珍,读书万卷始通神。"苏东坡这一名句,形象地道出了一个人书画艺术上的成就与读书修养的关系。冯先生对我说:"我并不是一个专业美术工作者,多年来我努力追求艺术与学识理通神会,相得益彰。"的确是这样。我曾见到冯先生的一些在古代铜器、陶器拓片上的补花,是很富有"金石味"的作品。无论是在汉陶壶拓片上补的牡丹,还是在晋陶罍拓片上补的芙蓉,都蕴含着一种雍容典雅的情调,散发着一种文人和文化气息。尺幅不大的墨菊《悠然见南山》,以墨光的浮动和简括的构图,表现出菊花格调的高雅,并作长题,洋洋洒洒,这种书卷气正是如今一些画家所不具备的。

这年9月,冯先生的个人书画展如期开幕。冯谦谦创作的120余件书画作品悉数亮相,颇受观者好评。如所书狂草《闻官军收河南河北》,运用怀素洒脱自如的笔法和飞舞活泼的动势,生动形象地表现了大诗人杜甫"剑外忽传收蓟北"后的那种欢喜若狂的心理状态。大篆"同学少年,风华正茂,书生意气,挥斥方遒",用笔纵横奇崛,点画柔韧,呈现一种笃实凝重的气质。孙其峰、龚望、梁崎、余明善等数十位书画家纷纷书写贺词。我写了一篇题为《格高韵胜气度非凡——冯谦谦书画展观后》的文章,刊登在 9 月 19 日《天津日报》副刊。后来我又将先生写入《天津绘画三百年》一书（2013年 9 月天津人民美术出版社出版），文章对其书画作品做了分析。以我个人之见:"冯谦谦的绘画当以写意花鸟见长。他的画风,是从我国古代某些文人画脱化而来,但又摒弃了一般封建文人那种高傲孤独的消极情趣。他的画,构图简括,朴实单纯,但又注重写实,师法造化,形神兼备,气度非凡。他笔下的梅花,枝干似铁,繁花如雪,乃从金农的梅花脱化而来。所画松树挺拔雄伟,有如苍龙腾天。他的书法善于'取形用势,写生揣意'。他对金文、石鼓乃至汉碑、魏碑中的精品,都做过认真的学习和研究;同时,又不拘泥于一点一画如何肖似某家某法。金文笃实凝重,狂草纵横奇崛,洒落自如。"

冯谦谦绘白梅

　　冯先生一生老成持重,醇谨自守,不尚标榜,不务声华,淡泊自强。作为陈啸洲先生门人,他与同门龚望、余明善、胡定九、王坚白等一样,始终不忘师恩、师教。当年龚望先生送我一件影印的字幅,亦可见冯对陈师的感念。字幅中间是陈嚚洲任教国学研究社时的书课二纸,一为书《张迁碑》隶书,一为书《夏承碑》隶书。其上下左右为同门五友龚望、胡定九、王坚白、余明善、冯谦谦的题识,缅怀与赞叹他们的老师。冯谦谦题诗一首曰:"弦歌犹在耳,杏坛迹已陈。空余金刚杵,留示后来人。嚚师有'作字须如笔下金刚杵'之谓,作家(龚望)出视遗墨,信然也。谦谦拜识。"

　　冯先生好奖掖后学。但凡有人喜爱书画,他总是有求必应,不计报偿。20 世纪七八十年代,在和平书画会,他与梁崎、慕凌飞、赵松涛被誉为"四大台柱",为普及书画艺术教育积极出点子,支持办学。他编写的《关于中国画的历史和今后发展》《论颠狂之分》《梅谱》《竹谱》《菊谱》《水仙谱》等教材,多有独到见解。在研讨会上,他化渊博的学识为精彩演讲,并不时插入英语以调剂气氛,令与会者赞叹。1987 年重阳节的转天,78 岁的冯谦谦先生因病去世。

先学做人　再学做事

20世纪30年代，中山公园二门内假山的右侧矗立着一座洁白素雅的西式风格建筑，这就是由天津近代教育家严修之子严智开倡导并担任首任馆长的天津市立美术馆。多少年风雨沧桑，这座美术馆早已在今人心目中淡漠，然而，它在天津老一辈书画家眼里，依然是一座神圣的艺术殿堂。

美术馆开馆伊始，曾任北京湖社画会导师的国画名家刘子久于20世纪30年代初返回津门故里后，任该馆秘书兼国画导师，并首创天津国画研究会。当年的美术馆曾培育了一批出色的国画人才，如刘继卣、金力吾、王颂余、孙克纲、崔今纲、李平凡、靳夕（靳涤萍）、冯玉琪等。郭鸿勋也是其中的一位佼佼者。

20世纪80年代末，因与先生商讨成立津沽书画会事宜，我曾数次到郭鸿勋先生府上。先生住在河北区辛庄的一个小院内，距一单线铁道不远，往西穿过一条宽胡同便是北运河，早年河面上有摆渡，后来修建了一座钢索吊桥，叫"新红桥"。郭先生身材偏瘦，为人随和，说话和风细雨。

郭鸿勋绘孔雀

先生1918年出生在堤头草帽张胡同,不久迁居辛庄后街十七号,买下原属朱姓的二进三合院,更名郭家大院。1943年他考入天津市立美术馆,就读中国画研究班和西画研究班,从刘子久、萧心泉学山水花鸟,从陈艺如学西画。年轻的郭鸿勋既学习中国传统技法,又学习透视素描。他尤其钟情于宋元的工笔重彩,坚持不懈地探讨研习,成就了他的一生。1949年他在宜兴埠小学任美术教师,为该校唯一的科班美术教师。他常年步行十余里路到学校上班授课。著名画家岳政、韩世炎、杨玉庆等均是他的亲传弟子。郭俊玲、苑福章、党俊杰、刘荣生、王士生、张俊强等书画家亦出自先生门下。1981年退休后仍笔耕不辍,1985年被天津市文史馆聘为特约馆员。

郭先生对我说:"我永远忘不了天津美术馆对我们这一代画

家的培养。"1930年10月1日,美术馆正式开馆。在首任馆长严智开主持下,除定期展览古今美术作品外,还办有绘画传习班,招收青年美术爱好者学画,其教学采取课堂上授课方式,直接培养美术人才。美术馆设立专门的西画研究所,西画研究所所设科目有实习主科和理论副科。实习主科主要学习素描画和色彩(粉)画;理论副科则包括透视学、美术史、解剖学、色彩学、理论等,学制为三年。在《天津市立美术馆美术研究组简则》中明确指出:"本组以提倡美术奖励实地研究造就美术人才为宗旨","本组各班聘请专家为顾问或充名誉导师"。事实上,天津市立美术馆也确实为天津市美术的发展甚至中国美术的发展造就了诸多美术大家。我曾写一篇文章《天津美术馆与津沽书画》,刊登在2006年1月1日的《今晚报》上。文章特别提到:"郭鸿勋擅长工笔花鸟,其作品既继承民族特色,注重笔墨运用,又追求变异出新,摆脱泥古陋习,展现时代精神,这与当初美术馆严、刘等人倡导的绘画理念是一脉相承的。"后来我将郭先生的艺术成就专门写进《天津绘画三百年》一书中。

在为人处世上,先生曾多次表示:"要先学做人,再学做事。"郭老哲嗣郭金鸿是笔者的好友,他说:"我父亲一生不事声张,低调做人。"金鸿先生曾讲郭鸿勋老人为天津文史馆创作巨幅写意作品《万紫千红》的一段往事:20世纪90年代初期,天津文史馆的馆址从河西区解放南路迁至宾友道,我父亲受命创作一幅两米乘两米的《万紫千红》写意牡丹。那时家里住房狭小,无法进行创作。时为红桥区书画联谊会负责人的毓半云积极协调,将区政协书画联谊会办公室作为临时画室,父亲在这里绘画。但红桥区政协在勤俭道红卫桥旁，父亲住在河北区辛庄，去临时画室作画，要横跨北运河、子牙河，路途远，又无公交车，父亲不惧七十高龄，步行前往，每趟要走近一个小时，就这样坚持了一个月，完成了这项任务。这幅画取法立意师古而不泥古，聚散适宜，布局巧妙，姹紫嫣红，春意盎然，凸显蓬勃向上、欣欣向荣的主题，同时也充分体现了"笔墨当随时代"的创作思想。

郭金鸿还说；"父亲身体一直非常健康，被称为'铁老头儿'。这得益于他平和的处事心态及规律的生活习惯。他每天清晨和傍晚总是围绕半岛形辛庄散步。他说：'看着水面和天空，看着鸟飞鱼游，总觉得大自然有取之不绝的素材，悟在心里就有了灵性。'"

郭鸿勋的画雅俗共赏。他那颇具宋元味道又充满大自然生机的绘画作品，配以瘦金体的款题，书佳画妙，珠联璧合，既是草根的、平民的，又是高贵的、高雅的。我在一些画片、年画、年历、挂历、年卡等出版物上常常看到他作品，其绘画也常在《迎春花》《工人日报》《法制报》《天津日报》等报刊发表。《竹林仙鹤》《富贵牡丹》等为北京人民大会堂天津厅、首都机场、天津文史馆及四川、江西等省和广西壮族自治区的文史馆收藏。20世纪80年代中期，郭鸿勋举办个人美术展览，曾参加五省市巡回联展、全国美展等，并多次参加天津市赈灾、支教、扶贫及庆祝香港回归、澳门回归等义展义卖活动。

郭鸿勋先生于2004年去世。近年来，他的画作亦多次出现在艺术品拍卖会。2016年北京百衲春季拍卖会《蓟淞洗雪——中国书画专场》，郭鸿勋创作的《富贵白头图》（55厘米×67厘米），瘦金书题识"一九七六年仲夏月，鸿勋写"，钤印"寿芝"，估价6000元。且标有文字曰："郭鸿勋，天津市立美术馆中国画研究班、西画研究班毕业。从师刘子久、萧心泉诸先生学山水花鸟，从师陈艺如学西画。曾与梁崎、张志远等多次赴京，均被聘为中国湖社画会理事，并多次参加笔会，留下了不少画作。"2019年天津国拍和德隆春季拍卖会，亦有先生精品亮相。

我存一幅先生所作《鸟语花香》，格高韵胜，生机勃勃，乃先生1992年所赠。睹物思人，"先学做人，再学做事"，先生之言犹在耳边萦绕。

书法、医道和美食

刘松庵(1919—1994)，原名俊琦，号松庵，室名仰山庐。天津人。出身名门。师从清末四大名医之一施今墨，不仅精于医术，且擅书画艺术，尤其在书法方面造诣颇深。早年曾临习颜体、柳体和《张迁碑》《曹全碑》。行草宗《争座位帖》，且师法苏轼、刘墉。小楷则学《乐毅论》。时人评价："其书心窥魏唐，游于明清，瑰玮深穆，大气磅礴，跌宕中存含蓄，豪放而不失法度。"他是中国书法家协会会员，天津市书法家协会名誉理事。

前者我写过《景物犹当带梦看》一文，主要介绍老画家刘维良，其中也提到了刘松庵。说他在 20 世纪 30 年代，多次与著名画家黄宾虹、王雪涛、汪慎生、颜伯龙、刘子久等一起，在同一展览会上展出作品。当年天津的国华社、梦花室、荣宝斋等书画店，都挂过他的笔单。还说有一年刘松庵同张大千、溥心畬等在国华社联合举办书画扇面展览。刘展出的四件书法扇面，为津门四大书法家之一的赵元礼全部买下，赵元礼称赞刘松庵作品很有明人的味道，说要亲自拜访他。刘听到后，很是过意不去，没等赵老登门,抢先看望赵元礼。

刘松庵的故事远不止这些。20世纪80年代初,我曾多次到河北路南头的一座小楼内拜访他,他向我讲过不少有趣的事,1983年7月10日《天津日报》发表了我撰写的《二十鬻字三十悬壶》的文章,文章的重点是剖析刘松庵"骏快苍劲、变化迭出"的书法风格。因篇幅所限,又考虑到有些情况不宜多说,先生给我讲的某些内容并未写到稿子里去。

刘先生是一位眼界十分开阔的艺术家,他的书法不拘一人一家之法。先生家中收藏书画甚富,朝夕揣摩名家碑帖真迹,潜心研习明清法书,使其受益匪浅。当时天津人大都宗颜体,学华世奎,但刘松庵并不喜欢华的颜体书法,他说他开始学华写颜,后来

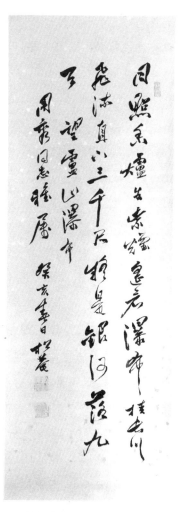

刘松庵赠笔者的书法作品

见得多了,还是觉得明人的书法有味道。跟谁学呢?他有自己的观点。他喜欢苏轼、傅山、刘墉,对于这些人的字,他心追手摹,深入钻研,尽得古风之潇洒,将苏轼的藏巧于拙、刘墉的骨肉

相兼巧妙结合,融于笔端,同时兼有米、王之风韵,在奔放中蕴含着苍劲之气,20岁出头便自成一家。

刘松庵对我说,当年他拜国医大师施今墨先生为师,学习中医,每天随老师一起出诊,时刻陪伴在老师左右,是真正的入室弟子。由于书法功底好,写的药方很漂亮,施今墨就让他写药方,因而他也能够有机会得到施今墨先生的真传。刘松庵还对我说,他写扇面常常"破行",即在扇面上题字不按照折扇的折痕来写。这是难度很大的。一般的书家皆避而远之,但刘松庵不怕。他不无得意地说:在扇面上"破行",谁敢拍胸脯写?我就敢。刘松庵有一方闲章,印文是"二十鬻字,三十悬壶",道出了他的人生经历。鄙人写他的那篇文章就是取他的这一"闲文",见报后,刘先生风趣地说:"我二十鬻书,三十悬壶。二十多岁能写好字吗?我那狗屁字居然卖了不少。"

刘松庵还是美食家,他特别讲究饮食,饭菜精致到极点。对此,先生与我交谈时没有讲过。从别人口中得知,刘先生会吃更会做。他包饺子不用面皮,而是用鸡蛋液在平底锅上摊饺子皮。他不"剁肉馅",而是将肉先切片,再切丝,后切丁,一刀一刀"磨肉馅"。韭菜馅儿不是切成末混在肉馅里,而是切成寸长的段儿,横包在饺子里,煮熟后再把韭菜抽出来,只吃韭菜味儿,不吃韭菜叶。这样的精工细作,他都一一做来,不假他人之手。因为爱吃、会吃,他跟天津很多大餐馆、饭店都很熟,人家一看他来了,都向他打招呼。名中医哈荔田逗他,说他是个"少爷大夫"。用今天的话讲,他这是"精致的生活"。

刘松庵医术高超,在天津很有名气,早年他给人看病,诊费很高,但穷人看病常常不收诊费,甚至还要倒贴钱。一次他到南市出诊,路上看见一位老太太在马路上病倒了,他赶紧让人力车夫停住,从人力车走下,蹲在马路边给老人看起了病。开好药方,想让人力车夫将这位老人送回家。转念又想,只开药方,她没钱还是买不起药,就又在她手里放了两块钱。几天后,刘又让人力车夫带路,亲自登门去为这位老人复诊,再开药方之后,又留下了几块钱。刘先生对每一个人都很好,对学生、对子女特别疼爱。他的儿子刘英是一位烈士,儿子牺牲不久,老伴儿也突然离世。刘先生非常伤感,他告诉他的弟子刘道安说,他哭了三个月。

刘松庵诙谐幽默,先生略有口吃,说话常开玩笑,让人无拘无束。跟他学医的弟子刘鸿说:"他每次看病,都是跟病人说说笑笑,病人被他逗得哈哈笑,高高兴兴就看完病了。老师很会逗人,病人来看病之后,都不觉得自己得了什么重病,心情好,再加上老师开的药方高明,病人很快就康复。"刘松庵患有前列腺病,晚年愈加严重。20世纪90年代初的一天,书协在天津礼堂开会,在会议室,我遇见了刘先生,这大概是我最后一次见到他了。他的身体状况已大不如前。只见他腰间挂着一只导尿瓶,连着橡胶管,里面还有半瓶尿。见到我后,指着腰间说:"悬壶,悬壶,悬了一辈子的壶,老了,老了,偏偏自己'悬壶'了。"先生到这般田地,依然那么乐观幽默,让我感叹不已。

王麦杆以木刻宣传抗日

王麦杆先生

王麦杆生于1921年,山东招远人,著名版画家。中国版画家协会常务理事、中国美协会员、美协天津分会常务理事、天津版画研究会名誉主任委员、天津美术学院教授、博士生导师、天津画院顾问。早期木刻作品有《鲁迅像》《码头工人》《母与子》等,同时参加第一届全国美展。曾被《世界美术全集》列为中国当代最有影响的七大著名画家之一。

我与麦杆先生相识是在20世纪80年代初。因先生就职于天津美院,他的居处就在美院内的一个单元房内。先生正值花甲之年,但精神矍铄,面色红润,他说话语速较快,手微微有些发抖,可能与其先前患病有关。他说他原名叫王兴堂,笔名爱游山人。1939 年,他在上海美术专科学校学习期间,因创作题为《日寇暴行》的木刻而被投入牢房,受尽折磨,但他始终坚强不屈。出狱后他改用笔名"木革",寓意为"坚持以木刻进行革命活动"。"木革"的上海话谐音为"麦杆",此后则一直沿用了下来。1941 年他任铁流漫木社总干事、1942 年参加新四军任战地服务团教员、1950 年在解放军部队从事美术宣传工作,以致后来在美术院校担任教授,他都用"王麦杆"的名字,人们也只知王麦杆这个人,至于"王兴堂""爱遊山人""木革"却很少有人知道了。

在王麦杆先生家里,我看到当年他创作的木刻作品。给我印象最深的是 20 世纪 40 年代他创作的一件叫《放回来的爸爸》的版画作品。画面上一位爱国志士从敌人监狱

王麦杆版画作品《放回来的爸爸》

被放回时,已经被挖去了双眼。他紧抱久别的爱子,儿子睁着一双爱怜大眼,痛苦地望着爸爸。作品深刻揭露了日寇残害中国人民的血腥暴行,震撼人心,被认为是抗战时期具代表性的版画

作品,1948年中华全国木刻协会举办第四届全国木刻展,就选入了《放回来的爸爸》这一作品;日本工会组织曾复印了30万张广泛张贴。1950年五一国际劳动节,在东京60万工人游行队伍中,就有不少人举着这幅画游行,以示反战的决心。据说至今不少日本工人还保留着这幅美术作品。日本版画家内山嘉吉曾编印了一本《中国现代木刻选》,选了20世纪三四十年代抗日战争时期发表的300幅版画,其中就有王麦秆先生23件作品,说明他在抗战时期创作的版画传播之广、影响之深。一位美术家在国难当头危急时刻表现出来的崇高社会责任感和爱国情怀,是永远值得人们尊敬的。

1981年8月,以描写宝岛风光和台湾风土人情的"麦秆台湾风光画展"在天津举行。展览共展出王麦秆先生创作的版画、速写、水彩、国画、油画作品百余幅。如版画《新竹采茶女》《基隆船工》,速写《在台湾姥姥家》《山地姑娘》,水彩《郑成功祠》《台南小巷》,国画《桃园山林》《妈祖庙》,油画《北投朝天宫》《高雄爱河》等,大都是1947年王麦秆赴台湾探亲时留下的原作。展览吸引了上万名观众。一些七八十岁的老人拄着拐杖赶来,还有不少人专程从北京来这里参观。一位白发苍苍的老年妇女在家人的搀扶下,缓步走进展厅,她是张学良将军的胞妹张怀卿。展出的每件作品无不体现了麦秆先生热爱宝岛台湾、期盼祖国早日统一的爱国情怀。我参观了这个展览,更是感受良多。在展览会上,我还得知这样一件事:原来王麦秆那次到台湾探亲是他的妻子董闽生和他一起去的,而且还是董闽生冒着极大的风险,躲过"文革"的浩劫,把他的那些在台湾的写生画作一幅不少地保存下来的,这才使王麦杆能举办这样一个意义深远、影响海内外的画展。

"夫妻间的相互理解和尊重,在事业相互支持和相互援助,最可宝贵。"王麦杆先生对我说。展览过后,经过进一步交谈,我得知王麦杆与董闽生其实是一对"患难夫妻"。麦杆先生讲,20世纪40年代初,他在上海美专上学时,发起并组织了社会科学学习会。生生助产学校的福建姑娘董闽生也参加了这个学习会。在长期的接触中,她知道他曾用一把木刻刀,揭露"日寇暴行"而被捕入狱,她知道他曾发表进步作品而遭到敌人的监视。可是,她毅然决然地爱上了这位"危险人物"。1945年,他们终于结为夫妻。在几十年的风风雨雨中,两人始终相偕。1950年,王麦杆要到边疆部队去做宣传工作,董闽生二话没说,千里迢迢地同他一起奔赴祖国大西南。1957年,王麦杆被划为"右派",工资由每月177元降到35元,一家人多次被赶到农村"下放劳动",董闽生不但没有抛弃他,反而对他更加亲近。说到这里,王麦杆心情激动,充满了对妻子的感激。

1984年,《今晚报》即将创刊,报社约我给副刊写一篇稿,我便写了一篇题为《王麦杆教授夫妻风雨相偕四十年》的稿件,文章刊登在这年7月1日《今晚报》的创刊号上,这也算是我对这对饱经风霜的老夫妻的一个交代吧。

王麦杆晚年喜以墨彩创作中国画,别具一格。他的版画作品曾参加法国、英国、苏联、美国、日本等国举办的中国版画展。并入选《世界美术全集》《现代世界名画集》《现代世界美术选集》《世界名人录》等。名列中国版画家五人之一。1993年赴瑞

王麦杆晚年所作彩墨作品

士日内瓦联合国总部办事处万国宫举办个人画展。2002 年
去世。

谦虚和蔼似古贤

我与穆子荆先生是忘年交,先生当年住在西北角先春园东口路北的一个大院内,与清真大寺隔着一条大丰路。那是一所四合院,先生住在北房,屋子高大敞亮。每次我去先生家,先生都以他书写的唐诗相赠。1983 年,天津在南北运河交汇处建引滦入津纪念碑,碑文为楷书,点画含蓄,雍容尔雅,令人赞叹,其书写者就是穆子荆先生。碑文记载着党中央、国务院对天津人民的关怀和引滦入津建设者的丰功伟绩。

穆子荆(1902—1985),号炳炎,回族,天津市人。民国时毕业于北洋大学。著名书法家。曾为天津市书法家协会副主席、天津市伊斯兰教协会副主席、政协天津市委员会常委、天津文史研究馆馆员。先生曾对我说,穆家祖籍浙江绍兴,是旧天津的商贾名门,家中出过许多名人大家,有老一辈革命者,有学者,也有名医。穆子荆幼年时师从华世奎、严修学习经传、诗词、书法。他勤奋好学,严于律己,打下坚实的国学根底。穆先生名本家鼐,北洋大学毕业后,以"子荆"为号报考公职,在 270 名考生中夺得魁首,遂以"子荆"闻名于世。

"鲁迅先生当年到天津就曾住在我家。"穆子荆先生回忆。那是1912年6月10日至12日,鲁迅由北京来天津考察民间艺术,在天津逗留了三个白天、两个夜晚。《鲁迅日记》写道:"6月10日,午后与齐君宗颐赴天津,寓其族人家。"可知鲁迅是住在了同在教育部任事的齐宗颐亲戚家中,但具体地点没有明确表露。而穆先生则记忆犹新。他说鲁迅的这次天津之行正是住在他家。穆先生家的亲戚便是鲁迅的同事齐宗颐。他说当时他已经十多岁了,在穆先生记忆中,鲁迅先生留着胡子,头发不长,衣着很朴素。为了招待从教育部来的客人,穆家特意准备了比较丰盛的晚餐。穆先生说,鲁迅曾摸过他的头,看过他写的字。大概是因为行程安排紧的缘故,或许是习惯了南方饮食的鲁迅

城關輔三秦風煙望五津與
君離別意同是宦游人海內
存知己天涯若比鄰無為在
歧路兒女共沾巾

用秀同志嘱

穆子荆书

穆子荆作品

对天津菜不习惯,那一天鲁迅好像并没有在穆子荆家吃饭。

穆子荆书法,早年宗欧阳询,后学翁方纲,得欧书严谨凝重,得翁书运笔神采,取诸家之长,融汇出新,形成潇洒飘逸之风貌。小楷尤精,平和简静,结体方整,一如其人。穆子荆说他早年习书,所作日课多书于"白折"之上,白折长1米、宽30厘米左右,纸为单宣,分作10折,用来练习小楷。于笔、于墨要求都很"苛刻",用笔、用墨皆恰到好处。展卷观之,翩翩风神尽在毫发之间。晚年所作,无论小楷还是中楷皆骨肉停匀,颇具返璞归真之感。他的书法作品曾参加全国第二届书法展,并多次在海内外展出或被爱好者收藏。1980年天津人民美术出版社出版其《毛主席诗词小楷字帖》,小中见大,字字珠玑,于自然简淡中透发出求实的精神,展现了穆先生书法深厚的传统功底、高超的艺术水平。

改革开放带来了文化的繁荣,也使书画艺术得以复苏。此时穆子荆社会职务增多,然让他最为牵肠挂肚的则是设法建立一个群众性的书画团体,让大家有个活动、交流、培训的平台。为此,他率先提出一个"承先启后,丕振宗风"的口号。年逾八旬的穆子荆四处奔走,积极筹划,将艺术家和书画爱好者组织起来,在和平区文化馆的支持下,成立了和平书画会,且担起会长之责。无论是搞讲座、展览,还是授课、演示、办学习班,不管酷暑严寒,风里雨里,书画会里总能看到他的身影。这是"文革"后天津第一个业余书画组织,各种活动异常活跃,龚望、李鹤年等一大批书画家都是在这里展现了自己非凡的造诣。当时曾有人在一首诗里写道:"和平书画研究会,屈指成立已三年。沽上耆宿多罗致,访问延揽费周旋。忠心四化齐协力,百花竞放更斐然。子荆带头貌矍铄,谦虚和蔼似古贤。"充分肯定了穆子荆先生在社会文化艺术活动中所起的作用。

穆子荆颇好诗文,早年曾加入严修创办的城南诗社,与诗结下不解之缘。党的十一届三中全会后,他激情满怀,写下许多歌颂党、歌颂社会主义的诗篇。1981 年,穆子荆作《光辉六十年》。诗曰:"历尽艰辛六十年,几番变化几重天。古田会议昭军律,遵义会议挫敌顽。万仞雪山红旗卷,四回赤水万民欢。革命成功传伟绩,党的光辉亿万年。"

记得那年先生已 82 岁高龄,他竟然登上五楼,到办公室来看我,令我于心不忍,那次他还给我带来他书写的引滦纪念碑碑文的照片底样,我依然精心保留。那些年,我常去先生府上拜访,谈古论今,其乐融融,如今那先春园的穆家大院早已不复存在。

"荒原狭径"踏勘人

世纪之初,我接受了一项任务——组织编写《天津河北简史》。为此,我特意到小海地、黑牛城等地,拜访王翁如、李世瑜、林开明诸位文史前辈,请他们一起参与该书的编写。

一天,我来到李世瑜先生家。那是佟楼新闻里二楼的一个单元房,室内墙壁悬挂着近代画家萧谦中画的山水扇面,清雅别致,极富品位。先生身材高大,五官端正,直率豁达,本地口音,一看便知他是"老天津"。我说明来意,并作了自我介绍。先生说:"我和你的伯父章邦宪先生很熟,他是研究先秦历史的,当年我曾在《历史教学》杂志社当编审,老先生是我们的撰稿人。"李老当即表示,愿意参加《天津河北简史》的编写,并说要将他的研究成果"天津地区的三道贝壳堤"写进书内。不久,先生就提供了一份文稿,其中写道:"最早的一道海岸遗址当在三岔河口一带。由于这一带开发较早,地面的扰动太大,已难觅它的原始痕迹。""旧三岔河口一带是5000年前诸河的汇聚点,也是入海口。当时并没有海河,海河是随着自三岔河口至大沽口这片海

当年作者与李世瑜、王翁如等先生的合影，

右四是李世瑜先生，右一是作者。

域的逐渐淤淀成陆而形成的。"《天津河北简史》第一章"河北地区的早期历史"的第一节"河北地区的形成"便涵盖了这些内容。

李世瑜先生是驰名中外的历史学家、社会学家，1922 年生于天津梁家嘴,1948 年辅仁大学人类学硕士,1982 年美国亨利·路斯奖金得主。先生自言,他搞学术研究"走的是社会历史学这条路",他"将历史学与各种学科交叉起来",深入社会下层结构内部进行调查研究、深入农村社会进行调查研究、在天津郊区县进行田野考古工作等,都是他"借用的他山之助"。对民间秘密宗教的研究、确立"天津方言岛"学说和寻找其母方言等,他竭尽全力,成就斐然。有人曾这样评价,说他"落笔多创意,有文辄拓荒""民间教门独辟蹊径,社会历史别出心裁"。

在一次闲聊中,先生说起了他在 20 世纪 50 年代跑遍天津郊县、纵横反复数千里,踏勘三道古代海岸遗迹(贝壳堤)的艰难历程。他说:"干这件事从始至终只有我一个人,从事调查的代步工具就是一辆破旧的自行车,还有一些简单的工具和照相机等等。遇到的困难、危险和意想不到的事故很多很多。为了横跨一片稻地,我扛着自行车,赤着脚,蹚过十三道田间的水沟。我曾误入正在演习的炮兵阵地,被羁留在连部盘问达四个多小时。有一次在小站镇的一家饭铺吃饭,饭菜不干净,我吃过行至离小站九公里的荒无人烟的上古林海边时,上吐下泻,直到脱水而昏倒数小时始遇救。"先生还对我说:"一次我到南郊巨葛庄一带搞调查,差一点就掉进河沟里。"我说:"您真是福大命大造化大啊!"这次交谈后,我一直酝酿着写一篇文章,题目都想好了,甚至还想再与先生做一次深谈,给先生写篇小型传记,但因公务繁忙,此事一拖再拖,最终不了了之。

先生还曾给我讲过天津的一些掌故和逸闻旧事。他对我说过"王三奶奶"和天津人登京西妙峰山的事,竟勾起我亲临妙峰山考察的欲念。在谈到天津书业时，他对我讲："雷梦辰这个人你可能知道，他是个老书商，却勤于读书辑录，与读书人关系甚笃，我汇集宝卷资料就得到过他的帮助，你有空可去看看他。"先生的话启发了我，我专程去宜兴埠雷先生家看望，言谈之中，更了解了雷先生的过去和当下，也领教了他对鉴定古籍版本的真知灼见，于是写下一篇长文《书林有路 学海无涯——雷梦辰与古籍版本鉴定》。

我向先生谈起过我幼时的居住地，先生对我讲："当年的'水梯子'也有一些深宅大院和富户人家。我有一门亲戚住在水梯子大街三义当东胡同口的一座大院内，无意中在院内挖出两坛银元宝，不知以前是什么人埋下的。"顺着先生指出的这条线，我又做了进一步调查与考证，对"水梯子"这个地方有了更深的了解，写出《"老牛"困在了"水梯子"》一文。

2003 年的一天下午，我去解放南路的一个单位开会，走在路上，恰巧碰上了李世瑜，先生也是去那里开会，我与先生结伴同行，顺便谈起天津的文化历史，先生说："你是有水平的，天津的文史传承就靠你了。"鼓励之意溢于言表。"就靠你了"，这话我实在承受不起，天津有那么多高水平的人，我能算什么？要说"就靠你们了"我还勉强能接受。2004 年，天津设卫筑城 600年，由来新夏先生任主编，编著出版一套丛书，共八本，作者有李世瑜、张仲、罗澍伟、杨大辛、郭凤岐等，我也忝列其中。李世瑜先生写《天津的方言俚语》，我写《天津的园林古迹》。起初我并不知道是谁将我推为作者，书出版后，一次来新夏先生见到我，不经意地问："用秀，你知道是谁极力推荐你，让你写这本书的

吗?"我说:"不知道"。来新夏先生说:"是李世瑜先生。"此时我
才恍然大悟。

　　2010 年 12 月的一天,突然得到噩耗,李世瑜先生去世了。
先生的音容笑貌,先生勤奋博览、深入社会的一件件往事,他对
天津地方史和地方文化的贡献,他对后进的提携与期待,深深印
在我的心中。在学术研究领域,先生是一位"拓荒者",他不畏
艰险、一往无前、求实奋进、独辟蹊径,他的治学精神是留给后人
的一笔宝贵财富。

万选青钱乐不疲

1986年初夏的一天,我来到东门里二道街唐石父(应念作甫)先生家中。院子不大,大门向南,先生住在北屋。那天,他满面风尘,疲惫不堪,说是刚考察过黄骅县(今黄骅市)内的章武故城遗址归来,自行车上的脚蹬子都被他蹬掉了,只剩下了脚蹬棍,黑塑料凉鞋的带子也断了。听说我也有藏泉之癖,他不顾一路劳顿,竟兴致勃勃地与我聊起了收藏、研究古钱的事。他说:"近代钱币学家鲍子年诗中有'万选青钱乐不疲',我最喜欢这句话。"

唐石父生于1919年,世居天津老城厢,从十几岁就喜欢收藏古钱。那时,他还是个穷学生,生活拮据,常常背着家里,把零花钱攒起来,到北门一带旧货摊收买古钱。家里炕底下有一串"压岁钱",他也悄悄地把好的挑出,精心保存。河北第一博物院举办"货币展览",那千姿百态的历代钱币使他流连忘返,有人送他一个绰号:"老钱"。唐先生说他打二十来岁就结识了甲骨文研究专家王襄、篆刻名家王雪民,并向尹承纲、刘光城、王森然等问业讨教,继而与陆文郁、陈铁卿、陈邦怀诸先生共同探讨,不断收集、研究古钱,整理有关古钱币的文献资料。

不久,我再次来到唐家,不巧先生不在。唐大娘见我是熟人,便对我说:"他经常出去,这么大岁数了,也不知道个累。"她带我走进一间小屋,指着墙根下、窗台上堆着的砖头瓦块说:"不知从哪儿捡来的,不知他要这些有嘛用?"正说着,

唐石父先生

唐先生回来了,见到是我,很高兴,又和我谈起他是如何运用科学的理论和现代的鉴别方法去研究古钱的,提到他对易混圆钱的认识、对武德钱文读法的探索、对历代农民起义铸造钱币的考察、对东汉光武货泉的辨析。唐先生的研究成果是在掌握大量材料的基础上,进行科学的分析、比较而得出的,体现了他对货币研究不断进取和一丝不苟的精神。为此,我写了一篇文章,题为《"钱癖"唐石父》,刊登在 1987 年 9 月 4 日的《天津日报》上。文中提到:"他珍藏古钱,不是当作财富,而主要是为了从事货币研究","通过金石碑版,他研究文字源流和书法艺术"。说"他紧密结合文物考古工作和古钱币的出土新发现,研究古代钱币,

发表了很多新见解"。

前面提到,本人也是古钱收藏者。早在 20 世纪 80 年代初,南市建物大街的古玩地摊刚一出现,我就是那里的常客。因我囊中羞涩,除购得一些小件文玩,也零零星星地买到一些价位不高的古钱币,多为方孔圆钱,也有少量刀币、布币。有一次竟从一贩子手里购得 50 多枚圆钱,其中多是北宋货币,亦有南宋货币。唐先生知我与他有同好,打算帮我识别一下。一天,先生骑着自行车来到我家。古钱摊了一桌子,真品、伪品、好的、坏的,很快被先生辨别出来。他将伪品一一剔除,并且道出它们的破绽。他说:"常见的多是真品,稀见的多是伪品。不过这些伪造的古钱不是现在所造,大多数是清末民国造的。"接着,他又拿起伪造的钱币向我讲起作伪的手段。这一枚是将厚钱磨去原文,顺形依势,改刻成版别稀少的文字的;那一枚是将常见的铜币挖去其中一两个字,改成其他文字的。还有一枚是伪造者独出心裁自己设计的历史上根本不存在的"货币"。不知不觉吃饭的时间到了,爱人端上了饺子,先生吃过后,说味道不错,只是咸了些。不知是盐放多了,还是先生口轻,事已多年,我也记不清了。但我深知先生是真诚直率的人,他一向有一说一,有二说二。

作为国家文物鉴定委员会委员,唐石父不仅有一双辨识古钱的慧眼,且在古钱理论上也颇有建树。他曾主编《中国古钱币》,撰写论文三百多篇六十余万字,其中《武德钱文研究》获 1993 年中国钱币学会最高学术奖。他还是中国钱币学会常务理事、学术委员会委员、古钱学教授、天津市钱币学会副理事长、天津社会科学院历史研究所研究员、天津市文史研究馆馆员。

1994年冬,我准备写一本书,其中有一部分专门介绍唐石父先生,于是又一次到先生府上拜访。先生已搬到小海地居住,人是老多了,耳朵也背了,还蓄起长长的胡须,但思路依然清晰。我问:"哪种古钱币最有价值?""这还得两说着。"他说:"对于研究者来说,主要是看它在中国货币发展史中的地位。凡具有重要历史价值并有研

天津市文史研究馆馆员著述系列

唐石父 著

唐石父文集

天津出版传媒集团
天津人民出版社

《唐石父文集》书影

究意义的钱币,都是值得珍视的。对于收藏者来说,大多重视它的珍稀程度。除了看其存世的多寡,对特殊版别的古钱也倍加看重。"先生还对我说:"鉴藏古钱需要的是修养和学识,只有从玩好居奇或单纯买卖的积习中摆脱出来,才称得上高品位、高层次的收藏。"先生先前对我讲过,他曾花费多年时间编著一部《中国钱币学辞典》,我问先生此大作是否已出版,先生叫苦不迭。他说:"出版社不错,但编辑不懂,他让我在刀币前必须加上'此刀'俩字,我加了,文物局的人劝我'能给出就不错了',我想也是。可后来出版社又叫我把'此刀'统统去掉,那工程量大去了。"此时天色已晚,先生执意留我吃饭,我推说有事,匆匆告辞。

　　我将这次访谈做了整理,写成一篇题为《青泉万选　乐道无穷——唐石父与古钱币鉴定》的长文,收入拙著1995年天津人民出版社出版的《珍宝文玩眼录》和2002年蓝天出版社出版的《鉴定家谈古玩鉴定》中。先生大著《中国钱币学辞典》后来也已面世。2003年6月天津文史馆为先生出了一本专辑,收入先生三十篇文章。2018年天津文史馆又出了一部《唐石父文集》,古钱收藏家、唐的弟子师健英先生赶到我家,特意给我送上一本。全书共分四辑,包括钱币研究、辨伪存真、津门忆往、书评序跋及附录。在对先生的介绍中特别提到他"除收集古钱外,还收藏碑帖、邮票、书画、篆刻、古陶瓷、古砖瓦,并多有研究"。这部书洋洋三十六万言,囊括了先生大部学术成就,然先生已于2005年仙逝,未能得见。

促膝河边几心同

陈机峰（1917—2006），名宗枢，天津人。昆曲作家及表演家、词人。曾是天津昆曲研究会副会长，著有传奇多种，诗词亦工，有《琴雪斋词》《秋碧词传奇》《秋茄苑杂剧》。在我认识陈先生之前，张牧石先生跟我讲：陈先生中年填词学稼轩、迦陵，入梦碧词社后又学梦窗，兼豪放、婉约之长。他还对我讲：陈先生是干会计工作的，任天津公信会会计师事务所高级会计师。但他的昆曲、倚声（填词）水平之高绝非一般作手可比。1936 年在河北省立法商学院读书时，和同学王贻祐、熊履端等发起组织"一江风曲社"。精南北曲，善唱北昆。曾师从北昆名伶王益友十余年，又向南昆名师童曼秋、施砚香、徐惠如问艺。小生、老生、武生、净、末全能。

陈机峰与寇梦碧、张牧石在现代诗坛并称"津门三子"，这三位先生是如何结识的呢？据我所知，牧石先生早年作诗曾就教于天津城南诗社的老诗人王叔扬。王叔扬文化底蕴深厚，老先生常讲的一句话就是"多读书"。当年他为一位青年作者题

《七二钟声》书影

诗,其中一句即为"第一还须多读书"。梦碧先生对王叔扬亦是钦佩有加。一次寇、张二人不约而同地来到王老先生家,因对诗词有共同的追求,两人一见如故,从此往还不断。机峰先生与牧石先生皆钟情于昆曲、杂剧,因一起探讨昆曲《一枝花》而结缘,后来又通过牧石先生结识了寇梦碧。三人常在一起吟诗填词,相互切磋,成为"同声相应,同气相求"的知交和词友。

陈机峰与寇、张"篝灯打诗钟"堪称天津文坛的一段美谈。"十年浩劫"中,鬼蜮横行,艺苑荒芜,诗词更无人敢写。寇、陈、张三君相约每年夏季于海河岸小集纳凉,时作诗钟之戏。十年以来约得千余条,曾汇为一编,名《七二钟声》。张牧石题绝句云:"闲情闲思许相供,小有天边梦未慵。应雨鸣凤时断续,三生同听一楼钟。"(借义山句)又云:"旧馆蟫香终寂寞,别留余响起新声。常从沽水传悲激,不作寻常大小鸣。"寇梦碧题《卜算子》云:"月落梦回时,花落春归候。数尽楼头百八声,一杵残钟又。

舌底不生莲，肘左唯生柳。万马齐喑未可哀，且听蒲牢吼。"陈机峰题《南吕懒画眉》二首云："俪语笼纱近雕虫，庄雅谐俳路路通。征题须作马牛风。不见天衣缝，璧合珠联岂易工。""促膝河边几心同，风雪村炉酒半浓。索居况味入残钟。敝帚何须重，兴会当时不再逢。"此数首写出当时劫罅遭日、相濡相响的深情。五十年光阴荏苒，"津门三子"沽水之畔的诗钟小聚已成魂山梦影，但其风雅韵致却如春帆流霞展现于世人面前。

我认识陈先生是在三人"篝灯打诗钟"之戏以后了。那天上午，我和寇、张二先生一道做客于陈家。陈先生的住所是一座联排小二楼，在旧意租界进步道上的一条胡同内，胡同口一侧是一座小副食店，由于售货员多为女同志，附近居民称之为"三八店"。寇、张二位是陈家的常客。陈先生之子、当代书画家陈栋琨回忆，栋琨的祖母住楼下一房内，每每见寇先生光临总要用双手比画成"扣"的样子，向孙辈示意，寇先生又来了，小声点儿。陈先生个头

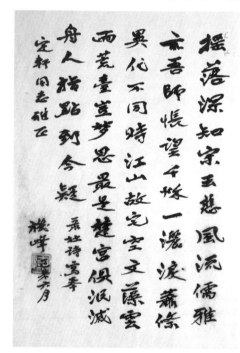

陈机峰赠作者书法

儿较高,长方脸。他曾送我一本油印的《七二钟声》小册子。

我和陈先生最后一次见面是在北站外的河北饭店(早已停业),主办方搞一场文化活动,请陈先生等表演昆曲,我和先生打了个招呼,互道问候。有人说他84岁高龄还在全国第二届古典散曲研讨会上演出《春香闹学》(扮陈最良)。十年后闻听先生已经离世了。先生亲笔书写他作的《满江红》词赠送给我,我一直精心地保存着。那首《满江红》,委婉而雄奇,磅礴而不流于直白,可谓现代诗词的经典之作。

定轩世讲雅正

寒斋存有一把成扇,乌木骨,一面是张牧石先生写的一首诗,另一面是崔今纲先生画的青绿山水。画中,远山如黛,连绵逶迤,一峰兀起,险崖壁立。峰顶,直树成行,比肩而立。山腰,云蔼蒸腾,缠绕盘桓。一股江流奔泻而下,两岸奇石怪松,红树翠竹,尽显浓浓秋意,令人心旷神怡。画的上款为"定轩世讲雅正"。这幅扇面是崔先生留给我的纪念。

崔今纲是津门的一位老画家。生于 1921 年,卒于 1986 年。号李庐、怡寿斋主人,天津市人。20 世纪 50 年代起即为天津美术家协会会员。时任天津市第二十一中学一级美术教师。与萧朗一同受聘为天津市中学美术课教研室成员,曾与梁崎同任教于天津美术馆国画班。20 世纪 60 年代初曾与孙克纲诸先生一起应邀到人民大会堂作画。

我与崔先生结缘是在 20 世纪 70 年代末,那一年我在不经意间做了一把年轻的"月下老人"。

事情得从吾师张牧石先生说起。张牧石与崔今纲是老朋友,两人交往至深。崔先生有个女儿,秀美文雅,大家闺秀。崔托张为其择婿,然一直未能找到满意的"人选"。张先生亦曾托付于我,我突然想起我的一位好友。此人能诗能文,才华横溢,且与崔先生女儿年龄相仿。我就试探着给他们做了一次介绍人,见过几次面后双方都很满意,于是喜结良缘。从此我也便成了崔家的"老相识"。

崔今纲先生

崔先生的家在十字街靠近白衣庵胡同的一座小院内,距我家不远。一家人住在北房,是个里外间。先生面白、瘦弱,平日里老叼着烟斗。儿女多,家里并不宽裕。老伴儿在家画彩蛋,有时崔先生跟着一块儿画。所谓"彩蛋"实为出口工艺品,在椭圆的鸡蛋壳上画些花草鸟虫、小河流水之类,揽活儿换钱,补贴家用。那个时候,画家画这类东西并不新鲜。溥佐先生疏散到西郊张家窝不也画小书签吗?后来溥佐一家搬到宇纬路上的一间小房内,在房子上方搭出一个低矮的小楼,溥佐先生便在小楼里绘画。崔先生一家的生活条件比溥先生好不了哪去。除了光线好外,没有什么优越性。

崔今纲先生主要艺术成就在于工笔花鸟画。然其山水、小写意没骨花鸟画亦精。他的工笔花鸟画吸取宋元花鸟画技巧，又有新发展。他一生从事美术教育工作，注重中西绘画理论的结合，是一位既擅笔墨，又明画理的文人画家。梁崎先生当年在鼓励其学生时称："与今纲学画，他日亦有所成，青出于蓝也。"

崔先生在世时对我说："我是民国三十一年（1942）在天津特别市市立美术馆毕业的。天津美术馆筹建于1929年冬，第二年10月馆舍落成。曾任北京湖社画会导师的国画名家刘子久于20世纪30年代初返回津门故里后，任秘书兼国画导师。画家刘继卣、刘维良、王为（颂余）、孙克纲、黄士俊、张鹤鸣、梁仲英、王宝铭、商彝、刘元方、赵文生、李叔宏、刘宏昌、俞嘉禾、李文渊、邵洁、刘燕年、李鸿樾等，都是该馆的美术班培养出来的。我也是其中的一个。"

崔今纲绘竹林双鹤

　　崔先生为人低调，不事张扬，淡泊名利，不像现在有些人，时刻证明自己的存在，"唯恐别人不知道"，其传世作品又不多见，故而知先生者未必很多。2004年，政协河北区委员会欲出版《天津河北书画百家》，我承担编纂之责，在编务会议上，我特别关照工作人员："崔今纲先生已离世十八年，一定要将他的作品收入书内。"征集到的作品是先生绘制的一幅《竹林双鹤》大中堂，绘画功底扎实，笔法精工细密。一向不肯奉迎他人的张牧石专门写了一份对崔的介绍："其绘画构图合理，意境深邃，造型生动准确而稳健，敷色清雅高洁，线条精细、匀净、讲究。代表作《蜻蜓荷花》《鹭鸶》等曾于1955年、1956年由天津分别选送参加全国美术展览并获奖，《蜻蜓荷花》当年由天津人民美术出版社出版年画在全国发行。所作没骨花鸟画《春柳飞燕》，北京著名书画家宁斧成看后，即题写'柔风过柳，暗语敲华'名对以和之。另有《和平富贵》《石鸡图》《松鹰图》等，均为高雅而精致的传世之作。"

　　先生每惠我书画，皆以"世讲"相称。"世讲"初谓两姓子孙世世有共同讲学的情谊，后称朋友的后辈为世讲。现今我与崔先生子女的关系依然如故，真乃"世讲"也。当年由牧石先生和我"牵线搭桥"的两位"有情人"——崔先生的爱女和那位诗人才子，虽已年近七旬，依然与我保持联系。数十年他们一直是"夫唱妇随"，感情深厚，育有一女，早已成家立业。"小两口"居然也成了"老两口"。

悬泉未忍空流去

1960 年,经启蒙老师张云(白岩)先生介绍,我来到十字街西中祥当东胡同 2 号,拜黄耘石先生为师,学习山水画。黄师寓所与张牧石师宅院毗邻。那年我刚满 13 岁,一般情况是,先去张师处学篆刻,再去黄师处学画山水,出了这院进那院。先生教我从画树、山石入手。先是先生画,我在一边看,然后按先生教的自己画。告别先生,携带先生的画稿,在家里临习,过几天再带着自己的习作请先生修正。先生教导我,画石要用干笔,先勾出边缘,再皴擦,一定要有变化,绝不可黑成一团。画树,枝要分布合理,叶要分出四季,松枝须疏密得当,画松叶有浓有淡,松叶的末梢尤不能在一条直线上。

黄耘石(1916—2009)先生是于非闇、黄君璧的嫡传弟子。抗战后,由北平去了重庆,在中央大学艺术系师从黄君璧先生学画山水。曾参加抗战期间在重庆举办的第四届全国美展和 1944 年中央大学旅昆校友的十年联合美展,在黄耘石的艺术生涯中,黄君璧先生对其影响最深,从中获益最大。

作者与黄耕石（左），摄于 1985 年

　　"最让我难忘的是 1942 年春季的一天。"耕石先生对我说。那天的重庆，正下着毛毛细雨，黄耕石踏着泥泞的山路来到柏溪分校教师宿舍看望黄君璧先生。在一间木结构的小屋里，画桌是用两张小办公桌拼成的，先生给他讲解清初四僧的绘画特点，又让他看了几张自己的近作，然后用贵州皮纸为他画了一幅拟石涛画法的山水画。上面画的是嘉陵江的风景，构图吸取石涛擅长的截断法，画中大部分景色都不是展现全貌，而是根据视域所及截取其最集中、最有代表性的一部分。先生画完这幅画，又在右上方题道："壬午四月廿九日，耕石仁棣冒雨过访山中，畅谈绘事，余略拟石涛画法赠之。君璧并记于柏溪。"经过多少年的风风雨雨，黄耕石一直将这幅画珍藏在自己身边。后来耕石先生见我对此画深爱至极，特意给我临写一幅，并在款题中道出为我作此画之因由。

　　先生还曾向我讲起当年他在天津兴办美术学校的事和他与

陈少梅的一段因缘:抗战胜利后,黄耕石定居天津。1946年春,中华全国美术协会天津分会在中原公司五楼举办联谊活动,经张伯苓之子张锡羊介绍,陈少梅与黄耕石相识,从此两人往来密切。他们都热衷于艺术教育事业,在他们相识的第二年便共同协商在天津兴办私立文华美术学校,并联合了一位西画画家于赤叶,三人共同筹划,经过一年准备,已选好校舍、聘请教师并制定了教学规划,于1948年初正式拟文呈报天津市教育局并得到批准。但由于经费等原因,学校尚未招生便夭折。

黄耕石山水

黄与陈的交集并未由此而终结。1952年,陈少梅创作一幅现代人物画《狼牙山五壮士》,因对当年八路军穿什么样的衣服不甚了解,担心画得不对,丑化了八路军,会遭到质疑,于是将画稿拿给黄耕石,征询黄的意见。黄也了解得不是很清楚,提不出什么意见,陈便将画留给了黄。后来陈要调往北京,要黄替他"拿个主意",黄未加可否。陈于1954年初调到北京,当年9月遽然病逝,从此两位亲密的画友阴阳两隔。"文革"来临,一向小心谨慎的黄耘石担心陈的《狼牙山五壮士》会惹来麻烦,便将那画偷偷烧掉了。

长期以来,黄耘石韬晦隐身,不为人知。他在一首题画诗中写道:"有木生幽谷,山深人少知。九春逢好雨,老干长新枝。"另有题画诗云:"岁到重阳山色好,经霜秋叶渐如霞。悬泉未忍空流去,点点滴滴润物华。"这样的题画诗乃是先生深厚学养的展现,如今喧嚣的画坛里又有几个能写得出来?

令人欣慰的是,党的十一届三中全会以后,有关方面为耘石先生落实了政策。经取证核查,先生被确认为"离休干部"。作为弟子,我亦为先生尽些绵薄之力。1992年春,我建议并组织有关部门在天津美术学院展览馆举办黄耘石个人画展。引滦工程竣工后,我又委托相关单位带先生到山区、水库写生,先生创作了许多具有新时代气息的宏构力作。先生还收了几个学生。犬子章尺木幼时向先生学画,画些金鱼、熊猫之类,每每受到先生嘉奖。先生患病,住进医院,我爱人每天给先生送去可口的饭菜。

2009年,先生溘然去世。我取出先生当年给我画的墨稿,装裱成一手卷,题为《黄耘石先生课徒画稿》留作纪念。先生在世时曾为我少时一幅山水习作写了一段跋:"定轩主人与余相识于20世纪60年代,因有同趣,时相过从,切磋绘事近二三十年。更深入研究美术史论及地方史志,或为文发诸报刊,或撰述成为专著，多前人所未尽言者。今携其少年时所作此画嘱为题识，因书翰墨因缘如上。丙戌初秋，黄耘石九十又一。"这句话道出了我与先生的师生之情，更可见先生之谦和及对后学的鼓励。

默默江楼思渺然

梁崎生于 1909 年，字砺平，晚号聩叟，别署幽州野老、燕山老民、钝根人、燕山樵者、燕山樵等，回族。生于河北省交河县，1945 年移居天津。我与梁崎先生相识是在 20 世纪 70 年代末。

那是"文革"以后，人们的思想刚刚解放，人民公园内居然举办了一次画展，展出了几位多年埋没于尘世间，几乎被人们遗忘的几位老一辈书画家的作品。其中梁崎画的一幅《雄鹰》，尤其让我震撼。此作遒健奔逸，宕逸奇古，颇具八大、青藤的特点，尤显威严、浑古和凛然无畏的气势。看过展览不久，我即拜访了梁先生。

先生住在西北角大丰路房家胡同的一座小院里，距清真大寺不远。住房一明一暗，里间屋，画室兼卧室。先生对我讲，他诗文书画皆源于家学。他说他家是交河的大户人家，家中十分富有，收藏许多法书名画，他从小耳濡目染，见多识广。他的祖父梁文翰、父亲梁汝楫均以诗文见长。梁崎自幼在父亲的教育督导下临帖习画。画家安佩兰寄居梁家对其多有指教。此外曾外祖刘光第,舅祖刘恩宠、刘恩溥都是当地知名画家。梁崎童年随祖母归省,得到外曾祖赠予的《十竹斋画谱》和《古今名人画稿》,遂成为幼年学画的启蒙范本。10 岁又随舅祖刘恩溥学习楷书和指画。19 岁拜师苑麟阁,不仅临摹了八大山人、周之冕、华新罗等名家真迹,而且研读《桐阴论画》等画论名著,其国画作品自此闻名于世。

梁崎(左)与作者交谈

笔者翻阅《湖社月刊》合订本获知,梁先生于民国十九年(1930)冬月,经金潜庵举荐,成为湖社画会成员,证号 101,取号为"漱湖",含"枕流漱石"之意,是年梁崎虚岁 22。民国二十二年(1933),以梁松庵之名在《湖社月刊》第 938 页和第 1082 页发表两幅山水作品。民国二十四年(1935),以梁凝云之名在《湖社月刊》第 1590 页发表题为《松涧响》的扇面画。同年《湖社月刊》第 1577 页登载《麻雀劲竹》立幅花鸟画,署名梁崎。

梁崎绘画，大写意花鸟、山水、蔬果、人物、走兽无所不能。所画苍鹰，习惯以阔笔泼墨从背部画起，先确立总体动势，再画利嘴与劲爪，点睛尤重传神。其鹰或昂首雄视，或寂然休息，皆能得其神魄精灵，与徐悲鸿潇洒腾举之鹰、李苦禅豪怪拙劲之鹰、孙其峰英爽神峻之鹰拉开距离，显示出梁崎的人格特质。

梁先生对指头画造诣颇深。为了保持指画的特色，他在指画技巧的处理上，强调不借助于毛颖和器具的功能。一次先生作指画《枫林猿栖》，我恰在先生身边，亲见其作画过程。先生作画全凭几个指头，他用无名指和小指准确勾出枫叶的枝干和叶筋，用手掌挥抹粗枝大叶，同时又在刻画猿猴的形态和神情中发挥指甲和指肚在表现方法上的特有功能，用食指指甲画筋骨，以小指画眼睛，使形象细腻、丰满，栩栩如生地表现了猿猴的神态，描绘

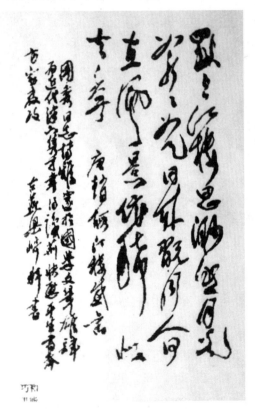

梁崎书法写给作者

出枫叶红透的深秋时节的动人景色,给人以淳朴古拙的艺术
享受。

指画《杜甫诗意图》也是当着我的面画的。《登高》是唐代
著名诗人杜甫寄寓夔州时,
在重阳节那天到孤城江边登
高望远时写的一首诗。如何
表现那雄浑开阔的江边秋
景?梁先生的这幅指头画是
这样描绘的:江边山石古拙,
气象阴森;山头林木萧疏,片
片落叶随风而下;滚滚长江
一泻千里,江对岸群山重叠。
此画虽写古人诗意,但传画
之情;构图虽简洁,但笔简意
未简。

有感于梁先生高超的绘
画造诣,我撰写了一篇文章,
题为《古拙淳朴独具一
格——谈画家梁崎的指头
画》,刊登在1980年2月7日
的《天津日报》上。文章提
到:"由于画家对写意画的专
长,又具备熟练的造型技巧
和新颖巧妙、不拘一格的构

梁崎赠作者指画《杜甫诗意图》

思能力,因而,徐渭的恣情奔放,朱耷的奇险洗练,华嵒的俊逸清新,石涛的深沉苍茫,也在画家指画的构图和意境中同时体现出来。"这是第一篇报道梁崎的文稿,其后中央的一家媒体转载了这篇文章,再以后河北省的报纸刊出介绍梁崎的文章,稿件内容与我的文稿几无二致。一天我收到梁先生寄给我的一幅字,写的是唐代诗人赵嘏的诗《江楼感旧》:"默默江楼思渺然,月光如水水如天。同来望月人何处?风景依稀似去年。"诗后言曰:"用秀同志博雅邃于国学,文笔雄肆,为近代津门隽才,幸得识荆,快慰平生,书奉方家教正,古燕梁崎拜书。"

　　自此以后,梁先生愈加忙了起来。他和吴云心等常被一些单位请去作画,一去就是好几天。我与梁先生见面少了。我最后一次见到他是在子牙里小区,先生得了半身不遂,被接到女儿家,住在一单元楼内。先生言语不清,手臂无法支配,但见在他的椅子上横着架起一条木板,先生对着木板看书,案头依然摆放着他喜爱的那方砖砚和那紫红色的窑变笔洗。

　　先生一生没有大富,也没有大贵,然而先生去世后,他的画陡然升温,画价扶摇直上。一次一中年男子突然闯进我家,说要欣赏我的藏画,他看到了梁给我画的那幅指画《杜甫诗意图》,说要给我3000块钱换走,我不同意,他硬是将画卷走,跑得无影无踪。我进屋点钱,只有2900元。

景物犹当带梦看

20世纪七八十年代，我于工作之余常到津门老画家刘维良（1910—1993）家中小坐。先生早年参加湖社画会，工仕女、山水、花鸟。早在半个世纪前已享誉京津。我曾在20世纪30年代初发行的《湖社月刊》第67期上见有先生绘制的《杨柳岸晓风残月》。此画取宋人柳永《雨霖铃寒蝉凄切》词意，画面上，一沦落者侧卧于孤舟，江面空寂寥寥，衰草萋萋，远山苍茫，一片朦胧，杨柳在清冽的晨风中摇曳，一种离愁别绪油然而生。画作旁特标明此作者乃"天津湖社分会会员"。在那个时候，先生之作与金北楼、马企周等大家作品同载于一刊，足可见其绘画水准之高及在京津画坛的资历。在当时画坛的年轻画家中当属出类拔萃的佼佼者。

维良先生为人耿介而又平易，说话办事乃至写信一向直来直去，率真而严谨，毫无世俗虚情。1980年先生给我写了一封信，信中说："用秀同志您好！久违甚念，一定工作很忙吧。前河北区文化馆画我作品《屈原》立轴，不知用完否？希望得暇掷

刘维良先生

下。因有师资培训班需作范图,为此请您分神过问一下。"

《屈原》这幅画成功地运用了我国工笔重彩人物画的技法,栩栩如生地塑造了爱国诗人屈原刚直不阿、大义凛然的艺术形象,体现了作者对传统技法的精深造诣。先生的这一杰作于1980年在工人文化宫举办的"老画家新作展览"中,吸引了许多观众。一些业余书画爱好者在展览会闭幕后,便通过河北区文化馆将此画借去临摹。但过了一段时间,又有不少爱好者也要对其临摹,刘先生于是决定将其带到学员中对图讲解,因我当时在区委宣传部工作,便委托我去文化馆索还此画。先生说:索图的目的,是"因有师资培训班需作范图"。经我一说并出示先生的这封信函,文化馆迅速将此画归还。后来据说这幅作品作为刘的代表作被一家博物馆征集。

"同声相应,同气相求"是中国的一句老话。刘维良作为画家,也结交了一批在艺术上有共同语言的书画名家。刘松庵就是其中的一位。1981年1月2日,刘维良先生写给我一封信,此信是介绍我与刘松庵先生会晤的。

刘松庵当时是中国书协会员、天津书协名誉理事,在书法艺术领域,他是位了不起的人物。先生室名仰山庐,天津人,出身于津门名医世家,为清末四大名医之一施今墨弟子。行草宗《争座位帖》,并师法苏轼、刘墉,小楷则学《乐毅论》。其书瑰玮深穆,大气磅礴,跌宕中存含蓄,豪放而不失法度。

刘维良先生在信中说:"用秀同志,别后念甚。二日下午见刘松庵大夫,他甚欢迎您,何时到他家一晤。"并说"他有前列腺病",有时去医院检查身体"或到他处开会""请在事先打个招呼,以免扑空"。

刘松庵住在河北路南头的一座小楼内。他年逾七旬,身体欠佳,但性情开朗。房内悬挂着萧谦中等书画大家的精品,书桌上的文房用具古香古色,颇有文化品位。当时他虽是市公安医院中医科主任,但论其书法绝对是精湛无比。据刘先生讲,民国时期,他曾多次与著名画家黄宾虹、王雪涛、汪慎生、颜伯龙、刘子久等一起,在一个展

刘维良绘《岳飞抗金》

览会上展出作品。当年天津国华社、梦花室、荣宝斋等书画店，都挂他的"笔单"。经过与刘松庵的一番畅谈，又经刘维良先生介绍，我写了一篇《二十鬻字三十悬壶》的文章，刊载于报端。

二十八个春秋弹指一挥，两位刘先生早已作古，想起与老先生们那种"其淡如水"的"君子之交"，实在令人感慨。

维良先生的绘画一如其人，大都出于真情实感，从不应景造

刘维良绘《爱莲图》

作、故弄玄虚。张牧石对先生颇为赞赏，他还给刘先生刻了一方图章，让我带给刘先生，印文似乎是"维良所作"，朱文，极具黄牧甫的味道。1979 年，刘先生为我画一幅仕女图，牧石先生览后，甚有感触，特在画上题诗一首："竹篱芳径独盘桓，景物犹当带梦看。捐弃知随寒暖意，闲将身世问齐纨。维良先生为定轩绘仕女图属题，乙未大寒，牧石。"

2009 年，先生一百周年诞辰之际，其后人为先生举办研讨会，并刊印《刘维良山水人物画集》。应家属之邀，我在研讨会上作了长篇发

言。我说:维良先生在"古为今用""推陈出新"上着实下了一番
工夫。他的人物画除了吸取和继承唐寅、仇英等明、清著名画家
的表现技巧外,还着意吸取现代绘画理念和技法;在题材选择
上,则从现实出发,着力捕捉和描绘人民群众的生产和生活,创
作了诸多的现代和历史人物画,达到内容与形式统一、传统与现
实的完美结合,在中国人物画的历史发展中留下了一位老画家
不断探索求新的足迹。

笔墨石刀日消磨

齐智园先生

长春道116号早先是经营书画和文房器物的老字号——天津荣宝斋,后来又成了闻名中外的杨柳青画店。经过十年动乱,一向冷清的杨柳青画店恢复了生机,这里不仅举办过几次书画和文玩展销,还挂起了笔单,其中就有齐治源先生的篆刻润格。因我特别欣赏先生的作品,便按润付费一次请先生刻了五方闲章。齐先生得知是我,认为找到了知音,颇感欣慰,于是请我到他家中,免费为我刻印,自此成了忘年交。

中山路偏北一条叫福缘里的小胡同内,长条的院子有一间九平方米的房屋,这里便是齐先生的住所。先生的老伴儿已去世多年,大儿子在成都,二儿子在承德,先生同小儿子齐新和一个女儿住在一起。每次去先生家,几乎都见他伏在靠窗的一个小桌上刻印,或设计印文。有时还见他将青田石的原石用锯子破开,打磨成方形的石片,用来刻多字印。每刻一印,他都打一印样给我。多字印较大,钤起来很困难,他就在印面上打上印泥后,再将宣纸平铺在印面上,紧紧按住,用指甲背面磨蹭,这样打出的印样既清晰厚重又不错位。日积月累,先生精心钤给我的印拓至少也有一百多方。有时聊得时间长了,先生就留我吃饭,偶尔爷儿俩还喝上两盅。后

齐治源书篆书联

来先生搬到了河西区复兴门,房间依然很小。我将先生的困难向相关部门做了反映,相关部门十分重视,便将先生的住房调到建昌道的一个偏单,先生的生活条件得到了改善。

先生自谓,十四岁即从武清丁老师学篆刻,二十余岁师王雪民先生,工秦汉,练基本功,师强调丝毫不苟,受益良多。随即又

师王纶阁（襄）研究甲骨、金文之学，潜心钻研金石文字、古今小学各家著述。四十岁后，篆刻不拘师承而私淑近人乔大壮、钟子年、邓尔雅、寿印丐四家，号"壮年雅丐"，兼取四家之长，以钟为主，参以己意，遂成自家风格。

　　齐先生一生有一个最大的嗜好就是"花钱买印"。其所谓"买印"不是买已刻好的印章，而是按当时海内印家每字的润格付给人家现钱，自己出印石，自己确定印文，请印家为自己刻印，旧时称为"买笔单"。民国年间，凡在国内挂笔单的治印名家，不管其定件润例高低，他都以这种"买笔单"的方式，得到对方的篆刻作品。所得印家作品，来自大江南北，除北京、上海、南京等地，连香港的名家也不放过。"篆刻一项，即遍寻南北百余家为制名号印千余

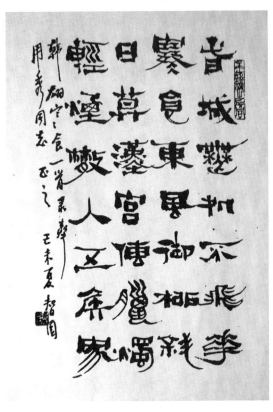

齐治源作品

方,搜集古今印谱百余部。"

花钱买印,实际上是花钱买"眼"。通过购买各家笔单,他开阔了视界,提高了品位,治印水平也上升到一个更高的层次。他对黄牧甫、王福厂、韩登安等近代印家所刻多字印做了分析比较,吸取他们的精华,曾治多字印数百方,宛然一幅书法。

花钱买"眼",不但成就了他的艺术创作,更使他见多识广而成为一位金石鉴赏家。先生在世时,我有些看不好的印章和字画便常求教于他。我有一方印款为"嘉靖辛亥秋日作文彭"的印章,印文为"倚松玩鹤"篆书,拿给齐先生看,先生当即断为伪作。他说:"这方印从印文和印款上看均显得软弱、板滞而无生气;印石也是后人用火煅而做的旧,印石用火煅过一般就磨不掉了。这些都露出了伪装的破绽。"

1981年,齐先生六十六岁,写了一首七律《六十六自寿》送给我:"六六未死肉未脱,笔墨石刀日消磨。凤毛麟角全抛却,虫臂鼠肝皆太和。不登高阁朝魁斗,敢趋地府斥阎罗。乐观摹镜怒视鬼,且过奈河访弥陀。"我向先生建议:"您已经六十六岁了,何不将自己的书法、篆刻作品整理出来,搞一场个人作品展?"1982年5月第二工人文化宫举办了他的个人篆刻作品展。这次展览共展出他的篆刻作品六百多方,无论是名章还是闲章,都溯源古玺、汉印,布局新颖,变化多样,又兼以大篆、小篆、缪篆、甲骨、隶分、楷书等多种文字入印,运刀如笔,朴茂浑厚。我撰写了一篇文章,题为《功深百炼笔力千钧——齐治源篆刻展览观后》,刊登于《天津日报》副刊。

2016年10月,有关方面于天津市文联美术馆举办纪念齐治源先生一百周年诞辰书法篆刻展,我在座谈会上发言说:"齐治源先生治印自成面目,自不待言。其书法四体皆工,尤其是他的草篆,取法乎上,渊于碑版、简牍,熔篆、隶、行、草于一炉,更从明代赵宧光书中汲取养分,不解者或许还有褒贬之词,其实这才是'真正的创新',真可称得上是书坛高手,至今亦无人可与比肩。"

李鹤年:你是家达子

壬辰暮春之初,上巳修禊之节。纪念李鹤年先生一百周年诞辰系列活动在津举行。在先生的书法艺术研讨会上,我说:"李鹤年先生作为一位当代的大书法家,他的成就在很大程度上取决于李老的起点高,眼界高。"

为筹备展览、出书等事宜,先生的子女不惮辛劳,多次找我,收集文章,了解情况。我也帮助他们整理、编辑有关先生的文稿,结集成书。至今他们还与我保持着联系。

当年李鹤年(左二)与作者(右一)等合影

与李鹤年(1912—2000)先生相识,是在和平书画会,至今已有近四十年光景。据说那天他是从葛沽过来的。先生温文谦恭,怡怡煦煦,毫无自矜之色,与当下张狂摆谱而又处处显露出一派"名士风流"的"大师"有天壤之别。几次见面后,我专程到先生蜗居在重庆道的一个楼梯间与他聊起了书法。楼梯间小得可怜,坡顶,闷热,仅有一点点生活日用品。我那时正犯胃病,先生忙拿出一罐麦乳精,沏上一杯递给我。

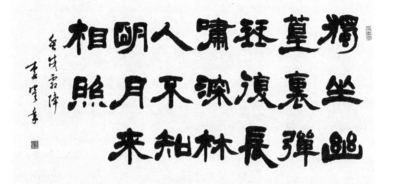

李鹤年隶书横披

李先生的书法,清逸儒雅,极富书卷气。点画之间,毫无庋气、市井气和江湖气。先生且言"收藏亦富"。除书籍若干卷外,藏甲骨四五百片,《甲骨合集》均已收录。青铜及汉魏晋唐石刻墨本约七八千纸,其中如苏子瞻藏北宋琅琊刻石,经张彦如鉴定,推为海内第一;傅青主藏初拓汉《曹全碑》原为王懿荣旧物;宋拓汉《孔宙碑》,碑阴字,清晰得未曾有。至于影印善本之精之多,更无论矣。

鹤年先生珍藏的甲骨尤为珍贵。这批甲骨原是他的老师孟広慧的遗物,是孟用他叔叔给他去南方的旅费从范寿轩手里购得的,都是最早出土之品,文字甚精。孟故去后,李通过茹芗阁掌柜杨富村,将孟收藏的四百多片甲骨悉数购得。新中国成立后,李先生出于爱国之心,决定将珍藏的 430 片甲骨中的 400 片交国家收藏,自己仅留下 30 片。他写信与郭沫若联系,郭回信介绍他与文化部联系。他带着 400 片甲骨和郭老信函一并交给文化部的傅忠谟同志。李先生对我说:"大约在 1951 年初,带着 400 片甲骨和郭老回信到北京团城(当时文化部的办公室地点),经与傅忠谟同志商定,以人民币 1000 元半捐半卖给国家。傅同志说这个价格确实太低,但刚刚解放,政府处处需款,也未可如何。我很庆幸,这第一批出土为世人所知的甲骨,没有因为我而流失到国外。"

李先生本是在战争年代为革命事业作出过突出贡献的老"地工",他以其就职的机关作为据点与来自解放区共产党干部接洽,曾掩护了许多革命同志。先生曾对我说:"1943 年秋,我与地下党组织建立了联系,这年的 11 月我被派往太行山区的麻田去学习。抗战胜利后,经组织决定,打入三青团天津支部等国民党机关,获取过许多重要情报,做了大量工作。曾受到华北局社会部雷任民副部长的书面嘉奖。"然而,在极"左"路线下,他一直遭到不公正待遇,很长一段时间他被迫在葛沽的一个煤店卖煤球,刚刚粉碎"四人帮"那阵子,他从郊区回到市里,连正式住房都没有,与老伴儿蜷曲在一间 5.7 平方米的楼梯间里,这就是我在前文提到的重庆道的"蜗居"。

那时我常去看他,通过各种关系,多方奔走,敦促有关单位为其落实政策,并为他解决住房问题。当他接到"离休干部"的证书,激动地拿给我看时,我也为之兴奋不已。为表示庆贺与感谢,先生专门请我就餐于惠中饭店旁的宏业菜馆,只有我们两个人,先生特意将他精心书写的不同字体的册页赠给我,还送给我一副他写的小篆七言联,且有长题:"定轩老弟祖籍山阴,鼎革后客居析津。其先世代读书。伯公浙枏先生精研乙部,著作等身。

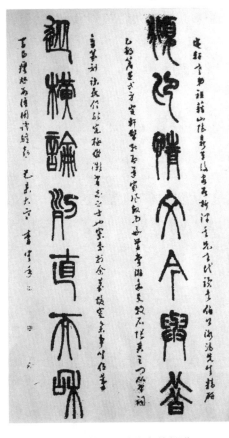

李鹤年写给作者的长联

定轩承其家风,敏而好学。尝游我友牧石张君之门,从习辞章、篆刻,论义信验,完极幽灏,有志之士也。"

几年后,由于形势的改变,找他写字的人越来越多,先生招架不了,在书房内挂一字条,上写"封笔"二字,不过先生对我说"你是家达子,我愿意给你写"。1982年1月20日的一封短信写道:"定轩同志:枉驾失迎歉之,相片拜领多谢。尊函昨日收到,投递有误也。节前较忙,嘱件不及全缴,先题诗堂,余待明春如何？握手祝节釐。附诗堂一件。"

"定轩"是我的号,信中所称"定轩同志"是对我的尊称,当时人们家中大都没有电话,相互沟通不像现在这么便利,登门拜访遇主人不在而扑空的事是常有的,此信所言"枉驾失迎"是说我那天到先生家造访恰逢先生外出,未能相见,但先生却随这封信将我讨要的"诗堂"及时寄给我,这正应了先生之前所谓"家达子"的承诺。

鹤年先生作为造诣非凡的书法家,无论是正式书法作品,还是日常书写便函,无不展现他那典雅古朴、清丽潇洒的书风。这些残笺短信实际上也是优美的书法佳作。

余明象精研训诂音韵

　　1983年夏日的一天,我到齐治源先生家中小坐,适逢另位先生前来齐宅造访。此公六十出头,学养风雅,性情真挚,他叫余明象,是书法家余明善的弟弟。三人聚在一起,谈古论今,十分融洽。先生住天拖南,分别后,他曾给我写过两封信。先生的字端秀精谨,生动流畅,一股书卷气息扑面而至,字里行间可见先生深厚的国学根基。

余明象书信

　　一封信是这年的 8 月 15 日发出的。信中说:"用秀同志:前于智园(即齐治源先生)处邂逅,匆匆未及细谈,《潘家口今昔》拜读,受益良多。顾宁人《昌平山水记》卷上似是:'灰岭、滦河、古城三驿，并属兴州，右屯卫古城，今移大喜峰口，为朵颜入贡道，余并罢之。'是否有当，录供参正。"《潘家口今昔》是此前我因感怀潘家口水库建成而写的一篇文章，刊登在《天津日报》副刊。文章抚今追昔，并考证了历史及典故。其中有一部分提到了喜峰口，曰："明代，此地是防御北元后裔蒙古族贵族进犯的军事要冲。据顾炎武《昌平山水记》记载：'灰岭、滦河、古城三驿并属兴州右卫屯，古城今移大喜峰口。'出喜峰口，经宽河（今河北宽城）、会州（今河北平泉县内），往北直通大宁城（今内蒙古宁城县内）；再往北，便是西拉木伦河流域的兀良哈。明朝建立后，元宗室辽王阿扎失礼等来降，朱元璋便在这一地区设立朵颜、福余和泰宁三卫。靖难之变，朱棣又借助兀良哈三卫的骑兵为先锋，后来便因此允许他们在大宁地区放牧。但是，兀良哈仍怀有进犯的野心。"余先生细读了这篇文章，而对这段话中的引言尤为关注，他将他点校的顾宁人（即明末清初人顾炎武）这段话写在信中，"录供参正"。我对先生所言极为重视，立即查阅了顾炎武的《昌平山水记》（北京出版社1962年点校本），将我在文中所引的话与原书做了对照，发现我引用的话与原书并无差失，与先生的不同点在于标点断句上，或许是先生的书与我的书不是一个版本，或许是先生有他自己的理解，今已不得而知。不过由此也能看出先生对学术态度的精细与严谨。

先生对训诂学、音韵学有深入的研究。训诂学是以古代书面语言为研究对象，以语义为主要研究内容的学科。音韵学也叫声韵学研究，是研究汉语语音各个历史时期的声、韵、调系统及其历史演变规律的科学。大概是因为枯燥，且非属"热门"，现今孜孜于此等学问者甚少。明象先生却甘坐冷板凳,对训诂、音韵致力尤甚。彼时,先生常在一些专业刊物上发表相关论文。9月11日,他特意给我寄来一篇他在音韵学术刊物上发表的一篇文章。先生这篇文章的具体内容已记不太清,只知似乎是讲古音的。大意是:古代汉语语音与现代汉语语音不完全相同,现代汉语是从古代汉语发展过来的。从古代的汉语发展到现代的汉语,经历了几千年甚至上万年的时间。汉语的语音也同汉语的其他要素一样,逐渐改变其结构和发音,以适应语言作为交际工具的需要。在寄来刊物的同时,又写来一封信。信中道:"用秀同志:昨呈上拙作,实不足一盼,此稿较为专门,识之者寡耳。"先生的文章使我受益匪浅,不过我对古音之学也不过一知半解,先生所称"不足一盼"实在是高抬了我,由此也可看到先生的谦逊与博大。

先生在这封信中还谈到落实政策一事。信中说:"弟之冤假错案,未能落实政策,实因地方土改政策与中央未能保持一致,弄虚作假,欺上瞒下,官官相使。明察秋毫,洞客观火,当不以此言为蕾也。入秋渐爽,诸希珍摄。匆匆上申,不尽所怀。即致敬礼。弟明象拜上。"20世纪80年代初正值拨乱反正、百废待兴之际。先生期盼他的冤案尽快得以澄清,抛下多年压在他心头的这块沉重的巨石,余明象先生的急迫心情不难理解。

记得当年齐治源先生给余明象撰写过一副嵌名联,上联"明昭物异",下联"善与人同"。先生之从容博雅与其率直刚烈的性情融而为一,真乃一介文人志者。

在艺坛上尚能斗争

我家旧时有幅山水画,题为《柳荫闲话》,清雅风致,功力深厚,典型的"四王"笔意,作者刘云章。这当是清末民初时的作品,我想这幅画的作者肯定见不到了。然而,就在20世纪80年代初,一位朋友对我讲,天津西头有位老画家,名叫刘云章,天天画画,你去访访他吧,老先生也很想见你。原来当年创作《柳荫闲话》的这位老画家如今还健在,而且又是如此硬朗,真是让我没有想到!我按照朋友给我提供的地址,东拐西拐,绕了很多弯,终于找到了刘老先生。

刘云章住在先春园街梁家嘴大会所西胡家胡同的一个小院内,不大的房间,一张床占去了一半,临窗是一张小书桌,屋内见不到什么陈设,地上靠近房角只摆放着一个尿盆。这可能就是老人的"画室"了。老人个头不高,满脸皱纹,那年他已经84岁。先生见到我,很是高兴,向我讲起他的人生经历。

在八国联军攻进天津时,我父亲被洋兵枪杀,遗妻、子四口。母孀居,与舅父种菜园维持生计。我童年时,先上私塾,由私塾

刘云章春夏秋冬四条屏

转入放生院小学校,直至毕业。十七岁那年入东马路崇仁宫服务中学,免费求学。两年后,因校董雍剑秋病故,教育局无力接办,遂被遣散,但对国画的研究未尝稍息。先从师赵大年,后从师王云溪。后考取南审判厅充当"清书"(负责誊写工作,编者注),一年后又在张庄大同中学教授美术,后因病辞职,不得已卖画津门,收画的有宫南、宫北三立成、三合成画店以及德裕公画庄,直到新中国成立以后。

此次交谈不久,先生给我寄来一封信,专门谈及他的绘画艺术。他说:"因癖好书画,在校读书时即拜师学画。十余年间,在山水技法上,虽登堂入室,但脱俗入雅、书卷气象尚未得其奥。因自历心胜,节衣缩食,囊中有余,即去有正书局多买些画册对临,模仿效法古人,如石谷、吴历、南田等。"又说:"余也不敏,禀赋拙笨,既登画坛,不无遗恨,惟有勤勉自立,追效古人,以善其后。在山水画所心得者多取法于石谷。"先生在信的结尾处自言:"我之学山水,先学石谷,后袁江,在求自然,晚年自成一格。所谓理、气、势尚多缺欠,望不吝教言、多加指正是盼。"

经过深入的采访,我撰写了一篇"特稿",题为《丹青不知老将至》,刊登在1988年2月20日《天津日报》副刊上。文章介绍了刘云章的艺术道路,特别提到他深厚的传统功底和晚年"他开始用传统的画法表现积极向上的思想感情"。

因那时媒体少,文章发表后,极易引起关注,刘先生的名气大了起来。听到社会反映,老先生接连给我发了两封信。一封信写道:"用秀贤弟如见,近日来兄的画事忙碌异常,未得通信、相会,歉甚!现在各组织因我年高迈,要我的作品很多,外省来函征求者亦不少,想系登报宣传之力。我所画者,无论花卉、山水,

刘云章山水

多属于院体派,非写意可比,因此烦画者隔年累月不得画,就不免得罪于人。并且艺高招忌,同行毁我者则置之不理,捧我者终生难忘。用秀贤弟既不弃于我,我也难忘于贤弟,想起俗语一句'知性可同居,知心则为友',来日方长,后会有期。请得暇驾临敝舍,促膝畅谈,亦属晚节寒香,一乐事耳。"

另一封信是先生从沈阳寄过来的。信里说:"用秀贤弟如见,前月中旬二男孩从沈阳来津,接我去沈阳住些日子,因为该地有几位癖好国画的,爱吾的青绿山水,因此多画几幅精品,作将来的遗念。因为我年高迈,不知何日风减残烛,但老当益壮,精神犹健,在艺坛上尚能斗争。"

"在艺坛上尚能斗争",这是老人的自勉,也是对我们这些晚辈的一种激励。古人云:"老牛自知夕阳晚,不用扬鞭自奋蹄。"刘云章的这句话激励我们奋发图强,只争朝夕,对事业坚持不懈,不断进取。"斗争"还有一个含义,那就是对祖国绘画艺术的自信和对糟蹋祖国文化的抗争。刘云章尊重传统,继承传统,他的观念和作品对艺术乱象的制造者来说可能不屑一顾,其实他的艺术水准也正是那些胡涂乱抹、以丑为美的人所做不到的。

来新夏为我"摇旗鼓呼"

1987年5月的一天下午。时为天津日报记者的杨新生兄，知我潜心于天津历史文化，遂引荐我与来新夏（1923—2014）先生相晤。那是在南开大学图书馆，来先生说看过我写的文章，我便抓住这个机会向他请教有关天津地方史的问题。谈话中也涉及明清时代津人著述的一些情况。据我所知，来先生正主持编辑一套《天津风土丛书》，已确定《津门诗钞》《梓里联珠集》《津门杂记》《天津事迹纪实闻见录》《天津皇会考》等作为该丛书的选题。此时我已读过不少乡邦著述，比较而言，我认为清末民初天津文人高凌雯的《志余随笔》颇具史料价值，于是贸然提出："《志余随笔》可不可以作为《天津风土丛书》之一，进行点校，重新出版。"来先生说："《志余随笔》是天津地方志的补充，更具备志书的性质，这次就不放在《天津风土丛书》里了。"我深感先生学术视野之开阔和对乡邦文献研究之精深。临别时，先生赠其所著《结网录》，并在扉页上郑重题写："用秀同志存，来新夏一九八七年于津门。"

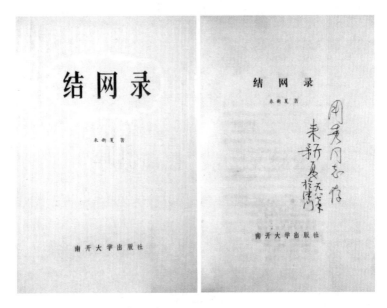

来新夏著作与赠言

2004年,天津设卫筑城600周年。来先生与天津古籍出版社提前商定,准备出版《天津建卫六百周年》丛书。丛书由来先生任主编,由张仲先生撰写《天津早年的衣食住行》,李世瑜先生撰写《天津的方言俚语》,杨大辛先生撰写《天津的九国租界》,罗澍伟先生撰写《天津的名门世家》,郭凤岐先生撰写《天津的城市发展》,仇润喜、阎文启先生撰写《天津的邮驿与邮政》,陈卫民先生撰写《天津的人口变迁》。蒙来先生器重,由我担负《天津的园林古迹》的写作。我按编写大纲要求,如期完稿,早早来到先生家将书稿一次交齐。先生夸我:"你是第一个交稿的人。"又以其祖父来裕恂先生所著《匏园诗集》相赠。不久,先生打来电话说:"书稿看了,写得不错,我已交给责编。"

在我印象中,有些丛书的主编实为挂名的"甩手掌柜",但与来老接触中,我发现他这个主编确是名副其实,无论是策划、组稿还是审阅、定稿,他都事必躬亲,负责到底。记得有的书稿中华人民共和国成立以后的内容所占比例较大,先生以为不妥,直截了当提出意见。此后,为丛书事,大家数次聚会,先生皆谈笑自如,率直坦荡,既无龙钟老态,更无颐指气使。先生为这套丛书所写的《总序》(实乃总括之经典)令我印象尤深。文章以时空的观念、史学大家的风范与视角,精辟地勾勒出天津设卫筑城的历史渊源,设卫筑城600年的发展变化及经济、政治、军事、文化的状况与沿革,高屋建瓴,学力宏赡,真不愧是出自一代大家之大手笔,吾辈难以企及。《丛书》因其文献价值高,可读性强,一印再印,至2012年犹批量重印,且重新设计封面。

2010年,适逢来老88岁。"八十八"上下合在一起恰似"米"字,国人惯将八十八岁称作"米寿"。这年8月由天津艺术史学会牵头举办"来新夏教授米寿庆祝会",我前去参加。但见先生精神矍铄,说话铿然有力。会上我有一段发言,除提到来先生在地方志、文献学、图书馆学等方面的建树外,特别说道:"来新夏先生在中国学术领域是一位承先启后的人物。他既有深厚的传统文化功底,又以新观念新思维审视历史,观照现实,正视生活。他始终站在学术的前沿,披荆斩棘,身体力行,为后人从事文化与历史研究树立了典范。"这是我发自内心的话。随后我进一步研读先生著作,写出《来新夏先生的学术随笔》一文,系统论述来老学术论文的风格和造诣。这篇文章被收入《友声集——来新夏教授九十初度暨从教65周年纪念集》,后又见诸报端。这当是我探讨来老学术成就的一点体会，也是我与来老的心灵上的一次交流。

作者与来新夏先生（右）

2013 年 6 月，有关方面为我召开学术研讨会，考虑到来老年事已高，未敢邀先生出席。会后杜鱼兄提议，将与会者的发言汇集成册。付梓前我将打印稿拿给来先生过目，先生方知此前有关方面为我召开研讨会一事，竟以未克与会深感遗憾。他对我说："这个研讨会怎么不通知我参加，如我在场，我也要讲一讲。"先生答应为《章用秀学术研讨会论文集》（后取名《师友论定轩》）写序。没过十天，《序》便寄到我手。《序》中充分肯定我在学术领域的作为和数十年付出的努力。先生不顾年老体衰对我如此关怀提携，令我诚惶诚恐，感慨万千！这篇《序》先期刊登于 2014 年 1 月 27 日《天津日报》第 12 版"满庭芳"。来老作

序的那本《师友论定轩——章用秀学术研讨会论文集》于 2 月
20 日正式刊印。但没想到,仅仅过了个把月,来老即驾鹤西去,
先生与我已然阴阳两隔,让我思念不已!

来老的《序》有这样一段话:"章君方近中寿,正学术趋于成
熟,精神焕发之年,加以退隐消闲,无所干扰之身,则全速突进于
学术堂奥,适当其会。我老矣,年逾九十,有心无力,只能路畔伫
立,自叹年华逝去。见章君之进取,宜乎我之老大伤悲。以我观
之,不十余年,章君将在津门学坛占重要一席之地,当无异意。
天若有情,假我遐寿,我当摇旗鼓呼,乐观其成,章君其勉旃!"我
想,我只有继续奋斗,不辜负来老的期望,在学术上有所进取,对
社会有所贡献,这才是对来老最好的纪念。

读出前人奥妙

蓝云先生

天津老城里中营前大街斜对着有一条谢家胡同,胡同的一头通向一条名为小马路的街道。谢家胡同又长又窄,骑自行车总怕撞墙,遇到行人就得赶快下车。沽上著名篆刻家蓝云先生便住在谢家胡同中段的一个小院中。小院北房三间,一明两暗,先生在西面的一间,其子兴武住对面。40年前我常来这里看望先生。

蓝云生于1916年,原名宝儒,字胜青,别署石斋主人、栖鹤亭长,天津人。年少从祖父读书,即嗜篆刻,自学胡菊邻、吴昌硕。后师从俞品三、王雪民学汉印。与张穆斋研习古玺。又致力于书法研究,工甲骨文、金文、篆隶等。1942年,蓝云准备出版一套自己的印集,遂将印拓呈请齐白石审定,年届 79 岁高龄的齐白石对后学蓝云的作品给予高度的肯定,并欣然题写了《蓝云印存》书名。

先生曾对我说:"我少年时代即酷爱印章艺术,但苦于无人指点,只得自己盲目摸索,常常收集报刊上的印章图样及家中所存字画上印章揣摩学习,直至 16 岁在津遇到了于子义(于止一)先生,他擅画花鸟虫,懂得篆刻,在他的引导下,从商务印书馆买了本《六书通》(其中多有谬误,非起步者正路之书)如获至宝,从此自学篆刻,在这一阶段走过了许许多多弯路。后来,我进入了天津美术馆学习,顿觉耳目一新,逐步从歧途走入正轨,于 22 岁毕业于美术馆书法篆刻研究班,在此期间,老师俞品三先生主讲书法篆刻理论,介绍金石文物拓片等,使我懂得了篆刻学的渊源、流派,得到俞老师的教益匪浅。"

蓝云刻印大气磅礴,凝重无华,也得益于张穆斋、王雪民两位先生的导引。先生说:"我在美术馆研习篆刻的同时结识了张穆斋老师。张先生擅长刻三代周秦古印,我青年时代也最喜欢古玺,向张老师请教是很自然的。然而不幸的是,此时张先生身患重病,不能奏刀,我为他代笔三年之久,刻了大量古玺,很有长进。张先生一贯

蓝云篆刻

主以创作,正是他启发了我懂得艺术创新的可贵性,为我以后在篆刻艺术的道路上指出方向。由于青年时期有强烈求知欲,我又拜王雪民先生为老师,王老师善于刻汉印,独得静穆之气,每请教王老师,我必带去大批习作,其中多数为古玺,少数汉印,王老师批改我的习作时,认为我所刻的古玺高于汉印十年,如汉印不及时赶上,势必偏于一路,从此放下古玺,转入汉印。"蓝先生尊师爱师,对张、王二师亦是敬重有加。据张仲先生言:张穆斋先生一生落魄,贫病交加,1944年寒风凛冽中,仍一袭洗得发白的单袍,是门人蓝云及崔彤霖兄弟予以解囊相助。

《蓝云印存》

蓝云先生早在20世纪三四十年代即享誉印坛。迫于生计,先生在打蛋厂驻外埠营销办事处工作,曾在内蒙古从业几十年。业余时间他以研石为趣,孤灯相伴,神驰于九天之外,刀耕于方寸之中,进而开内蒙古篆刻之先河。晚年退居故里至1992年谢世,是他在天津印坛上大放异彩的十年。

对治印的途径及篆刻艺术风格的形成,蓝云先生有深刻而独到的见解。他认为,篆刻虽然是雕虫小技,但是,要在方寸之间,将书法艺术与雕刻艺术有机地结合起来,做到"气象万千"也非容易。我边学边干潜心钻研了几十年,致力于汉印,兼读名家印存,凡自己所喜爱的就学,就吸收。这里所说的"读"与看不同,"读"就得"读"进去,非"读"出前人作品中的奥妙不可,"学"非学到自己手上不可。如清代吴让之的峻拔隐练,含蓄自然,结构严谨,黄穆甫的章法新颖,别具风格,刀法清劲完整不滞,吴仓石的古拙雄厚而不臃,独得陶砖之意,齐白石取汉墓砖之精髓,单刀苍莽而不野,构图如画,变化多端,都是自己在学习过程中"读"出来的,也都是自己要吸取的营养。秦汉古印是我取材的源泉,但是刻大印多在汉印基础上参以"二吴",取浑厚流畅,刻小印兼或加入黄穆甫,以求挺拔刚健。

蓝云生前系中国书法家协会会员、海河印社顾问、内蒙古"北疆印社"顾问。蓝云先生的高徒有孙家潭、王少杰、解新毅、旷小津、郑尔非、古志贤等,都能传其艺,学有所长。

老人拜老人　千古留佳话

　　1973年,笔者就学于天津师范学院(现师范大学)外语系,暮春时节,前往女三中实习。该校当时叫红军中学,学校即在广东会馆内(今戏剧博物馆)。无意间,我见到学校会议室的墙上挂着一幅行书横幅,刚劲,秀逸,潇洒,如此佳作出自何人之手?一看落款方知此人姓黄,名寿昌,字介眉。

黄寿昌先生

几年后,时任天津日报副总编朱其华先生约我为"星期专页"版写一篇关于书法的稿子,我便想起了黄寿昌,随即访问了这位黄老先生,写成《谈谈书法——

访书法家黄寿昌》一文。文章标有四个小题，即"鹰姿鸿态见精神""虎卧龙飞笔下循""古往书坛放异彩""今朝翰墨更翻新"，连在一起恰是一首七言绝句。

黄寿昌（1904—1986）住在老城里中营前大街，是天津的老户人家。独门独院，院落不大，却雅净至极。黄家距中营小学不远。一百年前，孩童黄寿昌与校长刘宝慈的故事一直为人们所乐道。

中营小学那时叫天津模范小学。一天放学后，校长刘宝慈站在学校门口，将新入学孩子一个个送到家长手里。校长叫了一声"黄寿昌"，那孩子应声跑到校长身边，可是半天不见家长来领孩子。刘宝慈又叫了一遍名字，还是无人答应。他探身把孩子拢到怀里。那孩子胆小要哭，校长哄道："孩子，别怕，等会儿爸爸准会来的。"说着爸爸果然赶来，气喘吁吁，连声道歉，那孩子向校长咧嘴一笑。孩子长大了，后来他又将他的两个儿子送到模范小学，还是那位刘校长，校长得知

黄寿昌书李白诗

两个孩子还没起学名,当即说道,大的叫"定一",小的叫"贯一",并解释说:"道,一以贯之,才能定天下,孩子是国家的,我们加倍爱护他们才是!"

我的那篇《谈谈书法》刊发后,黄老先生与我的关系愈加密切。先生77岁那年给我写过一封信,讲起他早年研习书法的事:"6岁,父亲督促习字甚严。7岁至13岁在小学求学期间,每日放学前,父亲即将墨磨好,日课以元书纸写大楷三整幅,以白摺纸写小楷六行。初习欧体,复习颜真卿《多宝塔》,小楷习王羲之《黄庭经》及《曹娥碑》。可以说,我幼年习字和父亲付出的劳力是不可分割的,至今犹不能忘怀。"

信中还说:"小学毕业后考入南开中学,从此即主动每日临习魏碑《张黑女墓志》和《张猛龙碑》。年逾弱冠,父执辈多以临习行书相勉,初学颜真卿《争座位帖》不入,继学《怀仁集圣教序》,颇有兴趣,遂临帖不辍。复由同事介绍从王君石先生学汉隶《张迁》《礼器》《乙瑛》《曹全》《石门颂》《大三公山》《开母庙》等碑,每种临习百余通,并附临《怀仁集圣教》《书谱》《十七帖》等行草帖。后又拜张君寿为师,临习秦篆、石鼓文《琅琊台》及《说文解字》;钟鼎款识则临习《散氏盘》《毛公鼎》《盂鼎》《三颂》等。后以家境困窘,又拜华壁臣为师,蒙教导,订出润例,分发各南纸局,以写件收入,补助家庭用度,获益良多。"

20世纪70年代,黄寿昌见到吴玉如的书法,深为钦佩,决定拜吴先生为师。当时黄已年逾七旬,书法功力非同一般,吴仅比黄年长六岁。前人有云:"转益多师是汝师。"但老人拜老人为师,可谓天津文坛的千古佳话。黄先生对我说:"拜师之日,告诫习字须摒除一切名利思想，尤须多读书，并命临《龙藏寺碑》，以救行草书交代不清之弊。"按吴师指引，黄临习《龙藏寺碑》达百余通，能在貌似的基础上，一变为活，再变为厚，做得神似，从而把"二王"行草精神的东西，学到越来越多，楷书精劲活脱，草书稳健奇丽，篆隶雄强劲拔，颇得玉如老师赞许。1977 年冬，玉如师赠《寄怀介眉老弟》诗一

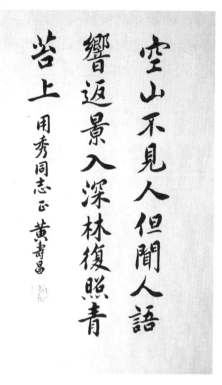

空山不见人但闻人语
响返景入深林复照青
苕上 用秀同志正 黄寿昌

黄寿昌作品

首："经时不见介眉君，笔墨遥知切琢新。老去我欣逢畏友，精神磨炼后来人。"

我多次到黄的住所，看先生作书。先生写字都是在一小炕桌上，大字悬肘，小字悬腕，且用的是薄纸、淡墨，我深知这都是遵循吴师的临池之道。黄先生拜师一心一意，对吴师见解心领神会，一丝不苟，唯其如此，他晚年的书法才又透出一种"凌云健笔意纵横"的高雅气韵。

黄寿昌先生为中国书法家协会会员，曾与人合著《新草诀

歌》。1986 年黄寿昌先生离世后,其书法作品集始终未能出版。哲嗣黄定一先生多年为病魔所累,虽身体不支,亦竭尽全力收集整理先父遗作,终将汇为一册。唯印数寥寥,坊间极难访到。

研习章草得门径

1978 年，天津的一家媒体委托我请一位书法家为其书写刊头，我找到了正在二十六中学任教的余明善先生（后来调到了天津师范学院），先生题写后，我及时送达。谁知那家媒体在刊出时，却将先生的姓标成了"俞平伯"的俞，真是愧对先生。好在当时知先生大名者不是很多，先生也并未计较，事情就这样过去了。

晚年的余明善先生

此时余先生住在和平区郑州道一座二层楼的楼顶，那天我去先生家，可巧龚望先生做客余家，龚先生刚刚被送出余房，他下楼，我上楼，因楼梯太过狭窄，两人只能侧身而过。进得余先生房内，这才得知，所谓"楼顶"实为第三层的坡顶"亭子间"，房内又闷又热。先生家只有夫妇两口人，从谈话中得知，先生的老伴儿在三十五中学教生物，她向我说了说学校里的一些情况。余先生风雅率真，书生本色，志士风骨，北方话夹着南京腔。他向我讲起他学习书法的心得和体会。先生对我说：书法不是单纯写的问题，它需具备各种条件：一要有学术的修养；二要有学问的修养；三要有艺术的修养；四要有识见的修养。以上各方面修养的总和，形成了一种精神面貌，在书法上反映出来，这样才能在书写上出现一种新的精神面貌和风度。如果只单纯追求形式，或只注意技巧的钻研，是不够的。过去有些老先生们说，某人字不能脱俗，有匠气，有江湖气，或粗狂，这都是缺乏各方面修养的缘故。

余先生家的陈设十分简单，除了几件老旧家具，就是一些生活用具。只有两样东西能引起人们注意。一件是挂在墙上的行书横披，书写者为林宰平，大概是出于爱惜，作品的表面还被蒙上一层塑料薄膜。另一件是书桌上的高约18厘米的隋代鎏金铜佛像。

我问起林宰平的事，先生说：林宰平是近代著名学者。清光绪癸卯科举人，与沈钧儒同年，辛亥革命前留学日本，民国初年曾任司法部部长。第一次世界大战后和梁启超等去日本考察，《饮冰室合集》就是他编的。20世纪40年代初，我的老师裴学海先生写了《古书虚字集释》一书，交给他的老师林宰平看，在林先生的推荐下，终由商务印书馆印行。当时天津已沦为日本的铁蹄之下，林先生作为清华大学名教授，隐居天津"大绿票银行"（准备银行）宿舍楼上。那时我教家馆，主人请客也请林先生到场，经攀谈得知他是裴老师的老师，遂拜认为太老师。通过林先生我又得识了沈从文、梁漱溟等人。林先生著有《帖考》，精于帖学，擅长行草。先生对书法特别强调变，认为学古人一定要能变，才能有自己的面貌。我从太老师那里受益甚多。我悬挂林先生的书

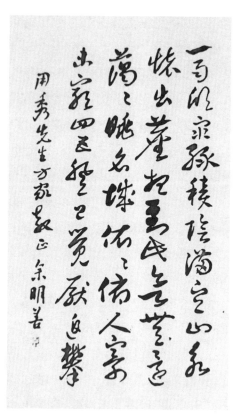

余明善章草

法一则是表达我对他的敬仰，另一方面也是鞭策我，让我时时不忘他对我的教诲。

此次见面后，转年1月10日，我收到先生一封信。信里说："奉手翰敬悉承属之件，星期六晚来取不误。摄影即毕，谢谢！用秀先生左右。余明善顿首。"信中所言"属之件，星期六晚来取不误"，是说他写给我的那幅章草字条可在周六晚上到他家去取。"摄影即毕"说的是我请一位摄影家给先生拍照的事。来

信还特别提到王世镗这个人,提出学习章草要临习王世镗的《章草稿诀歌》。

王世镗1868年生于天津一仕宦人家。字鲁生,号积铁老人,幼好学。年十七,为文既能熔铸经史,又精天文、算学,曾在开封大梁书院读书。他精研书法,喜摹《龙门造像》石刻,尤擅章草。因在科举考试中,其所作策问、条对、天文、算学皆详,竟被疑为"新党"而遭贬抑。后来他去了陕南,投奔在兴安(今安康)为官且又能书善画的从弟王世锁。曾任褒城、西乡、镇巴知事,以后便定居在汉中。于右任与王世镗偶然相识后,对王世镗凝重含蓄、趣韵高古的书风赞叹有加,认为王的章草"行笔劲健,气势相连"。1933年,王世镗在南京病故后,于右任将其葬在了南京牛首山,与名书家李瑞清(清道人)的墓地相邻。李是张大千的老师。王是于右任的好友。于为失去他所推崇的知音和挚友深为痛悼,特作挽诗一首:"牛首晴云掩帝京,玉梅庵外万花迎,青山又伴王章武,一代书画两主盟。"章武是天津地域的古称,"王章武"点出了王世镗,也道出了王的家乡——天津。

按照余先生的指教,我开始临习王世镗的《章草稿诀歌》,果然得益匪浅。凡书画大家,他们对艺术的感受都不是泛泛而笼统的。只有像余明善这样的老先生才能一语道出如此明确的"行家之言"。

刘光启"望气"辨真伪

改革开放以后,经济发展,文化复兴,天津第一家艺术品拍卖公司应运而生。为保证信誉,公司邀我每星期日到接受拍品的房内"坐堂",为拍品"把关"。有时公司也将刘光启先生请来,给他们"掌眼"。彼此联系多了,我与刘先生很快熟络起来。

我早就知道刘先生(1932—2019)是国家文物鉴定委员会委员、书画鉴定大家,特别想了解先生在书画鉴赏上所走过的道路和他识别字画真伪的方法,后来我干脆来到他的工作单位——大理道的文管处,专门和他聊字画。

刘光启先生

刘先生的"鉴宝"故事颇具传奇色彩。

2006 年春作者与刘光启先生（右）在四川眉山三苏祠合影

20 世纪 50 年代初的一天，一位老太太送来一张破纸，当时刘光启正在劝业场内的金石山房工作。他见这张纸上盖了许多图章，便为之一震，仔细看时，上面还有两块油渍，便问："怎么上面还有两块油？""我从营口来，在路上买烧饼怕油手，用它垫着吃啦。"刘光启将此物拿在手中，立即断定这正是宋代范仲淹《尹师鲁二札》中之一件。《尹师鲁二札》原本是两件，当时只有一件收藏在故宫博物院，另一件却找不到了。刘光启毫不犹豫地将它收购下来。不久，他将这件稀世珍品送到故宫博物院。后经查实，溥仪从故宫带出来的一千多件珍贵字画中就包括这件。

20 世纪 70 年代初，刘光启到西郊某厂仓库清理查抄之物，在厕所的小墙洞里发现了一个细细的泛黄的纸卷,便起身用手把它往外抽,没想到纸卷被抽出了 1 米多长,仔细阅读,竟是手写的经卷,刘光启断其为六朝时期的《华严经》。厕所现宝物,"神眼"识真经。这卷六朝写经早于一般常见的唐人写经,它的出现又神奇般地为天津增添了一宝。

刘先生的故事何止这些? 以后再去文管处,我干脆带着录音机,将他所说的话全部录了下来,录了满满两盘录音带。根据我所了解的情况,我写了一篇文章,记录下了刘先生的人生轨迹和有关他的故事。文章说:"刘光启 1932 年 3 月出生于河北省冀县一个普通农民的家庭。这位饱经风霜的老人在数十年的书画鉴定生涯中,经其过目的历代书画作品成千上万。在文物商店工作期间,他曾为国家收购了无数散落民间的名贵书画;在天津市文化局文物处从事文物验关中,他凭着一双慧眼,使大批稀世珍宝免遭不测。1990 年 9 月,他受中华人民共和国外交部和国家文物局的委派,以国家文物鉴定委员会委员的身份巡访亚、美的五个国家,对流失海外的珍贵文物做了鉴定。"文章长达两万字,题为《慧眼识真宝 金睛断伪作》,收入我的《珍宝文玩经眼录》(1995 年天津人民出版社出版)和《鉴定家谈古玩鉴定》(2002 年蓝天出版社出版)两部书中。后又在《大众投资指南》等刊物发表《慧眼金睛刘光启》等文章。

鉴定书画的老先生常讲一句话,叫作"望气"。见的东西多,对某位书画家的笔法和面目了如指掌,遇到他的赝品,远远一看就知道它的气味不对。

刘先生曾向我讲过这样一件事:一位台湾朋友拿来四张吴

昌硕的画请他看,他刚打开一部分便说:"您这画是假的。"对方说:"我在台湾请人看过,至今还没有人说它是假的。"刘说:"您这画就是假,您这画是'南假',就是南方人作的假,不是北方人作的假,这个假造得还不错。"对方要求他全打开,再仔细看看,他十分肯定地说:"全打全假,全看更假。"为什么刘光启打开此画的一半望上一眼就能断其真伪呢? 俗话说:"行家看门道,外行看热闹。"长期的知识积累和对吴画的深层认识,使刘先生"第一印象"就已经捕捉到假画的伪证,这与古玩行中"只可意会,不可言传"的道理是相通的。以"望气"一说来诠释刘光启,说他是"刘半尺"一点儿不为过。

在商品经济的大潮中,当真品、赝品鱼龙混杂,一齐涌向书画市场之际,刘光启又是如何为人们"把关"的呢? 一天,我到刘先生单位和他谈书画鉴定的事,从天津古籍书店来了一位小伙子,说有人送来一件溥心畬的山水扇面,请刘先生鉴定一下,然后再确定是否收购。刘当场指出:"这是新画的,骗人的。"小伙子说:"对方要卖一万元。""一百元都不值,赶快退回去!"他站起来对那小伙子说:"告诉那个人,还冒热气呢,我说的冒热气就是刚从笼屉里拿出来。"小伙子走后,刘光启对我说:"现在社会上有些人专门招摇撞骗,谁的画走红,就造谁的假。我干这行也成了这些人的眼中钉。眼睁我这一句话,那人的一万元就泡汤了。能不恨我吗?"我说:"其实您这是积大德。您这一看,国家和私人免受多大损失啊!"

2006 年春,成都的一家拍卖公司委托我请刘光启到成都为他们鉴定书画,我与先生一起飞赴成都。那几天,我和先生都住在宾馆,每天与先生一起去公司看字画。字画一幅接一幅,刘先生凭着自己的心力和眼力,对真品一一予以确认,尤对其中张大千、黄君璧等几位大家的作品大为赞赏;同时,对一件件"假大名"剥其伪装,予以揭露。事后公司的人对刘先生说:"多亏刘先生,我们将那些假画退回了,避免了损失,也维护了公司的声誉。"

在以后的日子里,我在各种不同的场合不断与先生见面。2012年我与刘先生等被聘请为名家名师,培养优秀文化人才,不期相遇。2013年6月,天津中老年时报读书节期间,我与刘光启、罗文华一起为市民鉴定藏品。2014年我又与刘光启等人被聘为天津书画家总览工程首批学术顾问,共同参与论证。有时我俩还在"蓝天"等拍卖公司或观看拍卖会预展中相见。各种机缘巧遇,使我不断听到刘先生的高论和灼见,令我受益多多。我最后一次见到刘先生是2018年秋天"国拍"的预展上,86岁的刘光启先生看上去已现老态,但腿脚还很硬朗。我和先生就一些拍品谈了自己的看法,还合影留念。

2019年2月15日,先生溘然长逝。国家文物局发唁函表示沉痛哀悼,高度肯定刘光启先生为文物事业作出的突出贡献。据国家文物局1986年公布的数字,国家级文物鉴定委员一共54位,精通字画的全国只有7位,其中就包括刘光启。先生的逝世,无疑是我国文博界的重大损失。

梦里青春可得追

1975年9月30日是我结婚的日子,这是一个"革命化"的婚礼,既没请假,也没请客,只收到两份"贺礼"。一份是当时的宣传部副部长郑万通(后来的全国政协副主席)代表我所在的部门书写的一张贺词,预祝夫妻双双携手进步,另一份便是冯星伯等几位老一辈书画家的合笔之作《鸳鸯华苹》,恭贺"伉俪结褵之喜"。我与冯星伯先生相识大约就是在这个时期。

冯星伯先生题《鸳鸯华苹》

冯星伯(1912—1987)先生住在粮店后街吉家胡同,距李叔同故居不远,高台阶,大门楼,据说当年是天津同仁堂张家的宅院,大小院落一个套一个,冯先生的家在庭院深处的一座正房内,为了出入方便,后墙还开了个小门。那时我常去探望老先生,了解他的艺术生平,先生也曾向我谈及他早年治印的一些情况:"幼从津门张君寿先生求教篆刻艺术,为《语石》著者叶昌炽先生的派系传人,刻印以秦汉入手,并参酌王石经精神,从平正而险绝,转学吴让之,继之以赵之谦,最后汲取吴昌硕,博采众长而能推陈出新。"先生那年六十八岁。据先生自己说,其"晚年作品,除玺印之外,在二吴一赵之间,独辟蹊径,自成一家风格"。"二吴"即晚清篆刻家吴让之、吴昌硕,"一赵"即晚清书画家赵之谦。吴玉如先生赞誉他为"铁笔专家"。

冯先生博学多才,涉猎广泛,他有一方印"只要愿意学习就一定能够学好",恰恰是他的自我写照。他喜好皮黄、摄影、刻竹和收藏,诗作得也相当不错。先生曾将他写的两首诗寄给我说:"客岁治印之余,戊午元日曾赋诗五绝二首。今录奉用秀同志郢正。"诗题《书怀》,前有序云:"余嗜篆刻五十余年,虽未能似缶庐老人终日弄石,亦未能如白石老人室地尽湿,但还有些坚持不懈,乐此不疲。惟因驽缓少成,毫无成就。戊午元日赋得五绝二首,以抒心怀。"其一,雕虫原小技,岂是壮

冯星伯(右一)与作者(右三)

夫为。(自注:扬雄云:雕虫小技,壮夫不为。)五十年偏好,(自注:幼张寿师求教治艺。)藩篱吾未窥。(自注:意取冯衍、许劭不足窥班固、范晔之藩篱。诗用苏轼和天选长官句。)其二,钝刀随意入,(自注:杨岘赠吴俊卿诗,有"钝刀硬入随意治"句)嗜此乐忘疲。迈步从头越,(自注:毛泽东同志《忆秦娥·娄山关》句)青春可得追。(自注:苏轼《送春》诗中有"梦里青春可得追"句。)

冯星伯赠作者小篆唐人诗

1984年4月7日,先生来函称:"用秀同志:奉上请柬,请部长各位与台端匀些时间驾临和平区文化馆书画研究会举办之十五老书法展,拜求指教。"由此勾起我对当年天津书画活动的记忆。

天津是文化之都,艺术家麇集,且有一大批书画爱好者。改革开放后,文艺复苏,人们对文化艺术的渴求日趋强烈。在此情况下,和平区文化馆率先将隐没多年的书画家组织起来,成立书画研究会,不时开展讲座、观摩、展出等活动。这是"文革"后天津最早的民间书画艺术团体，曾吸引了大批文化人士及市民群众。而冯星伯先生则是该团体最为积极的发起者与参与者。有些人回忆：当时的书法篆刻界由著名的艺术家前辈组织了新中国成立以来规模宏大的培训班，先生是其中备受学生欢迎和爱戴的老师之一。回忆先生在台上从传授"怎样写书法"的基础知识一直到"唐代的几大书家"以及"文字的演变"，等等，他绘声绘色，说古谈今，有时还穿插着一些故事和笑话。他的随和、幽默与学生没有距离感，台上台下互动，一片喜气洋洋的学习氛围，每当回忆这些往事仍然感动不已。老师在家教了不少"入室弟子"，其实在天津听过先生讲课的人不计其数。很多后来在艺术上取得成就的著名书法家、篆刻家都以曾经是冯先生的学生而感到荣幸。先生在和平书画会三周年纪念大会感怀："庆祝三周并年会，群英荟萃乐陶然。评书论画兼金石，广结诗文翰墨缘。"许麟庐老人曾著文云："我和冯星伯先生在天津是同窗好友，想起当年一起去溥儒先生请教书画艺事的情景如在眼前。我们往还甚密，情同手足，经常切磋交流技艺，收获良多。20世纪80年代初，他到北京来看我，在舍下小酌，推心置腹，不胜感慨。"

2012年是冯星伯100周年诞辰，先生哲嗣冯大准先生要为父亲出一部书法篆刻集，我大加赞成，并鼎力相助，特撰一文，叹曰："先生平生淡泊，对名利地位不屑一顾，虽然如此人们还是非常敬重他、景仰他，因为他的艺术成就足以明证他是淡泊之中一大家。"

我为诸公留息壤

姜毅然,名世刚,斋号十二石山堂,生于1901年,是天津的老户人家。姜先生的伯父姜秉善是清朝翰林,父亲姜择善为举人。承家学,八岁时学画,曾在北平艺专进修。1932年在津主办毅然画会,传授国画技艺。中华人民共和国成立后担任天津人民美术出版社和杨柳青画社编辑。善画花卉,兼画山水,尤以工笔、白描花卉见长。

姜老先生是笔者的忘年交,先生在世时,与我无话不谈,麟鸿频数,交往甚密。一日我清理资料时发现先生20世纪70年代末、80年代初写给我的几封信。其中有一封主要是讲换房的事。

姜先生没儿没女,他本住在老城里,"文革"中老两口被赶到一间简陋的小房内过活儿。党的十一届三中全会后,落实政策,文化系统在市边缘地区分给老两口一"独厨"。先生的住房虽然解决了,但由于分到的是一楼,非但面积小,而且屋内光线阴暗,当时先生已近八十高龄,平日里作画感到不便。他在信中对我说:"我因现在住处虽然很好,但室内光线太黑,我又年岁较老,不好工作。"先生知我供职于区机关,望我能通过行政关系帮他将房屋调换一下。遗憾的是,我四处奔波,无济于事,终未能解决。不过先生是豁达之人,并不计较,将就着

1978 年作者与姜毅然先生(右)在北宁公园合影

住,小小斗室常常是高朋满座,谈笑风生。诗友画友多在这里小聚,姜老太太忙前忙后做些下酒小菜,倒很惬意。

先生的另一封信讲的是姜老太太患病的事,写于 1981 年。信中说:"用秀同志您好!我老伴儿曾去医院治疗,给了两种药,服后不见发展,但身体较软,关于止疼药尚不敷用,请在医院购买强痛定针剂两盒及片剂二三十片、可待因 20 片,以济应急,诸多分神,容当面谢。此致敬礼!毅然手启。"信后附言:"煤球请代买 500 斤、劈柴 20 斤,一二日送来即可。"

姜毅然写给作者书法作品

姜毅然先生的老伴儿是一位非常和蔼慈祥的老太太。她与姜先生相依为命，患难与共，度过了几十年的风风雨雨。老太太1981年春突感身体不适，时有咳嗽气喘症状。我和爱人不断去老人家看望，后来我们商量一下，决定弄一辆汽车送老太太到市立第一医院做一下检查。经过透视和胸片照相，原来老太太患的是肺癌。我们心里都很难过。要不要把这个情况告诉姜先生？我与几位诗友画友议论再三，决定告诉他，因为大家都知道，姜老是一位豁达的老人。

我们都希望姜老太太能住院治疗，姜老说："人到了这个年岁，住院也治不好她的病，还是我在家照顾她吧！"肺癌晚期，病人疼痛难忍。姜老的这封信是托我买药的。

记得那年大年初一清晨，一位小伙子突然砸我家的门，他是姜老的近邻，告诉我："姜奶奶过去了，姜爷爷请您去，帮他料理后事……"我什么也没顾,含着眼泪,蹬上自行车,赶到姜老的小屋。老太太的衣服已经穿上,躺在床上。原来姜老太太是年三十晚上病故的,姜老不愿打扰别人,给她穿上衣服,停在床上,自言自语地说:"老伴儿啊!你陪了我一辈子,我再陪你一个晚上吧!"

姜毅然花鸟四条屏

办完老太太丧事,姜老孤身一人,大家无不关心老人的生活。我爱人常包些饺子、做些素什锦之类给老人送去,还为他收拾房间搞卫生。这样维持一段时间,姜老的干女儿蒋三姑将他接到自己家中,专为老人辟出一室,老人有吃有喝有人照顾。

1986年，老画家姜毅然先生安然死去，终年86岁。梦碧词侣挽联云："止水仰高怀，霁月光风仪范在；题襟寻梦迹，落花啼鸟画室空。"

姜毅然为现代著名画家。早在20世纪50年代初，他的工笔重彩画即在全国首届国画展展出，金碧重彩画《绣球花》曾在欧亚数国巡回展出，后被珍藏在英国伦敦艺术博物馆。在瓷青纸上所绘勾金《葡萄》和《博古花卉》以珍品入藏天津艺术博物馆。他工于书法、诗词，词宗南宋姜白石，以题画诗见重，作品诗、书、画、印相契合，颇具文人气息。其白描画在中国画坛独树一帜。《姜毅然白描花卉集》曾两次出版，刘海粟、张伯驹、周汝昌等人激赏不已，纷纷为之题诗作序。

毅然先生在世时曾作《斜街唤梦图》，记早年天津梦碧词社事。图为一街南斜，近海河西岸。当门白杨数株，三间老屋，一灯荧然，坐中数客作拈庇构思状。图成复题一绝云："卅年旧梦绕斜街，抵死骚情唤不回。我为诸公留息壤，山魂梦影一灯埋。"寇梦碧先生览图，抚今追昔，感慨颇深，因以梦窗韵题《双叶飞》一阕，并征题咏。一时海内词家，题着甚众，成为津门文坛一大佳话。

"千印长"登"半岛"

孙正刚（1919—1981），名铮，天津人。平生研究词学精深，主张填词要五声具备，与周汝昌、叶嘉莹等同为顾随先生的得意弟子，词作分别收入《天上旧曲》和《人间新词》两个集子。与寇梦碧、张牧石诸先生交好。我与孙先生相识是在唐山大地震以后，先生蜷居在新华路体育场的一间临建棚内。

那是一个盛夏的晚上，我与张牧石先生一同前往，天气炎热，两人都没进临建，孙先生面黑体胖，性情开朗，说话无拘无束，大大咧咧。他递给我们一人一把大蒲扇，搬出几只凳子，便围在一起聊了起来。谈话间，说到我近来广征词人书家诗作墨迹之事，牧石先生插话："孙先生交际广，与许多名家多有交往，何不请孙先生代烦几件？"（先前牧石先生已代我求书十家有余）孙先生很爽快，当场就应承下来。此次会面以后，孙先生即与我通信，信中所言大都是与"征字征题"相关的事宜。

7月27日先生来函："用秀同志：你好！代征书件，又有南京岳翁一件寄到，希下周后半周下午来取。我已发函代求单晓

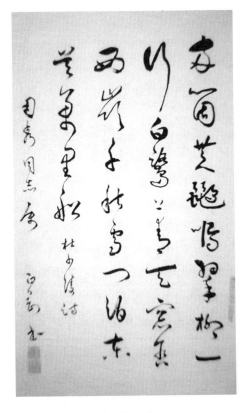

孙正刚草书

天作书，有八九成把握。"不久又来函曰："已分别代求严群、钱锺书二教授法书，能否如愿不可知，但盼不致成虚！"先生所求多未"成虚"，仅半年先生已为我求得书件十余纸，其中有北京徐邦达的，上海高式熊的，浙江夏承焘的，河北黄绮的，多是大家力作。钱锺书先生写给我的是他1943年所作七律《病榻闻鸠》。

孙先生酷爱收藏，存有文玩字画，尤喜印章。先生自号"千印长"，给我写信也落"千印长叩"或"千印长拜"，而且每封信上必钤上一枚不同人刻的不同印文的印章。地震发生，其泰安道的房屋被震毁，书斋成"半岛"形，先生冒着余震，不畏艰险，潜入"半岛"，扒出埋在瓦砾里的印章。过后他请王学仲先生画了一幅《斋毁石存图》，并发函征题，海内题词者多达十几位。就是这样，他还是不遗余力地收集印章，并且接连见到孙先生如此痴迷于篆刻，我便将我得到的名家治印送给先

生,也是作为对先生为我求字的一种回报。我先是送给他一方
小印,为李文渊为相声名家赵佩茹刻的名章,是我在地摊儿拣来
的。印石一般,但属名家所刻、名家所用,先生精心收藏起来。
不久,我又送他两方寿石工的篆刻作品,一方刻白文"平阳世
家",边款"平阳世家,印丐",一方刻朱文"白岳山人",边款"白
岳山人,石工"。这两方印是我在一小店闲逛时买到的。先生拿
在手里端详一番,连说"不错不错"。

在与孙的交往中,我也曾接受先生的委托,代他求画求字,
传递信息。一次他给我写信说:"用秀同志,你好!现有一事奉
烦:求龚老(龚望)给写一张字,寇老师(寇梦碧)送我诗两首,不
肯自写,他和龚先生在崇化学会时即相识,想求其代笔;而我于
地震前亦曾赠龚老七律一首,夙有仰慕之意。希一周内来临建
一谈为盼!"我及时将孙的意愿转达给龚先生。很快我就接到孙
的信函:"今日龚老已将字幅寄到,极精,我当即致函鸣谢。"对
此我亦感到欣慰。

孙先生离世较早,大概不到70岁。此前他撰写的《词学新
探》刚刚出版,先生赠我一本。先生对宋词的内容、体制、声律、
风格都有独到研究。此书是17年前他在和平区语言文学业余
讲习班讲解诗词格律稿的结集。这本《词学新探》成为我永久
的纪念。先生走后,大门姨(孙的遗孀)给我写过一封信,大意
是:五年有余未曾见面,最后一面是在新华路体育场。有位亲戚
送给我一张报纸,是您写的关于顾随的事,内中提到孙正刚,足
见您对孙正刚的故旧之情,我当时很有感触。正刚已故去五年,
真是生不逢时,死不逢时。您和正刚是老相识,我特别信任你,

你抽空到我这儿来一趟。还特意告诉我从临建搬到泰安道的详细地址。我知道孙先生留下很多珍贵的遗物,我也爱收藏,懂得先生藏品的价值,我怕大门姨送我东西,自己会担上"贪心"的恶名,始终没与大门姨会面。后来我听说孙的小女儿要出国,急需用钱,大门姨将一幅齐白石的画送到一家拍卖公司,拍卖公司违反"公开、公平、公正"的"游戏规则",以为老太太无知,未将其上拍,私自以低价买断,由此还打起一场官司。"千印长"的那些印章后来也是七零八落,我在国拍拍卖会上看到的印章,大都是先生的遗物,里面竟还有当年我送给先生的,统统被"识货"的人买走了。

赵哲余诗颂沽上新景

党的十一届三中全会以后,文艺复兴,诗运大昌。老画家姜毅然落实了政策,在河东区欢颜里分到了一间一楼小"独厨"。姜老绘画水平可圈可点,诗词水平更是无人可比。他的词得力于姜白石,平生作题画诗词三百多首,悉收入《宜风宜月楼题画诗词》中。先生和蔼可亲,每逢周日,词友寇梦碧、张牧石、赵哲余等常聚于姜老家中,中午姜老太太还端上酒菜,一番小酌。那时我也是姜老家的常客,偶尔也与老几位聚在一起,谈天说地,由此也和赵哲余先生熟悉起来,并逐渐了解了赵先生的为人和他的诗词创作。

赵哲余,字浣菊,天津人。词学梦窗,诗学义山、山谷。有《浣菊草堂词》。且善书法,章草尤佳。此公于梦碧词社诸事致力最勤,是词社活动的积极参与者。先生个头不高,身体瘦弱,面容白净。当年梦碧词社每于社刊印行之前一月雅集一次,由社友轮流命题。一次作对联酒令,出令人随意指出一人,说一个切合对方身份的上联,然后由对令人对一切合出令人的下联。

赵哲余书法

轮到赵哲余,他说"赵飞燕",下家为杨濯斯,他故意不说古美人名,只说"你瘦我肥可也",举座想到"燕瘦环肥"的典故,更巧的是,赵哲余体瘦,杨濯斯体肥,因此无不捧腹大笑。

那次在姜老家相聚后,我收到了赵哲余先生给寄来的信。信中说:"用秀先生吟席:前于姜老府邸晤谈甚欢,余最喜文字游戏,挥洒涂抹,惟家务冗繁,不能如愿以偿,奈何!

吾弟年华方盛,思路宽广,正以酣畅之笔,舒展盛世之才也。"其实这是先生谦虚。先生乃天津著名词人。寇梦碧先生曾对我说:"赵哲余对诗词颇有造诣。20世纪40年代以来,梦碧词社社友聚散靡定,一贯操持社务者,除了周公阜、王禹人、冯孝焯、姜毅然、陈机峰、张牧石等,就属赵哲余了。"先生夸我,或许是我那时在报刊上刊发的文章较多，其实那不过是些雕虫小技而已，何足挂齿？

先生在信中还写道："前者余因兴之所至，书成一幅'章草兰亭序'奉赠，阁下补壁，所谓'秀才情谊'，望祈哂纳为荷。"并在信中注明："于星期四余即将'章草兰亭序'送往张牧石先生府上，祈抽暇往取为盼。"在张先生家，我取回了他为我写的"章草兰亭序"，所书乃一横幅，展卷观之，书卷气扑面而来，字字精工典雅，果然气度不凡。由此亦可见老一辈人是何等的守信守时。

为了表达对先生的谢意，我特意到先生府上。赵先生住在北大关五彩号胡同，其居处似为门脸房（先生家原是开肉铺子的），屋内较为狭窄，陈设也很简单。此后先生又给我寄来一封信，且附有他近日新作的几首诗词。时值日本首相大平正芳访华不久，先生写《醉蓬莱》词一阕，乃是颂中日人民友谊的。词中有句云："俛仰瀛洲，咏歌遐暇，硕果丰仪，嫩樱早开。长御东风，展百年怀抱。指点平章，大任肩负，伴翠尊谈笑。"另有七绝四首，是描绘沽上新景的，分别为《立交桥》《文明一条街》《滨江道夜景》《楼群花园》。其中《立交桥》写道："飞龙腾跃驾长虹，五县四郊货运通。市政首开新局面，高超技术夺天工。"《滨江道夜景》写道："缤纷绚丽彩霞明，车水马龙熙攘声。热餐冷饮色香味，乐曲轻歌不夜城。"

先生在信中特别强调"描绘天津新鲜景物，定要有现实感"，要力求"题意新颖，造语绝佳"，他的这几首诗正是讴歌改革开放后出现的新气象。

为学先做人　习艺先读书

　　我在上小学时从张云(白岩)、张澄(静清)学习书法。两人是兄弟,住一个院,他们曾对我说:"不要光练书法,也得学习篆刻。"还说要给我找一位刻印的老师。1960年我13岁。这一年夏日的一个晚上,二人带着我来到十字街西中祥当东胡同4号张牧石(1928—2011)先生家。牧石先生是张云、张澄的老友。

　　先生住的是一个三合院,先生一家住北屋,东西厢房已经租了出去。牧石先生待人和气,爽快地将我收为弟子。虽为弟子,我则一直对先生以"伯父"相称。先生教我治印从临习汉印入手,并从《十钟山房印举》挑出平方正直的一路让我临刻。他常对我说:"汉印是学印之本。"在先生的正确引导下,我刻印始终没走邪门歪道。我曾刻汉印"日入千石"十数遍,先生见我有所起色,便就我临刻的这方印作了一篇很长的题记。先生充分肯定了我的进步,也指出不足,再次强调:"诗学杜甫,书学二王,总不会有错,治印也是如此,以汉印为楷模,先取法汉印,才是学印的正道。"这是写给我的,也是写给我家长看的。

多年来，先生不仅教我读书、刻印、作诗，还为我做了许多事情。一次我去泰山，先生专为我找出古人咏泰山诗多首。我打算将前人有关治印的诗作集在一起，先生为我录十多首，写成一幅中堂送给我。我1975年结婚，先生得知后，立即作了一首诗，名《鸳鸯华苹》，以表祝贺。诗云："双双浥露竞红鲜，照影姝波竝极妍。

1974年作者与张牧石先生（右）合影

发秀吐荣怜共蒂，匹禽长护碧田田。"我名"用秀"，妻名"胜荣"，"发秀吐荣"不仅嵌入我二人之名，且有出处。《鲁灵光殿赋》有句："发秀吐荣，菡萏披敷。""菡萏"即莲花，"披敷"即花开。"华苹"是并头莲，"匹禽"是鸳鸯，"碧田田"是说莲叶浮水。转年我儿子出生，请先生为他起名，先生知他属龙，便为他起名"尺木"。他说"尺木"有典，出自唐人笔记《酉阳杂俎》，书中说，龙的头上有一块骨头，叫"尺木"，龙无"尺木"不能腾飞。"尺木"既有深刻的含义，且有响亮，好写又好记，于是我儿子就叫"章尺木"了。

张牧石先生在中华文化的多个领域均有建树。诗词书印

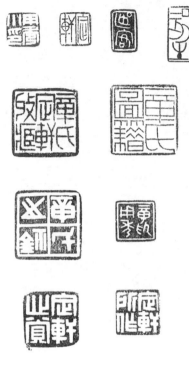

张牧石先生为章用秀所刻印

外,于文字学、训诂学、金石考据及丹青、戏剧、曲艺、舞蹈、武艺诸艺亦无所不窥,造诣颇深。我在先生身边耳濡目染,学到很多在别处学不到的东西。但唯有两件事总是令我遗憾。一是先生的剑术我没学到。先生精于剑术。他每天早晨五点必到广场练剑。我一直想跟随先生学习剑术,先生满口答应,还特意托人为我买到一把上好的龙泉宝剑,而我却懒于早起,练剑的计划最终还是泡了汤。受先生指教,唯一的收获就是知道了如何挂剑,他告诉我剑挂在墙上,剑柄一定要朝着右上方,这也是古人留下的文化传统,唯其如此人家才知道你懂。另外一个就是吉特巴舞没有学好。先生爱跳交谊舞,尤其吉特巴,无人可比,曾在中老年吉特巴大赛中荣获全国第一。我也喜爱交谊舞,尤喜华尔兹、布鲁斯,余暇向先生学跳吉特巴,始终未能学到位,到了还是个"半铲子"。

牧石先生亦为我题诗作跋，谆谆之言，获益良多。那年画家顾砚作《定轩读书图》，先生颇有感慨，特为题诗，勉励我多多读书。诗曰："寒夜有人时把卷，一灯如豆许知音。清通渊综同南北，劬勤只缘图放心。"先生尝赠我五言篆对"且尽一尊酒，同观四野花"，并有长题写在上下联两侧："定轩弟早岁从余研习书法篆刻词章诸艺，后复喜收藏，精鉴赏，更有著述数种，今索余书，勉为一联，即希哂存。"某日整理旧籍，偶见少时所画山水小幅，先生为作跋曰："定轩章子年方弱冠即从余游，今已数十年矣。丙丁浩劫中，定轩负笈他乡，归津后，事业鞅掌，久疏绘事。近年复勤于著述，无暇再问丹青，惟尚存旧作一帧，持过见示。累记前人云：'悔其少作。'

张牧石金文七言联

愚以为少作不宜尽悔，当以留为纪念，定轩或为此计，爰识。岁在第七十九柔兆阉茂，石怡室秋热，縻翁张牧石。""少作不宜尽悔"，所言极是，这当是我一生的座右铭。

2012年,先生逝世一周内之际,《张牧石篆书千字文》即将付梓,秀颖妹嘱我为该书作序。我在序中赞曰:"千言万象涵,展卷绕烟峦。玉箸(秦李斯作篆)求神变,福庵(民国著名书家、印人王褆)复介庵(牧石先生号介庵)。"且称先师有几句话让我永世难忘:"学古不泥古,学今不从俗,有法或不循,无法却严守,为学先做人,习艺先读书。"

忘年忻契合　唱和许相亲

2017 年 11 月 14 日,我参加了"纪念寇梦碧词宗一百周年诞辰纪念会"。之前,我找出了寇先生当年给我写的信(共计 12 封),以及《崇化学会诗词倡导者寇梦碧》《周汝昌与梦碧词社》等为寇先生和由他主持的诗词团体——梦碧词社所写的文章。掩卷思故,不禁潸然。

我是 20 世纪 70 年代末 80 年代初与寇先生认识的。我多年从张牧石先生学习篆刻和诗词,张先生常向我提起寇先生的诗词成就和梦碧词社的事,由此萌发了我要面见寇先生,为梦碧词社"立传"的念头。一天,我去张先生家,恰巧寇先生也在那里,张先生说,这位是章用秀,想了解梦碧词社的事。从此我就三天两头地往东门里二道街寇先生家。寇先生毫不保留地向我谈起他在 20 世纪 40 年代创办梦碧词社的过程、梦碧词社的创作倾向、人员构成等,对词社的成就和影响作了客观的评价。先生寄给我的几封信也大都涉及这方面的情况。如这年 8 月 1 日函:"月余未唔,想必贤劳,念念。绍介词社一文,恐多扞格。社

周汝昌先生为作者写的嵌名联寇梦碧撰句

友身世沦微,所宗尚者,又与时背,足下虽大力揄扬,亦颇难移一时风会,此亦无可如何之事耳。然足下'护法'之功,为不可没矣,感甚,感甚。"读了先生这封信,更增强了我要为"梦碧"立传的责任感和紧迫感。

经过整理,并不断征询先生的意见,充实内容,最终写成《记天津梦碧词社》和《奇思壮采郁风雷》两篇长文,分别在 1984 年 4 月 15 日的《天津日报》和《天津文学史料》第一期上发表。寇先生看后颇感欣慰,在信中叹道:"昨蒙见顾,失迎为歉!绍介词社一稿已刊,恢宏词学,提倡风雅,皆足下之力也。"在"重午后二日"的信中,先生还提到这样一件事:"津师大中文系拟组织天津诗词学会,并请娄凝先、方纪诸老为顾问,并约我参加,定于下周内洽谈此事,沽上词学复兴,或可期耳，则足下之功，为不可没焉。何日有暇，过家畅谈，临笔不胜驰企，即问近好。"此后，我又撰写了《诗学　词风　人品》等有关文章，见诸报刊。转年5月4日，我又接到寇先生一封信，信中说："汝昌书联，已寄来，五一前发函，五四即书就……请便中来舍携去，容面谈。"信中还特别告知："周日上午、周二、周四、周五、周六上午在家。"原来这是一副典雅别致的书房对，是寇先生主动托周汝昌先生专门为我写的，联中嵌入了我的名字。上联是"潜龙用自行藏外"，下联

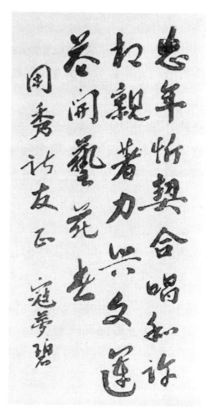

寇梦碧先生赠予作者的诗

是"盘蓝秀于溪谷间"，款题"梦碧撰句，周汝昌书"。寇先生还向我转达说："周先生见到你写的文章，以为是我写的了，我说这是一位叫章用秀的先生写的。"寇、周二先生的褒奖，令我汗颜，我连声说道："这是对我的抬举，对我的鼓励！"

在与寇先生的频频接触中，我也经常不断向他请教关于诗词创作的问题，对我总是勖勉有加，常有"气势雄浑"之类的批语，对拙作《登峨眉金顶》《沽河》等，先生也勾画出记号，表示

赞赏。

　　1989 年,寇梦碧先生突感不适,经诊断为晚期肺癌,备受病痛折磨。先生在这年的 12 月 18 日写信给我说:"兼旬未晤,甚念,甚念! 我已住院,病情加重。因系小型医院,缺少强烈的去疼药,请您大力代为购买可待因、杜冷丁(哌替啶)可暂时救命,数目各十枚。现住院址河东区十一经路、七纬路康复医院三楼病房(原系抢救室,现改为高级单人房间)。"信中还说:"尊诗已刊入《天津诗词精选》,年前可出版。匆匆即问近好。"接到先生来信,我立即通过关系搞到先生所需药品,匆匆赶到医院。先生面色憔悴,瘦弱不堪,看来医药已无力回春。1990 年 2 月 14 日先生溘然长逝。寇先生于弥留之际作《赠用秀诗友》,云"忘年忻契合,唱和许相亲。著力兴文运,花开艺苑春"。面对先生遗墨,览当年梦碧词友所绘《斜街唤梦图》,思绪万千,感叹不已,特和原诗一首:"画图持泪展,难唤梦时亲。未许宫商坠,悬知又一春。"

心迹双清　庭院依然

"作家!"

1960年的一天下午,我的伯父章邦宪先生带着我来到西沽桥口街一个清雅的院落。过道对面是一块一米高的山石,往右拐,东屋门内,一位面目白净、文质彬彬的先生循声迎了出来,他便是五十年前的龚望(1914—2001)。

"这是我的侄子章用秀,喜欢读书写字,收他做学生吧!"

我的伯父章邦宪是龚望先生的挚友。早年他们一起就学于国学研究社和崇化学会,同为章式之先生门人,两人情投意合,感情甚笃。20世纪40年代,他们又都执教于崇化学会国学讲习科,共事多年。担任讲师的还有王襄、王斗瞻、郑菊如、陈嚣州、郭霭春等。后来伯父与龚先生、郭先生等一直来往。当年伯父交中华书局的书稿及往来信函都是钤龚先生给他刻的印章。在我十来岁时,伯父见我痴迷于读读写写,便让我拜龚先生为师,学习书法,读《四书》。

先生教我学欧书和小篆,临习《九成宫醴泉铭》《峄山碑》,

龚望先生

读《论语》，大约一个星期去一次。我家住在河北区，到先生府上都是步行，好在年少，从不嫌远，也不知累。每次去先生那里，都带着上次的作业，由先生指出问题和不足。先生在我临习的"大仿"上时有批语，何谓"钉头"，何谓"鼠尾"，何为"柴担"，一一点出，告知于我。至于《论语》，先生也是一字一句地教，我是大段大段地背。大约每次教一段，这次教，下次背，一段一段地教，一段一段地背，大都记了下来。时至今日，我仍能将《论语》之《学而》等篇背诵如流。说来也奇怪，记得当时先生并未过多地进行"翻译"和"讲解"，而我却自然而然地明白了里面的意思。

前面提到，龚望早年受业于长洲章式之。式之先生，名钰，是晚清朴学之宗俞曲园的门人。朴学尚以精审的考据与训诂，且注重文物的收集整理，龚先生很早就热衷于金石考订及文物集藏和审鉴。受先生影响，我也痴迷于古物鉴赏与收藏，并就文物考订时时就教于先生，常将我省吃俭用购藏的碑帖、铜镜、陶瓷、石雕等请先生过目。潜移默化，耳濡目染，从先生那里我学

566

到很多在别处学不到的知识。

20 世纪 70 年代，天津天宝路旧物市场和沈阳道古物市场都还没有建立。一次偶然的机会，我在南市建物大街的地摊上买到了两件铜造像。随后，我便带给龚先生。一件高 9 厘米，坐姿为盘腿打坐，手印为法界定印，底部为莲花座。先生说："这是观音菩萨的造像，从造型上看，是明代

1979 年龚望先生写给作者的"自强不息"

的。"另一件高 13 厘米，为站立式，手印为缚拳印。先生说："这是宋代鎏金的罗汉像。"先生提示我："佛教供奉的像很多，除了佛像，还有菩萨像、罗汉像、护法神等。我曾为盘山天成寺鉴定过一件石造像，当时有人说是石佛像，我说这是本寺开山祖的像，可见，学习佛教造像的鉴定，也需要研究佛教造像的题材和佛教的基本知识。"

龚望先生为作者题写的斋号

　　龚先生是一个很讲情义的人。你送他一件东西，哪怕很小很不起眼儿，他也时时挂在心上，并且总是有所回报。当年我有一尊北朝石佛造像，墨拓一纸，送给龚先生，拓的水平极差，先生还是留下了。下次再去，先生赠我一件古陶罍的拓片，传拓极精，器物更是非同一般。此乃清末年间李叔同的老师唐静岩收藏一件晋代陶罍，上刻器铭曰："丙申秋月，在山居士珍藏于两不厌吾庐。"对先生之惠赠，我珍爱至极。特请姜毅然先生在此陶器拓片上补以菊花、灵芝，进而构成一幅精雅的博古画，又请李鹤年先生为此画题写诗堂。唐之器，龚之拓，姜之画，李之题，器、拓、画、题，各领风骚，集于一身，透出一股金石气息，高雅而又绝妙。

　　我与先生多年接触，深感先生的笃实至诚。他宅心仁厚，与人为善，从不背后说他人的不是，治学上从无门户之见。言谈中，当我提到某某人，先生总是说"好啊！好啊！"对别人所求，先生尽心去办，尽力满足。有时我也毫不客气向龚望先生求字，先生从不拒绝。一次我对先生说："您的汉碑碑额写得特别好,您能不能用碑额字给我写一副对联?"再到先生那里,对联早已写就。上联"自强所争者大",下联"不昧以伟其初",款"定轩世兄方家正大迁"。先生所书直如快马入阵,笔下有千钧之力,点画荡漾空际,柔中寓刚健,拙中见大巧,洵大家手笔。

"定轩"是本人的字,"世兄"反映了我与龚望先生的亲密关系。本人对于龚先生本是学生和

龚望写给作者的对联

晚辈,但先生却从不直称我的姓名,而以"定轩世兄"相称,而且信的字里行间对我这个后学晚辈却如此谦逊客气,这也体现了先生的高尚品德。

2017年暮春时节的一天上午,绵绵细雨下个不停,我与天津市历史学学会艺术史专业委员会的同仁一起走进桥口街龚望先生当年的住所。庭院依然,只是树长高了,房屋破败了,房内还是以往的陈设,书架上旧书累累,似乎在诉说着主人那会通古

今之博学和对祖国传统文化之坚守。抚今追昔,令我思绪万千,尤为感怀先生对国学的弘扬、对津沽文化的传承。龚望先生崇敬乡贤,以其独具的慧眼,开掘津门文化艺术底蕴。他将中华民族的优秀文化传授给下一代,使之生生不息;他将丰厚的先贤力作留给后代,展现给世人;他在艰难的环境中抢救整理流散于世间的津沽文献,自费刊印,奉献于社会。人们永远不会忘记他对天津文化事业所作的贡献。

吴玉如写"嵚崎"

常听吾师张牧石先生讲："吴玉如先生注重一个人书法技艺的提高，更注重一个人的学问修养和人品道德修养，他认为一个人的学问修养和人品道德是学好任何艺术的前提。吴老的书法为世所称，其实他在文学、文字学、声韵学、训诂学等方面都有很深的造诣。"

1979 年春天的一个下午，张牧石先生带着我来到照耀里十二号一西式小院一楼的一间房内，特意拜访了吴玉如老先生（1898—1982）。

吴玉如先生

牧石先生介绍说：他叫章用秀，在河北区委工作。吴老很高兴，三人谈起了书法和绘画。吴老说:写字作画应是文人余事,这就有如农民,农民种田是第一位的,其次还要编些篓子、打打绳子之类。不读书,没有知识,单单写字画画,是不会取得成功的。吴老的话甚为直白,却蕴含着深刻的哲理,我对先生钦佩至极。自此以后,我多次前往吴老寓所,聆听先生教诲。

"从哪来? 是从公事房来吗?"

"是的,我是从机关来,来看看您!"

我和先生又聊起了写字。先生这次教我如何写好自己的名字。先生说:"写好自己的名字很重要。"我说:"我总是写不好名字,签名觉得很难堪,怕人笑话。"先生拿起毛笔,写了几个样子,那"章用秀"三个字颇具"二王"风韵,又多少掺入一些章草的成分,端庄又不失绰约,雄健中蕴含着温雅,我打心里喜欢。我伏在先生的书桌上一遍一遍地对照临摹,先生当场指出哪一笔哪一画不够好,不妥之处还给描了描。回家后,我将带回的范字反复揣摩,一又空就练,至今我写名字还是吴老教我的那种笔意和间架。

一天我到先生家,先生给我写了一横幅,是为"嵚崎"两字,落款"迂叟书于津门"。这显然是对我的勉励。嵚崎,高峻貌。《初学记》有后汉王延寿《王孙赋》:"生深山之茂林,处崭岩之嵚崎。""嵚崎"也比喻人之杰而不群。《世说新语·容止》:"周伯仁道桓茂伦,嵚崎历落可笑人。"《晋书·桓彝传》也有这样的话。《儒林外史》有言:"虽然如此说,元朝末年,也曾出了一个嵚崎磊落的人。这个人叫王冕,在诸暨县乡村里住。"吴先生向我赠言以"嵚崎",是希望我为人处世要光明磊落,不要随波逐流，要胸襟博大，卓尔不群，有独立的人格、独到的见解。

常言道："是金子总会发光。"自20世纪90年代起，吴老的书法在艺术品市场成了"抢手货"。在一次拍卖会上，我竟"顶风而上"，购得吴老写的一件宽30厘米、长32厘米的行书斗方，所书为吴老于癸丑年（1963）自作的一首长诗，题为《哭邓散木》。吴老的这件作品尺幅不大，却隐含了一个"相知何必曾想见"的动人故事。

邓散木，原名铁，生于1898年，上海人，书法家、篆刻家。早年师从萧退庵

吴玉如行书七言联

学习书法，后从赵古泥学习篆刻。曾多次举办金石、书画展。其崛起于文坛后，社会上出现不少署名"铁"的书法、篆刻冒牌货，邓决定立号"粪翁"，以明于世。他住上海山海关路懋益里时，将其居室名为"厕简楼"。开个人书法篆刻展，竟将上厕所用的手纸制成请帖。

　　吴与邓相识是在 20 世纪 50 年代,两人之间互有耳闻,相知有素,交谊甚笃,却分处京津两地,始终未曾谋面。他俩结交,其"介绍人"是吴的弟子哈佩(墨农)。1960 年邓左足血管堵塞,为了保全身体与生命,不得不截去左足。为吴、邓传递讯息、信件的,是经常往来于京津之间的哈佩和邓的弟子华非。1963 年,邓散木因病去世,噩耗传来,吴悲痛至极,挥笔写下《哭邓散木》一诗。诗中有言:"老泪未轻弹,弹泪今为谁。言念散木翁,中肠为之摧。实无一面缘,何乃痛如思。人生念知己,悔一失难追。"

　　前些年,我怀着对吴老的敬重,专程来到马场道照耀里吴玉如先生当年的住处。斯人已去,院落已无,让我感叹不已。这里早已建成一排排的居民楼。